Johannes V. Jensen · Himmerlandsgeschichten

Johannes V. Jensen

Himmerlandsgeschichten

Herausgegeben
von Erika Kosmalla

Hinstorff Verlag Rostock

Originaltitel: Himmerlandshistorier
Aus dem Dänischen von Ruth Stöbling und
Erika Kosmalla

ISBN 3-356-00010-1

1. Auflage 1986. Lizenz-Nr. 391/240/19/86
Printed in the German Democratic Republic
Einbandgestaltung: Werner Schinko
Herstellung: Betriebsschule Rudi Arndt Berlin, 1990
Bestell.-Nr. 522 785 8

00950

Inhalt

Oktobernacht

Es saßen drei Gäste in der Schankstube. Das war vor vielen Jahren in einem Wirtshaus an der Landstraße nach Aalborg im Himmerland. Es war zehn Uhr abends. In der Schankstube war es ungemütlich. Die Tür ins Dunkel stand offen. Die drei Männer lärmten, sie schrien mit kräftigen, von Wind und Wetter rauh gewordenen Stimmen und ließen die Deckel der Bierseidel scheppern. Es waren kräftige Kerle mit langen Schaftstiefeln, Stoßdegen und Dolchen. Kriegerisches Volk ließ sich damals anwerben, man nannte sie Landsknechte.

Diese drei mußten nach Aalborg, wo der Hauptmann war, von dem sie das Handgeld genommen hatten. Sie hatten bereits einen langen Weg hinter sich und mußten noch die ganze Nacht marschieren, deshalb ruhten sie sich im Wirtshaus aus und tranken Bier. Wahrscheinlich Brunsviger Mumme. Zwei von ihnen waren alte Gesellen mit angegrautem Bart, aber der dritte war jung, lokkenköpfig und noch rank und schlank. Seine Stimme klang heller als die der anderen, er lachte auch öfter als sie. Daß er ein junges Blut war, konnte man auch an seinen Flüchen hören, er fluchte noch verschwenderisch und bildreich, während sich die anderen mit einer einzigen stereotypen Gotteslästerung begnügten.

Die Landsknechte redeten über unanständige Dinge, daher der große Lärm und Eifer, und deshalb fluchte der junge Landsknecht auch so außerordentlich blumenreich.

Daß das Gespräch unanständig war, das heißt, daß es von Frauen handelte, das war damals nämlich nicht anders als heute.

Der junge Landsknecht prahlte mit genossener Gunst, band frische Kränze aus Lobeshymnen um etliche verblaßte Erinnerungen, flocht Seidenbänder der Wehmut hinein und schnalzte dazu herausfordernd mit der Zunge. Die beiden Alten saßen auf der Tischkante und gaben ihre Skepsis durch breites, hämisches Grinsen zu erkennen.

Doch als sie am lautesten schrien, kam der Wirt herein und bat sie ehrerbietig, ihre Stimmen zu dämpfen. Sie möchten es ihm nicht verübeln – aber er habe ein Kind, das sei krank und vertrüge den Lärm nicht.

Er bat voller Sanftmut, damit die Gäste nicht ärgerlich würden. »Was fehlt seinem Kind?« fragte einer der Landsknechte leiser. Unter Berufung auf die Heilige Schrift erklärte der Wirt, es sei wohl die Fallsucht.

»Oje!« entfuhr es dem jungen Landsknecht. Er schnippte mit den Fingern und drehte sich auf dem Absatz um.

In der noch verbleibenden Zeit sprachen sie leiser. Gegen elf Uhr bezahlten sie ihre Zeche und brachen auf, um ihren Marsch fortzusetzen. Als sie auf die Straße kamen, hatte es aufgehört zu regnen, der Mond schien auf den nassen, aufgeweichten Weg.

Der junge Landsknecht ging als letzter, und als er an einem der Fenster des niedrigen Hauses vorbeikam, sah er, daß drinnen Licht brannte. Eine Tür wurde geöffnet, und der Wirt trat mit einem Licht in der Hand ein. Die Stube war klein, und im Bett lag jemand. Er sah ein längliches, bleiches Gesicht mit dunklem Haar über zwei dunklen Augen, ein verkümmertes Mädchengesicht. Da war er auch schon am Fenster vorbei.

Er dachte, daß das wohl die Kranke sei, und beeilte sich, die beiden anderen einzuholen.

Der Wirt war Witwer und hatte nur diese eine Tochter. Sie hieß Lisbeth. Schon seit dem Frühjahr war sie krank und elend. Sie war immer schwächlich gewesen, jetzt war sie sechzehn Jahre alt und würde wohl auch kaum älter werden.

Als der Vater nach ihr gesehen hatte, legte er Schloß und Riegel vor die Türen und ging zu Bett.

Drinnen und auch draußen wurde es vollkommen still, das Haus lag ein wenig abseits von der öden Landstraße.

Lisbeth hörte nun nichts anderes als den Wind. Er hatte irgendeinen Spalt gefunden, um darin zu singen und zu pfeifen, und das tat er nun mit großer Geduld. Langsam stieg er zu einem dünnen Klagelied an, fiel ab, murmelte vor sich hin, erhob sich wieder und erreichte mit einem wilden Ritt den Höhepunkt seines einsamen Jammers, um wieder abzufallen – trostlos. Der Wind peitschte das Stroh, das oben auf dem Dachfirst aus den Torfziegeln aufragte, und preßte sich ab und zu weich an die Scheiben. In langen Zwischenräumen fielen vereinzelte Regentropfen von der Dachkante auf die Steine.

Lisbeth lag da und dachte an das große, verwegene Gesicht, das sie hinter der Scheibe gesehen hatte. Sie hatte solche Angst bekommen …

Das war wohl einer von denen gewesen, die drüben in der Schankstube so gelärmt hatten. Nun gingen sie draußen auf der Landstraße im Dunkel der Nacht und waren wohl schon weit weg. Sie mußten gewiß in den Krieg.

Leise richtete sich Lisbeth auf, beugte sich vor und sah hinaus. Dunkle Wolken fegten über den Mond, der auf den nassen Weg schien. Ein Stück weiter verlor sich die Erde im Dunkel. Kalt und traurig lag sie in der klaren Mondnacht da. Lisbeth war es, als könnte sie den Wind über die feuchte Heide jagen sehen, denn sie sah, wie die Wolken trieben.

Erschöpft fiel sie zurück in die Kissen.

Während die Leere der Nacht sie umgab und die Zeit nur von dem kläglichen, jämmerlichen Pfeifen des Windes in undichten Türen ausgefüllt wurde, kamen ihr Gedanken in den Sinn – sie waren wie Graskeime in unfruchtbarem Sand, wie Blasen, die dem Maul eines zarten Kätzchens entquellen, das hilflos um sich schlagend zu schlucken versucht. Sie hatte hier und da etwas gehört, ein wenig wußte sie von Nachbars Grete, einiges hatte sie in der Schankstube aufgeschnappt.

Gleichzeitig dachte sie an den großen Soldaten, dessen Gesicht sie gesehen hatte, und ihre Seele sproß wie eine schwächliche Lilie – blaßgrün statt weiß.

Lisbeth lag ganz still. Sie war hellwach, sah hinaus in die Nacht und atmete lautlos.

Der Wind pfiff noch immer, doch in ihren verworrenen, bangen Träumen hörte sie nichts.

Mitten in der Nacht richtete sich Lisbeth still und vorsichtig auf, sie stützte sich auf den einen Arm. Sie horchte lange, aber da alles totenstill war, legte sie sich wieder zurück, schob zögernd die Decke zur Seite und lag nun im bleichen Mondlicht da, mager und ausgezehrt wie eine fahl schimmernde weiße Rosenblüte, die halbgeöffnet welkt und sich dem Staub zuneigt.

Sie begann zu husten, kroch wieder unter die Decke, lag wieder ruhig und starrte hinaus, bis der Mond verschwunden war und der heraufdämmernde Tag durch die Wolken blickte.

Inzwischen waren die drei Landsknechte im Eiltempo auf der Landstraße weiter nach Norden gezogen.

Sie kamen bald an die nördlich gelegene Furt und platschten wohlgelaunt mit ihren festen Stiefeln durch das flache Wasser. Dann ging es ins Tal und hinauf auf die Anhöhe, und so immer weiter.

Als sie etwa eine Meile vom Wirtshaus entfernt waren, gerieten sie über irgendwas in Streit, was für Landsknechte von Bedeutung ist, und zwar einer der alten mit dem jungen, der Jørgen hieß.

Sie beschimpften sich eifrig und fluchten, daß sie Gift und Galle spuckten. Schließlich zogen sie blank und fielen übereinander her.

Sie fochten auf der Heide neben der Straße, und der dritte Landsknecht schaute zu.

Jørgen war verbittert und fest entschlossen, den Gegner zu töten. Plötzlich erfaßte ihn das Gefühl, daß dies hier grenzenlos widersinnig und unnatürlich sei, als er sich plötzlich ungedeckt und die gefährliche Spitze der Klinge auf sich zukommen sah – blitzschnell und unter Aufbietung all seines Willens erwog er, ob es möglich sei, gnädig davonzukommen, im gleichen Moment spürte er die Spitze schnell durch die Kleidung dringen, den Stich, den eisigen Schnitt und einen unsäglichen Schmerz tief im Rücken. Erst jetzt reagierte er wie gewollt, er beugte sich zur Seite, im selben Augenblick versagten ihm seine Beine den Dienst, und er sank zu Boden. Als der andere die Klinge zurückzog, krümmte er sich mit einem kurzen Schrei zusammen.

Dann setzten die beiden anderen ihren Weg in Richtung Norden fort und ließen ihn mit einer tödlichen Stichwunde in der Lunge liegen.

Jørgen begriff noch nicht, was geschehen war, weil er sich innerhalb von Sekunden mit dem fernliegendsten und unmöglichsten aller Gedanken abfinden mußte. Aber als er schließlich seine Situation erkannte, fühlte er, wie er sich völlig veränderte, wie er gleichsam umgeschaffen wurde. Schnell erhob er sich – der Schmerz war unerträglich –, er schob die ganze Begebenheit von sich und starrte den beiden Gestalten nach, die im Dunkel verschwanden. Er konnte es einfach nicht fassen.

Ließen *die* ihn liegen! Ja, und ohne sich umzusehen. Jørgen wurde von blindem Haß und Zorn erfaßt.

Er ließ sich in das Heidekraut zurückfallen, verkroch sich in seinen Schmerz, der in seinem Körper schnitt und pochte, und als er sich wieder erhob, fühlte er, wie sich die festgeklebte Kleidung von seiner Haut löste. Zum Teufel – er war über und über mit Blut bespritzt, und es lief außerdem auch noch munter ins Heidekraut. Er wollte sein Wams aufknöpfen, aber die Arme waren steif wie vor Kälte – da wurde er fast wahnsinnig vor Schreck, er blickte im Dunkel umher, er konnte es nicht glauben.

Er lag am Fuß einer kleinen Anhöhe; plötzlich war ihm, als müßte er dort hinauf. Kriechend und krauchend schaffte er es und wurde unterdessen ganz demütig, so kraftlos war er. Als er oben zusammensank, war ihm alles gleichgültig. Er lag ganz still auf dem Rücken, konnte dadurch gleichsam den grauenhaften Schmerz in seiner Brust dämpfen und fühlen, wie angenehm und gut seine müden Beine ruhten. Jetzt, als er so völlig ruhig lag, begann er über alles nachzudenken.

Er hörte den Wind, der über die Spitzen des Heidekrauts strich, ein wenig an den steifen Stengeln wippte und pusselte und mit einem gedämpften Flüstern von ihnen abließ. Die Wolken trieben über den Mond, es war alles, wie es immer war. Aber um Jesu willen, es war doch nun voller Ernst, daß es ihm ans Leben ging. Einen Moment verlor er sich in einer einzigen jammernden Anklage. Dann dachte er wieder vernünftig, eifrig, eilig, er mußte mit so vielem fertig werden. Aber in der Hast stolperten alle Dinge durcheinander, belanglose Gedanken und Erinnerungen überstürzten und verwirrten sich. Ein Krampf zerriß die Brust, verjagte alles andere – er stöhnte halblaut.

Sollte es gerade hier zu Ende sein, dann war ja alles andere nutzlos gewesen, dünkte ihn. Nein, sein ganzes Leben war ein Nichts im Vergleich mit dieser Stunde, in der er hier lag und den Wind eine Ewigkeit über die Heide säuseln, ihn rauschen und seufzen hörte.

Er sah sich unten in Rendsborg stehen, damals, als er ein Glas Wein trank, als ihm der Hut nach hinten fiel und die Pfeife entzweibrach – damals in der Kneipe –, wozu das alles? Warum hatte er sich beim Waffenschmied in Lübeck so große Mühe gegeben? Und warum hatte er seinen Bart so gepflegt und sich jeden Tag danach gesehnt, daß er wachsen möge? Warum floß Blut in seinen Adern, wenn es nun auslaufen sollte? Einen Augenblick verspürte Jørgen das Bedürfnis zu lachen, so als hätte er jemanden zum Narren gehalten, jemanden, der sich seinetwegen sehr angestrengt hatte, richtig an der Nase herumgeführt. Doch dann kam Jørgen der Gedanke an Gott, und er begann zu flüstern und zu beten.

Der Wind kam vorbei, trug sein Flüstern einige Schritte weiter, verband es mit dem Rauschen der Heide und den Lauten der Nacht, jagte alles wieder auseinander und raste davon.

So starb der Landsknecht Jørgen in der Einsamkeit. Der Mond schien breit lächelnd auf ein weißes, erstarrtes Gesicht, das den Ausdruck eines unbeantworteten Angstrufs, der Verlassenheit und des Jammers trug.

Jørgen lag still auf dem Rücken, aus einiger Entfernung glich er einem länglichen grauen Stein. Die Heide deckte ihn halb zu, die widerborstigen Spitzen nickten und wippten. Die Wolken trieben ab und zu dunkel und gelbrandig über den Mond. Das Land lag öde und wenig bewohnt, es dehnte sich in flachen, kaum wahrnehmbaren Wölbungen, auf denen Heidekraut wuchs.

Der Wind strich auf seiner langen, ziellosen Wanderung darüber hin. Er pusselte in den Heidespitzen, zupfte ein wenig am Haar des Landsknechts und sauste dann weiter, um an irgendeiner anderen Stelle einen Türspalt zu finden, in dem er singen und pfeifen konnte.

Dreiunddreißig Jahre

Plötzlich kann die Musik schweigen, das hitzige Gellen der Saiten verstummen ..., und einer bleibt mit Schweiß auf der Stirn mitten auf der Tanzfläche stehen. Im staubigen, rauschenden Festsaal taumeln alle stumm an die Wand – denn aus dem lautlosen Dunkel dort draußen hat sich durch die offenen Fenster ein gespenstisches Grauen hereingeschlichen. Einer kann – benommen und schwindlig vom Tanz und vor Freude – allein auf der Tanzfläche stehenbleiben, während sich alle Herzen zusammenkrampfen. Doch dann reißt einer vielleicht die Maske des Todes herunter und reckt die Hand hoch. »Spiel auf, Mann! Laß den Fiedelbogen tanzen, ich will vergessen und mich in schwindelnden Kreisen drehen, mit ihr, meiner Braut!«

Auf einem Hof lebte zwanzig Jahre lang eine alte Frau, und während all dieser Zeit veränderte sie sich nicht. Sie gehörte gleichsam zum Inventar des Hofes, man sprach sie mit »Ihr« an und ging behutsam mit ihr um, ihr Verstand hatte gelitten. Unter den Bauern heißt es von einem, der wunderlich geworden ist, er habe »zuviel gesehen« – das sagte man auch von der alten Kirsten.

Es war vor langer Zeit in einer mondlosen Nacht zur Tagundnachtgleiche. Die Dunkelheit war dicht und vollkommen, sie lag über den Wegen und erfüllte die leeren Räume. Weit verstreut blinkten einzelne rote, strahlenlose Lichter, der Schein von Talgkerzen in niedrigen Stuben. Ein Mann ging durch das Dunkel, geleitet von drei dicht beieinander stehenden, ruhig brennenden Lichtern. Er glich selbst einem wandelnden Funken, denn er trug eine Stallaterne in der Hand, um den Weg über die Felder zu finden.

Die Laterne leuchtete ein paar Ellen weit, im Lichtschein sah man den unteren Teil zweier Beine im Wechsel voranschreiten, sie warfen schräge Schatten, der übrige Mann war im weichen Stoff der Finsternis verborgen. Wenn sich die Laterne etwas drehte, drehten sich auch ihre drei Lichtkegel. Während der Mann dahinging, tauchte ein Stück des grasbewachsenen Wegrandes aus dem Dunkel auf und verschwand wieder. Einmal fiel das Licht auf eine Egge, die am Rain eines Brachackers wie ein spitzes Dach aufgestellt worden war; an jeder Zahnwurzel hing ein Büschel weißer Grassehnen. Der Mann ging über die Felder; es war, als wanderte ein runder Lichtfleck unsicher über die Erdoberfläche.

Als er den Hügel überquert hatte, verschwanden die drei Leitsterne; der Pfad bog ab, beschrieb eine Kurve, das Laternenlicht fiel auf eine Umfriedung – auf rotbraune, dicke Jauche –, flackerte an einer Stallmauer aus Feldsteinen hinauf, die von weißem Kalkgeäder durchzogen war. Der Wanderer ging um eine Ecke, das Licht, das aus den Fenstern fiel, glich drei Hohlwegen, deren Wände aus der dichten Masse der Dunkelheit bestanden.

Hei, didula! Von drinnen hörte man Geigenspiel und das Knallen von Stiefeln. Der Mann ging über das Kopfsteinpflaster. Bevor er die Tür erreicht hatte, wurde sie aufgerissen, und mehrere Stimmen begrüßten ihn vergnügt.

»Da haben wir ja den Schmiedegesellen! Komm doch rein!«

Bei Thøgers traf sich die Jugend zu Tanz und Spiel. Die jungen Leute hatten diesen Abend selbst veranstaltet, Thøger stellte nur seine große Stube zur Verfügung. So tanzten und vergnügten sie sich an den langen Abenden, nachdem Ernte und Herbstarbeit hinter ihnen lagen. Einige der Mädchen trugen modische Kattunkleider.

An der Tür stand Stining aus dem Armenhaus, einen großen Henkelkorb voll Weizenkuchen mit Korinthen am Arm. Dann und wann setzte sie den Korb ab, ging nach draußen und nahm einen Schluck aus der Viertelliterflasche. Sie war schon reichlich angeheitert.

Die Burschen hatten für den Kaffee zusammengelegt, Thøgers Kirsten kochte ihn. Man verschnaufte und genoß die Erfrischungen.

Kirsten konnte so gut singen. Die Mädchen baten sie inständig, ihnen etwas vorzusingen, doch sie wollte nicht. Auch die Burschen bestürmten sie mit Bitten; unruhig rutschte sie auf der Bank hin und her.

»Na, sing schon, Kirstinchen«, sagte Schmied-Anders sanft.

Die Mädchen drängten sich zusammen und blickten sich kichernd um.

Kirsten senkte den Kopf.

Es wurde ganz still, während der erwartungsvollen Pause verschwanden die Weizenkuchen Stück um Stück.

Dann hob Kirsten den Kopf, streifte Anders mit einem hastigen Blick und legte die Hände in den Schoß.

Sie starrte vor sich hin und sang langsam:

»Wie die Sterne am Himmel
sich Paar für Paar finden,
so sollten auch wir zu zweit
unsern Weg gehn Seit an Seit,
doch du warst nicht bereit.

Weißt du noch, was du versprachst,
als wir am Strande standen?
Du versprachst, mich zu lieben,
doch nur, um mich rumzukriegen.
Was ist von deinem Versprechen geblieben?

Nun bin ich wie das verlorene Schaf,
das sich im Felde verirrt.
Bin ganz allein auf der Welt,
elternlos, nur auf mich gestellt,
hab keinen, der Trost bereithält.«

Nach diesem Lied trat langes, verlegenes Schweigen ein. Die Lichter in den Wandleuchten blakten und erfüllten den kahlen Raum mit unruhigem Halblicht. Stining stand mit den Händen unter der Schürze da und vergoß ein paar Fuseltränen.

Kirsten sang noch ein Lied, und dann spielte Krämer-Jakob wieder zum Hopser auf.

Anders tanzte fast die ganze Zeit mit Kirsten, in den Pausen mußte er sich deswegen einiges von den anderen Burschen anhören. Doch er lächelte ruhig. Wenn er aufsah, begegnete er am anderen Ende der Stube Kirstens gütigen Augen.

Jeder wußte, daß die beiden ein Liebespaar waren. Thøger war zwar Hofbesitzer, aber er lebte mit seinen vielen Kindern in ärmlichen Verhältnissen. Schmied-Anders trank weder, noch tat er irgendeinem Unrecht, sein Handwerk galt als legitimes bäuerliches Gewerbe. Es war schon in Ordnung, daß er die schöne Kirsten bekam. Er konnte seinen Blick nie lange von ihr lassen.

Der Tanz ging weiter, es gab viele andere Pärchen, die am liebsten beieinander sein wollten. Sie strahlten Freude aus. Mathis, der in der Kreisstadt gewesen war – er handelte mit Lämmern –, tanzte links herum und ließ am Ende jedes Refrains die Stiefeleisen auf den Boden knallen. Ein paar ältere Leute saßen auf den Bänken und sahen zu.

Es war kurz vor Mitternacht, alle hatten erhitzte Gesichter, die breiten Westenrücken dampften wie Wiesen. Je länger der Tanz dauerte, um so ausgelassener wurde er.

Kirsten kam herein und besprengte den Fußboden mit Wasser, aus dem feuchten Staub stieg ein muffiger Katzengeruch auf.

»Puh, ist das heiß!« Mathis riß die Fenster auf.

»Und nun spiel für uns ›Die rote Lohe‹!« rief er heiser dem Spielmann zu. Das war ein Rundtanz, bei dem alle mitmachten. Danach tanzten sie den »Firkant«, ebenfalls einen Rundtanz, aber mit schnellerem, atemberaubenden Rhythmus. Man stellte sich in zwei Gruppen auf und wirbelte mit benommenem Blick herum – Hände ließen los und griffen zu, Röcke schwenkten durch die Luft …

Doch mit einem Mal hielt Krämer-Jakob jäh im Spiel inne, und als sie zu ihm hochblickten, saß er da, die Geige unterm Kinn, und blickte unverwandt zu den Fenstern hinüber.

Das Grauen packte sie allesamt bei der Kehle, sie flüchteten von der Tanzfläche.

Nur Mathis blieb, wie im Sprung erstarrt, allein dort stehen.

Totenstille trat ein.

»In Jesu Namen!« klang Stinings Stimme hoch und zittrig durch den Raum.

Die Mädchen drängten sich in einem Winkel zusammen. Da ging Schmied-Anders hin und schloß die Fenster – eins nach dem andern. Er sah mit festem Blick in das samtschwarze stille Dunkel hinaus. Als er den letzten Fensterknebel verschlossen hatte, drehte er sich um.

»Da war doch überhaupt nichts«, sagte er, »spiel schon, Jakob! Wovor hast du denn Angst gehabt? Komm, Kirsten!« Anders breitete die Arme aus, und Kirsten flog hinein. Jakob spielte von neuem und klopfte mit der Stiefelspitze den Takt dazu.

Alle sahen sich verlegen an und atmeten auf. Und danach ging der Tanz noch ausgelassener und leichtfüßiger weiter. Ein befreites Lachen erklang.

Sie tanzten, bis die Fensterscheiben grau wurden. Dann verstreuten sie sich paarweise auf Pfaden und Wegen. Die Mädchen mußten nach Hause und melken.

Im Frühjahr baute sich Anders ein Haus und eine Schmiede, und im Juni wurden er und Kirsten getraut.

Es war ein strahlender Sommertag, die Erde grün, der Himmel wolkenlos, als der Zug der Hochzeitswagen auf der Landstraße herangerollt kam. Die Pferde griffen feurig aus. Staub wirbelte auf und blieb über dem Grabenrand stehen. Im vordersten Wagen saß Krämer-Jakob neben dem Kutscher und spielte einen Marsch. Er schnappte über der Klarinette nach Luft und ließ die Finger über die Löcher tanzen. Dieser Brautmarsch wurde stets gespielt; die Gelage und Feste vergangener Zeiten lebten darin wieder auf.

»Dädädä, dädädä, dädädädä ...«, klangen die hölzernen Töne.

Musik war in dieser ärmlichen Gegend eine Seltenheit. Die Sonne schien weit über die Felder, auf fernen Gehöften trat man lauschend vor die Tür.

Die Wagen rollten dahin, einer nach dem anderen kamen sie den Hügel herauf, viele waren es. Sie hielten vor der weißgekalkten Kirche. Ein weißer Schleier hob sich im leichten Sommerwind. Kleine Kinder kletterten auf der Steinmauer des Friedhofs herum.

Und dann fuhren die Wagen wieder in einer Reihe den Weg hinunter. Die Sonne glänzte auf Fries und schwarzem, blankem Wollflor, Krämer-Jakob saß zurückgelehnt auf dem Kutschbock und schnappte über dem Mundstück nach Luft. Ein Festzug rollte übers Land, er brachte Freude in die Genügsamkeit.

Stining stand am Straßengraben, und ihre kleinen roten Augen funkelten, und als der letzte Wagen vorüber war, holte sie einen alten Pantoffel unter der Schürze hervor und warf ihn dem Hochzeitszug hinterher, damit das junge Paar Glück haben sollte.

In den ersten Jahren hatten Anders und Kirsten hart um ihr Auskommen zu ringen, das Haus war ganz und gar mit Schulden belastet.

Anders hämmerte und nietete von morgens bis abends, schmiedete Holzschuhnägel und reparierte Stubenuhren. Außerdem bestellte er ein Stück Ackerland.

Die Bauern kamen sehr oft mit zerbrochenem Werkzeug und redeten ihm nach dem Munde, damit er es ihnen repariere. Anders tat ihnen den Gefallen und hatte dann das Nachsehen.

Die beiden bekamen drei Kinder, zwei Mädchen und einen Jungen. Solange sie klein waren, konnte Kirsten nicht sehr viel mithelfen. Doch nach ungefähr zehn Jahren waren die Schulden bezahlt, und Anders konnte es sich allmählich leisten, Schaf und Kuh zu kaufen. Der große, leicht gebeugte Mann war knochendürr, und er sprach nur wenig.

Für die beiden kamen leichtere Zeiten, Kirsten wurde füllig, sie war noch weiß und rosig wie ein Mädchen. Die Kinder wurden konfirmiert, zwei waren schon aus dem Haus und in Stellung.

Als Sørine, die älteste Tochter, so um die Zwanzig war, wurde Anders eines Tages, als er Heidekraut auflud, von einer Kreuzotter gebissen. Der Daumen heilte nie wieder, und auch die anderen Finger eiterten ständig. Jahrelang waren sie mit großen Lappen umwickelt und staken in Schutzkappen.

Wenn Schmied-Anders vor die Tür trat, verharrte er dort oft und warf einen verstohlenen Blick zu der kleinen Schmiede hinüber, wo die Esse nun kalt war. Das Schurzfell trug er auch jetzt noch. Das hohlwangige Gesicht bekam einen grüblerisch-mißmutigen Zug. Man sah ihn oft, wie er sich still und mit eingezogenem Kopf in der Nähe des Hauses zu schaffen machte. Unter dem Vordach über der Haustür hatte er dicht an dicht alles mögliche aufbewahrt – eine Kalkbürste, die bis auf den Ring abgenutzt war, eine halbe Wollschere, einen alten Tüderpflock. Dort blieb es jahrelang liegen und ging nicht verloren.

Sie lebten nun von dem Stück Ackerland und schlugen sich schlecht und recht durch, doch Schmied-Anders wurde immer schwermütiger, weil er nicht mehr arbeiten konnte. Lars war nun siebzehn Jahre alt und kümmerte sich gemeinsam mit der Mutter um alles.

Wenn Schmied-Anders so untätig draußen herumsaß, kam manchmal Stining vorbei und wandte ihm ihr kleines vom Alkohol gezeichnetes Gesicht zu. Ein paar Tage später kam Stining abermals vorüber. Und ein paar Jahre später sah er sie ebenso unverändert wieder vorbeikommen. Stining wußte nicht, wie alt sie war, die

Zeit existierte nicht für sie. Fast jeden Monat erschien sie und erzählte, daß sie Geburtstag habe. Aus diesem Anlaß sammelte sie Zwei-Öre-Stücke für einen Viertelliter. Das war kein Kniff, sie glaubte tatsächlich, daß ein Jahr vergangen sei.

Ebenso merkwürdig war das mit Schnüffel-Peter, diesem langen Vagabunden. Eines Tages tauchte er auf der Landstraße auf, einen Schweif von Kindern hinter sich, sternhagelvoll und fröhlich, unsagbar vergnügt. Er trug stets Maurerkluft, o-beinig war er, und dreieinhalb Ellen groß.

Schnüffel-Peter kannte weder einen Kalender noch sonst etwas. Zeitweise war er verschwunden und schien von allen völlig vergessen zu sein. Dann hielt er sich in unbekannten Ortschaften auf, wo er schiefwandige Schweineställe hochzog. Aber eines Tages kam er dann wieder wie ein Imperator die Straße herunter, die Pfeife wie ein Zepter hoch aufgereckt, forderte das ganze Kroppzeug heraus und schnüffelte wie ein Tapir. Plötzlich verflüchtigte sich seine kriegerische Stimmung, und er lächelte unendlich gut in seinen weißschimmligen Bart.

»Kommt nur ran, ihr drolligen Kerlchen!« rief er schnüffelnd. Er machte lange, zögernde Schritte und hielt den Rücken steif durchgedrückt. Und dann sang er mit seinem rüsselartigen Mund:

»Ach, warum batest du um mein junges Herz,
ach, warum tatest du mir diesen Schmerz?«

Ho, ho, ho, lachte er selig vor sich hin und torkelte weiter.

An einem regnerischen, kalten Morgen sah man Schnüffel-Peter dann im Straßengraben liegen und schlafen. Darauf war er verschwunden und fast vergessen, bis er irgendwann zur Dämmerstunde abermals im Triumph die Straße herunterkam, die Pfeife vor sich aufgereckt und die Branntweinflasche in der Jackentasche. Und so blieb er, während die Erde sich drehte, unverändert und unberührt von allen Wechselfällen des Lebens. Er stand außerhalb der Zeit.

Sommer und Winter wechselten einander ab und brachten nichts mit, womit sich die Zeit ausfüllen ließ; Schmied-Anders lag nun schon das zweite Jahr im breiten Alkovenbett, und Kirsten pusselte gleichbleibend still um ihn herum.

Durch die Fenster mit den kleinen Scheiben sah er einen Zipfel von Niels Jepsens Acker, er sah eine Ecke des Hofes – das war alles, was er sah. Der Schnee schmolz im Frühjahr, das dauerte furchtbar lange. Doch auf einmal war auch das schon wieder lange her – da war es Herbst und der Acker kahl.

In der Ecke beim Bett hatte die Standuhr ihren Platz, die Anders selbst gebaut hatte, sowohl das Uhrwerk als auch die Zeiger. Genau wie bei einer richtig gekauften Uhr hatte er blühende langstielige Rosen auf das Zifferblatt gemalt. Der Perpendikel schwang hin und her und zerhackte exakt die Zeit … Schmied-Anders lag in schlaflosen Nächten da und horchte auf dieses Hacken, und die Zeit wollte trotzdem kein Ende nehmen.

Sie hatten den Doktor kommen lassen, und der sagte, daß in den Fingern Tuberkel seien. Auch innerlich stecke Anders voll davon. Kirsten prägte sich das Wort ein – es war für sie von einer kalten Mystik.

Schmied-Anders lag da, den bräunlichgelben Kopf schräg auf dem Kissen. Manchmal zupfte er mit zwei gesunden Fingern an der Quaste des Bettbandes, an dem er sich hochzog, wenn er sitzen wollte. Die Quaste war aus rotem und blauem Garn gefertigt. Anders kannte sie seit Anbeginn der Zeiten.

Einmal sah er Schnüffel-Peter draußen vorbeischwanken, die Pfeife triumphierend gen Himmel gereckt.

»Lebt der immer noch?« flüsterte Schmied-Anders verwundert.

»Ja, er lebt noch, mein guter Anders. Ja, er lebt wirklich noch. Ja, ja – ja, das tut er.«

Kirsten saß am Bett und strickte Strümpfe. Das Knäuel lag in einem kleinen Strohkorb, den Anders in jungen Jahren geflochten hatte. Es drehte sich um sich selbst und wurde dabei kleiner und kleiner; das Garn kroch zwischen Kirstens nie ruhenden Fingern hindurch, lief über die Nadel und wurde Masche an Masche. Kirsten mußte schon eine Brille tragen. Sie hatte soviel draußen in der dunklen Küche gestanden, wo der fette, gelbe Rauch des Heidetorfs wie Salz in den Augen brannte. Sie weinte auch jeden Tag. In der kleinen Stube wurde nie ein Fenster geöffnet, die Luft war von Gerüchen gesättigt.

Die Katze schlief ein paar Jahre lang unter dem eisernen Ofen, dann bekam sie ein Junges, das die Lebensanschauung der Mutter erbte.

Eines Tages, als Schmied-Anders wie üblich dalag, den zu Haut und Knochen abgemagerten Kopf schräg auf dem Kissen, zogen sie ihm ein weißes, besticktes Leinenhemd an und kämmten ihm das verbliebene Haar nach vorn über die Ohren.

Er wurde oben auf dem Friedhof begraben.

Der Lehrer hatte gedruckte und kolorierte Gedenkblätter mit freiem Platz für Namen und Datum. Dort hinein schrieb er mit Schönschrift Anders Pedersens Namen, und dann hing es hinter Glas und Rahmen bei Kirsten zu Hause. Zwischen zwei Säulen, umwunden von reichem Zierat, stand dort zu lesen:

»Vater! Wenn Mutter dich fragt:
Wo ist unser Liebstes hin?
Wenn sie klagt und trauert, sag,
daß ich wieder im Himmel bin.

Oder wenn Vater still weint,
wisch alle Tränen ihm ab,
pflanz, wenn die Sonne hell scheint,
all die Tränen auf mein Grab!«

Jedes Jahr erhielt der Lehrer von dem alten Hausierer aus Nürnberg eine neue Lieferung. Er kam um die Zeit, wenn die Frösche quaken und der Hafer gesät wird. Das war schon seit der Thronbesteigung Christians VIII. so, und niemals hatte man vergeblich auf ihn gewartet.

Während der letzten Jahre war es im Haus des Schmieds sehr still gewesen, doch nun lag gleichsam eine noch größere Stille darüber. Kirsten weinte, wenn sie am Herd stand und für sich und Lars Essen kochte, der bittere Rauch half nach.

Im Frühjahr gab Sørine ihre Stellung auf und kam wieder nach Hause, sie war jetzt fünfundzwanzig Jahre alt. Das große, sanfte Mädchen war bei allen sehr beliebt gewesen, doch nun vertrug sie die Arbeit nicht länger. Sie war schmalwangig und hustete. Die Augen leuchteten klarer als gut war.

Kirsten wurde die entschlossene Frau von einst, sie verfrachtete Sørine in das Alkovenbett, dessen unterste Strohschicht noch die Abdrücke des Vaters zeigte.

Dort lag die große, bleiche Sørine und starb im Laufe eines Jahres.

Sie lag da und sah hinaus auf die Ecke von Niels Jepsens Hof, weinte ab und zu, wenn die Mutter hinaus in die Küche gegangen war, um dort zu weinen, und schwand langsam aber sicher dahin. Meistens dachte sie daran, daß sie keinen Liebsten gehabt hatte. Sørine trug das Haar gescheitelt, so daß es zu beiden Seiten der weißen jungfräulichen Stirn herabfiel. Sie sah wie ein Gemälde aus, dort in dem dämmrigen Alkoven; das sagte die Küstersfrau, die manchmal kam und beim Trauern half.

Es gab viele, die Sørine gern gemocht hatten; sie war stets ein stilles Mädchen gewesen, das die schönsten Lieder singen konnte, wenn man es nur zwanzig Minuten lang darum bat. Herrgott, daß sie nun aber auch sterben mußte! Wenn die Gäste gegangen waren, weinte Sørine bitterlich, solange ihre Kraft reichte.

Stining besuchte sie einmal und wollte sich mit einem

Korb voll Preiselbeeren bei ihr einschmeicheln. Sie brachte den Duft der Heide mit, den frischen, bitteren Duft der Krähenbeeren und den säuerlichen Atem des Heidekrauts. Als Sørine kränklich lächelnd von den Beeren kostete, hatte eine von ihnen einen Beigeschmack – diesen gewissen Geschmack, den nur kennt, wer in seiner Kindheit in der Heide auf dem Bauch gelegen und sich mit Beeren vollgestopft hat. Da erwischt man manchmal eine, die man wieder ausspuckt, weil eine Blattlaus darüberhin gekrochen ist, eine von diesen flachen grünen Blattläusen, die einem Preiselbeerblatt so sehr ähnlich sehen, man schmeckt das.

Als Sørine diesen Geschmack im Mund spürte, schluckte sie die Beere hinunter und drehte sich zur Wand um. Ihr Rücken bebte in kleinen, harten Zuckungen.

Stining saß da und schwatzte, sie kannte Sørine ja schon seit deren Geburt. Ja, gewiß doch. Als Sørine neun oder zehn Jahre alt gewesen und mit ihren Spielgefährten in der Heide herumgestreift war, hatten sie Stining immer irgendwo weit draußen getroffen, wo sie Beeren für den Verkauf pflückte. Damals hatte Stining schon genauso ausgesehen.

Sørine drehte sich an diesem Tag nicht mehr um, Dämmerung erfüllte die Stube, hinten im Alkoven schimmerte ihr weißer Nachtjackenrücken.

Den Winter überstand sie, doch im Frühjahr begruben sie Sørine neben dem Vater, und ein neues Gedenkblatt kam an die Wand.

Kirsten alterte, aber stark war sie noch immer. Lars mußte zu den Soldaten, und während dieser Zeit bestellte Kirsten allein den Acker. Karen-Marie war nach wie vor in der Fremde. Kirsten hatte sich im Laufe der Jahre angewöhnt, in einem klagenden und jammernden Tonfall zu reden, doch deshalb war sie längst nicht gebrochen. Sie wurde im Dorf zu einer Art Vertrauensperson, war meistens bei Geburten und beim Weihnachtsschlachten behilflich. Wenn Kirsten-Schmied inmitten dampfender Massen von Därmen und Speckseiten saß, konnte sie alles vergessen und auf eigentümlich überzeugende Weise unerschütterlich wirken. Ihr Rücken war inzwischen gebeugt, doch die Füße standen fest und zuverlässig in den Pantoffeln mit hohen Absätzen.

Stining hatte unzählige Male Geburtstag gehabt, ohne jedoch älter geworden zu sein, als ein weiterer Schlag Kirsten traf: Karen-Marie, ihre zweitälteste Tochter, starb. Sie hatte einen Fuhrmann geheiratet und es recht gut getroffen. Bei der Geburt ihres ersten Kindes starb sie jedoch. Kirsten war bei ihr und schloß ihrer Tochter die Augen.

Nun blieb ihr nur noch Lars. Er war ein ruhiger Bursche von siebenundzwanzig Jahren und hatte den guten Charakter seines Vaters.

Lars kümmerte sich um den kleinen Acker, und da ihm noch reichlich Zeit blieb, verdingte er sich als Tagelöhner und verdiente ganz gut. Er war überall wegen seiner Freundlichkeit und guten Laune beliebt.

Im Frühjahr stach er für die Leute Torf, brachte es auf eine unerhörte Anzahl Soden am Tag und konnte dabei noch mit seinem heiteren Gemüt drei bis vier Griesgrame bei Laune halten.

Kirsten machte nur eins Sorge – Lars hatte sich in eine Näherin verguckt, die von Hof zu Hof ging.

Wenn Mette im Dorf war, dann war Stining täglich betrunken, denn Kirsten belohnte sie, wenn sie von ihr auf dem laufenden gehalten wurde. Kirsten hoffte nicht, daß es Lars mit dieser Liebelei ernst war. Ihr steckte die Bauerstochter im Blut. Sie verlor aber darüber kein Wort.

Lars arbeitete auf demselben Hof wie Mette.

Eines Morgens sollte er sie wecken. Lars schlich sich in ihre Kammer. Das Mädchen lag im Bett und schlief. Er lachte verschmitzt vor sich hin und schlich auf Zehenspitzen über den Fußboden. Das war gar nicht so leicht, da er Stiefel mit Holzsohlen anhatte. Er beugte sich über sie und weckte sie mit einem Kuß.

Das Mädchen fuhr hoch und sah ihn an.

»Du mußt aufstehen!« flüsterte Lars sanft, und dann stahl er sich wieder hinaus.

Einmal kam er zur Dämmerstunde in die Stube. Mette saß allein am Tischende und nähte. Die feinen, zarten Hände machten einen tiefen Eindruck auf Lars, er streichelte die eine.

»Gibst du mir einen Kuß?« fragte er flüsternd.

Mette lachte laut auf.

»Nein-nein, nein-nein.«

»Gutwillig gibst du mir keinen?« fragte er atemlos.

»Nein.«

»Darf ich mir dann gutwillig einen nehmen?«

Mette antwortete nicht.

Lars faßte sie unter den Armen und beugte sich über sie.

»Dann nehm ich mir gutwillig einen.«

Sie wandte das Gesicht ab.

Lars wollte sie nicht küssen, ohne daß sie es ihm erlaubte. Schließlich erlaubte sie es ihm, sträubte sich aber dabei, so wie es sich schickt.

Weiter kam Lars nicht, doch solange die Näherin auf dem Hof war, strotzte er vor guter Laune.

Ein paar Monate später bekam Mette von einem anderen ein Kind, Lars war kuriert. Ob er sich das zu Herzen genommen hatte, erfuhr niemand; er war jedenfalls so wie eh und je.

Die Zeit verging ganz sachte; es gab nichts, woran man sie messen konnte.

Im Frühjahr hatte Lars durch die Anzahl der gestochenen Torfsoden einen gewissen Zeitbegriff. Tag und Nacht wechselten, und wenn man gerade darüber nachdenken wollte, war es plötzlich Herbst. Wenn man das nächste Mal nachsann, war es vielleicht Sommer.

Schnüffel-Peter war eines Tages wieder da und hatte sich eine neue Pfeife zugelegt, ihr blanker Deckel funkelte in der Sonne. Er hielt sie zum Himmel empor und sang, berauscht von Glück und Branntwein.

In einem anderen Frühjahr tauchte Schnüffel-Peter

mit einem verstümmelten Zeigefinger auf, im Laufe des Winters hatte er zwei Glieder verloren. Doch seine Freude war nach wie vor heil und unverletzt. Er brachte nur die Kulmination seiner Seligkeit ins Dorf; wenn er nüchtern und in elender Verfassung war, verbarg er sich an unbekannten Orten.

Es kam ein feuchtes und stürmisches Jahr, in dem sich Lars in den Torfgräben erkältete. Seine Stimme wurde heiser, und er trug den Sommer über ein Halstuch, ohne daß es half. Im Herbst ging er zur Arbeit, bevor er morgens aufstand, hustete er. Als Kirsten ihn das erste Mal Blut spucken sah, wurde sie schreckensbleich und ging hin und wischte lange den Tisch ab, obwohl er doch sauber war.

Die beiden hatten sich bis dahin nie ein böses Wort gesagt, doch nun stritten sie sich manchmal. Kirsten klagte und jammerte ständig und überhäufte den Sohn mit Ermahnungen. Er wurde auffahrend und speiste sie mit bitteren Worten ab. Er sei doch kein Schlappschwanz, den man ewig am Gängelband führen müsse. Lars schüttelte die Mutter ab und ging, ein Tuch viermal um den Hals geschlungen, zur Arbeit.

Er bekam einen abweisenden und verbissenen Ausdruck; nur noch selten riß er einen Witz, und der war dann meistens verletzend.

So ging es den Winter über, ohne daß er etwas von Vorsicht hören wollte. Kirsten weinte und bekam Runzeln, jeden Sonntag ging sie in die Kirche und weinte auch dort.

Im Frühjahr machte sich Lars wieder ans Torfstechen, brachte es aber nicht auf die übliche Anzahl Soden am Tag. Manchmal verzog er das Gesicht und stieß den scharfen Spaten tief ins Torfbett.

Zum Sommer hin betrank er sich ein paarmal und geriet mit den schwedischen Knechten von Højtorp in eine Schlägerei. Er bedrohte sie mit einer Heidehippe, und der Dorfschulze mußte gerufen werden.

Lars' Wangen fielen ein, so daß die Jochbeine scharf

hervortraten und der blonde Backenbart abstand. Der Husten schüttelte ihn.

An einem späten Sonntagabend im August saßen er und die Mutter draußen am Hausgiebel. Es war still, ganz still, der Tau begann das dunkle Gras zu netzen. In dieser Stille konnte man oben im Dorf die Kinder lärmen und jauchzen hören, die um die leeren Fässer des Kaufmanns Greifen spielten. Über dem tiefschwarzen Heiderand stand ein letzter kümmerlicher Widerschein der versunkenen Sonne. Weit draußen im Dunkeln flötete ein Vogel.

Lars saß auf dem Schleifstein und rauchte. Weder er noch die Mutter sagten ein Wort. Auch wenn Abendfriede sie erfüllte, war doch die Mißstimmung nicht vergessen.

Lars stellte die Pfeife in den Wassertrog des Schleifsteins und stand auf.

»Ja, laß uns nun reingehen, Mutter!« sagte er, und seine Stimme war sanft wie in alten Tagen, noch sanfter und weicher.

»Ist das dein Ernst!« stieß Kirsten leise hervor und fing an zu weinen.

Gemeinsam gingen sie hinein, in der Tür blieb Lars stehen und sah hoch, unter dem Vordach staken noch all die Dinge, die Schmied-Anders einst dort verwahrt hatte, damit sie nicht verlorengingen.

Mutter und Sohn waren sich schweigend einig, er legte sich in das Alkovenbett, und sie ging in der anderen Stube zur Ruhe.

Am Morgen blieb Lars liegen. Er lag dort anderthalb Jahre, bevor er starb.

Es war eine bitterlich lange Zeit. Lars lag da und starrte von derselben Stelle wie die beiden anderen nach draußen, und er sah dasselbe.

Im Sommer wurde Niels Jepsens Hof weiß gekalkt, und die beiden runden Pappeln wurden sichtbar. Eines Tages hatten die Pappeln keine Blätter mehr.

Während der Zeit, da das Vieh auf den Feldern frei

herumlief, überquerte hin und wieder eines der Tiere den kleinen Zipfel Ackerland. Lars verfolgte von seinem Platz aus den Einzug des Frühlings. Herumstreifende Kinder kamen über den Acker, um Schachtelhalm zu pflücken. Er sah, wie ein Kind einen alten, ausgetretenen Schuh fand und hineinschaute. Ein andermal kamen drei, vier kleine Mädchen in einer merkwürdigen schlafwandlerischen Haltung angewandert, sie gingen mit einer roten Flaschenglasscherbe vor dem einen Auge auf die Sonne zu, da war es April.

Kirstens Rücken krümmte sich, im Grunde genommen weinte sie nun ständig. Ihre Augen wurden schwach. Lars sprach mit ihr wie mit einem kleinen Mädchen. Er war geduldig, lag da und vollendete eine Zeit, die ihm länger erschien als der Zeitraum, der ihm, gemessen am Alter anderer, noch zugestanden hätte. Die großen Arbeitshände wurden hilflos weiß und zart wie die der Näherin. Er fingerte an der Quaste des Bettbandes herum, die roten und blauen Fäden waren sorgfältig geordnet.

Tick-tack, sagte die Uhr in der Ecke. Die Zeiger bewegten sich nicht, sie waren entzwei, doch der Perpendikel ging noch. Lars wollte gern, daß er ging. Das sei so beruhigend, sagte er. Die Zeit wurde in kleine Stücke geteilt. Bei jedem zweiten oder dritten Ticken konnte er sich eine feuchte, gutgeschnittene Torfsode vorstellen, die auf die Grabenkante gesetzt wurde.

Manchmal schauten die Kinder bei dem Kranken ein. Lars, der nie an einem Hund hatte vorbeigehen können, ohne ihn mit einem Schlag auf seinen Schenkel anzulokken, war ein Kinderfreund. Wenn sie sich einfanden, trat Kirsten aus der dunklen, raucherfüllten Küche und trocknete sich die Augen. Und wenn sie in die Stubenluft kamen, sahen sie stets hinten im Alkoven das bleiche, geduldige Gesicht. Es war Sommer, es war Winter, für die Kinder stand die Zeit still, und in all dieser Ewigkeit fanden sie bei ihren Besuchen Lars unverändert vor.

Doch die Zeit vergeht, und auf einmal, wenn man genau hinsehen will, ist es lange, lange Jahre her.

Zuletzt litt Lars sehr. Der Doktor gab ihm Morphium, doch Lars war damit überaus vorsichtig. Er wolle leiden, was ihm an Leiden zugedacht sei, sagte er. Während der letzten Tage konnte er es im Liegen nicht aushalten. Die Mutter stützte ihn, bis sie nicht mehr konnte und jämmerlich weinte.

Eines Tages hielt sie Lars ein brennendes Talglicht vor den Mund. Die Flamme rührte sich nicht, sie stand kerzengerade und beleuchtete den scharfen Knorpel der Nasenspitze. Lars war im Bett seines Vaters gestorben, dort, wo er einmal geboren worden war – in Kirstens Ehebett.

Er wurde oben auf dem Friedhof begraben, nun lagen vier Gräber nebeneinander.

Einmal ging Stining auf den Friedhof, um nach Lars' Grab zu sehen. Die Kinder liefen dort in dem langen Gras herum und spielten. Bei ihrem Anblick jubelten sie und stürzten zu ihr hin. Sie schwatzten lange miteinander.

»Hast du denn keine Gräber, Stining?« fragte eines der Kinder vorwitzig.

Doch, sie habe auch eines. Stining führte sie in einen Winkel, wo viele überwucherte Hügel durcheinander lagen. Sie hatten keinen anderen Schmuck als das lange, bleiche Gras, das an altes Haar erinnert, und sie sahen allesamt gleich aus.

Doch Stining fand ein bestimmtes heraus. Hier liege ihre Mutter, sagte sie. Stining kniete sich hin und harkte mit den Händen ein bißchen im Gras. Ihre roten Branntweinaugen waren betrübt.

»Wann ist sie denn gestorben?« fragte ein Kind unbekümmert.

Ja, das sei – ach ja, das sei schon viele hundert Jahre her – bestimmt.

Stining konnte sich an nichts erinnern. Und sie war die einzige, die die Erinnerung an ein unbekanntes, verwehtes Leben bewahrte, eine Zahl in einer Rechnung, deren Ergebnis gleich Null ist. Stining konnte nur betrübt sein.

Kirsten-Schmied verkaufte das Anwesen ein halbes Jahr später. Für das Geld kaufte sie sich auf dem Hof ihrer Eltern ein, wo sie geboren war. Er gehörte inzwischen dem Sohn ihres Bruders.

So ging es zu, daß Kirsten nach dreiunddreißig Jahren an denselben Ort zurückkehrte, von dem sie einst ausgezogen war. Sie kehrte zurück, von harter Arbeit gebeugt, stumm und von Sorgen ausgehöhlt, wie einer, der dreiunddreißig Jahre lang herumgereist ist, unterwegs Schlimmes erlitten hat und allein und mit leeren Händen nach Hause zurückkommt.

Eines Abends hatte sich die Jugend auf dem Hof versammelt, um zu spielen und zu tanzen, und die alte Kirsten saß dabei und sah zu. Da erinnerte sie sich plötzlich – sah die vielen Jahre in einem einzigen Bild vor sich. Ja, sie war allein draußen in der Welt an einem fremden Ort gewesen und war an der Erfahrung zerbrochen, daß ihr Leben fruchtlos geworden und zu einem Nichts zerronnen war. Seit jenem Tag war sie wunderlich. Sie hatte an diesem Tag »zuviel gesehen«. Die letzten zwanzig Jahre ihres Lebens verbrachte sie in der endlosen Finsternis des Wahnsinns.

Sonntagmorgen

Wenn sich die Sonne zeigt, kommen die Lerchen vom Himmel herab, an dem sie hoch oben hingen, um nach den ersten Strahlen zu spähen. Dann trompeten sofort alle kriegerischen Hähne. In den Dörfern erwachen die Menschen und sehen, daß ein neuer heller und frischer Tag angebrochen ist, während sie schliefen. Auf dem Kopfsteinpflaster der Höfe beginnen Holzschuhe zu trapsen; das Klappern der Blecheimer und das klagende Stöhnen quietschender Brunnenwinden sind meilenweit von Hof zu Hof zu hören.

Eine Stunde später hat der sich entfaltende Tag alle Laute nah und fern in seinem Mahlwerk zusammengerüttelt. Und es achtet auch niemand mehr darauf.

Vor dem Haus des Tierarztes in Kjeldby wartete ein Knecht mit einem Junghengst. Etwas später näherte sich vom Wiesenweg ein weiterer Knecht mit zwei kleinen Jungtieren. Er blieb auch vor der Tür stehen. Die beiden Burschen sahen einander unverwandt und prüfend an.

»Bei wem bist du Knecht?« fragte schließlich der zuletzt Gekommene; und als er das heraus hatte, wirkte er erleichtert.

»Ich dien bei Graves in Svendsild«, antwortete der andere gedämpft. Er wandte sich seinem Jungtier zu und strich ihm über die zweigeteilte feine Rundung des Kreuzes.

»Dann ist das vielleicht sein Jungtier, dann ...«

»Ja.«

Sie schwiegen lange. Der eine der Knechte versuchte, in den weißlichen Flaum zu fassen, der auf seinen Wangen wuchs. Ihm lag eine Frage auf der Zunge. Er blickte abschätzend auf das Pfeifenrohr, das dem anderen Knecht aus der Brusttasche ragte.

Schließlich fragte er: »Was soll die Pfeife kosten?«

Das war als freundliche Annäherung gemeint.

»Die wird nicht verkauft.«

Dann hatten sie einander nichts mehr zu sagen, obwohl sich beide gern noch weiter unterhalten hätten. So standen sie da, hielten die Tiere und traten ab und zu von einem Fuß auf den anderen. Die Jungtiere taten es ihnen gleich.

Einige Zeit später öffnete sich die Kontortür des Tierarztes, sie knarrte lange, ehe sie zur Ruhe kam. Dort drinnen war es blau vom Tabakrauch; durch den Dunst schimmerten Buchrücken in einem Regal. Holzschuhe klapperten, dann kamen zwei Bauern heraus, aus häuslicher Gewohnheit bückten sie sich in der Tür, obwohl sie hoch genug war. Es waren Graves aus Svendsild und der alte Kren Smed, beide waren Hofbesitzer. Sie wirkten hellwach und gut gelaunt.

»Nun müßten wir wohl sehen, daß wir eine Mannschaft zusammenbekommen«, sagte Tierarzt Elle und blickte die Dorfstraße entlang. »Kaj, lauf zum Schuster-Anton und zu Laust. Wie viele sind wir? Na, dann versuch auch Frederik Just zu erwischen.«

Kaj sprang davon, die Absatzeisen seiner Stiefel blitzten in der Luft.

Graves hatte einen langen Grashalm gefunden, den er durch die Pfeifenspitze zog, fettglänzend von der Tabaksoße kam er wieder heraus.

»Nun raucht sie wieder!« bemerkte Graves vergnügt, nachdem er die Pfeife zusammengeschraubt hatte. Kren Smed stand bei seinen Jungtieren, blickte auf die Straße und dachte nach. Ganz außer Atem kam Kaj zurück und begann Taue und Ledergurte aus dem Flur herbeizuschleppen. Zuletzt kam er mit der Kiste, die Zangen und andere Dinge enthielt, mit denen er gewandt hantierte und seine Aufgaben in Angriff nahm. Frederik Just kam angeschlendert, er war noch ungewaschen und hatte noch seine geflickte Kleidung an.

»Na, sind *die* nun dran!« sagte er munter und schaute

auf die Jungtiere, die unruhig auf der Stelle trippelten und die Augen verdrehten.

»Ja, nun wird's wohl nicht mehr lange dauern«, antwortete Graves gutmütig.

Kren Smed lächelte schweigend. Die beiden Einjährigen gehörten ihm.

»Was für ein verdammt schönes Stück!« rief Just und blickte forschend auf Graves' roten Junghengst.

Graves zog die Luft durch die Nase – grübelte –, dann spuckte er aus.

»Naja, er ist nicht der Schlechteste.«

Schuster-Anton erschien mit seinem Schurz und mit pechverschmierten Fingern.

»Solltest du ihn nicht lieber auswachsen lassen?« fragte Frederik Just nachdenklich.

Graves wußte nicht recht ..., doch nun fand er ...

Als endlich auch Laust kam, setzte man sich in Richtung eines kleinen ausgetrockneten Tümpels am Ende der Straße in Bewegung. Kaj ging an der Spitze. Schwer, verantwortungsbewußt die Bürde schleppend.

Der eine der Einjährigen wurde zuerst vorgenommen, die beiden anderen wurden draußen auf dem Feld angepflockt. Kaj suchte den Rasen nach Steinen ab und warf sie weit weg. Die Männer legten ihre Pfeifen in das taufeuchte Gras.

»Es ist ganz geduldig«, erläuterte Kren Smed, als der Tierarzt dem kleinen zottigen Jungtier den Ledergurt über den Rücken legte. Das Tier begann zu zittern.

»Naja, es stellt sich nur ein bißchen an«, sagte Kren Smed. »Ja, ist doch gut! Es passiert ja nichts. Bleib stehen!« Er strich dem Jungtier mit dem Handrücken beruhigend ums Maul.

»Ist doch auch nicht verwunderlich«, meinte Frederik Just.

»He! Da kann man sehen! Jaja, Freundchen, es wird bestimmt nicht lange dauern!«

»Hach!« Kren Smed wischte mit der Handkante einen Tropfen unter der Nase weg. Kaj sprang mit einer

Tauschlinge umher, die er dem Jungtier umlegen wollte.

»Los, los! Vorwärts!« ermunterte Kren Smed.

Endlich waren alle Taue und Schnallen an Ort und Stelle. Tierarzt Elle richtete sich auf und rückte die Brille zurecht.

»Jetzt muß ein starker Mann an den Kopf!«

Die Männer schlugen die Augen nieder. Keiner rührte sich. Aber sie kamen schnell mit sich ins reine, und als es soweit war, stand Graves aus Svendsild am Kopf des Jungtiers und faßte die Holztrense.

»Einer nimmt den Schweif!«

Dazu war Schuster-Anton bereit. Die übrigen verteilten sich an den Stricken. Das Jungtier zitterte in seiner Vertäuung und schnaufte. Die Nasenlöcher blähten und verengten sich abwechselnd.

»Erst wenn ich das Zeichen gebe!« Der Tierarzt hob den einen Vorderfuß am Haarbüschel des Fesselgelenks an und zog die Leine straffer.

»Ziieht!«

Die Männer zogen, so daß sich die Holzschuhe tief in den Rasengrund gruben. Das Jungtier verlor den Halt und kippte um, es schwappte in seinem Leib, und dem Hals entfuhr ein klagender Ton. Graves lag in voller Länge darüber und preßte den Kopf mit seinem schweren Oberkörper auf den Boden. Dann zurrte der Tierarzt die Taue fest. – »Gebt nach! Schnell!« – Es war gleich geschafft. Das Jungtier lag auf dem Rücken, den weißgelben Bauch nach oben gedreht und das feine Fell zwischen den Beinen gestrafft. Kaj brachte mit geübter Geschäftigkeit die Kiste, und Tierarzt Elle holte das Messer aus der Westentasche.

Graves lag beim Kopf auf den Knien und beugte sich nach vorn, um zuzusehen. Die anderen standen an den Tauenden. Frederik Just assistierte mit Zange und Bindfaden.

Gelassene Heiterkeit verpflanzte sich von einem zum anderen. Witze, die die Zeiten überdauert hatten, wurden noch einmal erzählt. Kren Smed schnaubte vorsichtig und putzte sich anschließend die Nase. »Hektor!« Der Hund des Tierarztes hatte gespannt wartend hinter dessen Rücken gesessen; der Tierarzt warf, ohne sich umzusehen, und Hektor war zur Stelle – haps!

»Der hat Übung«, meinte Graves.

»Das war sein Frühstück«, sagte Frederik Just.

Graves lachte. Sein Gelächter erinnerte an ein keuchhustenkrankes Kind, das in Atemnot geraten ist.

Auf der Straße fuhr ein Wagen vorbei, es waren Leute, die in die Stadt wollten. Die kräftigen Junggäule trabten ruhig dahin, hinter ihnen schwebte eine Staubwolke. Drüben auf dem Feld begann der rote Zweijährige von Graves zu tanzen, er hob den Kopf und verdrehte die großen furchtlosen Augen, die Ohren fielen nach vorn. Dann drehte er sich um sich selbst und wieherte herausfordernd. Solange der Wagen in Sicht war, stand er mit gestrecktem Hals und hoch erhobenem Kopf.

Tierarzt Elle war fertig. Kaj setzte den Wassereimer seitwärts ins Gras; um das Jungtier herum wurde aufgeräumt, und die Taue wurden gelöst. Das Tier blieb liegen, schnaufend, alle viere von sich gestreckt.

»Hei! Will er nicht hoch!« Kren Smed zog am Schweif und stieß mit der Holzschuhspitze gegen das Hüftbein.

»Dann können wir wohl zum Richtfest kommen«, warf Frederik Just ein. Das war ein bekannter, aber wirkungsvoller, altbewährter Witz.

Schließlich sprang das Jungtier hoch, schüttelte sich und drehte sofort den Kopf nach hinten, um herauszufinden, wo der Schmerz herkam. Kren Smed zog es weiter, das Hinterteil war etwas steif.

»Jetzt ist er aber ein wenig schwach auf den Beinen!« rief Frederik Just triumphierend.

Das Jungtier mußte nun bewegt werden, es durfte sich nicht hinlegen. Kaj streckte den Arm aus, und Kren Smed überließ ihm die Leine. Kaj trollte sich, der aufgerollte Tüderstrick schlug ihm um die kurzen Beine. Das Jungtier folgte ihm mit hängendem Kopf.

Nun war der zweite von Kren Smed an der Reihe. Für ihn brauchte man etwa eine Viertelstunde.

»Die drei Kronen sind eigentlich leicht verdient«, sagte Graves, der Filou. Das sollte ein Scherz sein. Kren Smed meinte jedoch, er müsse ihn durch eine Anmerkung abschwächen.

»Ja, schon ..., aber gelernt ist gelernt«, erklärt er still. Man verschnaufte ein wenig, ehe man sich den Roten vornahm. An der Straße tollten kleine Kinder in rotkarierten Schürzen. Sie liefen zu Kaj, um mit ihm zu schwatzen. Die Kirchenglocke hatte zu läuten begonnen, sie hatte einen recht traurigen Klang. Unten auf der Straße tauchten zwei Frauen mit schwarzen Seidenkopftüchern auf; die Sonne schien auf ihre Taschentücher, die sie um das Gesangbuch gelegt hatten. Es war ein ruhiger, herrlicher Morgen; ein kaum wahrnehmbares Lüftchen streifte das Gesicht, kühl vom Tau, der sich auf den Feldern verflüchtigte, und klar wie Wein.

Das andere Jungtier wurde ebenfalls Kaj anvertraut, er zog es über das Brachfeld. Niedergeschlagen schnupperte das Fohlen an den Grasbüscheln und schmatzte mit der Unterlippe.

Dann kam der Rote dran, er folgte Graves in kurzem Trab zum Tümpelflecken; die Rundungen der Hinterschenkel gingen wechselweise auf und nieder, und die Mähne wogte. Es war schwer, mit ihm fertig zu werden. Graves stand fast Kopf, ehe es ihm gelang, den Hals des Tieres auf die Erde zu drücken.

Nach langem Schweigen sagte er: »Kann man das begreifen, daß Jens Jørgensen bei seinen beiden nichts machen läßt.«

»Er will bis zum Herbst warten«, warf Kren Smed mit hoher Altmännerstimme ein – »sie sind ja recht arm ...«

»Merkwürdig. Der Mann hat doch Futter genug gehabt, der brauchte doch nicht so zu rechnen. – Ich hab die beiden Ochsen auf dem Markt gekriegt.«

»Du hast die Ochsen gekauft!«

»Trennt er sich von seinem Besitz, der Jens – was der

wohl vorhat? Gestern morgen hat er den braunen Gaul verkauft – nach Alsted.«

»Na so was! – und ich weiß nicht, an wen ich meine Rote verkaufen kann, die Mutter von dem Burschen hier.«

»Willst du dich von ihr trennen?«

»Ja, ich habe doch nun die beiden Arbeitsochsen.«

Sie sprachen nicht weiter. Der Tierarzt war fertig, und Kaj bekam auch den Roten, um ihn in Bewegung zu halten. Schuster-Anton rollte die Taue zusammen und Frederik Just, der ihm half, knüpfte unbemerkt eine Schlinge, die er ihm um den Hals warf.

»Aufgepaßt, Anton, mein Freund, komm nur näher, nun werden wir dich gleich umlegen – nun soll's ein Ende haben mit deiner Prahlerei. Kommt alle her, damit wir ihn umwerfen.«

Laust schlug ein schallendes Gelächter an, die beiden Bauern zwinkerten voll Freude dem Spaßmacher zu. Anton dagegen gefielen solche Scherze nicht.

Dann wollte man in die Schenke, um einen zur Brust zu nehmen.

»Der paßt doch wohl auf, der Bengel?« fragte Graves und schaute Kaj hinterher.

Die Tiere durften sich auf keinen Fall hinlegen. Auf dem Weg zum Wirtshaus erzählte Tierarzt Elle von einem Jungtier, dem das gelungen war und das sich mit den Zähnen so zugerichtet hatte, daß es getötet werden mußte.

»Oje!« seufzte der alte Kren Smed erschüttert. »Was Sie nicht sagen. Das war ja ein Unglück. Du lieber Gott ...«

Sie wurden in die Schankstube komplimentiert, und das Bier wurde gebracht. Kling, kling, dann setzten sie die Flaschen an. Der Adamsapfel von Schuster-Anton hüpfte auf und ab, während er den Inhalt hinuntergurgelte. Als sie getrunken hatten, stellten sie die Flaschen auf den Tisch, und einer nach dem anderen stieß auf. Die Pfeifen wurden hervorgeholt. Graves pustete die

Asche auf den Boden und versuchte gleichzeitig, den von Soße durchtränkten Pfropfen loszuwerden.

»Na, eigentlich ist es ja sehr schön ...«, sagte Kren Smed lange danach mit dünner Stimme, und er sah aus, als erinnere er sich sonderbarer und tiefsinniger Dinge.

Tierarzt Elle umfaßte mit der breiten weißen Hand Mund und Bart.

Das Schweigen wanderte langsam. Unter dem Fußboden im Keller tropfte einer der Hähne – pitsch, pitsch – in einen Bottich. Die Spatzen hüpften draußen auf den Pflastersteinen, einer wagte sich auf die Türschwelle hinauf – tschilp!, und weg war er wieder.

»Naja«, sagte Tierarzt Elle und stemmte die Hände auf die Knie.

Schweigen.

Graves stopfte weiter die Pfeife, sein breiter Mund im glattrasierten Gesicht lächelte freundlich, das würde schon seine Richtigkeit haben, das Ganze – was es auch sei ...

Sie befanden sich alle in der gleichen Not, es drängte sie, sich mitzuteilen, und es fehlte ihnen die Fähigkeit dazu.

Schließlich wandte sich Kren Smed an Graves: »Hast du deinen Hafer gesät?«

»Nein, noch nicht.«

»Der Roggen steht gut in diesem Jahr!« warf Schuster-Anton laut und erleichtert ein.

»Er ist mächtig geschossen«, stimmte Graves lebhaft zu. »Es scheint wahrhaftig ein gutes Kornjahr zu werden. Aber ein winziger Tropfen Regen könnte nicht schaden.«

»Der Tau«, sagte Kren Smed. »In den Nächten taut es stark – sonst würde die Erde wohl bald verkrusten ...«

Draußen auf der Straße ging Kaj mit den drei kopfhängenden Jungtieren vorbei, sie stolperten hinter ihm her und strafften ab und zu die Stricke, wenn sie zurückblickten. Die Spatzen stoben von den Pflastersteinen auf und flogen hinaus auf die Felder.

»Das ist nicht so einfach mit den Tieren«, sagte Graves, breit lächelnd. »... sie sind so klug.«

»Ja, sie sind sehr verständig.« – Das war Frederik Just, der auch sein Vertrauen in die geistigen Fähigkeiten der Tiere zu erkennen gab.

»Sie wissen genau, wenn sie krank sind. Grad wie in dem Jahr – mir fällt das gerad so ein –, in dem ich eine Stute verlor. Der Tierarzt ist wohl dagewesen und hat an ihr rumkuriert ...«

Graves kniff seine gutmütigen Augen zusammen, sein großes Gesicht strahlte vor Freude.

»Aber sie konnte nicht leben. Sie stand im Fohlenstall mit dem Fohlen, und man konnte ihr ansehen, daß sie das wußte, das war ganz einfach zu sehen. Sie hatte so 'nen sonderbaren Blick. Und wie sie das Fohlen angesehen hat, so richtig barmherzig. Die Frau mußte weinen. Es war aber auch ein zu gutes Pferd. Doch schließlich war die Stute versichert. Ja, ja, und wie sie Luft geholt hat, sie hat genauso geseufzt wie ein Mensch ...«

Graves zog an der Pfeife und klappte den Deckel zu.

»Doch, das ist gar nicht unmöglich«, sagte Kren Smed sehr gedämpft. »Mein Großvater konnte auch von zwei Gäulen erzählen – das ist zwar schon mächtig lange her –, die haben seinem Nachbarn gehört. Der Franzose hatte sie sich geholt. Beide haben sie Fohlen gehabt. Der Mann ist dadurch ganz verstört gewesen, denn es waren zwei verteufelt gute Pferde. Aber drei Tage später sind beide einträchtig wieder auf den Hof gerannt gekommen – der Franzose hatte nicht genügend auf sie aufgepaßt. Sie haben laut gewiehert, als sie auf den Hof gekommen sind, und die Fohlen im Stall haben geantwortet. War das eine Freude.«

Kren Smed schob den Kopf vor und spuckte genau an der Tischkante vorbei.

»Aber diese beiden tüchtigen Gäule sind im übrigen jämmerlich zugrunde gegangen, das hat mein Großvater auch erzählt. Als der Knecht sie im Teich tränken sollte, sind sie wild geworden – wahrscheinlich verrückt durch die Bremsen. Es kann ja auch sein, daß sie zu lange im Wasser gestanden hatten. Sie haben sich losgerissen und sind zu weit rein. Im Teich waren Schlick und Schlamm, die haben sie runtergezogen. Der Knecht ist mit ihnen ertrunken. Ach ja, das war 'ne böse Sache.«

Kren Smed holte Luft und drehte die Daumen. Seine hellen Greisenaugen sahen starr vor sich hin ..., zurück in entschwundene Zeiten.

Dann heftete er den Blick auf den Tierarzt und holte seinen Leinenbeutel aus der Tasche.

Graves folgte dem Beispiel, die Bezahlung wurde schweigend erledigt. Wenig später sagte Kren Smed so ganz allgemein: »Ich habe da auch eine Färse, die ist ganz scharf auf Korn – nicht, daß das so viel zu sagen hätte, aber vielleicht kann der Tierarzt einen Rat geben ...«

Kren Smed bekam seinen Rat, nun wurde er unruhig, fingerte an der Flasche herum und räusperte sich.

»Na, die Preußen, die waren auch scharf auf die Pferde«, sagte Graves. »Ich weiß noch genau, wie sie damals kamen. Ich war da noch ein kleiner Junge. Mein Vater und ich haben an der Hecke vom Gemüsegarten gestanden, und in Richtung Norden hinter Alsgaard konnten wir ein winziges Stück von der Aalborger Landstraße sehn – die lief da über eine Anhöhe –, das war gut eine Meile weg. Am frühen Vormittag sind die ersten zu sehen gewesen, dicht an dicht wie ein Mückenschwarm, und marschiert sind sie in der ganzen Breite der Straße. Der Staub ist um sie aufgestiegen, wir haben die Bajonette und Säbel blitzen sehen. Wir konnten nicht mehr als ein winziges Stück Straße dort auf der Anhöhe sehen, und wir konnten überhaupt nichts hören. Aber es sind mehr und mehr gekommen, und so ist das bis spät in den Nachmittag gegangen – wir sind zwischendurch hinausgelaufen und haben nachgeschaut, sie sind ununterbrochen marschiert. So gegen vier Uhr ist mein Vater hinüber zur Hecke gegangen und hat angefangen zu weinen. Denn Per, mein ältester Bruder – ja, er, der im letzten Frühjahr gestorben ist –, der war als Soldat oben in Vendsyssel, und alle die Preußen sind ja in diese Richtung gezogen. Aber wir haben wahrhaftig nicht gewußt, wie wir die Gäule verbergen sollten, und man hat sie uns auch weggenommen. Wir haben nie wieder was von ihnen gehört.«

Graves lächelte in Gedanken und kippte Tabaksoße auf den Boden.

»Ja, ja, die Tiere *sind* nun mal klug«, sagte er mit warmer Stimme. »Es war im letzten Herbst – ja, ganz im Ernst, das war merkwürdig. Ich war in Ejdrup in der Mühle gewesen, und es war spät geworden. Wir hatten nämlich den ganzen Tag gepflügt, und die Gäule hatte ich vorher also nicht haben können. Es ging um die beiden Braunen – und es waren bloß ein paar Tønder geschrotetes Korn zu holen. Aber als wir zurück nach Hause wollten, war es so ungeheuer dunkel, wie ich es nie erlebt habe ..., ich muß mal die Pfeife stopfen.«

Graves stopfte und erinnerte sich – man konnte es ihm ansehen –, alle blickten ihn gespannt an.

»Also, es war eigentlich wie gewöhnlich. Ich hatte es nicht so eilig gehabt, doch als ich ins Freie kam, stand das Licht der Mühlenfenster gegen die stockfinstere Nacht – es war überhaupt nichts zu sehen. So dunkel war es. Na, ich fand schließlich den Wagen, und anfangs konnte ich nicht mal die Pferde erkennen. Aber die beiden Braunen sind genau auf dem Weg geblieben, ihnen konnte ich vertrauen. Und die Augen gewöhnten sich ja auch dran – ich fing an, ein wenig zu unterscheiden. Es ging bald ganz gut, ihr kennt doch alle den Vilsomer Berg, der ist ganz schön steil, und vor dem hatte ich 'n bißchen Angst. Als wir oben angekommen sind, habe ich die Zügel straff gehalten, und die beiden Braunen sind auch recht vernünftig getrabt.«

Graves hob die Stimme.

»Aber als ich fast auf der Hälfte des Berges war und mich umschaute – ja es ist wahr, ob ihr es glaubt oder nicht –, da sah ich, daß wir *rückwärts* gefahren sind.«

»Na, so was«, sagte der alte Kren Smed bedächtig und blickte mit seinen müden Augen hoch.

Tierarzt Elle rückte an der Brille und schärfte gleichsam den Blick.

»Es ist tatsächlich wahr. Und ich gebe auch zu, daß ich fürchterliche Angst gehabt habe. Als ich im Wagen aufgestanden bin, haben mir die Knie geschlottert. Ich habe auf die Erde geschaut, ich konnte nichts sehen, ich habe auf die Gäule geschaut, die trabten ganz gleichmäßig und stießen die Schenkel gegen die Waage, weil sie bremsen mußten, aber mir war's, als ob wir rückwärts fahren würden – den Berg wieder hinauf, mir ist eiskalt geworden im Gesicht. Plötzlich fingen die Gäule an unruhig zu werden, ich habe es genau gespürt, daß sie ein bißchen gezittert haben. Da hat mich die Angst gepackt. Nun will ich gestehen, daß ich leicht die Beherrschung verliere, wenn was Unvorhergesehenes passiert, und das hier konnte ich einfach nicht begreifen. Mich hat der Zorn gepackt, ich habe die Peitsche genommen und auf die Gäule eingedroschen. Kerzengrad hab ich im Wagen gestanden, und wir sind im fliegenden Galopp den Berg runter. Die Säcke sind auf dem Wagenboden langgerutscht und mir auf die Fersen. Da bin ich ganz närrisch geworden, denn es ging im Galopp, und Donner und Doria – immer noch rückwärts. Aber als wir am Fuß des Berges angekommen sind, da habe ich plötzlich einen Steinwegweiser gesehen, er war weiß gekalkt, und er ist uns bloß so entgegengeflogen – ich konnte ihn knapp erkennen –, plötzlich ist alles in Ordnung gewesen, wir sind wieder vorwärts gefahren, wie es sein sollte. Da habe ich angehalten und bin vom Wagen gestiegen, meine Knie sind ganz weich gewesen. Die beiden Braunen standen da mit zitternden Schenkeln und haben geschnauft. Das letzte Stück Weg habe ich sie nach Hause gezogen. War das nun nicht seltsam? Ich weiß nicht, wie das mit diesem Rückwärtsfahren sein kann, aber es gibt noch mehr Leute, die das gleiche erzählen. Aber ich glaube bestimmt, daß die Biester von

Sinnen waren, weil sie meine Angst spüren konnten, das ist nun mal sicher. An was Übernatürliches kann ich nämlich nicht glauben.«

»Hm, hm!« räusperte sich Kren Smed wie einer, der sich sein Teil denkt.

Es wurde wieder still. Graves trank sein Bier aus und schwappte die Neige auf den Boden.

»Man müßte wohl sehen, daß man sich mit dem Roten nach Haus trollt.«

Kaj wartete mit den Jungtieren vor der Schenke. Als er den Roten ablieferte, lächelte Graves wie die Sonne. Ein wenig später lächelte auch Kaj, er hatte einen blanken Lohn bekommen.

Dann zog Graves mit seinem Jungtier davon.

Kren Smed kam aus dem Stall und wollte auch heimwärts. Kaj übergab ihm die Stricke und versuchte, Kren Smeds Blick festzuhalten. Aber der kleine eingetrocknete Greis schaute weit weg, über Kaj hinaus in Richtung der Kirche von Jemdrup, die wie ein weißer Kalkpunkt mitten auf dem sonnenbeschienenen Hügel lag.

»Hab vielen Dank.«

Kren Smed stolperte mit seinen beiden zerzausten und steifbeinigen Jungtieren den Weg entlang. Die Holzschuhe klapperten auf dem Schotter, der Tabakrauch schlängelte sich zurück über die verblichenen Jakkenschultern.

In einiger Entfernung sah man die Leute, die aus der Kirche kamen, sie bewegten sich langsam in ihren schwarzen Kleidern. Es staubte ein wenig, die Sonne schien weiß und blendend.

Der Lindby-Jäger

Im Norden Jütlands lebte ein Mensch, der das Geheimnis der Natur und vergangener Zeiten in sich trug, ohne es zu wissen, ein Mann, der sein Leben lang glaubte, frei zu handeln und zu urteilen. Aber er trug eines von Pans Schicksalszeichen auf der Stirn.

Die Kinder entdeckten das mit ihrem sicheren Instinkt; sie erfühlten die urzeitlichen Bindungen, sie konnten erahnen, wenn ein Erwachsener ihnen ebenbürtig war. Als der Lindby-Jäger zum ersten Mal ins Dorf kam, ergriffen sie sofort von ihm Besitz. Er kam nicht die Straße daher wie andere Menschen, die vielleicht stehenbleiben und die Kinder schelten und nachfragen, ob sie ihre Religionsaufgaben gelernt haben. Er kam übers Feld und war mit einem Sprung über den Graben. Da wußten sie Bescheid. Außerdem hatte er eine Doppelflinte in der Hand, und an der Seite trug er eine Tasche aus Otterfell. In den Schultern war er ungewöhnlich breit, und auf einem kurzen Hals saß ein riesiger Kopf mit weißem, kurzgeschnittenem Haar. Er war bartlos und hatte die Gesichtszüge von Renan. Man faßte sofort Vertrauen zu ihm. Ohne Überheblichkeit erzählte er von seinem Hund, und die Kinder durften sein Pulverhorn und die Flinte befingern.

Der Mann setzte sich an den Grabenrand und unterhielt sich einfühlsam mit den Jungen. Währenddessen kramten diese ein totes Rebhuhn aus seiner Tasche, sie befühlten sein Brustbein und schoben mit den Fingerspitzen das Augenlid über den gebrochenen kleinen braunen Augen zurück. Schau her, das macht seine Augen von unten her zu. Wenn sie den toten Vogel drehten und wendeten, hingen Kopf und Hals immer nach unten. Das war wirklich trist.

Allmählich wurde der Lindby-Jäger zu einer der merkwürdigen Ahasverusgestalten. Er gehörte zu dieser Gegend, auch wenn man ihn nicht sah.

Eines schönen Tages wußten die Jungen, daß der Lindby-Jäger im Dorf war. Sie begrüßten ihren Freund, als hätten sie ihn erst vor einer Stunde gesehen. Danach konnten Monate vergehen, ohne daß sie an ihn dachten. Aber dann war er plötzlich wieder da. Der endlose Stillstand der Zeit, die Rätselhaftigkeit des Unbekannten hüllten ihn ein.

Der Lindby-Jäger führte ein heimatloses Wanderleben; er ernährte sich von der Jagd und vom Fischfang. Das sonderbare an der Sache war, daß seine Eltern gewöhnliche einfache Bauern gewesen waren. Das wußten die Leute und betrachteten deshalb die Angelegenheit vom Ökonomischen. Wer konnte wissen, wieviel er wohl auf diese Art verdiente. Vielleicht hatte er den besseren Teil gewählt. Schließlich war er einer der Ihren. Das Urteil wäre anders ausgefallen, hätte der Lindby-Jäger von Städtern oder Zigeunern abgestammt. Außer der Nahrungssuche hatte der Lindby-Jäger zwei Leidenschaften: das Kartenspiel und die Rauferei; und bei beiden bediente er sich unlauterer Mittel.

Einmal war im Dorf Auktion. Ein Heim wurde aufgelöst. Alles, was zusammengesammelt und gespart worden war, sollte verkauft und verstreut werden.

Bei solchen Gelegenheiten breitet sich eine fröhliche, festliche Stimmung unter den Leuten aus, die hergelaufen kommen und die Nase in tiefe Kästen mit Gerümpel stecken. Dabei entstehen und verknüpfen sich allerlei Gedanken, die ihnen die Kruste von der Seele lösen. Vergrämte Altenteiler können lustig werden, verschlossene Männer können wieder so werden, wie sie vor Jahren einmal waren. Besonders dann, wenn mit ein wenig Alkohol nachgeholfen wird. An diesem Tag spielte aber außerdem Pan in Gestalt des Lindby-Jägers mit.

Die Kinder krochen überall herum und hatten die Nase voll von Mottenstaub aus dem alten Inventar. Ein

Sofa, das vierzig Jahre lang mit dem Rücken an einer Wand gestanden hatte, befand sich nun jämmerlich preisgegeben mitten auf dem Kampfplatz. Es war eine Art Entdeckungsreise, wenn man die wurmzerfressene Rückwand untersuchte und die Finger zwischen die Federn steckte. Große Methusalem-Spinnen stelzten scheu in den Sonnenschein hinaus.

Aber auf einmal stoben die Kinder in einem Schwarm davon; ihre weitschauenden Spatzenaugen hatten den Lindby-Jäger entdeckt. Er kam aus dem Wäldchen über das Feld. Fünf, sechs kleine Hände untersuchten die Tasche, während der Jäger unbekümmert weiterging.

»Nein, Kinder, ich habe nichts«, sagte er freundlich. »Aber ich will euch was zeigen!«

Er holte ein paar Donnerkeile und ein Stück Feuerstein hervor, das wie ein Tier aussah.

»Die sollt ihr haben, wenn ihr brav seid.«

Der Lindby-Jäger war nicht gekommen, um etwas zu kaufen; sein Weg hatte ihn hier nur zufällig vorbeigeführt. Gegen Abend glückte es ihm, Søren Furbo für ein Mis zu vieren zu gewinnen. Zwei Bauern aus einem Nachbardorf, Jens Hansen und Mogens, waren noch dabei. Søren Furbo war ein kleiner zurückhaltender Mann. Er war zum zweiten Mal mit einer Frau verheiratet, die den Rest seiner Entschlußkraft lenkte. Aber an jenem Tag machte er sich stark – er hatte sich zwei Schnäpse genehmigt – und führte die Gäste ins Haus. Sie setzten sich um den Tisch, und als die Frau die Stube unwirsch verließ, grinsten die beiden großmächtigen Bauern in ihren Bart.

Anfangs spielten sie um fünf Öre, da war es noch gemütlich. Die Gluckerflasche stand auf dem Tisch, und ab und zu, wenn ein Spiel besonders viel Spaß gemacht hatte, erhöhte man das Vergnügen durch einen Schnaps.

Spät in der Nacht knallte der Jäger das Kartenspiel auf den Tisch.

»Das hier ist doch nichts, laßt uns den Einsatz auf fünfundzwanzig Öre erhöhen!«

»Nun – nein«, wehrte Søren Furbo scherzhaft und doch erschrocken ab. Er hatte bereits drei bis vier Kronen verloren.

»Dann red erst mit der Frau drüber!« schlug Mogens vor und kniff die Augen freundlich zusammen.

»Ich kann dir gern ein paar Öre borgen«, sagte der Jäger und blickte ihn ernst an.

»Das ist nicht nötig!« erklärte Søren Furbo und schaute stolz von einem zum anderen. »So ist das beileibe nicht!«

Der Jäger sammelte nun die Karten ein, hob ab und teilte aus.

Man spielte schweigend. Die Männer saßen da und hielten die in der Länge zusammengebogenen Karten in der hohlen Hand verborgen. Wenn sie die Hand öffneten, richteten sich auch die Karten auf. Sie hoben die oberste Ecke jeder Karte vorsichtig ab; es war, als wollte jeder heimlich einen Blick in seine eigenen Karten tun.

Mogens' dicke Finger zitterten unmerklich.

Søren Furbo konnte seine Nervosität nicht verbergen. Wenn er verlor, lachte er genauso krampfhaft wie ein Bursche, der auf der Bühne einem Zauberkünstler helfen soll und dem dabei ein Kaninchen aus der Nase gezogen wird.

Jens Hansen saß ruhig wie ein Holzklotz; er gewann. Auch dem Jäger war nichts anzumerken. Seine frommen Züge bewegten sich nicht; nur die Augen reagierten scharf und schnell.

Sie spielten ununterbrochen und atemlos bis vier Uhr morgens, es wurde gegeben und getrumpft. Die Münzen wurden mit den Fingerspitzen über die Tischplatte geholt.

Alle Männer hatten nun den grausamen Blick von Tieren.

Es wurde heller Tag. Søren Furbo löschte das Licht und verschüttete einen Schnaps. Die Karten wurden ausgeteilt, sie putzten sich die Nase und nahmen sich zusammen. Nun war Jens Hansen der Unglücksvogel.

Gegen sechs Uhr begann Jens Hansen zu murren und die Zähne zu blecken. Der Jäger schaute lange schweigend zu ihm hinüber.

»Du kannst doch auch wieder gewinnen, Jens«, sagte er. Jens Hansen riß den Blick vom Jäger los und nahm die Karten.

Gegen sieben Uhr erschien die Frau. Sie hielt die Hände über dem Bauch und sah aus, als wollte sie die ganze Runde segnen.

Plötzlich schlug Søren Furbo die mageren Knöchel auf die Tischplatte.

»Marsch hinaus und backe uns zwei Speckeierkuchen!« befahl er, »und das – ein bißchen – dalli!«

Die Frau rührte sich nicht.

Da packte ihn der Zorn, in Sørens Gesicht zuckte es, und er begann zu spucken.

»Ddddd ...«

»Du lieber Gott!« rief die Frau und verschwand in der Küche.

»Nimm 'nen Schnaps!« empfahl Mogens kurz, als Søren Furbo zitternd auf die Bank zurücksank.

Sie spielten den ganzen Tag und legten nur Pausen ein, um schweigend die Speckeierkuchen hinunterzuschlingen. Zu einem gewissen Zeitpunkt war der Verlust für Jens Hansen auf dreihundert Kronen angestiegen. Jens war ein Mann, der gewöhnlich die Prägung eines Zehnörestücks auf beiden Seiten gründlich studierte, ehe er sich von ihm trennte. Er saß auf der Bank, als bestünde er nur noch aus einer einzigen schmerzhaften Wunde mit freiliegenden Nerven, die durch menschliche Brutalität auf das äußerste gereizt wurde.

Seine Gesichtsmuskeln verkrampften sich aus Bitterkeit und Bosheit. Søren Furbo verlor langsam und wenig, ihm wurde schwindlig. Das Glück wechselte, Jens Hansen gewann, Mogens verlor.

»Nun kannst du dich ja wieder erholen, Jens«, sagte der Jäger leise und vertraulich und schaute starr über den Tisch. Jens Hansen lächelte ingrimmig.

Ab und zu ging die Frau durch die Stube und schaute bittend auf Søren. Sie wußte sich keinen Rat. Sørens Stimme wurde heiser, seine Augen leuchteten krankhaft.

Im Dorf hatte es sich überall herumgesprochen, daß die vier Männer dabei waren, Hab und Gut und ihre Seligkeit zu verspielen.

Sie spielten noch einen ganzen Abend. Die Frau stellte Speckeierkuchen auf den Tisch und ging weinend ins Bett.

Sie spielten auch noch die folgende Nacht hindurch, und das Glück wechselte mehrfach. Der Schein des dünnen Talglichts fiel auf die entstellten Gesichter. Mogens, der frisch rasiert zur Auktion gekommen war, hatte auf der ganzen unteren Gesichtshälfte einen dunklen Schatten; sein Bart war wieder gewachsen. Das waren keine Menschen mehr, die dort saßen.

Als es wieder Tag wurde, löschte Søren Furbo das Licht. Von dem stinkenden Docht wurde es Søren übel. Er kippte nach vorn und erbrach sich auf den Boden. Er konnte sich nicht mehr aufrecht halten.

»Na!« knurrte Jens Hansen gleichgültig und tippte auf Sørens Karten. »Na! Nimm das Spiel! Nun reicht's!« Er zwinkerte mit den übernächtigen Augen. Aber sie mußten aufhören.

Sie erhoben sich schwankend und blickten einander mit giftiger Feindseligkeit an.

Gegen Ende hatte es sich ausgeglichen. Jens Hansen und Søren Furbo hatten jeder einhundert Kronen verloren, der Jäger steckte den größten Teil davon ein. Sie hatten drei Pot Schnaps getrunken und vier Eierkuchen verzehrt.

Jens Hansen stand nachdenklich da; sein Gesicht verriet maßloses Unglück und Haß.

Nur der Jäger war ruhig. Seine Augen hingen an den beiden Männern, als sie nach ihren Stöcken griffen. Er war auf eine Schlägerei gefaßt und hatte sich schon einen Stuhl ausgesucht, dem er ein Bein abbrechen könnte. Doch plötzlich schien es, als würden sie sich ihrer nackten Mordlust bewußt und schämten sich voreinander. Schweigend und gebeugt machten sich die beiden Bauern auf den Weg.

Der Lindby-Jäger nahm seine Flinte und seine Siebensachen und ging in Richtung auf die Wiesen davon.

Søren Furbo kam mit Hilfe der Frau ins Bett. Er weinte in tiefstem Jammer.

Weit weg von menschlichen Behausungen legte sich der Lindby-Jäger hinter einer Hecke nieder und verschlief den langen hellen Tag.

Gegen Mitternacht erwachte er. Er setzte sich im Sommerdunkel auf, gähnte und streckte sich. Dann holte er etwas Eßbares aus der Tasche und verzehrte es. Danach blieb er noch einige Stunden wach liegen.

Woran dachte er? An nichts.

Von nah und fern waren Vogellaute zu hören. Ab und zu flog ein Vogel hoch über ihm durch die Luft. Er war nicht zu sehen, nur der Laut strich vorbei. Es war, als ob ein großer Kamm heftig durch die Luft gezogen würde. Der eine oder andere Grashalm unter dem Kopf des Jägers suchte sich eine bessere Stellung und federte leise an einer anderen Stelle hoch. Wenn er den Kopf bewegte, knisterten eine Menge Halme auf einmal, und wenn er wieder still lag, versuchten sie, vorsichtig zur Ruhe zu kommen.

Ein Kiebitz begann seine Kreise um ihn zu ziehen; er klagte und schimpfte, da richtete sich der Jäger auf. Im Osten rötete sich der Himmel. Schnell sprang er auf, warf die Flinte über die Schulter und lief mit langen Schritten über die Wiesen auf die Heidehöhen im Süden zu. Er sprang über die Gräben, ging geradeaus durch dick und dünn.

Als die lautlose Morgendämmerung noch die gesamte Natur in Atem hielt, erreichte der Jäger den Fluß auf der anderen Seite der Heidehügel. Er ging zu einem der »Löcher« hinab, legte sich ruhig ins Gras und machte eine Angel fertig.

Der Nebel, der über dem Flußbett lag, wurde regelrecht weggezogen – er wurde vom Wasserspiegel abgehoben wie ein Flortuch von einer blanken, kostbaren Klinge. Jedes einzelne Schilfrohr war deutlich zu erkennen. Es war heller und klarer Morgen.

Mit einem winzig kleinen Plump fiel die Angelschnur des Jägers aufs Wasser, zwischen die kleinen Strudel, die in der Flußbucht wie Grübchen hin und her liefen. Der Haken sank langsam, schwankte mit der schwachen Strömung und wurde vom Wasserdunkel verschluckt.

In einigem Abstand plätscherte der Fluß über eine flache Stelle, hier und da, wo das Wasser durch eine Aushöhlung im Ufer hindurchstrich, war ein leises Glucksen zu hören.

Der Lindby-Jäger hielt die Angel in der Hand und blickte über das Wasser.

Auf der Wasserfläche lagen einige Seerosenblätter, auf einem davon kroch ein Egel, auf einem anderen stand eine kleine Pfütze, in der ein Käfer in rastloser Gefangenschaft kreiste. Wie der da wohl hineingekommen sein mochte? Die Fruchtknoten der Seerosen lagen wie kleine schwimmende Flaschen auf dem Wasserspiegel. Immer mehr Leben regte sich. An einer Stelle rotierte eine ganze Schar Taumelkäfer wie blanke Kerne umeinander; im Spiel bildeten sich alle möglichen Kurven und Figuren. Schmale Wasserläufer liefen über die Wasserhaut, ohne die geringste Spur zu hinterlassen. Nur wenn sie stehenblieben, bildete sich unter ihren Beinen eine kleine Grube. Aus dem Schilf hörte man das feine Summen von Mücken und Fliegen. Eine dieser flachen grauen Fliegen, die sich irgendwo zum Stechen niederlassen und die man dann in aller Ruhe und Gemächlichkeit totschlagen kann, setzte sich auf den Handrücken des Jägers und fand einen lautlosen Tod. Er drehte den Kopf. Zwischen den Graswurzeln schob sich ein junger hellroter Regenwurm empor. Er schaute ihm zu, bis der mit der Rosette eines Distelwurzblattes in Schwierigkeiten geriet; da nahm er ihn und steckte ihn in die Blechdose.

Ein wenig später war er hellwach und konzentriert; ein Fisch hatte angebissen. Er manövrierte mit der Schnur, spürte aber, daß der Fisch festhing und zog die Schnur heran. Es war eine große gelbweiße Forelle, die sicher ihre drei Pfund wog. Sie zappelte auf der Wasseroberfläche und schlug mit dem Schwanz, um unter Wasser zu bleiben. Alles kleine Getier flüchtete sich unter die Uferpflanzen. Der Lindby-Jäger zog den Haken heraus und legte den Fisch hinter sich ins Gras. Viel später, als er wieder träumend bei ausgelegter Angel saß, hörte er den Fisch mit den Flossen schlagen und nach Luft schnappen. Es klang, als ob jemand Pfeife rauchte und ab und zu eine Luftblase zwischen den Lippen platzen ließ.

Die Sonne stieg höher und wärmte im Nacken. Sie schien auf das Wasser, das stellenweise spiegelte und stellenweise durchsichtig war. Am anderen Ufer konnte man bis auf den Grund sehen; dort stand ein kleiner Hecht zwischen den Stielen der Seerosenblätter. Er stand völlig ruhig, den unteren Kiefer vorgeschoben. Er sah aus, als ob er tot wäre, aber so ist das bei Hechten nun mal. Das eine Auge schien unaufhörlich nach oben zu blicken. Der war nicht zu erwischen, außerdem war er zu klein. Der Lindby-Jäger wartete eine Stunde auf einen neuen Biß, und die ganze Zeit stand der Hecht dort unbeweglich wie ein Stäbchen. Geriet die Wasseroberfläche ein wenig in Bewegung, wirkte es verzerrt. Das ein Auge starrte unentwegt nach oben.

Es war nun hoher, sonnendurchfluteter Tag. All das kleine Getier ringsum hatte es sehr eilig. Die Stichlinge wurden naseweis; sie schossen zur Wasseroberfläche hinauf und zeigten die blanken Seiten, wenn der Wurm nur einige Zoll von ihnen entfernt war. Es war nun bald Zeit zum Aufbruch.

Die Sonne wärmte; überall surrten und spannen die geflügelten Insekten. Auf einem breiten Blatt kroch ein Marienkäfer, ein kleiner Tropfen roter Siegellack.

Plötzlich hob der Lindby-Jäger den Kopf. Er blieb lange in dieser Stellung, als horche er.

Seine Züge veränderten sich sonderbar, der Mund wirkte so ergeben.

»Naja!« flüsterte er demütig und wurde schnell leichenblaß. Er erhob sich, wickelte eilig die Angelschnur zusammen und steckte sie in die Tasche. Die Sachen ließ er liegen und ging ein Stück auf die Wiese hinauf. Dort schaute er sich suchend um, lief auf einer kleinen Stelle hin und her, untersuchte seine Kleidung, sah nach, was er in den Taschen hatte.

Er war grau und fahl im Gesicht und starrte verzagt auf die Erde.

Und dann begann es.

Mit einem Ruck blieb er stehen, bäumte sich hintenüber und fiel wie ein Holzklotz. Der elastische Wiesenboden ließ ihn ein wenig hochfedern und wieder fallen. Er lag auf dem Rücken, Beine und Arme bewegten sich wie Marionettenglieder, der Kopf hob sich und schlug hart auf den Wiesengrund zurück. Aus seiner Kehle kam ein starkes Knurren und Röcheln. Die Hände waren in sich verkrampft und die Daumen nach innen gebogen, wie bei einem Neugeborenen. Die Pupillen verschwanden unter den Brauen, und das Weiße kehrte sich nach außen.

Etwas später ließ der Krampf nach, Arme und Beine erschlafften. Noch ein wenig zitternd lag er da, dann wurde er völlig ruhig. Die Augen standen offen und starrten in die Luft. Sie spiegelten das leere Erstaunen der ganzen Welt. Während er so lag, veränderte sich der Ausdruck der Augen; es schien, als rührte sich etwas in ihnen. Die Züge waren gestrafft, aber ausdruckslos, nur die Augen lebten. War es das Geheimnis der Zeiten, war es die einfache Ewigkeit, die sie erblickten?

Ein Stück weiter plätscherte der Fluß munter über die flache Stelle, aus den kleinen Höhlungen im Ufer kam bisweilen ein leises Glucksen. Es war, als hielte sich dort jemand verborgen, der sich still zu verhalten suchte, aber ab und zu ein gedämpftes Lachen nicht unterdrükken konnte. Alles Gewürm der Natur lebte sein unbemerktes Leben im Sonnenschein, rings um den Mann, der dort lag.

Er blieb etwa eine Viertelstunde liegen, dann sprang er plötzlich auf. Das Gesicht zeigte ein Lächeln innerer selbstzufriedener Geheimniskrämerei, so als wisse er eine ganze Menge, dächte aber nicht daran, es dem ersten besten zu erzählen. Doch dann kam er wieder ganz zu sich, schaute sich ängstlich um und wischte sich den Schaum vom Mund.

Es war vorüber, er war erwacht und wußte nicht, wie lange er bewußtlos gewesen war.

Der Lindby-Jäger ging zurück zu seinen Sachen, er sah schlapp und elend aus.

Eine kleine Brise fältelte den Wasserspiegel, der Hecht stand noch immer dort unten am Grund – ein wenig verzerrt durch das Flimmern des Wassers – und starrte mit dem einen Auge nach oben. Der Jäger nahm einen Becher mit einer Schnur aus der Tasche, schöpfte Wasser und trank gierig. Seine Brauen und Stirn spiegelten schwere Niedergeschlagenheit.

Dann schlenderte er langsam mit matten, schlurfenden Schritten und hängendem Kopf über die Wiesen davon.

Gegen Abend befand er sich mehrere Meilen weiter östlich in der Nähe von Hobro.

In der stillen, weichen Dämmerung kam er an einem Bauernhof vorbei. Er ging hinten um die Nebengebäude herum. Dort standen beim Giebel zwei Mägde und scheuerten Milchkannen. Sie schrien beide laut auf, als sie den Lindby-Jäger erblickten, warfen ihre Strohwische weg und flüchteten holzschuhklappernd ins Haus. Alle Frauen hatten vor dem Lindby-Jäger fürchterliche Angst.

Er wanderte weiter, quer über Felder und Wiesen.

In der Nacht suchte er sich eine geschützte, anheimelnde Stelle in einem Graben und schlief, eingelullt von den Lauten der Vögel.

So war das Leben des Jägers. Ein Menschenalter vagabundierte er in der Gegend, jagte, angelte, spielte und raufte. Seine Rauflust war von echt jütländischer Art. Er teilte kräftige Schläge aus, die jedoch keinen wirklichen Schaden verursachten. Keiner wußte so recht über ihn Bescheid, man sah ihn bald hier und bald da.

Es geschah auch, daß er von der Fallsucht überrascht wurde, wenn er sich an einem bewohnten Ort befand. Wenn er dann so dalag, standen die Leute bleich und von Entsetzen ergriffen um ihn herum. Alte, erfahrene Frauen steckten ihm einen Löffel in den Mund, damit er sich nicht die Zunge abbeiße.

Im Laufe der Jahre wurde seine Rauflust bösartig, aber in gleichem Maße wurde er auch menschenscheuer. Die Krämpfe nahmen an Häufigkeit und Dauer zu.

In einem Winter hatte er sich in der Bodenkammer eines Hauses eingemietet.

Er kam und ging, meist war er weg, niemand achtete auf ihn.

Im Frühsommer bemerkte der Besitzer des Hauses einen üblen Geruch, der von oben kam. Die Tür wurde aufgebrochen, und man fand den Lindby-Jäger mitten auf dem Boden liegend. Er war über acht Tage tot. Glanzlos und dumm starrten die Augen zur Decke. Unter seiner Kleidung wimmelte es von Würmern und Kleingetier.

Stilles Wachsen

Leute, die am Haus des Krämers vorbeikamen, konnten beobachten, wie sich aus einem der Fenster auf der Gartenseite ein Flintenlauf vorsichtig herausschob. Einige blieben in der Dämmerung stehen und fragten sich, was das wohl bedeuten solle. Im Hof war es völlig still. Es war an einem Abend im September.

Der Schuß fiel, und sofort liefen etliche Leute im Garten zusammen, um nachzusehen, was es gebe. Sie sahen den Krämer aus der Richtung des Starenhauses kommen; er hielt eine tote Eule am Flügel.

Es war Niels Kristian, der sie geschossen hatte. Niels war gerade von den Soldaten zurückgekommen. Sie waren alle der Meinung, das sei ein guter Schuß gewesen. Drüben am Zaun hing ein Käfig, in dem eine lebende Eule saß, die der Krämer im Starenhaus gefangen hatte. Sie hatte wohl da drinnen Schaden anrichten wollen. Diese Eule hatte der Krämer in den Käfig gesetzt und Niels Kristian aufgefordert, sich mit der Flinte im Fenster auf die Lauer zu legen und ihre zweite Hälfte abzupassen, wenn sie angeflogen käme.

»Nun haben wir einen Schädling weniger«, sagte der Krämer und schleuderte die tote Eule auf das Steinpflaster.

»Soll die hier auch weg«, fragte Niels, »sie hat ja nun ihre Schuldigkeit getan.« Er steckte die Hand durch die Käfigtür und holte den Lockvogel heraus. Sie besahen sich den Sünder, der im Halbdunkel die gelben Augen rollte und gar zu gern zuhacken wollte. Niels zerschmetterte ihm den Kopf an der Hausecke.

Vier, fünf Knechte hatten sich versammelt, und weil sie nun einmal da waren, verweilten sie ein wenig und kamen miteinander ins Gespräch. Der Krämer ging in den Laden und brachte Bierflaschen, die er zwischen die Finger geklemmt hatte – was der doch konnte! Sie ließen sich am Grabenrand nieder.

»Du kannst gut schießen«, sagte Jørgen Pors und stieß mit Niels Kristian an – »hast sie ja im Flug erwischt.«

Niels nickte bescheiden.

»Ich glaube, in Zukunft werden sie meine Starenhäuser in Ruhe lassen«, meinte der Krämer.

Das Gespräch drehte sich um dieses und jenes, und dabei verging ein halbes Stündchen. Ab und zu setzte einer die Flasche an den Mund.

Auf einmal gluckste Jakob, der Wirtshausknecht. Ihm war etwas eingefallen: »Also, ich kann euch was Neues erzählen – dem Peter Bak seine Kirstine heiratet.«

»Das kann doch nicht wahr sein!« rief Jørgen Pors mächtig interessiert.

Wirtshaus-Jakob beobachtete genau Niels Kristian, den die Neuigkeit am meisten anging. Aber man konnte Niels nichts anmerken. Er sagte auch kein Wort.

»Du hast doch 'n bißchen mit ihr rumgeschmust«, stieß Jakob nach.

Niels Kristian hob die Flasche, und ehe er sie an den Mund setzte, warf er beiläufig hin: »Wer hat dir denn die Geschichte aufgebunden?« Niels trank und atmete geräuschvoll durch die Nase. Er leerte die Flasche und ließ sich dabei Zeit.

»Nein, das hat mir keine Klatschbase aufgebunden«, versicherte Jakob ein wenig gereizt. »Sie soll mit Poul Kjærsgaard verheiratet werden. Man sagt, er hat sie verführt. Ich weiß, daß das stimmt.«

»Ach was, Gerede!« sagte Jørgen Pors lachend und sprach halbwegs für Niels Kristian mit.

»Ich hab auch davon gehört«, warf der Krämer ein.

Danach schwiegen sie. Für Niels Kristian gab es nun keinen Zweifel mehr. Er war in großer Bedrängnis und empfand die Gedanken der anderen wie drohend aufgerissene Mäuler. Er wußte, sie wollten ihn nun zum Narren halten, was durchaus verständlich war. Es bedurfte nur des kleinsten Signals, dann würden sie mit allem erdenklichen Spaß und Spott über ihn herfallen. Er hatte nicht die Kraft, das Gespräch auf ein anderes Thema zu lenken; aufstehen und weggehen konnte er auch nicht, denn dann würde ihm das Gelächter sofort von allen Seiten in den Ohren schallen. Niels dachte schnell und angestrengt nach. Noch schwiegen sie – wollte ihm denn gar nichts einfallen ...?

Jørgen Pors hatte schon etwas zum Anbeißen; er steckte voller Späße. Doch da fand Niels instinktiv einen Ausweg. Die Flinte stand hinter ihm. Er langte zurück und legte sie über seine Knie. Es war noch ein Schuß in dem einen Lauf; sie schielten alle auf die Flinte. Niels Kristian wurde wieder Herr seiner selbst.

»Ich bin seit ein paar Tagen draußen auf unserer Insel hinter einem Fuchs her«, erklärte er völlig ruhig. »Deshalb will ich mich nun verabschieden.«

Er stand langsam auf, blieb sogar noch einige Zeit stehen, damit es nicht so aussähe, als liefe er vor ihnen davon.

»Hab Dank für den guten Schuß!« sagte der Krämer.

»Nicht der Rede wert!«

Niels ging; es war, als horchte er während der ersten Schritte mit dem Rücken – so streng wachte er über die Burschen. Aber solange er sie noch hören konnte, lachten sie nicht. Niels Kristian ging den Weg hinab und wollte sich nicht mal vor sich selbst etwas anmerken lassen. Als er jedoch erst einmal nachzudenken begann, kam eins zum anderen. Es war nicht mehr als drei Tage her, daß er mit Kirstine gesprochen hatte, und da war ihm nichts aufgefallen. Natürlich hatte sie den anderen im Sinn gehabt, während sie auf seine freundlichen Worte hörte – mit dem Mund hatte sie Niels und mit dem Herzen Poul gesagt. Ob das wohl stimmte, daß sie verführt worden war?

Niels schritt schneller aus; es war ihm etwas eingefallen, was ihn außerordentlich erregte. Vor nicht allzu langer Zeit hatte er Kirstine recht inständig begehrt, er sah alles noch so deutlich vor sich. Aber sie hatte ihn ermahnt, so und so, Ansehen und Ehre, was die Leute wohl dazu sagen würden ..., und Niels hatte sich vor Brauch und Vernunft gebeugt. Nun sah er Poul Kjærsgaard vor sich, diesen dicken, rotpickeligen Mann, und das wurmte ihn. Er beschleunigte den Schritt noch mehr und wehrte sich gegen seine Qual. Niels konnte nicht umhin, sich vorzustellen, wie die Knechte nun in einer Reihe am Grabenrand saßen und vor Lachen fast platzten. Er sah Kirstine als das große, vernünftige Mädchen, das in der Ferne immer weiter auf Poul Kjærsgaards Tor zuging. Jedes Bild, das ihm in den Sinn kam, glich einer bösen Gestalt, die ihn ärgerte, die er nicht sehen und die er verscheuchen wollte. Doch sein Unglück wurde immer größer, je länger er lief. Er ging wie im Traum den Weg weiter und kam ins Schwitzen. Niels Kristian war Knecht bei Anders Holmgaard. Das war ein guter Hof, und Niels hatte sich eine geachtete Stellung erworben. Ehe er diesen Dienst antrat, war er tüchtig und anpassungsfähig gewesen, wie die meisten anderen Knechte auch. Aber zu Ansehen kam man erst, wenn man auf dem Holmgaard diente. Niels Kristian wurde sehr geschätzt, er hatte sich deshalb ein höfliches und entgegenkommendes Wesen zugelegt. In letzter Zeit war er außerdem besonders vergnügt und vertrauensselig gewesen, weil er und Kirstine sich einig geworden waren.

Und nun war alles in Rauch aufgegangen.

Niels lief quer über das Stoppelfeld, schlich sich dicht unter dem Vordach entlang, durch die schmale, dunkle Hoftür und bog um die Stallecke. Er öffnete die Halbtür. Der warme, süße Pferdegeruch schlug ihm ins Gesicht. Die Pferde standen im Dunkel und kauten gleichmäßig. Er konnte hören, daß sie ihm die Köpfe zuwandten, weil der Laut stärker wurde. Als sie ihn erkannt hatten, wühlten sie die Mäuler wieder in den Häcksel und schlugen gutmütig mit den Schwänzen.

Niels Kristian tastete sich zur Knechtekammer vor und kam in die vom Schlafen verbrauchte Luft. Anton, der Kleinknecht, holte mühevoll Luft; es waren neun kerngesunde Lispfund, die da in Bewußtlosigkeit vegetierten. Niels suchte die Schwefelhölzer hervor, zündete die Lampe an und stellte sie auf den Tisch. Dann begann er sich auszukleiden; er hängte die Uhr an die Wand und legte das Halstuch auf die Fensterbank. Als er in Hemdsärmeln war, kam ihm der Gedanke, daß es noch zu früh sei, um ins Bett zu gehen.

Er schaute sich in der Kammer um.

Anton lag dort und schwitzte unter den Decken. Sein Mund stand so weit wie nur möglich offen, und er schnaufte wie ein Bagger. Spinnweben hingen im Halbdunkel der Ecken, und auf dem Fußboden lagen Holzschuhstiefel und alte verdreckte Strohwische herum. Es war kein schöner Anblick.

Niels faßte hinauf zum Bodenbalken, holte einen Ladestock herunter, der an dem einen Ende einen Korkenzieher hatte. Er fischte die Ladung aus der Flinte und hängte sie an ihren Platz. Was nun? Jetzt, wo er nichts mehr zu tun hatte, dachte er wieder voll Kummer an seinen Schiffbruch. Mit der Lampe in der Hand, machte er eine Runde durch den Stall, leuchtete in die Häckselkiste, um nachzusehen, ob Anton auch genug geschnitten hatte; dann ging er zurück in die Kammer und setzte sich an den Tisch, das Kinn auf die Hand gestützt.

Die Hand unterm Kinn, wahrhaftig. Ihm wurde so elend zumute. Der Zorn war vorüber; nun seufzte er und kämpfte mit sich selbst. Gefühle kamen und gingen, Gedanken begannen sich zu regen, sie bedrängten ihn und wurden immer stärker. Er empfand das als Lust und Befreiung und wurde von diesem Rhythmus noch stärker ergriffen. Du ungetreues Mädchen, du, dachte er, und der Gedanke lief singend hin und her. Wie konntest du mich verraten …

Niels Kristian wackelte traurig mit dem Kopf; die Melodie zu »In Straßburg lebt' ein Adelsmann so reich«, war ihm eingefallen, sie labte und beruhigte seine Kehle. Jammer und Schmerz hielten ihn umklammert. Und wie aus sich selbst heraus, entstanden zwei Verszeilen in Niels Kristians bedrängter Seele. Sie berauschten ihn; er hatte niemals zuvor gedichtet, niemals. Niels streifte die Holzschuhe ab, stand auf und begann in der Kammer hin und her zu gehen. Ihm fielen so viele Worte ein, die sich der Melodie fügten. Er überließ sich ganz diesem Schwindelgefühl und ließ sich von ihm tragen. Als er mit der Strophe fertig war, stand er bis ins tiefste ergriffen. Sein innerer Reichtum stimmte ihn warm und versöhnlich. Er sang sich die Strophe noch einmal vor und fand sie vorzüglich. Sie brachte ihm den Schmerz zurück, den er in sie hineingelegt hatte; aber nun war er von Poesie durchdrungen.

Die Hitze und Unruhe in Niels waren dabei noch stärker geworden; er fühlte das und besann sich auf sich selbst. Seine triste Stimmung kehrte zurück; er zog die Holzschuhe wieder an und ging hinaus. Er hatte Durst.

Als Niels einen Eimer Wasser aus dem Brunnen geholt und seinen Durst gestillt hatte, befand er sich einige Minuten im Gleichgewicht. Aber dann sah er wieder Poul Kjærsgaard vor sich, und der Haß lief in weißen Wellen durch seine Seele, und auf jedem Schaumkamm sprang der verfluchte Satan herum.

Niels schlich in die Kammer und durchlebte die unterschiedlichsten Leiden. Auf vielen Umwegen fand er in den Zustand zurück, in dem das Bewußtsein gleichsam schaukelte. Ihm verdankte er noch einen Vers. Niels wiederholte sie beide, seufzte tief und besann sich. Nach und nach stieg der Schmerz wieder in ihm hoch. Und so ging das weiter.

Anton schwitzte ruhig in seinem Bett; unbeirrt amtete er unter vielen Geräuschen durch Nase und Rachen aus und ein. Im Stall schnaubten die Pferde. Drüben vom Kuhstall hörte man ab und zu, wie eine Kuh die Kette an der Stange entlangzog. Sonst herrschte auf dem gesamten Hof und um ihm herum nächtliche Stille.

Als der Tag durch die Scheiben sah, blickte Niels Kristian vom Tisch hoch und war über sich selbst freudig erstaunt. Er hatte das Tintenfaß vor sich stehen und schrieb beim Schein der Lampe. Ja, so war es. Die Tinte war hellblau, und Niels hatte elf Verse niedergeschrieben. Nun las er das ganze Lied noch einmal, und nach beendeter Lektüre drehte er den Kopf zur Seite und lachte über sich. So närrisch froh war er. Er versteckte das Lied in seiner Kiste, entdeckte bei gleicher Gelegenheit eine Spiegelscherbe und schaute sich an. Mit dem Gefühl, etwas Entscheidendes erlebt zu haben, ging er schließlich ins Bett.

In der folgenden Zeit blieb Niels Kristian meistens zu Hause. Nachdem Kirstine mit Poul Kjærsgaard verheiratet worden war, verlor man bald das Interesse für Niels. Es fiel niemandem ein, sich über das lange Gesicht lustig zu machen, das er sich zugelegt hatte. Er genoß im Gegenteil hohe Achtung, denn das Lied war weithin bekannt geworden. Anfangs hatte Niels es ein paar aufrichtigen Freunden vorgesungen, und sie hatten es weitergegeben. Abschriften waren angefertigt worden, und nun konnte es fast jeder singen.

Wenn junge Leute zusammensaßen, sangen sie die neue traurige Weise, und die Mädchen neigten den Kopf zur Seite, weil sie die Vorstellung von Kummer und Dahinwelken rührte.

Niels Kristian begann sich in der Phantasie der Leute merkwürdig unwirklich auszunehmen. Es war, als wäre er erst richtig dabei, wenn er nicht anwesend war – und umgekehrt. Wenn man an ihn dachte, stellte man sich ein ruhiges Gesicht mit tiefen Augen vor.

Es ist durchaus möglich, daß Niels ahnte, wie die Leute ihn sahen. Er *wurde* jedenfalls ein ruhiger Mensch mit einem milden und schwermütigen Blick. Niels hatte A gesagt, nun sagte er auch B und trug seinen geheimen Kummer Jahr für Jahr. Aber er bekam mit der Zeit einen Zug um den Mund, der der Welt verkündete, daß sie ihm gewissermaßen viel schulde. Wenn Niels Kristian mit anderen zusammenkam, stand er ein wenig abseits, die Arme hingen an ihm herab, und das Gesicht strahlte eine Herzensgüte aus, wie sie nur der zeigen kann, der über eine Reserve verfügt: das Wissen um die *andere* und die *höhere* Seite des Daseins und die Sehnsucht danach. Es liege an einem selbst, wie man mit ihm stehe, sagten seine Augen. Man könne alles haben, wenn man nur anerkenne, daß er mit einer inneren, höheren Bestimmung durchs Leben ging.

Einige wandten sich an Niels und baten um eine Abschrift des Liedes; es tat ihm wirklich leid, daß er keine hatte. Aber ein wenig später hatte er doch noch ein Exemplar finden können. Es war mit blauer Tinte geschrieben, und das gab er ihnen.

Die Zeit verging, die anderen Knechte verheirateten sich, aber Niels kam sein Lied nicht aus dem Sinn. Er kämmte sich das Haar mit Wasser und scheitelte es neutestamentarisch. Mit den Jahren wurde Niels immer stärker. Seine Gesichtszüge wurden von dem teuer erkauften Frieden und der Ruhe geprägt. Er war in einem engen Winkel geboren, nun gut! Er hatte erfahren, wie segensreich es war, durchzuhalten und zu entsagen. Er sprach selbst davon, daß er auf die Schattenseite des Lebens geraten war.

Niels Kristian ist nun Mitglied der Inneren Mission. Doch deshalb ist es noch ebensoschwer zu entscheiden, was echt und was unecht in seiner Entwicklung war.

Thomas vom Spanghof

Vor kurzem starb ein Mann, der als der hartherzigste Starrkopf im Himmerland bekannt war. In seiner Jugend stand Thomas in dem Ruf eines Raufbolds; lange wurde darüber geredet, wie er sich einst um Hans Nielsens Jørgine geprügelt hatte. Das war in einer Johannisnacht gewesen.

Die Jugend des Dorfes hatte sich auf dem Mühlenberg um das Johannisfeuer versammelt. Jedem Burschen war sein »Johannislamm« zugeteilt worden. Jesper, der Sohn von Per Andersen, las unter großer Heiterkeit die Liste vor. Poul, Søren Kristians Sohn, erhielt Jørgine, das hatte Jesper verdächtig gut hingedeichselt. Poul saß nun neben Jørgine auf dem Graswall.

Das Johannisfeuer brannte, eine Teertonne war auf eine Stange gesteckt worden, sie loderte innen und außen. Der Wind zog hörbar zu dem weißglühenden Spundloch hinein, im Innern spielten die heißen Flammen, schleckend und schmatzend schlug das Feuer oben zur Tonne hinaus, und der Rauch wälzte sich in das Dunkel hinauf.

Die Mädchen saßen in einer langen Reihe. Das Feuer beleuchtete sie, Schatten flackerten über ihre Schürzen. Die Burschen standen in Gruppen zusammen, sie redeten laut und scherzten, einige saßen bei den Mädchen und verdrehten ihnen die Köpfe. Die Nacht war dunkel und mild, feucht vom Tau des saftigen Grases.

Wenn sich die Burschen um das Feuer bewegten, schoben sich ihre Schatten den Hügel hinunter. Er glich zuweilen einem großen rotierenden Rad, dessen Speichen aus diesen Schatten bestanden.

Ein Lied wurde gesungen, und die Burschen schrien hurra, denn in den Nachbardörfern wurden ebenfalls

Feuer entfacht. Sie trieben allerlei Schabernack. Einer nahm einen kleinen Jungen und warf ihn, als wäre er ein toter Gegenstand, in die kreischende Mädchenschar. Der Junge fiel Jørgine in den Schoß. Obgleich er sich sträubte, streichelte sie ihn und drückte ihn an sich.

Ein Bursche kam verdächtig atemlos vom Fuß des Hügels herauf. Er trug etwas in seiner Mütze, das Jørgine sich ansehen sollte. Die Mädchen kreischten wieder alle auf, ein Igel lag zusammengerollt in der Mütze. Nachdem man eine Zeitlang seinen Spaß an dem Tierchen gehabt hatte, legte es der Bursche ein Stück abseits auf die Erde, und dort blieb es wie eine Kugel liegen, ohne daß es sich aufzurollen wagte.

Das Feuer krachte lustig, Funken stoben auf, zogen im Dunkeln dahin, sanken nieder und erloschen.

»Da kommt einer mit einem Feuer!« riefen die Burschen. Ja wirklich, zwischen all den anderen brennenden Holzstößen der umliegenden Dörfer näherte sich aus ziemlicher Entfernung eine rote Feuerfackel. Man verfolgte den wandernden Stern, der sich offensichtlich auf der Landstraße dahinbewegte. Ein wenig später konnte man an seinem Wippen erkennen, daß das Feuer getragen wurde. Am Feldweg bog es von der Landstraße in Richtung Hügel ab. Nach und nach schrumpfte es zusammen, hörte auf zu strahlen und wurde zu einem festen Feuerpunkt. Und nun erkannte man, daß ein Mensch das Feuer trug. Es war Thomas vom Spanghof. Er hatte eine alte pechgetränkte Radnabe auf eine Mistgabel gespießt und trug sie brennend über dem Kopf. Als er auf dem Hügel angelangt war, hieß man ihn willkommen.

»Hurra, was für ein Feuer!« riefen sie.

Thomas sah hastig zu Poul und Jørgine hinüber und lächelte säuerlich. Er reckte sich hoch und schob die lodernde Nabe in die Teertonne. An den Zinken der Mistgabel klebte brennendes Pech. Er schlug mit der Gabel ins Gras, bis das Feuer erlosch.

»Was für ein Feuer, was für ein schönes Feuer, was für

ein herrliches Feuer!« sangen die Burschen und wandten ihre Gesichter zum Feuer empor, das ihre unsägliche Freude beleuchtete. Und das Licht fiel unter die Kopftücher der Mädchen und spielte auf manch üppigem Mund.

Nachdem Thomas gekommen war, änderte sich bei allen der Ton; keiner wollte mehr kindisch sein.

Obwohl doch Poul neben Jørgine saß, machte sich Thomas gleich an sie heran, er überhäufte sie mit Gunstbezeugungen und deutete dieses und jenes an. Jørgine lachte und wußte nicht, wie sie sich verhalten sollte.

»Ja, du willst doch wohl nicht diesen Schmalzheini da haben!« sagte Thomas unter anderem und machte eine höhnische Kopfbewegung in Pouls Richtung. Der sagte nichts, aber die anderen Burschen verstummten bei diesen Worten.

Nun lag die Sache so, daß Jørgine *beide* Freier *ermutigt* hatte. In ihrer Unschlüssigkeit hatte sie bald mit Thomas, bald mit Poul geliebäugelt – alle beide waren reiche Bauernsöhne. Doch in letzter Zeit gab sie wohl Poul den Vorzug. Das spürte Thomas nun auch. Jørgine tat so, als wüßte sie von nichts. Poul starrte sinnend vor sich hin.

Nachdem das Schweigen eine Minute gedauert hatte, brach Thomas in Gelächter aus und wandte ihm den Rücken zu.

Die Tonnenbänder sprangen ab, die brennenden Dauben klafften auseinander und fielen nach und nach zu Boden. Bald würde das Feuer erloschen sein. Auf dem Hügel wurde es dunkel, die Mädchen wollten nun nach Hause. Ringsum am fernen, finsteren Horizont waren die Feuer der anderen Dörfer ebenfalls heruntergebrannt; sie glommen auf und sanken wieder herab, wie Augen, die todmüde vom Wachen sind.

Die jungen Leute verstreuten sich. Das Dunkel schloß sich um den verödeten Hügel, nur noch ein paar schwach glühende Reste lagen auf der Erde und knisterten. Als alle den Hügel verlassen hatten, rollte sich der Igel vorsichtig und ruckweise auf, das blanke Schnäuzchen und die schwarzen Perlenaugen kamen zum Vorschein. Dann trollte er sich schleunigst ins Gras.

Jørgine wurde auf ihrem Heimweg von mehreren begleitet. Poul ging am dichtesten neben ihr. Ein Stück dahinter kamen Thomas und ein paar andere. Er redete laut in seiner lässigen, verächtlichen Art. Seine Kühlheit beeindruckte die anderen, so daß auch sie streitsüchtig wurden.

»Du solltest es, verdammt noch mal, nicht zulassen, daß er sie behält«, sagte Jesper, der ein Freund von Thomas war.

»Das tu ich auch nicht«, antwortete Thomas. Eine Weile später ging er plötzlich nach vorn und drängte sich zwischen Poul und Jørgine.

»Nun werd ich dich begleiten«, sagte er unbeherrscht, »laß doch den Fettwanst!« Er nahm Jørgines Arm.

Sie wurde aber böse und entwand sich ihm.

»Kannst du dich denn nicht zusammennehmen!« sagte sie auffahrend.

»Ich versteh schon, was du vorhast«, sagte Poul in diesem Augenblick mit leiser Stimme.

»Ja, ich hab vor, dir eine Tracht Prügel zu verabreichen, du Schweinsgesicht!« schrie Thomas.

Bei diesen Worten explodierte die Schar gleichsam. Man versuchte zu vermitteln und zu beschwichtigen. Doch Poul war nun auch gereizt, er sah sich nach Verbündeten um.

»Laß ihn doch«, sagte einer und faßte Poul am Oberarm und Handgelenk, »laß ihn doch!«

»Er soll nicht ...«, sagte Poul störrisch und riß sich los.

»Ja, ich bin bereit!« rief Thomas und stand mit gespreizten Beinen da.

Sie waren auf einem Abhang stehengeblieben. Der Tag graute, und in diesem Zwielicht sahen die Burschen farblos und bösartig aus. Auf einem Hof ganz in der Nähe krähte ein Hahn. Unten in der Niederung lagen die Wiesen, vom Tau versilbert.

Jørgine stand etwas abseits. Sie senkte plötzlich ganz

still den Kopf – das erinnerte an ein fallendes Zugsignal – und weinte.

»Geh du nur nach Hause, Jørginchen«, sagte Jesper tröstend und drehte sie in Richtung ihres Hauses, »geh nur, es lohnt sich nicht, daß du hierbleibst!«

Jørgine ging, ohne sich ein einziges Mal umzusehen. Sobald sie außer Sicht war, trat Thomas auf Poul zu und hielt ihm die Faust unter die Nase, wobei er Beleidigungen ausstieß. Poul erwiderte nichts, sah sich jedoch in moralischer Entrüstung abermals nach Beistand um.

»Ich schlag dich so platt wie eine Kröte!« rief Thomas, rückte Poul noch dichter auf den Leib und stellte sich auf die Zehen. Poul wich zurück, bekam aber schon einen starren Gesichtsausdruck.

»Das mußt du dir doch nicht bieten lassen!« hetzte Jesper. Aber Poul konnte sich noch nicht entschließen. Thomas ging um ihn herum und bedrohte und verspottete ihn.

Erst als Thomas als Ausdruck seiner äußersten Geringschätzung Poul mit der Hand über das Gesicht wischte und ihn mit einem groben Spitznamen bedachte, entschloß sich Poul.

»Ich hab doch keine Angst vor dir!« sagte er hitzig.

»Jetzt!« sagte Jesper und zog sich rücklings von den beiden zurück, indem er die anderen mit ausgebreiteten Armen nach hinten drängte.

Thomas und Poul begannen nach alter Sitte mit dem Armgriff. Sie packten einander am Oberarm, und jeder versuchte, den anderen zu Boden zu reißen und niederzuzwingen. Ihre Anstrengungen setzten sich nicht in heftige Bewegungen um. Sie rührten sich fast nicht von der Stelle, doch beiden trat sofort der Schweiß auf die Stirn.

Sie strengten sich alle beide aufs äußerste an, grätschten die Beine und drückten die Rücken durch. Die Hosenbeine spannten sich und rutschten über die Knöchel hinauf.

Doch Poul war der Unterlegene. Plötzlich verlor er

den Halt, seine Beine flogen in die Luft, und Thomas schleuderte ihn zu Boden, daß es nur so krachte.

Für gewöhnlich wäre der Kampf nun zu Ende gewesen. Poul hatte verloren. Doch Thomas ließ ihn nicht los, er hielt ihn nieder und frohlockte keuchend: »Ho, ho!«

Das empörte Poul, der sonst aufgegeben hätte. Er schlug mit den Fäusten auf Thomas ein, und so begann die zweite Runde, die meist blutig endet.

Alles ging schweigend vor sich. Jesper stand vor Spannung wie auf Nadeln.

Es war Poul, der alle Hiebe einsteckte. Thomas hämmerte mit den Knöcheln auf Pouls Scheitel ein und betäubte ihn halb. Er bog ihn zusammen und gerbte ihm das Fell, richtete ihn gründlich zu.

Doch da Poul keinen rechten Widerstand leisten konnte und sich schließlich überhaupt nicht mehr wehrte, begann er Thomas ein wenig leid zu tun, und er lockerte seinen Griff. Das nutzte Poul aus und versetzte Thomas ein paar schlimme Fußtritte gegen den Kopf. Als sein Edelmut so schimpflich belohnt wurde, erhielt Thomas' Wut wieder Auftrieb, er hatte neues Unrecht zu rächen. Zuletzt lag Poul wie ein nasser Lappen auf der Erde, so durchgebleut, daß er sich nicht mehr rühren konnte.

Thomas saß rittlings auf ihm und bearbeitete ihn mit den Fäusten. Poul sah mit verquollenen Augen zu ihm auf.

»Schlag nur zu!« stieß er gequält hervor und ließ die Arme zu beiden Seiten des Körpers auf die Erde sinken. »Schlag mich doch gleich ganz tot, wenn du schon mal dabei bist!«

Und Thomas stieß ihm die Faust ins Gesicht.

Schließlich mischten sich die Zuschauer ein.

»Hör schon auf!« sagte Jesper. »Laß ihn liegen, Thomas, es lohnt sich nicht mehr ...«

Thomas erhob sich nur widerstrebend, er hätte gern weitergemacht.

Die Sonne war über den Wiesen aufgegangen, ein klarer Tag war angebrochen. Als sich Poul endlich aufgerappelt hatte, brachten ihn ein paar Burschen nach Hause. Er konnte sich nicht allein auf den Beinen halten.

Thomas wurde von Jesper nach Hause begleitet, er setzte die Füße wie ein Löwe und schob den Bauch vor. Sie sollten ihm nur ja nicht zu nahe kommen, diese Bürschchen! drohte er. Nun, da sie allein waren, empfand Jesper das großspurige Gehabe des Freundes fast als peinlich.

Über die Prügelei wurde weit und breit geredet, und Poul erntete wegen der Abreibung, die er bezogen hatte, Gelächter. Thomas war eben ein Draufgänger.

Doch das Ende vom Lied war, daß Poul trotzdem Jørgine bekam. Sie wollte ihn haben. Nach dieser Keilerei hatte sie für Thomas nur noch Verachtung übrig und konnte ihn nicht ausstehen.

So heirateten denn Poul und Jørgine. Da keiner von ihnen auf dem elterlichen Hof der Erstgeborene war, überließ man ihnen das einsame Gehöft unten am Fluß, das dem Spanghof gerade gegenüberliegt. Sie mußten sich deshalb Schulden aufladen, aber sie waren jung und wollten sich hocharbeiten.

Poul und Jørgine wurden glücklich miteinander und bekamen jedes Jahr ein Kind.

Die Besitzer der beiden benachbarten Höfe hatten keinen Umgang miteinander. Im Sommer brachte jeder auf seiner Seite des Flusses das Heu ein und sah nicht zum anderen hinüber. Auch das Gesinde konnte sich nicht vertragen.

Thomas vom Spanghof verlegte sich auf den Pferdehandel und wurde ein bärbeißiger, wortkarger Mann, der bei keinem beliebt war. Als ihm der Hof zufiel, heiratete er.

Acht Jahre vergingen, ohne daß die beiden Männer seit jener Johannisnacht ein einziges Mal miteinander gesprochen hatten.

Da erschien Thomas vom Spanghof an einem späten Nachmittag auf Pouls Gehöft. Er betrat hastig die Stube. Sie wimmelte von kleinen Kindern in allen Größen. Jørgine saß da und wiegte das Jüngste. Als sie Thomas sah, sank sie in sich zusammen und starrte ihn ängstlich an.

Er sah zuerst sie an, dann all die Kleinen und fragte kurz angebunden nach ihrem Mann.

Poul kam herein, erstaunt warf er Thomas einen haßerfüllten Blick zu.

Doch als der Spanghofbauer fünf Minuten später ging, waren Poul und Jørgine ganz stumm, sie sahen einander an und ließen verzagt den Kopf hängen. Thomas hatte verlangt, daß sie ihre Schulden zurückzahlten. Die Schuldscheine waren in seiner Hand, er hatte sie aufgekauft.

Diese Geschichte erregte in der Gegend Aufsehen, und Thomas geriet in den Ruf, bösartig zu sein. Doch er ließ nicht mit sich reden, und um sich zu retten, mußte Poul einen Teil seines Ackers verkaufen.

Von diesem Jahr an ging es Poul schlecht, er konnte die Rückzahlungsraten nicht aufbringen, und Thomas vom Spanghof ließ ihn nicht in Frieden. Den größten Teil seiner Schulden hatte Poul beglichen, indem er das Stück Acker verkauft und sich obendrein noch Bargeld geliehen hatte. Thomas versuchte nun, sich auch diese Schuldscheine zu verschaffen, doch die Eigentümer wollten sie nicht verkaufen. Nun ja, was tat's. Da strengte Thomas eben gegen seinen Nachbarn einen Prozeß um das Fischrecht im Fluß an. Nach zwei Jahren gewann Poul den Prozeß, doch inzwischen hatte er das Stück Wiese, um das es im Prozeß ging, bereits verkaufen müssen. Der Käufer veräußerte es sofort an Thomas.

Aber damit nicht genug. Thomas erhob gegen Poul Klage wegen eines Feldrains. Den Prozeß gewann Poul zwar ebenfalls, doch er machte ihn zum armen Mann.

Poul war zu der Zeit schon etwas kränklich. Er hatte in seinem Wesen diese blasse Sanftmütigkeit, die oft nur Bitterkeit und Halsstarrigkeit verdeckt. Wenn ihn jemand bemitleidete, fing er manchmal an zu weinen, und hinterher schimpfte er dann. Er war abermals mit Thomas vom Spanghof in einen Prozeß verwickelt, diesmal wegen »ungesetzlichen Weidens auf fremdem Besitz«.

Der Ausgang war zweifelhaft, der Prozeß hatte sich schon ein Jahr lang hingezogen. Den Sommer über war Poul sehr unruhig. Das Urteil wurde für den Herbst erwartet, und wenn es zu seinen Ungunsten ausfiel, mußte er den Hof aufgeben, das wußte er.

Das war in dem Jahr der großen Dürre, von der die Leute heute noch erzählen.

Schon seit dem Frühjahr hatte es nicht geregnet, abgesehen von ein paar Gewitterschauern, deren Kraft nur ausreichte, um die oberste staubige Schicht zu netzen und der Erde ein pockennarbiges Aussehen zu verleihen.

Die Bauern warteten lange ebenso geduldig wie das Korn. Es wuchs zwar, wuchs gewissermaßen insgeheim. Doch die Aussichten waren dürftig. Zum Sommer hin begann man sich ergeben darüber zu verständigen, was sich *noch* retten ließe. Das bedeutete, daß man seine Erwartungen bereits auf ein Mindestmaß zurückgesteckt hatte. Doch es kam kein Regen.

Da stand nun das kränkliche Korn auf den Feldern. Hafer von der Länge eines Fingers, Roggen, so weiß wie ausgeblichenes Haar und mit Ähren, die zur Hälfte taub waren. Auf den schrundigen Feldern draußen am Fjord wuchs fast gar nichts.

Lange, lange wiegte man sich in der Hoffnung, daß ein Regen die Ernte noch retten könnte, doch die Hoffnung wurde kümmerlicher und kümmerlicher, so kümmerlich wie die Halme auf dem Feld.

An dem Tag, als endlich der Regen kam – es war schon weit im Juli –, hatte die Sonne wie an jedem Tag seit dem frühen Morgen unerbittlich vom Himmel gebrannt, und die Stimmung war bei allen gedrückt. Die Sorge trieb die Menschen zusammen, jeder suchte die Nähe des anderen. Vorm Haus des Dorfschulzen stand eine Gruppe und erörterte die Aussichten. Man sprach gedämpft, als wäre jemand gestorben. Mit ratlosen Mienen standen sie dicht beieinander, Angst und Kummer ließen sie noch geduckter erscheinen als sonst. Noch einmal ließen sie den Blick über den Himmel wandern, doch nirgendwo war eine Wolke.

Unter jeder Zimmerdecke brütete das Fieber der Hoffnungslosigkeit, hinter den Fensterscheiben tauchten sorgenvolle Gesichter auf und sahen nach oben. Was sollte das nur werden! Der Anblick, der sich ihnen bot, konnte einen das Fürchten lehren. Die Felder waren ein einziges Bild des Jammers und der Demütigung.

Aber um die Mittagszeit wurde es kühl, dicke Wolken zogen hastig im Westen auf und wälzten sich wie finstere Riesen mit vorgestreckten Armen heran. Man wollte es kaum glauben, und als die ersten Tropfen fielen, vermochte keiner, seiner Bewegung Herr zu werden. Ja wirklich, es begann in Strömen zu regnen. Anfangs schien noch die Sonne, und der Regen kam in langen gleißenden, hellgoldenen Fäden zur Erde. Funken stoben vom Korn auf, und über der Straße lag ein feiner Dunstschleier aus Wasserstaub. Es regnete bei Sonnenschein, jeder Tropfen funkelte vom Licht.

Und genauso war auch die Freude aller Menschen. Besonnene Männer stürzten zur Tür hinaus und veranstalteten ein Hallo – liefen zum Nachbarn hinüber und wollten es ihm sagen! Auf halbem Weg trafen sie sich und blieben mitten im Platzregen stehen. Die Kinder, die die Stille der Alten bedrückt hatte, gerieten außer Rand und Band. Alles konnte noch gut werden. Die Männer schüttelten sich die Hände, einige verbargen sich und weinten oder dankten Gott. Sie hätten sich nicht zu verbergen brauchen – alle waren sich stillschweigend darin einig, daß man seinen Gefühlen freien Lauf lassen dürfe, man würde es später vergessen.

Poul Sørensen war draußen auf seinem Feld, als der Regen kam. Er wurde unendlich froh, das Korn hätte sich nicht länger halten können. Solange die Sonne schien, zweifelte er noch, doch als sich die Wolken schlossen und ein durchdringender, belebender Dauerregen einsetzte, gab er sich der Freude hin. Er ging langsam im Regen heimwärts, hob den Kopf und ließ sich das kühle Wasser über das Gesicht laufen. Als es ihm die Augen blendete, streckte er die Hände aus und ließ es darauf platschen. Mit großem Wohlbehagen ließ er sich bis auf die Haut durchweichen.

Pouls Feld grenzte an das Land von Thomas vom Spanghof, und auf dem Heimweg begegnete er seinem Feind. Thomas kam am Rain seines Haferschlages daher, wo die Halme sich neigten und die Feuchtigkeit tranken und fast augenblicklich wieder ausgrünten. Als Poul Thomas erblickte, nahm seine Freude überhand, er faßte wieder Vertrauen und glaubte, daß sich alles zum Guten wenden müsse. Doch je näher er dem Spanghofbauern kam, um so weniger wußte er, was er eigentlich wollte; vielleicht empfand er nur das Bedürfnis, seine Hoffnung mit einem Menschen zu teilen. Poul blieb stehen und sah Thomas mit leuchtenden Augen und einem Ausdruck verlegener Freude an.

Ohne seine Schritte zu verlangsamen, wandte Thomas den Kopf in Pouls Richtung.

»Du Dreckskerl!« sagte er leise und mit schneidender Bosheit – die Zähne gebleckt, die Augen stechend vor Gehässigkeit – und ging weiter.

Nun erst begriff Poul, daß er sich mit Thomas hatte aussöhnen wollen. Rasender Zorn erfaßte ihn, er bebte innerlich. Eine Weile stand er im Regen und sah Thomas' breitem Rücken hinterher, der sich langsam entfernte, dann ging er nach Hause. Etwas weiter oben auf dem Hügel brach er in Tränen aus und wankte gebeugt davon.

Im Herbst fiel das Urteil in der Erstattungsklage. Poul verlor den Prozeß und mußte den Hof verlassen. Niemand konnte ihm helfen, er gab auf.

Damit die Familie nicht der Gemeinde zur Last fiel, sorgten die Dorfbewohner dafür, daß Poul eine Kate mit einem Stückchen Land erhielt. Es waren sehr dürftige Verhältnisse. Poul war gezwungen, sich als Tagelöhner zu verdingen. Aber der Gram zerbrach ihn, die meiste Zeit mußte er das Bett hüten.

Die ältesten Kinder waren schon aus dem Haus, doch immer noch waren fünf Münder zu stopfen, und Jørgine war abermals guter Hoffnung. Ihr, Hans Nielsens Tochter, blieb es nicht erspart, mit der Kanne in der Hand zu den Bauersfrauen zu gehen und um Milch zu betteln.

Anfangs hielt sie sich vom Spanghof fern, aber als sie einmal nirgendwo anders etwas bekam, ging sie doch dorthin. Von da an war sie, wenn die Not groß war, oft dort. Sie wußte, daß Thomas ihr immer etwas gab. Zu den Beschimpfungen und Ermahnungen, die sie dabei einstecken mußte, schwieg sie.

Eines Tages, als Fremde in der Stube waren, bot Thomas ihr Geld an, und Jørgine nahm es erfreut. Er hatte es ihr nur in dem Glauben angeboten, daß sie nein sagen würde. Als er sich nun aber davon trennen mußte, warf er ihr in derben Worten ihre Fruchtbarkeit vor. Wenn man so bettelarm sei, müsse man sich doch bitte schön beherrschen können. »Obgleich« – er wandte sich an seine Gäste –, »arme Leute haben wohl kein anderes Vergnügen.«

Pouls Familie sank in bitteres Elend herab, und schließlich fiel sie der Gemeinde zur Last. Doch Thomas gab immer noch nicht auf. Als Poul starb, hielt er sich an dessen Kinder, bezichtigte einen der Söhne des Diebstahls und verleumdete die anderen. Da er bei den Leuten verhaßt war, erreichte er damit jedoch nicht viel. Mit den meisten lebte er in Unfrieden, führte mit mehr als einem Prozesse. Er schreckte nicht davor zurück, geradewegs in ein Gehöft zu gehen und den Hausherrn mit Schimpfworten zu überschütten. Einem jeden sagte er die unverschämtesten Grobheiten mitten ins Gesicht. Seine Frau und Kinder hatten auch nichts zu lachen.

Inzwischen war Thomas zu großem Wohlstand gelangt, er handelte mit Vieh und betrog die Leute nach

Strich und Faden. Es machte ihm gar nichts aus, einem Häusler eine Kuh aufzuschwatzen, an der sich dann später schlimme Gebrechen zeigten, und es war bekannt, daß er seinen Vater um das Altenteil geprellt hatte, so daß der alte Mann bei seinem Schwiegersohn Zuflucht suchen mußte, um bei ihm zu sterben.

Doch dafür nahm es auch mit Thomas vom Spanghof ein seltsames Ende, und die Leute hatten viel zu lachen.

Thomas hatte eine Zeitlang gehustet, und nachdem der Winter vergangen war, sah er erbärmlich aus. Seine Frau lag ihm so lange in den Ohren, bis er zum Arzt fuhr.

»Ja, ihr Bauern«, sagte Doktor Eriksen, nachdem er Thomas untersucht hatte, »ihr wirtschaftet so lange zwischen euren Kühen herum, bis jeder zweite von euch Tuberkel hat. Ihre Lungen sitzen voll davon. Sie können nach Hause gehen und Ihr Testament machen!«

Thomas äußerte sich nicht groß, er fuhr wieder nach Hause und nahm die Arzneien ein. Lange sprach er kein einziges Wort. Doch der Husten wurde schlimmer, der beleibte Mann sah bereits ziemlich abgezehrt aus. Er ging abermals zum Arzt und ließ sich gründlich untersuchen.

»Wie lange hab ich noch zu leben?« fragte er dann barsch und sah dem Arzt ins Gesicht.

»Ein Jahr, wenn Sie vernünftig leben, vielleicht auch zwei.«

»Ja, was heißt vernünftig?« fragte Thomas und lachte höhnisch.

»Das heißt, Sie müssen Bettruhe einhalten – vor allem keine Erkältungen ...«

»Ja, dann bleibt's sich auch gleich«, sagte Thomas und griff nach seiner Mütze. Wie eine Gewitterwolke fuhr er nach Hause. Bis dahin war Thomas stets ein solider Mann gewesen, doch am Tag nach dem Arztbesuch fuhr er ins Wirtshaus – das Gehen fiel ihm bereits schwer – und kam sternhagelbetrunken nach Hause. Als sie ihn hineintrugen, war das eingefallene Gesicht leichenblaß. Der Mann genoß aber so großen Respekt, daß sie ihn trotz seiner Bewußtlosigkeit mit der größten Ehrerbietung behandelten.

Von da an führte Thomas vom Spanghof ein so zügelloses Leben, daß man weit und breit davon sprach. Er zechte und trieb sich ständig herum, und er aß und schlemmte ohne jedes Maß. Ein paar andere Pferdehändler gesellten sich zu ihm, und sie feierten kostspielige Orgien, wo man Wein trank und ellenlange Lendenbraten verspeiste.

Thomas veränderte sich. Sein rücksichtsloses Wesen bekam einen Anflug von Humor, er sang und drosch die Karten auf den Tisch.

»Man sagt, mit mir ginge es zu Ende, aber ich werd euch zeigen, wieviel Leben in mir steckt. Und wieder Trumpf! Ich verzehr meinen eignen Leichenschmaus, müßt ihr wissen. Kreuz-König, was wollt ihr dagegen aufbieten? So wird das nichts! Kreuz-Dame, stecht sie!«

Seine Kumpane lachten sich fast krank. Bis in den hellen Tag hinein aßen und tranken sie wie die Zyklopen, und Thomas – völlig außer Rand und Band – bezahlte.

Nachdem er ein Jahr gepraßt und gezecht hatte, lebte er immer noch, er war nun aufgeschwemmt und rotfleckig, und die Kräfte waren zurückgekehrt.

»Lassen Sie sich ansehen!« sagte Doktor Eriksen verblüfft. »Wie ist das möglich, Sie leben ja, als ob Sie von Sinnen wären.« Und der Arzt untersuchte ihn.

Es zeigte sich, daß Thomas vom Spanghof gesund war wie ein Ochse, er war wirklich völlig genesen.

»Sie sind ein radikaler Mann«, sagte Doktor Eriksen. »Doch nun werde ich Ihnen mal was sagen, Thomas vom Spanghof. Sie haben eine Kur gemacht, die ebenso gefährlich ist wie die Seuche. Noch so ein Jahr, und Sie gehen am Delirium tremens zugrunde.«

Thomas lachte laut auf und fuhr davon. Er war doch nicht so blöde, sich totzusaufen. Eine Zeitlang hielt er sich auch zurück, obwohl es ihm schwerfiel, sich die gewohnten Feste zu versagen.

Aber es nahm dennoch ein böses Ende, Thomas war dem Alkohol schon zu sehr verfallen.

Eines Tages kam er aus dem Schlafzimmer. Er war in Hemdsärmeln, die Weste spannte über dem dicken Bauch. An seinem Gesicht konnte man ablesen, daß er sich in heilloser Erregung befand – die Augen hatten nicht den üblichen harten Ausdruck.

»Herrgott, Tammes!« rief seine Frau und starrte ihn an.

Thomas sagte kein Wort, eine Weile später wich der Ausdruck der Angst aus seinem Gesicht. Er ging in den Flur, nahm ein Pferdegeschirr und schleuderte es hinaus auf die Pflastersteine.

»Spann an!« rief er dem Knecht herrisch zu.

Thomas fuhr ins Dorf und kam betrunken nach Hause.

Ein paar Tage später war Thomas abermals mit seinen Zechkumpanen bei einem Gelage. Er hielt jedoch maß und trank nur so viel, daß er gerade angeheitert war. Auf der Heimfahrt wurde er ganz nüchtern; er saß verbittert auf dem Wagen und hielt krampfhaft die Zügel. Als er den Kopf hob, sah er hinten in Volstrup – der Ort lag anderthalb Meilen entfernt – einen Mann, einen ungeheuer großen Mann, der sich bückte und die Landschaft wie einen Teppich aufzurollen begann. Er half mit den Füßen nach, rollte die Felder mitsamt den Häusern, Höfen und Bäumen darin zusammen. Hinter ihm blieb eine graue Fläche zurück. Nachdem er ein Stück aufgerollt hatte, ging er ein paar Meilen weiter und machte sich dort ebenfalls daran, das Land aufzurollen. Die Sonne schien auf seinen Kopf mit dem schwarzen Wollhaar.

Thomas sah sich diese Vorstellung eine Weile an, dann lächelte er ungläubig.

»Nun hör aber auf!« sagte er leise und halb lachend. Doch im gleichen Augenblick war der Mann verschwunden.

Thomas saß eine Zeitlang still da, ihm dämmerte etwas. Er verzog heftig den Mund und schlug auf die

Pferde ein. Während es in scharfem Trab heimwärts ging, war Thomas sehr unruhig, seine groben Hände zitterten.

Als er den Hügel zum Spanghof hinabfuhr und ihm der starke Luftdruck ins Gesicht schlug, sah er plötzlich, wie vor ihm auf dem Weg etwas Dunkles, das an einen Schal erinnerte, aufflatterte und ihm entgegenkam. Es hatte ihn im Nu erreicht und flog ihm direkt ins Gesicht. Es schlug zu wie eine Stahlstange gegen einen Stein – mit einem so scharfen, singenden Ton, daß sein Kopf wie ein Ei zersprang.

Thomas vom Spanghof fiel rücklings in den Wagen, die Pferde liefen von allein auf den Hof. Es zog sie zum Wassertrog, und als der Knecht hinzueilte, sah er Thomas auf dem Wagenboden liegen.

Thomas vom Spanghof hatte das Delirium. Die Leute lachten und sagten, wem der Strick bestimmt sei, den treffe kein Schuß.

Doch Thomas kam noch einmal auf die Beine. Während des Anfalls mußten ihn sechs Männer halten, er war nicht so leicht niederzuzwingen.

Als er sich erholt hatte, war er eine Zeitlang sehr still und umgänglich. Er rang mit sich, um das Trinken zu lassen, er verlor den Appetit, und die Enthaltsamkeit ließ ihn schlaff und schlottrig werden. Doch als er es eines Tages nicht länger aushielt, nahm es mit ihm ein stürmisches Ende. Er tobte wie ein wild gewordener Ochse, der den Wagen zerschmettert, schnurstraks durch eine schindelgedeckte Torfhütte bricht und schließlich verstümmelt in einem großen dichten Holundergebüsch steckenbleibt, das man fällen muß, wenn man sein Fleisch haben will.

Thomas brachte eine Menge Geld durch. Am letzten Tag, an dem er unterwegs war, verschleuderte er eintausendzweihundert Kronen, es war ein schändliches Besäufnis. Er hatte das Geld für einen Hengst bekommen, den er in Salling verkauft hatte. Während der Rückfahrt auf der Fähre verwirrten sich ihm die Sinne.

»Laßt mich rudern!« verlangte er plötzlich mit verdrehten Augen und taumelte über die Ruderbänke. Da war es zehn Uhr vormittags.

»Nein«, sagte Laust, der eine der Fährknechte, »das ist nicht erlaubt.«

Thomas stieg über die letzte Ruderbank und packte Laust an der Kehle. Laust saß unter den schweren Riemen und konnte nicht aufstehen, er warf sich aber hintenüber und kam frei.

»Ruder du, Christen!« rief er seinem Kameraden vorn zu. Dann sprang er über die Ruderbank und faßte Thomas um den Leib. Der schlug ihn zu Boden, daß der Prahm schaukelte. Doch Laust war auch ein harter Bursche, er erwiderte den Schlag, und sie rangen heftig miteinander.

Mit einem plötzlichen Griff in den Rücken zog Thomas dem andern den Norweger-Pullover über den Kopf und wollte ihn im selben Augenblick über die Reling in den Fjord zerren. Doch da ließ Christen die Riemen los und kam Laust zu Hilfe.

Die Fähre trieb ab, im Sund herrschte eine starke Strömung.

Die beiden breitschultrigen Fährknechte hatten mit Thomas ihre liebe Not, er brüllte und tobte. Eine halbe Stunde lang mühten sie sich mit ihm ab, bis sie klitschnaß waren von Schweiß.

Inzwischen trieb die Fähre unten am Fischerdorf vorbei, und von dort kam Hilfe. Vier Männer hielten Thomas wie ein Schwein nieder, er hatte Schaum vorm Mund und keuchte schwer.

Trotzdem beruhigte er sich ein wenig und ging friedlich an Land. Im Fährkrug verlangte er etwas zu trinken, und als man ihm nichts ausschenken wollte, sprang er rasend vor Wut auf, um neues Unheil anzurichten. Er saß am Tischende, und im Aufspringen stieß er die Platte vom Tisch. Sie flog an die gegenüberliegende Wand. Doch dabei erhielt Thomas einen so derben Stoß in den Unterleib, daß er ohnmächtig wurde.

Du lieber Gott! Sie befeuchteten ihm die Schläfen mit Essig und brachten wieder Leben in ihn. Doch kaum saß er aufrecht, da schlug er auch schon um sich. Bevor sie ihn halten konnten, raste er wie ein Berserker und räumte die Gaststube aus. Er schlug dort drinnen alles kurz und klein. Nicht ein einziges Möbelstück blieb heil. Ein Mann, der mit Schweinen zum Fährkrug kam, erzählte später, er habe die große Standuhr zum Fenster hinausfliegen sehen, und das sei weiß Gott ein unvergeßlicher Anblick gewesen. Nachdem es ihnen unter Lebensgefahr endlich gelungen war, Thomas zu übermannen, war es zwei Uhr mittags. Diesmal fesselten sie ihn und fuhren ihn nach Hause.

Als sie ihn hineintrugen, hob Thomas die zusammengebundenen Füße und stieß den Türrahmen heraus, daß der Kalk nur so stob.

Er tobte bis zum Abend, dann verfiel er in einen Dämmerzustand, der einige Tage anhielt und ihm die letzten Lebenskräfte raubte. Doch bevor er starb, war er glücklich. Er war gleichsam nicht er selbst – er redete irre und erkannte keinen, war aber lustig und fidel. Aus dem Gesangbuch, das sie ihm gereicht hatten, riß er Blätter heraus und drosch sie aufs Deckbett, weil er sie für Karten hielt. Er gewann alle Spiele und lachte herzlich. Er zog sich den Bettzipfel mit der Quaste durch die hohle Hand, setzte ihn wie eine Flasche an den Mund und sagte: »Skål, skål, lieber Herrgott!« Und während die Frauen, die sich um sein Bett versammelt hatten, aus Sorge um sein Seelenheil fast ohnmächtig wurden, schwitzte und lachte er wie bei einem ausgelassenen Gelage. Es ging ihm so gut, daß man glauben konnte, er würde genesen. Doch inmitten der Freude wurde er plötzlich müde und legte sich hin, um ein wenig auszuruhen, und fast im gleichen Augenblick war er tot.

Nun liegt er auf dem öden Friedhof von Graabølle begraben, wo sich ein Grabhügel kaum von dem andern unterscheidet.

Der stille Mogens

»Heutzutage lieben sich die Bauern genauso gesittet wie die Feinen«, sagte Kirsten-Schmied. Sie saß bei einem fröhlichen Weihnachtsschlachtfest inmitten der Frauen und speilte Würste, die Messingbrille mit den dicken Gläsern auf das Kopftuch hinaufgeschoben, strahlend vor guter Laune, zum Bersten voll von lebendigen Jugenderinnerungen.

»Wie ich schon gesagt hab, heut sind die Menschen zarter und gefühlvoller als früher. Sie haben gelernt, was dazu gehört, und sie können's auch so sagen, können ausdrücken, was sie fühlen. Und zum Beweis für ihre Liebe müssen sie goldne Ringe haben und sich in der guten Stube schnäbeln und Spaziergänge machen und den Vögeln lauschen. Die Leute lesen viel in ›Albernaken‹, und unsre Pastorn sind von 'nem andern Schlag als in früheren Zeiten. Bauern dürfen heut keine Sünder mehr sein. In meiner Jugend *mußten* sie das sein, denn sonst wurd ja nichts aus der Gnade. Es kann wohl auch sein, daß es in unsern Tagen sozusagen mehr *Gefühl* unter den Menschen gibt, und das kann von mir aus auch so bleiben. Denn heutzutage gibt's mehr als früher, die's nötig haben, daß man für sie fühlt. Und wie die Zeiten sind, so gefallen sie den Leuten. Aber in meiner Jugend war das anders. Wir sind ja solche groben Klötze gewesen, draufgängerisch, ja direkt verroht. Wir haben ja keinen blassen Schimmer von dem gehabt, was hinter unsern Rippen vor sich geht, von dem, was uns lenkt und steuert. Wir sind einfache Leut gewesen. Wenn unser einer nicht für sich selber aufgepaßt hat, hat keiner für uns aufgepaßt. Und solang's um die grobe Arbeit ging, die gemacht werden mußte, sind wir übrigens auch so ganz gut zurechtgekommen. Für das Schlimmste und Beste hier auf Erden hat der Schöpfer ja selber gesorgt. Das braucht keiner lernen, wirklich nicht. Da fällt's einem schon schwerer, davon zu lassen. Denn *das* ist uns sauer geworden, will ich meinen. Aber so ist das nicht mehr. Heut kommen die guten Leutchen nur mit viel Kopfzerbrechen und Gewese zu ihren Kindern: ›Lieben wir uns denn oder lieben wir uns nicht?‹ – und: ›Können wir die Verantwortung auch tragen?‹ – und: ›*Müssen* wir denn oder sind wir zu vornehm dazu?‹ – und so weiter mit vielen Paragraphen. Wir andern dagegen, wir sind schnell hintenübergefallen ...«

An dieser Stelle verlieh die alte Kirsten ihrer Rede mit einem derben Sprichwort Nachdruck, wobei sie sich wie eine Henne aufplusterte und hellauf gluckte.

»Aber«, fuhr sie weise und vergnügt fort, während sie eifrig eine neue Wurst stopfte und in die Pelle stach, damit die Luftblasen entwichen, »dafür haben wir auch keinen verklagt, wenn wir Pech hatten, nein. Es gab ja nicht viele Fehler, die gröber warn, als daß man sie womöglich nicht auch selber hätt machen können. Und es kann nun mal nie völlig danebengehn, wenn nirgendwo geschrieben steht, daß alles so großartig und gut sein muß. Wenn das, was kommen soll, eines Tages seinen Lauf nimmt, gereicht es uns auch zum Segen, das ist meine Meinung. Dabei fällt mir Martine ein, die Tochter von Just aus Stenbæk. Ja, sie ist nun schon viele Jahre tot, und keiner von euch kennt sie oder kann sich an sie erinnern.

Seht ihr, Martine ... Aber ich will's euch lieber so erzählen, wie sich's zugetragen hat. Ihr sollt nicht das Ende der Geschichte zuerst hörn, ihr Mädchen, denn dann lernt ihr ja nichts daraus, dann wärt ihr ebenso klug wie Martine. Sie war das wildeste und schönste Mädchen in Stenbæk und der ganzen Gegend. Sie hätt haben können, wen sie wollte. Alle Burschen liefen ihr hinterher, aber sie gab jedem einen Korb. Martine wollt nicht heiraten. Denn ihre Zeit war noch nicht gekommen. Die hat aber noch kommen solln.

Ich hab damals als Magd auf dem Stenerslevhof gedient, nicht weil ich's nötig gehabt hätt, sondern weil ich die Lebensart der feinen Leute kennenlernen sollt. Ich war ein junges Ding von sechzehn Jahren, und ihr könnt mir glauben, ich war vielleicht neugierig! Es passierte nicht viel in meilenweitem Umkreis, wo ich nicht lange Ohren gemacht hätt. Ich hab immer alles genau wissen wolln, grad als hätt ich gewußt, daß ich mal alt werd und erzählen könnt. Martine hab ich gut gekannt. Ich bin eine von den ersten gewesen, die Bescheid gewußt haben, obgleich das, was passiert war, ein Geheimnis gewesen ist. Später dann, als keiner mehr Anstoß hat nehmen können, ist es in aller Stille durchgesickert. Alle haben's gewußt, aber keiner ist drüber hergezogen, und es hat Martine nicht zur Schande gereicht. Ja, und nun sind alle, die mit der Sache was zu tun hatten, schon lange tot. Martine ist in einer Johannisnacht *geschändet* worden ...«

Kirsten sah in die Runde und nickte schweigend jedem der Mädchen zu. Die machten ihrem Schreck und ihrer Neugier in seufzenden Ausrufen Luft. Sie schwieg lange und genoß das Mienenspiel der Mädchen, die traurig-fragend dreinblickten.

»Ja, sie ist geschändet worden«, sagte Kirsten schließlich und nickte dazu, mit der Wirkung ihrer Worte zufrieden. »Ja wirklich, liebe Mädchen, sie ist geschändet worden, wie in Kriegszeiten, und das in einer Johannisnacht. Und nun sollt ihr hörn.

Die jungen Leute hatten an diesem Abend in der Stenbæker Heide oben auf dem hohen Bavnehøj das Johannisfeuer angezündet. Das ist nun schon über ein halbes Jahrhundert her. Ich bin damals auch mit dabeigewesen, und es ist doch tatsächlich das allererste Mal gewesen, daß ich ein Johannislamm abgekriegt hab. Sie hatten mir einen der Kleinknechte vom Hof zugeteilt, und danach sind viele Tage vergangen, bevor wir uns wieder ansehen konnten, so haben wir uns beide geschämt. Die Burschen damals waren wohl schüchterner als die heute, scheint mir.

Ich könnt euch eine Geschichte von einem Burschen erzählen, der auf die Knie gefallen und um Gnade gefleht und geweint hat und sich schließlich mit einer Flasche Branntwein freigekauft hat – und das bloß, weil ihn die Mädchen mit Gewalt küssen wollten, als er mit ihnen allein auf der Wiese geblieben war.

Solch ein Angsthase ist auch der Bursche gewesen, der mir als Johannislamm zugeteilt wurde. Wir haben alle beide noch lange danach einen roten Kopf gekriegt, wenn wir uns begegnet sind. Seht ihr, Mogens, von dem ich euch gleich erzählen werd, der war nun nicht von der Sorte. Denn man kann wohl nicht einen Burschen schüchtern nennen, der fertigbringt, was Mogens fertiggebracht hat. Eifersüchtig würd ich ihn auch nicht nennen. Aber er ist so ein stiller Mensch gewesen. Ja wirklich. Er war einfach nicht imstande, ein Wort rauszubringen. Er stammte von einem stillen Hof. Ich kann euch sagen, in meiner Jugend hat es Gehöfte gegeben, da haben sie tagelang nicht ein einziges Wort gesprochen. Die Leute haben alle stillschweigend ihre Arbeit gemacht und sind deshalb doch gute Freunde gewesen. Nicht daß sie keine Lust gehabt hätten. Ach was, es hat einfach keinen Grund zum Reden gegeben, sie haben's nicht vermißt.

Von solch einem Hof stammte Mogens. Aber er hat's übertrieben. Mir ist nie ein Mensch begegnet, der so wenig Worte gemacht hat wie er. Manche haben behauptet, er wär stumm. Aber das stimmte nicht, denn ich hab gehört, wie er sowohl nein als auch ja gesagt hat. Aber wenn er sich erst mal eins von beiden abgerungen hatte, dann gab's auch nicht viel mehr dazu zu sagen. So gesehn, hat er bestimmt keinem durch Schwatzhaftigkeit Schaden zugefügt, aber was erklären, *sich aussprechen*, mehrere Worte auf einmal machen, das ist nicht seine Sache gewesen. Das hat er nicht fertiggebracht. Redseligkeit hat ihm ferngelegen.

Mogens und Martine sind auch mit zum Johannisfeuer gewesen. Aber keiner ist dem andern als Johannislamm zugeteilt worden. So hat das nicht angefangen. Aber an diesem Abend hat sich Mogens in Martine verguckt, und zwar so, daß kein Kraut dagegen gewachsen war. Das ist übrigens andern ebenso ergangen. Oh, sie haben allesamt in ihrer Nähe sein wolln, und alle haben ihr unbedingt was Nettes sagen wolln. Mogens hat gar nichts gesagt. Er hat's nicht gekonnt, der arme Kerl, er hat sich keinen Rat gewußt. In seinem Mund gab's überhaupt keine schönen Worte. Nun kann man's ja einem Mann von den Augen ablesen, wenn er Liebesqualen aussteht, und es ist kein Kunststück gewesen, Mogens das anzusehn. Aber das hätt schon ein seltsames Mädchen sein müssen, das von allein darauf gekommen wär. Da gehört schon mehr zu: gesittete Reden – und: ›Willst du mich haben?‹ – und: ›Bist du aber schön!‹ und all dieser Schmus. Na, ihr kennt das ja! Mogens hat nichts gesagt. Nein, kein Wort.

Aber als das Johannisfeuer runtergebrannt und Martine auf dem Nachhauseweg war, hat sie in der Heide Mogens getroffen. Vorher haben etliche sie begleitet, aber einer nach dem andern hat in seine Richtung abbiegen müssen, und zuletzt ist Martine mutterseelenallein geblieben. Justs Hof lag ganz abseits zwischen den Hügeln an der Stenbæk. Mogens hatte sich ausgerechnet, daß sie das letzte Stück allein gehn würde, und er ist vorausgelaufen und hat sich im Heidekraut versteckt. Wahrscheinlich hat er bloß dafür sorgen wolln, daß sie gut nach Hause kam. Mit einmal ist er vor Martine aus dem Heidekraut aufgetaucht – und hat doch kein einziges Wort rausbringen können! Sie hat sich erschrocken, was kein Wunder gewesen ist, und hat aufgeschrien, und diesen Schrei haben ein paar von denen gehört, die sie begleitet hatten. Aber sie haben geglaubt, das sei ein wildes Tier oder ein andres Ungeheuer und sind der Sache nicht auf den Grund gegangen. Und dann ist Martine losgelaufen.

Es hat lange gedauert, bevor man wieder was gehört hat, denn in der Zwischenzeit ist Martine oben in der

Heide um ihr Leben gerannt. Mogens immer hinter ihr her. Es kommt selten vor, daß sich ein Mädchen vor 'nem Mann retten kann, indem es ihm wegläuft. Doch Martine hat ihn auf diese Weise fast eine geschlagene Stunde lang hingehalten. Sie hat unheimlich gut laufen können, die Martine. Und wenn man vor Angst fast den Verstand verliert, hält man wohl auch lange durch. Aber schließlich hat Mogens sie doch eingeholt. Und wenn ihm das Reden schon vorher schwergefallen war, dann hatte er nun völlig die Sprache verloren, weil er außer Atem gewesen ist und weil er sich so gegrämt hat, daß Martine vor ihm weggelaufen ist. Und da ist es dann passiert ..., ja, da ist es dann passiert, daß er zu der Sprache Zuflucht genommen hat, die hoffentlich keine von euch verstehen muß, bevor ihr sie nicht gutwillig, in aller Unschuld gelernt habt. Betet zum Herrgott, liebe Mädchen, daß ihr nicht so unterwiesen werdet wie Martine. Ihr braucht nicht schwer von Begriff zu sein, um in eine Lage zu kommen, wo ihr durchmacht, was sie durchgemacht hat. Die Leute in Stenbæk haben in ihren Betten gelegen und gehört, wie sie gebrüllt und gejammert hat, aber sie haben geglaubt, es seien wilde Tiere, die sich in der Heide gegenseitig das Innerste nach außen stülpten. Und sie sind nicht aufgestanden, um dem Gebrüll nachzugehn. Martine hat so grauenvoll geheult, daß kein einziger die menschliche Stimme rausgehört hat, und sie hat mit ihm gerungen, daß in der Heide eine aufgewühlte Stelle zurückgeblieben ist, als hätt da ein Rind gekämpft. Da haben sie dann später ganze Büschel von Menschenhaar gefunden. Dann ist es still geworden. Aber eine halbe Stunde später, als es fast heller Tag war, hat man sie wieder schreien hörn, und diesmal soll sie so unmenschlich gejammert haben, daß die Leute geglaubt haben, es sei die Elfenfrau, die unter der Erde in Wehen liege. Da hat Mogens mit ihr gerungen und sie runter an den Fluß gezerrt, um sich mit ihr zu ertränken, so verzweifelt war er, daß er es nicht fertiggebracht hatte, zu reden und ihr sein Herz zu öffnen. Und als sie ihm wieder entwich, hat er sie dann zwischen den Hügeln rumgehetzt und immer noch nicht gewußt, was er sagen sollte. Und da haben sie dann auf Leben und Tod gekämpft. Man hat später mehrere Stellen gefunden, wo die Erde aufgebrochen war. Martine ist ein starkes und kräftiges Mädchen gewesen, aber hier hat sie sich doch nicht durchsetzen können...

Oh, das hätt ich sein solln!« rief Kirsten aus und sah sich mit Augen um, die hinter den stark vergrößernden Brillengläsern drohend funkelten, »das hätt *ich* bloß sein solln! Ich wär ihm an die Gurgel gegangen ... Ich hätt ihn gebissen, geschlagen, getreten, totgekratzt ...

Wenn ich ihn nicht gutwillig geküßt hätt«, fügte sie plötzlich mit gesenkter Stimme hinzu, und sie schlug die Augen nieder und neigte den Kopf schräg über die Arbeit, die ihr beim Erzählen flott von der Hand ging. Kirsten kroch in sich zusammen und lachte lautlos in sich hinein.

»Naja. – So ist es Martine ergangen. So 'ne grauenvolle Johannisnacht hat sie erleben müssen. Aber damit ist die Geschichte ja noch nicht zu Ende. Am Tag darauf ist Justs Hof abgebrannt. Keine Menschenseele hat was von dem gewußt, was in der Nacht passiert war. Das Feuer ist über Mittag ausgebrochen, als alle geschlafen haben. Deshalb hat es auch so lang gedauert, bis Hilfe gekommen ist. Und der Hof lag ja auch so weit weg vom Dorf. Das ist übrigens ein schönes Feuer gewesen, mal so gesehn. Ich bin mit den Mägden und Knechten von Stenerslev beim Heuen auf der Wiese gewesen. Wir haben in den Heuhaufen gelegen und uns grad ein Mittagsschläfchen genehmigt. Ich bin wach geworden, weil ein Hund ein Totengeheul angestimmt hat – das ist doch merkwürdig, so am hellichten Tag, darum bin ich aufgewacht. Wie ich so in die Richtung guck, aus der das Geheul kommt, seh ich von einer Stelle oben in der Heide gleich hinter den Hügeln Rauch zum Himmel aufsteigen. Ich hab gleich gewußt, daß das der Hof von Just sein mußte, der da brannte. Drinnen im Rauch hat das

Feuer nur so getanzt und gezüngelt. Es hat grauenvoll ausgesehn, und ich hab losgekreischt, und mit einem Satz sind wir alle auf den Beinen gewesen. Die Knechte sind aus ihren Holzschuhen gesprungen und sind gelaufen, was sie konnten. Aber ich hab meine Schuhe in die Hand genommen, denn ich wollt dann ja nicht mit nackten Füßen in die Glut treten. Wir sind als erste dagewesen. Das Gehöft hat von einer Ecke zur andern in Flammen gestanden, es hat lichterloh gebrannt. Es ist ein stiller Tag gewesen, und die Sonne hat geschienen. Ich glaub fast, die Flammen warn so hoch wie ein Kirchturm. Es war so ein reines, helles Feuer, das man bei Tageslicht kaum sieht. Aber der Rauch ist häßlich schwarz gewesen und hat sich zum Himmel hochgewälzt, schneller als Vögel fliegen. Vielleicht eine Viertelmeile kerzengerade hoch, daß einem schon vom Hochsehn ganz schwindlig und wirr im Kopf geworden ist. Die Balken haben gekracht und geknackt, und das Feuer hat gebraust und geknallt. Und diese Hitze, Kinderchen, als wir näher rangekommen sind! Ihr werdet es kaum glauben, aber noch weit weg vom Hof, wo weder Feuer noch Rauch hingereicht haben, hat einem die Luft wie ein Schröpfmesser in die Wangen geschnitten. Das Zahnfleisch war einem ganz ausgetrocknet, daß man gar nicht hat sprechen können.

Als wir dort angelangt sind, haben wir die Pferde wiehern und ausschlagen hörn, daß die Flankierbäume nur so gekracht haben. Sie haben nicht aus dem Stall rauskommen können. Die Burschen sind in den Hof gestürzt, der Torbogen hat über ihnen gebrannt, und hier haben sie den Bauern gesehn. Just ist mit versengtem Haar rumgeirrt und hat mit 'nem Eimer hantiert. Er ist halb verrückt gewesen und hat nicht gewußt, was er tat. Mit einem Heubaum haben sie dann die Stalltür eingerammt, und ein kleiner Bursche hat sich in Feuer und Rauch reingetraut und die Halfter durchgeschnitten. Das ist übrigens mein Johannislamm gewesen, und nun ist der Junge gar nicht mehr schüchtern gewesen. Es ist auch allerhöchste Zeit gewesen, denn wenn die Pferde noch wilder geworden wärn, hätten sie die Tür nie gefunden. Aber nun ist eins nach dem andern rausgekommen, ganz willig, beim letzten hat schon die Mähne gebrannt. Und als sie erst draußen auf dem Hof gewesen sind, ging's im Galopp durchs Tor und auf die Felder raus. Da sind sie stehngeblieben und haben sich umgesehn, als ob sie sich bei uns bedanken wollten, aber auf solch einem Hof, nein, danke bestens, da wollten sie nicht länger bleiben.

Die Kühe sind draußen auf der Weide gewesen, denen ist also nichts passiert. Aber eine Menge Schweine sind verbrannt, und das hat sich fürchterlich angehört. Sie haben gequietscht und jämmerlich geschrien, und wir haben gehört, wie sie im Schweinestall rumgesprungen sind und mit den Füßen gescharrt haben, um rauszukommen. Einer hat den Einfall gehabt, mit 'nem Balken ein Loch in die Außenmauer zu stemmen, damit sie raus konnten. Aber da sind sie alle schon tot gewesen, bis auf eins. Das ist rausgekommen, alle vier Füße verbrannt. Es ist auf den Stümpfen gelaufen, das arme unschuldige Tier, und man hat richtig am Grunzen gehört, was das für 'ne Wohltat gewesen ist, als es abgestochen wurd und aus dem Leben scheiden konnt.

Inzwischen sind schon viele Leute dagewesen, das ganze Dorf Stenbæk, mit Brandhaken und Leitern, um zu retten, was noch zu retten war, von Löschen konnt gar keine Rede sein. Sie haben die Fensterrahmen eingestoßen und versucht, wenigstens ein bißchen Hausrat mit den Brandhaken rauszuziehn, aber viel ist nicht mehr zu retten gewesen. Fast alles ist verbrannt. Wir haben dabeigestanden und mit angesehn, wie drinnen in der Stube der Tisch verbrannt ist, wie das Bier in den Tonkrügen angefangen hat zu kochen und die Krüge zersprungen sind. Wir haben die Schränke brennen sehn und die Bilder an den Wänden und die Betten und alles.

Aber auf einmal haben die Leute geschrien und sind ganz verstört durcheinandergelaufen. Und wir haben

Justs Frau weinen und so herzzerreißend jammern hörn, daß es nicht auszuhalten gewesen ist. Sie hatte ohnmächtig im Gemüsegarten gelegen, nachdem ihr Mann ihr aus dem Schlafzimmerfenster geholfen hatte. Und als sie zu sich gekommen war, hat sie die Frauen, die sich um sie bemüht haben, gefragt, wo Martine sei. Martine, ja wo war denn Martine? Sie haben alle geglaubt, sie sei mit den Knechten und Mägden auf der Wiese und liege in einem Heuhaufen und schlafe. Nein, nein, nein, Martine liege im Haus und halte Mittagsruh! O du lieber Gott! Sie haben die Mutter festhalten müssen, damit sie sich nicht ins Feuer stürzte, und da hat sie nun gelegen, das bedauernswerte Wesen, und hat nach Martine gerufen. Und da haben wir's denn alle gewußt, und das ist ja ein Grauen gewesen, das nicht zu ertragen war. Ich hab ein Gefühl gehabt, als ob sich meine ganze Brust durch den Mund nach außen stülpen wollt! ›Martine!‹ haben wir geschrien, ›Martine! Martine!‹

Sie sind so dicht, wie sie sich's getraut haben, ums Haus rumgelaufen und haben durch alle Fenster geguckt, ob sie sie sehn konnten. Aber sie ist nirgendwo zu sehn gewesen. Und selbst wenn sie sie gefunden hätten, wär es ja sinnlos gewesen, denn das Feuer hatte schon alle Räume im Haus in einen einzigen verwandelt. Die Zwischenwände waren schon eingestürzt, und unter der Last des Korns, das auf dem Dachboden brannte, fing schon die Decke an, sich langsam zu senken. Das ganze Haus ist innen ein einziger weißglühender Feuerofen gewesen. Es ist überhaupt nicht mehr dran zu denken gewesen, daß Martine noch am Leben sein konnte. Aber gewundert haben sie sich trotzdem, daß sie da drinnen nirgendwo zu sehn gewesen ist. Sie hätt ja noch nicht ganz und gar verbrannt sein können. Man hätte doch noch ein *bißchen* von ihr sehn müssen. Die Mutter hat erklärt, soweit sie vor Kummer und Verstörtheit dazu überhaupt imstande gewesen ist, daß sich Martine in der Stube auf der Bank schlafen gelegt habe. Aber da ist auch nicht die Spur von ihr zu sehn gewesen. In den

Wirtschaftsgebäuden ist sie auch nicht gewesen, es sei denn im Kuhstall, doch der war schon eingestürzt und ein einziger Feuerhaufen. Auf einmal hat ihre Mutter geschrien: ›Der Keller! Oh, sie ist im Keller!‹

Wie sie darauf gekommen ist, das weiß nur der Allmächtige! *Sehn* hat sie's nicht können. Der Keller ist ja wie in den meisten Bauernhäusern bloß eine Erdgrube unter der Speisekammer gewesen. Durch eine Luke kam man da runter, einen andern Ausgang hat's nicht gegeben. Aber ganz unten an der Hauswand, zum Gemüsegarten raus, war ein Luftloch. Und da ist einer trotz der Funken hingekrochen, mit einem nassen Sack überm Kopf als Schutz vor der Hitze, und hat reingeguckt. Richtig, Martines Mutter hat *gefühlt*, wo ihr Kind war. Martine ist im Keller gewesen, und sie hat noch gelebt! Etliche sind hingekrochen und haben sie ganz hinten auf einer Biertonne sitzen sehn. Sie haben sie gerufen, und sie hat auch zu ihnen raufgesehn. Sie ist am Leben gewesen!

War das vielleicht ein Trubel und eine Freude! Aber alle haben auch große Angst gehabt, daß sie Martine trotzdem nicht retten könnten, obwohl sie sie endlich entdeckt hatten. Durch das kleine Loch in der Mauer hat kein Mensch durchgepaßt, und es ist eine dicke Feldsteinmauer gewesen. Aber sie wollten versuchen, das Loch größer zu brechen. Inzwischen haben sie die allergrößten Befürchtungen gehabt, daß das Dach runterkommen und ihnen den Weg zur Mauer versperren könnt. Und ebenso gefährlich wär's gewesen, wenn die Decke runtergebrochen wär, denn dann wäre der Fußboden in der Speisekammer sofort durchgebrannt. Und während sie noch unschlüssig dagestanden und darüber geredet haben, ist *das* dann auch passiert. Die Decke ist runtergebrochen. Das Feuer hat fürchterlich aufgelodert, und Unmengen von Glut und Funken sind nur so rausgestoben, daß keiner dicht ans Haus ran konnte. Alle haben sie sich für eine Weile zurückziehn müssen. Da haben natürlich alle geglaubt, Martine wär verlorn. Der ganze Fußboden drinnen im Haus ist eine einzige weißglühende Ascheschicht gewesen. Aber eins hat sie noch gerettet, und das ist das Korn auf dem Dachboden gewesen. Direkt über der Speisekammer haben zwanzig Tonnen Roggen gelegen. Die haben auch gebrannt, aber das Feuer kann sich ja nicht so auf einmal durch einen Kornhaufen fressen. Und seht ihr, das ganze Korn ist auf den Fußboden der Speisekammer runtergestürzt und hat ihn vorläufig geschützt. Als wir das gesehn haben, haben wir wieder Hoffnung geschöpft. Die Burschen haben dann, trotz der Gefahr, sich lebensgefährlich zu verbrennen, etliche Eimer Wasser aufs Korn geschüttet, damit sich's länger halten sollt, und von der Seite her hat die Sache ganz gut ausgesehn. Aber nun hat das Dach jeden Augenblick einstürzen können. Dagegen haben sie auch Abhilfe geschaffen. Sie haben einen Wagen in den Gemüsegarten gefahrn und ihn schräg gegen die Mauer gestellt, mit den Rädern nach oben, so daß der Wagenboden direkt über dem Kellerloch war. Oben auf den Wagen haben sie Säcke gebreitet, die die ganze Zeit pitschnaß gehalten worden sind. Obgleich unterm Wagen eine Hitze zum Brotbacken geherrscht hat, ist es nun aber möglich gewesen, darunter zum Loch hinzukriechen. Und selbst wenn das Dach eingestürzt wär, hätt es keinen unter sich begraben, und auch das Mauerloch wär nicht zugeschüttet worden. Als das getan war, haben sie angefangen, mit Stahlstangen und Hämmern auf die Mauer loszugehn ...«

Kirsten seufzte tief.

»Ja, das ist ein Tag gewesen, den werd ich nie vergessen! Ein Bursche nach dem andern ist unter den Wagen gekrochen und hat auf die Mauer losgedroschen, und wir andern haben drum 'rum gestanden, so nah, wie wir uns rangetraut haben, und sind vor lauter Angst von einem Bein aufs andre getreten. Und geweint haben wir um Martine. Und wenn sie's vor Hitze und Anstrengung nicht länger aushalten konnten, sind die Burschen wieder rausgekrochen, zum Umfallen erschöpft und unkenntlich vom Rauch. Aber immer hat schon ein andrer voller Ungeduld bereitgestanden und den Herrgott angefleht, daß es ihm vergönnt sein möge, Martine zu retten. Denn alle Stenbæker Burschen sind zur Stelle gewesen, und unter ihnen hat's keinen einzigen gegeben, der nicht Leib und Leben für Martine gewagt hätt. Und als sie alle der Reihe nach unterm Wagen gewesen warn und sich mit angehaltenem Atem mit der Brechstange an der Feldsteinmauer abgequält hatten, da war es ihnen dann doch tatsächlich gelungen, das Loch in der Mauer so zu vergrößern, daß ein Mensch durchpaßte. Da haben wir hurra geschrien. Und wir haben Martine gerufen, und wir sind alle so froh gewesen. Doch da ist das Unfaßbare passiert. Martine hat nicht raus gewollt! Nein, sie hat nicht raus gewollt. Auf gar keinen Fall. Einer nach dem andern ist wieder rückwärts unterm Wagen rausgekrochen und hat erklärt, daß Martine nicht zum Mauerloch kommen wolle. Nicht daß sie festgehangen hätt oder eingeklemmt gewesen wär oder etwa den Verstand verlorn hätt. Nein, sie hat wohlbehalten da unten gesessen. Im Keller ist es ja noch kühl gewesen. Aber sie hat einfach nicht da weg wolln!

Wie wir da alle bestürzt und ratlos gewesen sind! Wie haben wir gejammert, weil Martine sich nicht hat retten lassen wolln! Keiner hat das fassen können. Aber sie hat ihre Schande nicht überleben wolln. Sie ist entschlossen gewesen, lieber zu sterben, als nach dem, was ihr widerfahrn war, weiterzuleben. Und nun nehmt ihr sicher an, daß sie selber den Hof angesteckt hat, um auf diese Weise den Tod zu finden. Aber ich kann euch gleich verraten, daß sie's nicht getan hat, dann das hat Mogens getan. Ja wahrhaftig, er hat's getan, das weiß ich genau.

Als es Tag geworden war und er Martine hatte gehn lassen, war ihm klargeworden, was er getan hatte, und er hatte sich vor den Folgen gegraut. Wenn sie ihn anzeigten, würde er ins Zuchthaus kommen, davor gab's keine Rettung. Den ganzen Vormittag war er in seinem Entsetzen über das Unglück, in das er Martine und sich selbst gestürzt hatte, draußen in der Heide geblieben. Laßt uns hoffen, daß er in diesen Stunden möglichst viel durchgemacht hat! Laßt uns beten, daß er den *Abgrund* gesehn und daß ihm davor gehörig geschwindelt hat! Um die Mittagszeit, als weit und breit kein Mensch zu sehn war, hatte er sich zu Justs Hof raufgeschlichen. Vielleicht würde er Martine zu Gesicht bekommen und könnte sie um Verzeihung bitten. Aber als er durch die Fenster geguckt und gesehn hatte, daß sie alle dalagen und schliefen, war er auf die grauenvolle Idee verfallen, sie alle miteinander zu verbrennen. So könnte er sich vor den Folgen und der Verantwortung drücken. Reingehn und Martine wecken und sich mit ihr aussprechen, sich erklären – der Gedanke war für Mogens ebenso unmöglich gewesen, wie's dem Korn unmöglich ist, bei Trockenheit um Regen zu bitten. Das *hatte* sich ja gezeigt. Und so verstört vor Reue und Verzweiflung, wie er war, hatte er's auch schon getan, noch bevor die *Vernunft* in seinem Kopf Oberhand hatte gewinnen können. Irgendwas mußte doch getan werden. Es ist ja so leicht, ein Schwefelholz anzureißen und an ein Dach zu halten, und ich frag euch, was uns für gewöhnlich daran hindert, es zu tun. Keiner hatte Mogens' Untat gesehn, und er war auch ungesehn vom Gehöft weggekommen. Aber so war das Feuer entstanden. Und als Martine aufgewacht war und gesehn hatte, daß es brannte, war ihr das wie eine Fügung erschienen. Nun könnte sie sterben, ohne daß auch nur ein einziger Mensch von ihrem Unglück erfahrn würd. Und damit sie keiner finden und raustragen könnt, hatte sie sich im Keller versteckt. Er hatte ihr Grab sein solln und das Feuer ihr Leichentuch.

Oh, nie wieder hab ich solchen Kummer und solche Bestürzung gesehn wie damals, als sich Martine aus Stenbæk nicht retten lassen wollte. Alle Burschen haben gebeten und gebettelt und vor ihr auf der Erde gelegen und geweint! Nie zuvor war ein einziges Mädchen so sehr von allen geliebt worden. Wer nicht schon früher um sie angehalten hatte, der hat's nun getan, und zwar jeder für sich mit all dem Bitten und Flehen und den Tränen, die einem Menschen gegeben sind. Aber sie hat nicht rauskommen wolln. Ihre bedauernswerte Mutter ist selbst auf den Knien zum Mauerloch gekrochen und hat sie gerufen und gelockt, so wie damals, als sie noch ein kleines Mädchen war. Es hat alles nichts geholfen. In tiefster Qual und Verzweiflung hat sie gefleht und die Hände gerungen. Doch Martine ist nicht rausgekommen. Ein paar haben gemeint, sie sei unzurechnungsfähig, und deshalb sollt einer in den Keller kriechen und sie mit Gewalt rausziehn, denn sie haben ja nicht den Grund für ihren Entschluß gekannt. Aber das ist nicht gemacht worden. Keiner hat Hand an sie legen wolln. Einen, der sterben *will*, darf man nicht daran hindern, denn damit würde man sich ja ins Schicksal einmischen. Genauso wie man keinen, der sich aufgehängt hat, wiederbeleben darf, weil man damit die Tür zum Totenreich zustoßen würd.

Als Martines Mutter gesehn hat, daß keine irdische Stimme ihre Tochter mehr erreichte, hat sie in ihrem Kummer verlangt, daß nach dem Pastor geschickt würd. Ihrer Tochter sollte wenigstens noch das Sakrament gereicht werden, bevor sie starb. Und es ist auch ein Wagen nach dem Pfarrhof losgeschickt worden.

Aber einer ist eher erschienen. Einer, der seine Gewissensbisse und seine Angst nicht länger hat aushalten können. Und das ist Mogens gewesen. Als er von weitem gesehn hat, wie der Hof gebrannt hat und Rauch und Feuer zum Himmel aufgestiegen sind, hat ihn unsägliche Angst gepackt, daß Martine wirklich verbrennen könnt. Da ist er gelaufen, daß er die Strümpfe von den Füßen und den Hut vom Kopf verlorn hat. Und so ist er beim Gehöft angelangt, mit Schaum vorm Mund und mit Augen, die ihm aus dem Kopf getreten sind. Er ist grad in dem Augenblick gekommen, wo er am dringendsten gebraucht worden ist.

Und nun sollt ihr hörn: Kaum hatte Mogens erfahrn, wie's stand, da hat er sich am Mauerloch zu Boden geworfen und gerufen – erst einmal, dann noch mal. Und da ist sie *gekommen*, da ist Martine gekommen. O ja, ihr Mädchen, da ist sie gekommen. Denn er, der sie erniedrigt hatte, er ist auch der einzige in der ganzen weiten Welt gewesen, der ihr die Ehre hat wiedergeben können. Denkt daran, ihr Mädchen, vergeßt das nie! Und dann will ich euch noch eins sagen ...«

Alle Züge glätteten sich in Kirstens zerfurchtem Gesicht, so daß es sanft strahlte, vor Wonne, vor Mutwillen und vor großem Ernst.

»Ich will euch eins sagen: Er ist es gewesen, an dem sie Gefallen gefunden hat, so daß ihr alles andere gleich gewesen ist. Mogens, der nicht viel Worte machte. Er ist's gewesen, für den sie hat leben wolln. Ja, so war das.

Ja, Mogens hat's geschafft, daß Martine rausgekommen ist! Ihr könnt mir glauben, er ist kein schöner Anblick gewesen, der Mogens, als er sie rausgetragen hat. Er hat dagestanden, Martine auf den Armen, und uns und aller Welt mit den Augen gedroht und wie ein Pferd geschnaubt. Aber es hat auch tatsächlich keinen einzigen gegeben, der sie ihm streitig gemacht hätt, nein, den hat es trotz allem nicht gegeben. Damals nicht und auch später nie. Vierzig Jahre lang haben sie miteinander gelebt, und ich hab nie zwei Menschen gesehn, die so wie die beiden darauf bedacht gewesen sind, dem andern stets den beßren Teil zu gönnen – so im alltäglichen Leben. Zu meiner Zeit haben wir ja nicht viel Gerede und Geturtel gekannt. Das war nur was für die feinen Leute, haben wir gemeint. Aber auf dem Hof von Mogens, das muß ich schon sagen, sind sie besonders schweigsam gewesen. Der Bauer hat nicht an Schwatzhaftigkeit gelitten, und da haben die andern denn auch nichts gesagt. Deshalb waren sie aber trotzdem umgängliche Leute! Sie haben schöne Kinder gekriegt. Ja, das ist nun schon lange her.

Als sie getraut worden sind, haben die Leute hinten in der Kirche gesessen und sind so gespannt gewesen, ob Mogens wohl auch *ja* sagen würde, wenn der Pastor ihn fragt. Sie glaubten nämlich zu wissen, daß das nicht mehr nötig sei und daß es ihm darum schwerfallen würd. Aber er hat's doch weiß Gott rausgebracht. Dann ist seine Zunge aber auch so müde gewesen, daß er bei der ganzen Hochzeitsfeier kein einziges Wort mehr gesagt hat.

Ja, so ist das mit Mogens gewesen, und nun ist er schon lange tot. Die Zeit vergeht, und ich bin eine alte Frau, die übriggeblieben ist. Ja, ja, ja, nichts ist von Dauer … Und ich sitz hier, und mir ist, als ob sich das Ganze erst vor einer Stunde zugetragen hätt.«

Kirsten schwieg.

Mortens Weihnachtsabend

Es dunkelte bereits auf Ingvar Hansens Hof, obwohl es erst kurz nach vier Uhr sein konnte. Die Magd hatte ein Wolltuch um den Kopf geschlagen und trug Wasser ins Haus.

Der Häusler kam von der Tenne. Er stand in der Tür und zupfte die Spreu aus seinen gestrickten Überzugärmeln. Dann zog er sich den Rock an und ging quer über den Hof zum Wohnhaus.

»Morten, du könntest mir eigentlich beim Wassertragen helfen«, sagte die Magd und blinzelte ihm unter dem großen Kopftuch zu.

»Können könnt ich schon«, antwortete Morten und lächelte über den Scherz. Er trat in den Flur, klopfte die Holzschuhe ab und drückte die Klinke der Stubentür nieder.

Drinnen war es warm wie in einer Badestube. Es roch nach Wohlstand; seit Jahren war dort drinnen immer gut gegessen worden. Die Bäuerin stand am Tisch und rührte Pfannkuchenteig.

»Morten ist da«, rief sie zur Schlafkammer hinein. Ingvar Hansen kam heraus, hemdsärmelig, die Füße steckten in großen geflochtenen Binsenschuhen.

»Willst du etwas, Morten?« fragte er und setzte sich gähnend ans Tischende. Ja ..., er sei ja nun fertig für heute – soundso viele Garben. Er habe eigentlich gedacht ...

Ingvar Hansen rauchte die Pfeife und wartete.

Er wolle um den Lohn bitten, den er guthabe. »Wir sind es doch gewöhnt, am Wochenende abzurechnen«, sagte Ingvar Hansen.

»Ja, naja, das ist schon so, das stimmt. Ja aber ...«

»Aber du kannst deinen Lohn für die vier Tage gern

haben«, erwiderte Ingvar, »daran soll's nicht liegen.« Ingvar ging in die Schlafkammer und hantierte da drinnen mit einem Schlüssel.

»Ja, ich wollt nämlich noch mal in die Stadt«, sagte Morten laut und erleichtert, »nach Apothekerwaren.«

Ingvar kam zurück und zählte das Geld auf den Tisch.

»Bitte, sieh nach«, sagte er. »Es fehlt noch eine Öre, aber ich habe nur ein Zweiörestück, kannst du wechseln?«

Das konnte Morten nicht, er schwieg, zählte das Geld und nahm es an sich.

»Kannst du es nicht wechseln? Na, dann hast du eine Öre bei mir gut.«

»Ach« – Morten lachte verlegen –, »darauf kommt's nicht an.«

»Aber ich will dir keine Öre schulden«, meinte Ingvar etwas unwirsch und schob ihm das Zweiörestück hin. »Nun schuldest du mir eine.«

Morten fühlte sich nicht wohl, die Mütze in der Hand, stand er schweigend da.

»Hör mal, wenn du in die Stadt willst«, lenkte Ingvar ein, »kannst du dann nicht beim Krämer Møller vorbeigehen und was für mich mitbringen? Die wissen Bescheid. Wenn du sowieso den Weg vorhast.«

»Das werd ich erledigen«, antwortete Morten aufatmend, »ja, das werd ich bestimmt erledigen. Krämer Møller – gewiß doch.«

Es war eigentlich nicht Mortens Absicht gewesen, noch am gleichen Abend ins Städtchen zu gehen, aber nun entschloß er sich doch dazu. Er stand noch einen Augenblick da und ließ die Augen umherwandern.

»Dann will ich Frohe Weihnachten wünschen.«

»Frohe Weihnachten, Morten«, erwiderte die Bäuerin.

Nun setzte Morten die Mütze auf und ging.

Das Zweiörestück war auf dem Tisch liegengeblieben. Ingvar nahm es an sich und legte es in die Geldkassette.

Morten mußte erst nach Hause, um Bescheid zu sagen. Die Uhr zeigte fünf, als er sich auf den Weg ins

Städtchen machte. Es lag zwei Meilen entfernt. Morten konnte gegen zehn Uhr zurück sein, wenn er sich beeilte.

Es war ziemlich dunkel, aber der Schnee leuchtete. Morten erreichte die Landstraße und schritt schnell aus; er hatte den Wind im Rücken. Als er im Ort ankam, war es sieben Uhr; es hatte leicht zu schneien begonnen.

Morten erledigte seine kleinen Besorgungen. Er war in der Apotheke, und er hatte ein Viertelpfund Kaffee, Zucker und anderen Kleinkram gekauft. Er kaufte auch für zehn Öre Kandiszucker; der sei für die Kleine, erklärte er. Dann holte er die Sachen für Ingvar Hansen. Als Morten kam, wollte Krämer Møller gerade schließen.

Der Gehilfe stapelte die Waren auf den Ladentisch. Es waren mehrere große Pakete, alles in allem etwa zehn Pfund. Morten griff in die Bindfäden und hob sie an. Nun, das ließ sich tragen.

»Aber was sagen Sie hierzu?« fragte der Gehilfe und warf eine große zusammengerollte Zinkplatte auf den Ladentisch.

Morten sah bestürzt drein. Er hob sie hoch, sie mochte ihre anderthalb Lispfund wiegen. Er schaute sich um.

»Ob ich wohl einen alten Strick haben könnte?« Morten begann sich die Pakete umzuhängen.

»Aber ja.« Der Gehilfe band einen dicken Strick um die Zinkrolle und half, sie Morten auf die Schulter zu legen. Er hatte es eilig, Morten abzufertigen, und als der aus der Tür trat, hielt er schon die Eisenstange parat, um die Tür abzusperren, ehe noch andere kämen.

Morten war tüchtig beladen, als er den Laden verließ. Aber erst außerhalb des Ortes auf der offenen Landstraße spürte er so richtig, wie rauh der Nordwind war, der ihm ins Gesicht blies. Außerdem schneite es. Mit der großen Last würde es sicher ein schwerer Weg werden.

Morten ging schnell; der beißend kalte Wind stemmte sich ihm entgegen und trieb ihm feinen Frostschnee in

Augen und Ohren. Er heulte regelrecht in beiden Enden der großen Zinkrolle. Zu dumm, daß sie so schwer war. Morten blieb stehen und legte sie sich auf die andere Schulter. Er schritt wieder kräftig aus, spürte aber doch, daß er den Weg schon einmal gemacht hatte. Seine Beine waren steif.

Doch dann hörte es auf zu schneien. Es wurde heller, aber der Wind wurde heftiger und schärfer. Es begann zu wehen, der frisch gefallene feine Schnee stiebte an den Grabenrändern entlang und raste über die kahle Landstraße. Draußen auf den öden Brachfeldern spielten lange Schneestreifen mit dem Wind. Leichte Schleier fegten dahin; der Schnee suchte hinter jeder kleinen Scholle Schutz.

Morten schritt kräftig aus. Der Wind leistete ihm Widerstand, und er mußte sich nach vorn beugen, um ihm jeden Schritt abzutrotzen. Der Frost biß ihm ins Gesicht, besonders in Nase und Ohren. Morten blieb stehen, stellte die Pakete auf dem Weg ab und rieb die schmerzenden Ohren. Dann stapfte er weiter. Der Strick von der Zinkrolle schnitt in die Schultern; er hatte so oft gewechselt, daß nun beide gleich weh taten.

Nur selten lag ein Haus an der Straße. Sie führte zum größten Teil über offenes Land und war vom Wind sauber gekehrt und hart wie gestampfter Lehmboden. An einigen Stellen blieb der Schnee in länglichen Flecken in Windrichtung liegen. In der rauhen Winternacht war kein Laut zu hören, nur das feine Wispern des Schnees, der über die Felder stiebte, ein Laut, der einem geheimnisvollen Flüstern glich – dieses eintönige Lied des Schneestaubes und das leise Rascheln, wenn der Wind über einen vertrockneten Halm strich, der widerspenstig aus dem Schnee aufragte. Im Norden war der Himmel hoch und hell, von dort trieben die Wolken weg; es wurde sternenklar. Der Große Bär stand wie eine Brosche aus sieben zitternden Sternen am Himmel, einige andere Sterne glitzerten bläulich in der klaren Nacht. Der unaufhörlich heranjagende Wind engte immer mehr den Gesichtskreis ein. Wallende lose Schneeschleier trieben heran und spielten längs der Grabenränder. An den Grabenübergängen bildete der Wind Wirbel, und es entstanden geschützte Stellen, wo der Schnee liegenblieb. Diese Schneewehen fingen an, sich zu wölben. In voller Fahrt nebelte der Schnee über Abhänge und Dämme und verstreute sich in feinen Schichten über die unter ihm liegenden Wehen. Der Wind spielte in der toten Kälte, der Wind wirbelte und kroch über das menschenleere Land.

Als Morten die Hälfte des Weges hinter sich hatte, war er todmüde. Der Wind ließ nicht von ihm ab; er mußte sich ihm ständig entgegenstemmen, und die Pakete wurden immer schwerer, besonders die Zinkrolle. Morten trug sie eine Zeitlang unterm Arm, um sich auszuruhen, dann trug er sie wie ein Wickelkind auf beiden Armen vor sich her, und schließlich lud er sie sich wieder auf seine wunden Schultern. Aber es war nun fast egal – was er auch versuchte, es schmerzte in allen Gliedern. Weit nach vorn gebeugt, setzte Morten ein Bein vor das andere. Der Wind drang durch seine Hosen und pfiff um seine knochendürren Beine. Ihm schien es, als sei der eine Holzschuh unter der Ferse so flach geworden – sollte er den Beschlag verloren haben? Morten blieb stehen, zog den Holzschuh aus und ließ den bestrumpften Fuß in der Luft hängen. Tatsächlich, er hatte das Absatzeisen verloren. Das war nicht gut, denn das Holz nutzt sich auf dem harten Weg schnell ab. Morten hängte sich wieder die Pakete um und lieferte sich erneut dem Wind aus. Er zog die Kälte durch seine warme Nase und blinzelte mit den Augen, denen das Wetter übel mitspielte, obwohl er sie fast geschlossen hatte.

Er wechselte wieder die Zinkrolle; nun trug er sie zur Abwechslung auf der Hüfte. Er hatte noch eine dreiviertel Meile vor sich, ein langes, kahles Stück Straße. Zu beiden Seiten schimmerten in der Ferne einzelne rote Lichter. Überall feierte man jetzt den Heiligen Abend.

Morten konnte sich nicht mehr warm halten. Kalter

Schweiß brach ihm aus, seine Füße waren wund und eiskalt. Er mußte sich wohl beeilen, doch vielleicht würde auch das nichts mehr nützen; es war ohnehin alles gleich. Er taumelte vorwärts und trug die Zinkrolle wieder auf beiden Armen vor sich her. Ab und zu blieb Morten stehen, um sich auszuruhen. Er setzte die Last nicht ab, denn es war zu mühsam, sie wieder aufzunehmen.

Wie lang die Nacht doch war, wie endlos das Laufen gegen diesen beißenden Wind, diesen schweigsamen Wind; und die Kälte drang durch die Kleidung und kroch über die nackte Brust. Morten erinnerte sich einige Male daran, wie gut es ihm gegangen sei und daß er im Warmen geschlafen habe. Das würde er nie mehr erleben, er würde niemals mehr schlafen dürfen – wie war er doch müde, so müde …

Der Schnee wehte wie weißes Linnen, der feine Staub rieselte über den Weg. Es schien, als würde er in weißen Streifen wegfließen.

Als Morten die Lichter des Dorfes erblickte, blieb er stehen und schwankte im Wind. Er stutzte, und es schien ihm, als sei er nicht bei Sinnen gewesen. Ohne sich dessen bewußt zu sein, war er nahe daran gewesen, umzusinken und wegzugleiten … Das Nichts hatte schon seine Arme um ihn geschlungen gehabt und ihm in die Ohren geflüstert, wie gut, wie segensreich es sei, auszuruhen … Morten bekam es mit der Angst zu tun, er schleppte sich mit letzten Kräften voran. Der Schweiß brach aus seinem naßkalten Körper.

Die letzte Viertelmeile ging Morten mit kleinen steifen Schritten, fast ohne die Knie zu bewegen. Er hielt sich nach vorn gebeugt und trug mit beiden Armen die Zinkrolle, preßte sie an den Schoß. Geräuschvoll rang er nach Luft.

Die Uhr in Ingvar Hansens Stube war nach elf, als jemand den Flur betrat und nach der Klinke tastete. Das war Morten. Das Gesinde war noch auf und spielte um Pfeffernüsse.

Morten nahm die Pakete und legte sie auf den Tisch. Zuletzt stellte er die Zinkrolle dazu und blickte hoch: »Und dann war da noch diese hier.«

»Die«, sagte Ingvar Hansen, »die ist nicht für mich.«

»Doch, aber ja«, antwortete Morten, als hoffte er, sie sei doch für Ingvar. Verwundert schaute er sich um.

»Nein, das muß ein Mißverständnis sein, davon weiß ich nichts; da muß sich Krämer Møller geirrt haben.«

Morten machte ein Gesicht, das alle zum Lachen brachte.

»Das war ein harter Weg für dich«, meinte Ingvar, »in deinen Ohren sitzt der Frost.«

Ja, Morten hatte gelbe Blasen an den Ohren.

Wegen der Müdigkeit blieb Morten am Weihnachtstag zu Hause im Bett liegen.

Aber sonst hatte er keinen Schaden genommen.

Wombwell

Ohne Vorankündigung rollt an einem Mittsommertag ein sehr sonderbares Gefährt vor die Schenke von Kjeldby. Es ist ein blitzendes rotes Gig mit unwahrscheinlich großen Rädern. Die ganz dünnen Speichen waren von der Nabe bis zur Felge drei Ellen lang. Zwischen den roten Deichselstangen ging ein langbeiniges Pferd von auffälliger ausländischer Rasse. Es war kurz im Fell, und die Adern traten an den Flanken hervor. Doch oben auf der schwindelnd hohen Sitzbank saßen zwei Personen – ein feiner alter Herr, der trotz der Sommerwärme einen dicken Mantel trug, und eine noch junge Frau. Sie schien von vornehmem Stand, hatte einen Schleier vor dem Gesicht und einen glühenden Blick. Du lieber Gott, man verlor fast die Sinne, wenn sie einen ansah.

Es war weder ein Wegebauinspektor noch ein reisender Händler, es war auch kein Gutsherr, der eine Spazierfahrt machte – es waren wildfremde Leute. Bald stellte sich dann auch heraus, daß sie nicht Dänisch sprechen konnten. Die Schankwirtin, Madam Bjørn, schickte sofort nach der Hauslehrerin, die beim Krämer wohnte und das Mittelschulexamen hatte, ob sie nicht kommen und übersetzen könnte, was die beiden Ausländer sagten. Als sie eintrat, saßen die beiden Fremden in der Wohnstube und hatten vor sich auf dem Tisch eine Karte liegen. Die Lehrerin sprach nicht lange mit ihnen. Die Fremden baten um etwas zu essen, und als die Lehrerin das für Madam Bjørn übersetzt hatte, kümmerten sie sich nicht weiter um sie. Sie stammten aus England. Sie studierten die Karte, und die Lehrerin hörte, daß sie mehrfach Graabølle in einer fremden und schrecklichen Aussprache erwähnten. Der alte Herr hatte weiße, vornehme Hände, in denen er die ganze Zeit eine Schildpattdose hielt. Aufgrund seines Alters war er ein wenig zittrig, aber ansonsten war er ein erstaunlich lebhafter Greis. Er redete unaufhörlich, ohne allerdings jemals zu lächeln. Das besorgte dagegen die junge Frau; sie war so ein froher Mensch. Sie lachte und gab sich sehr verliebt, während sie aßen. Die Dienstmagd hatte den Eindruck, sie seien neuvermählt und auf der Hochzeitsreise, und sie hielt es deshalb für angebracht, beim Servieren herumzuscharwenzeln und vielsagend zu lächeln. Sie bekamen gebratenen Aal, der ihnen zur großen Erleichterung Madam Bjørns zu munden schien. Messer und Gabel aus massivem Silber hatten sie selbst in einem Lederfutteral mitgebracht. Das waren gewiß keine kleinen Leute; ihre Kleidung und das Gepäck, das sie im Wagen hatten, waren nicht nur gut, sondern auch wertvoll. Nachdem sie eine Stunde in der Schenke gesessen und sich erfrischt hatten, fuhren sie in Richtung Süden weiter, nach Graabølle. Das Fuhrwerk hatte viele Zuschauer angelockt, und als das unnatürlich hohe Gig die Landstraße entlangschwankte, folgten ihm aller Augen mit dumpfer Anteilnahme. Es war, als wüßten jene, die den Wagen wegfahren sahen, nun, da sie wieder allein waren, allzuviel voneinander.

Am nächsten Tag lief das Gerücht um, daß in fünf Tagen eine riesengroße Menagerie in die Gegend kommen werde. Sie solle in der Gemeinde Graabølle gezeigt werden.

Sie hieß *Wombwell*, stammte aus England und war eine der größten reisenden Menagerien der Welt. Sie kam von Norden und war zuletzt in Aalborg zu besichtigen gewesen, wo sie alle Welt in Erstaunen versetzt hatte. Nun war sie auf dem Weg nach Viborg, aber unterwegs wollte sie nur an einem einzigen Ort von ganz Himmerland Station machen. Dabei war die Wahl auf Graabølle gefallen, und zwar allein wegen seiner zentralen Lage. Die Menagerie bewegte sich in einem ungeheuer großen Wagenzug vorwärts und konnte, wenn sie aufgestellt war, die Einwohner des ganzen Kreises aufnehmen. Sie besaß eine Herde ausgewachsener Elefanten und einen ganzen Wagen voll Löwen. In den anderen Wagen sollten sich, wie man erzählte, alle nur denkbaren wilden Geschöpfe befinden, die es hier auf der Erde gab. Der Mann in dem hohen Gig sei aber nicht Wombwell gewesen, sondern nur ein untergeordneter Sekretär, der vorausfuhr und an den Orten, wo die Menagerie gezeigt werden sollte, alles vorbereitete.

Zwei Tage nachdem der Sekretär Kjeldby passiert hatte, kamen drei schwere Arbeitswagen mit Material, Balken und einer Besatzung von fremdländischen Leuten. An ihrer Spitze ritt ein Ingenieur, ein verrückter Engländer, der während der halben Stunde, die er in der Schenke verbrachte, Madam Bjørn fast zu Tode erschreckte. Man wußte bald, daß dieser Stab ausgeschickt war, um Wege und Brücken für den Zug instand zu setzen. Man begriff recht gut, daß unsere Wege für so gewaltig schwere Wagen nicht geeignet waren, und den Brücken konnte man schon gar nicht trauen, wenn Elefanten sie betreten sollten. Der Ingenieur besaß die Erlaubnis des Kreisrichters von Løgstør, alle diese Dinge in Ordnung zu bringen. Später wurde bekannt, daß er die Brücke über den Moholm-Fluß so gut wie neu gebaut hatte. Am meisten wunderten sich die Leute aber darüber, daß sich solch eine Ausgabe bezahlt machen konnte, da die Menagerie doch nur das eine Mal über diese Brücke fahren würde. Selbst die Großbauern horchten auf. Die Sache hier konnte keine verschleierte Bettelei sein. Wombwell sah nicht aus wie einer von diesem Lumpenpack, das mit einem Leierkasten und einem Affen über die Landstraßen zog.

Es war an einem Mittwochvormittag, als Wombwells Menagerie über die Landstraße von Aalborg in Kjeldby einzog – an einem heißen, staubigen Julitag. Die Vorstellung sollte hier noch am gleichen Abend und am nächsten Tag in Graabølle stattfinden. Wombwell paßte es nicht an einem Sonntag, und die Leute hatten sich danach zu richten, wie es ihm am bequemsten war. Sie konnten kommen oder es sein lassen – ganz wie sie wollten. An diesem Mittwoch waren alle Leute aus Kjeldby und Umgebung auf den Beinen. Viele Stunden, ehe der richtige Wagenzug eintraf, kamen aus nördlicher Richtung unaufhörlich Vorläufer geritten und gefahren, und alle hatten sie etwas Unstetes und Fremdländisches an sich – sowohl die Pferde als auch die Mannschaft. Da gab es Materialwagen, die mit allen möglichen Sachen beladen waren, mit Stangen, Segeltuch und Gerätschaften. Der Himmel bewahre uns, wie eilig es die Menschen doch hatten, die die Ladung begleiteten! Sie redeten unaufhörlich in ihrer verrückten Sprache, sie sprangen herum, knallten mit den Peitschen und schrien. Alles mußte im Trab und Galopp gehen. Die Schenke hatten sie bald in ihrer Gewalt, und es war unerträglich, wie sie sich benahmen. Sie konnten auf das, was sie brauchten, nicht warten, und wenn man ihren Befehlen nicht sofort nachkam, nahmen sie es sich selbst, das Pferdefutter ebenso wie das Bier für die eigenen Kehlen. Die Schankwirtin verlor im Laufe des Tages völlig die Nerven, weil immer noch mehr eintrafen und von der eigentlichen Menagerie noch nichts zu sehen war. Sie setzte sich weinend hin und flehte zu ihrem Schöpfer; das hier wurde ihr zuviel, nein, das ging nicht, sollten sie machen, was sie wollten. Der Hausknecht holte zusammen mit Frederik Just und Niels Liv Wasser aus der Quelle und schnitt wie ein Verrückter Häcksel, aber er konnte den Ansprüchen nicht gerecht werden. Die fremden Kerle legten sich selbst ins Zeug, ließen den Eimer in die Quelle sausen, als gäbe es eine Feuersbrunst, und wirbelten mit der Häckselmaschine, daß die Funken von den Messern flogen. Das sah gefährlich aus. Einer der fremden Burschen, der ein wenig Dänisch konnte, wollte Kühe kaufen. Er stürzte sich auf etliche Männer, die herumstanden und zusahen, aber die wollten ihm natürlich keine Kühe geben – was war denn das für ein Gauner? Da sprang er auf ein Pferd und jagte hinüber nach dem Hof von Ove Jørgensen, um dort nach Kühen zu fragen; aber Ove warf ihn gleich wieder hinaus. Der Bursche galoppierte nun zu Anders Mikkelsen, das war ein Mann, der etwas zu entscheiden wagte. Anders wollte das Geld sehen, und zwei Minuten später hatte er seine vier besten Kühe an den Engländer verkauft. Er ließ sich bezahlen, was sie wert waren, und obendrein bekam er noch die Hälfte dazu. Ove Jørgensen hätte beinahe Hand an sich gelegt, als er das hörte; viele Wochen danach war er noch schwermütig. Die vier Kühe wurden zur Schenke getrieben, und ehe man sich's richtig versah, hatte man ihnen die Kehlen durchgeschnitten. Sieben bis acht Gesellen machten sich daran, sie zu schlachten und zu zerlegen. Sie waren als Frühstück für die wilden Tiere gedacht, natürlich erst, wenn die dann da waren.

Der Zug traf schließlich ein, und nun verloren die bedauernswerten Leute von der Schenke völlig den Kopf. Ein Strom fremder, schreiender Menschen ergoß sich durch die Türen. Madam Bjørn nahm sich das so zu Herzen, daß sie in ihrer Not schallend zu lachen anfing. Die Magd erzählte später unter vier Augen, vor Schreck und Aufregung sei ihr das Wasser in die Holzschuhe gelaufen, als der Zug ankam. Niels Liv, der gute Alte, hätte sich beinahe ins Unglück gestürzt, als ihn der Zorn über einen frechen Kutscher packte. Der war in dem grünen Hafer herumgestampft und hatte ein paar Armvoll für seine Biester herausgerissen. Das war Niels ein zu starkes Stück. Er warf sich auf ihn, und sie wälzten sich auf dem Acker. Die fremden Burschen hatten alle Messer bei sich. Aber diesem hier wurde angst, weil Niels ihn würgte, und er fing wahrhaftig an zu brüllen und bat um Verzeihung. Daß Niels das gewagt hatte, konnte hinterher keiner begreifen, er selbst auch nicht. Was war das für ein Tumult! Alles, was in der Schenke, beim Bäcker, beim Krämer und auf etlichen Höfen an Eßbarem zu finden war, und alles, was durch den Hals fließen konnte, wurde an diesem Tag von den Pferden, von der Mannschaft und von den wilden Tieren verzehrt. Und das war schließlich auch gar nicht so verwunderlich, wenn allein ein Elefant, was man selbst gesehen hatte, ein ganzes Roggenbrot in zwei Bissen hinunterschlang. Doch darüber soll später mehr erzählt werden.

So stand es in der Schenke von Kjeldby, und ringsum auf der Landstraße war die Unruhe fast ebensogroß. Die Leute strömten die Aalborger Landstraße entlang in Richtung Norden, aus der der Verkehr kam und von wo man den großen Zug der Menageriewagen erwarten konnte. Einige gingen sogar bis zum Smedensberg, weil sie von dort das lange Stück der Straße im Tal überschauen konnten, das gleichsam zwischen der Höhe mit der Kjeldbyer Mühle und den Allerup Bergen hängt. Aber viele andere, unter ihnen besonders junge Leute, marschierten auch noch dieses Stück und postierten sich dort drüben auf den Bergen, von wo sie noch ein ganzes Stück weiter nach Norden, bis in die Gegend von Løgstør sehen konnten. Das ganze Stück Straße im Tal war mit Menschen übersät. Etwa in der Mitte des Tals, da wo der Meilenstein steht, hatte sich eine Ansammlung aus dem Dorf niedergelassen, hier wollte man den Zug erwarten.

Und er kam ja dann auch. Die meisten waren von dem Anblick so überwältigt, daß sie sich später nicht erinnern konnten, wie es eigentlich begonnen hatte. Sie konnten sich nicht fassen, weil ein wunderbarer Wagen nach dem anderen vorbeifuhr – Schlag auf Schlag. Es waren die gleiche Straße, die gleichen Gräben, und auch die Mühle stand ganz wie gewöhnlich oben auf der Höhe. Die Gräben unten am Meilenstein hatten zwar schon immer etwas Geheimnisvolles gehabt, so als wäre von hier Unbekanntes zu erwarten. Warum, das weiß Gott allein, vielleicht, weil sie sehr breit und tief waren und dort eine besondere Sorte Blumen wuchs, vielleicht auch, weil hier die heimischen Fluren gleichsam in die Außenwelt übergingen. Was immer auch die Ursache sein mochte – als sich der Zug zeigte, geriet das Wirklichkeitsgefühl aller in Gefahr. Was von dem war wirklich? War das noch unsere Landstraße, oder war es ein gewaltiges Vorzeichen, daß dort Wagen gefahren kamen, gezogen von leibhaftigen Kamelen, und daß schiefergraue Elefanten mit Ohren wie Tøndesäcke ihre Füße wie große Handrammen in die staubige Wagenspur stampften?

Der Zug machte zum Glück eine Pause, so daß man seine Augen an ihn gewöhnen konnte. Der ganze Zug hielt an, und als die Wagen nun standen, sahen diejenigen, die atemlos auf die Felder hinausliefen, um einen Überblick zu gewinnen, daß sich die Karawane quer über das ganze Tal von der Kjeldbyer Mühle bis zu den Allerup Bergen erstreckte, Wagen an Wagen auf der weißen Landstraße, eine Hängebrücke aus Beförderungsmitteln, die sich von Horizont zu Horizont spannte. Diesen Anblick sollte keiner je wieder vergessen, er wurde für viele ein so überwältigendes Erlebnis, daß sie innerlich erschauerten und eine Gänsehaut bekamen. Man sah Leute plötzlich losrennen und dann wieder stehenbleiben; aber immer wieder strömten sie zusammen, als könnte ihnen das Kraft geben. Jedermann war von einem krankhaften Eifer befallen, den anderen, die alles selbstverständlich genausogut sahen, das Großartige zu verkünden. Völlig weiß im Gesicht, so als ginge es ihnen nicht gut, standen sie da und teilten einander die gleichen Eindrücke mit. Es geschahen sonderbare Dinge. Einige offenbarten eine Wärme in ihrem Wesen, von der vorher niemand etwas geahnt hatte und über die man später, als man alles noch einmal ins Gedächtnis zurückrief, lachte; andere verloren ihr jahrelanges Ansehen und wurden zum Gegenstand eines zerstörerischen Mitleids, weil sie sich eine Blöße gegeben hatten. Es waren nicht gerade gesunde Gefühle, die geweckt wurden, wenn man so zum ersten Mal begriff, was man selbst und was der eigene Nachbar wert war.

Es gab welche, die den Glanz des Aufmarsches zu einer wahnwitzigen Selbsterhöhung nutzten; zu ihnen zählte Reiter-Morten. Er war ein ganz kleiner Häusler von der Strandholmer Heide, halb ein Zwerg, der natürlich niemals Reiter gewesen war. Es hatte immer schon ein merkwürdiges Mißverhältnis zwischen den kümmerlichen, ärmlichen Verhältnissen, in denen er lebte, und der Bedeutung, die er seiner Existenz beimaß, bestanden. Wenn sich Reiter-Morten drei oder vier Mal im Jahr beim Krämer in Kjeldby sehen ließ, um einige Lot Kaffee zu kaufen, blieb er einen halben Tag im Laden und befühlte altklug alle möglichen Dinge, Seile, Zinkeimer und Handbohrer, oder er stellte sich breitbeinig hin, das Kinn in das Halstuch gedrückt – ein Bild seines eigenen Großvaters –, schweigsam und höflich, aber mit dem offenkundigen Ausdruck eines so gewaltigen inneren Selbstbewußtseins, daß er ein Rätsel war. Reiter-Morten war oft Gegenstand eines harmlosen Spaßes gewesen. Aber an diesem Tag platzte der kleine Mann förmlich bei dem völlig verrückten Versuch, sich als Herr der Situation aufzuspielen. Es war, als ob sein Reich endlich gekommen wäre. Reiter-Morten lief umher und spreizte sich vor Wichtigkeit. Er klopfte Bekannten auf die Schulter, wohlwollend blinzelnd machte er sie auf den Zug aufmerksam und forderte sie auf, ihn sich anzusehen, solange noch Gelegenheit dazu sei. Ob sie es nicht auch *ausgezeichnet* fänden, daß die Menagerie in die Gegend gekommen sei (glücklicherweise mit seiner Hilfe), so fragte er, und sie sollten keine Angst vor den Elefanten haben, denn die würden nicht beißen.

Reiter-Morten drängte sich an mehrere große Hofbesitzer, für die er ansonsten Luft war, die aber nun derart ergriffen waren, daß sie nicht daran dachten, ihn abzuschütteln. Er ging so weit, daß er dem Gemeinderatsvorsitzenden Anders Nielsen in einem vertraulichen und beruhigenden Ton gute Ratschläge gab, wie er sich verhalten solle. Er forderte ihn auf, ruhig näher heranzugehen und sich die Elefantentiere genau anzusehen. Anders Nielsen brauche nicht schüchtern zu sein ... Und Reiter-Morten nahm ihn am Arm und wollte ihn mit sanfter Gewalt näher an den Wagen führen, an dem die Elefanten standen und Heubüschel in das Maul rollten. Anders Nielsen wußte überhaupt nicht, *wer* das war, der ihn da am Arm zog, bis einige Umstehende zu lachen begannen. Da schaute Anders plötzlich Reiter-Morten starr an und nahm seine Pfeife aus dem Mund, als wolle er etwas sagen. Er schwieg, doch seine Augen stachen. Damit war das Urteil über Reiter-Morten gesprochen. Sein Auftritt wurde ihm nie verziehen. Früher hatte man über ihn wie über einen Narren gelacht, nun bedauerte man ihn als einen armen Kerl, der Unheil anrichtete, wenn es ihm gut ging.

Es gab noch einen anderen Mann, der sich an diesem Tag den Leuten auslieferte, und das war Doktor Elkær. Er hatte stets deutlich zu verstehen gegeben, daß er die Bauern verachtete. Keiner konnte sich erinnern, ihn jemals außerhalb seiner Praxis gesehen zu haben, und dort war er bissig wie ein Hund, hochmütig und schonungslos, ein Mann, dem nichts gut genug war. Er ging nicht in die Kirche, und Einladungen von Leuten hatte er nie angenommen. Überhaupt kam er nur aus seiner Höhle zum Vorschein, um diesen oder jenen ordentlichen Mann herabzusetzen und ganze Gemeinden als Herden von Dummköpfen und Spitzbuben zu brandmarken. Dieser steife Herr ließ sich nun dazu herab, sich den Zug anzusehen, als der Kjeldby passierte. Und damit nicht genug, er verbarg nicht einmal, daß er genauso wie andere Sterbliche auf diesen Anblick versessen war. Er trug seine besten Kleider, die vorher keiner gesehen hatte: gelbe Nankinghosen, die unten ungeheuer weit waren, und einen Sonnenschirm wie ein Stadtmensch, dazu einen hohen, glänzenden Begräbnishut und lange Manschetten mit großen roten Knöpfen. Es hieß, daß der Doktor ein großer Modegeck gewesen sei, als er in Kopenhagen studierte, und jetzt zeigte sich, daß das stimmte. Er hatte heute auch rote Wangen, obwohl er grimmig aussah. Nun würde es diesem harten Knochen wohl endlich vergönnt sein, seinesgleichen zu treffen, jemanden, der ihn »verstehen« und in seiner Verbannung aufheitern würde. Es zeigte sich denn auch, daß der Doktor mit den fremden Herren auf englisch ins Gespräch kommen und sich als einer der Ihren zu erkennen geben wollte. Aber genau da war es, wo er mit seiner Hoffnung so jämmerlich Schiffbruch erlitt. Als der Zug nämlich kam, ging Doktor Elkær zu den Engländern, um sie zu begrüßen. Und natürlich konnte sich unser stolzer Honoratus an keinen anderen wenden als an den Direktor persönlich, an Wombwell. Ja, ja, die Vornehmen werden einander schon erkennen. Die Leute aus dem Dorf achteten darauf, daß sie in der Nähe standen und zuhören konnten. Und sie erzählten, daß der Doktor wirklich außerordentlich liebenswürdig gelächelt habe, als hätte er die Höflichkeit in all den Jahren aufgespart, und daß er zum Gruß etwas in der fremden Sprache gesagt habe. Nun wäre ja jeder im Dorf auf die Knie gefallen und hätte ihn angebetet. Aber irgendwie schien Wombwell unseren Doktor nicht zu bemerken. Er saß zu Pferd, der Wombwell, sah von hoch oben einfach so über den Doktor hinweg und antwortete mit keinem Wort. Er brauchte Doktor Elkær nicht, er konnte auf ihn verzichten. Wombwell war unhöflich und ritt weiter, und das Pferd, auf dem er ritt, war auch nicht redselig. Da bemerkten die Leute, daß sich Doktor Elkærs Gesicht verfärbte, wie das so oft bei seinen Patienten geschehen war, in ihm zerbrach etwas, er verschwand wie von selbst, konnte keinen ansehen. Man gönnte Doktor Elkær diese harte Demütigung, ja, und wie man sie ihm gönnte!

Als der Zug durch Kjeldby kam, entdeckte man zur allgemeinen Überraschung drei bekannte Personen in ihm, drei der Dorfbengel, die bei einem Kutscher oben auf dem Sitz Platz genommen hatten. Es waren der Einar vom Doktor, Bernhard Lundgren und dann noch Klein-Niels. Diese drei verwegenen Lausbuben schaukelten frisch und fröhlich hinter den riesigen Kaltblütern und gaben sich alle Mühe, so auszusehen, als gehörten sie zur Mannschaft. Und sie stiegen in Kjeldby auch nicht ab, sondern blieben auf ihrem Posten, von wo aus sie die Menschen und Häuser des Dorfes mit fremden Blicken betrachteten. Mehrere Hunde, die den Jungen sehr zugetan waren, versuchten, sich ihnen freudig zu nähern, doch sie wurden nicht wiedererkannt, obwohl sie sich beim Wedeln fast den Schwanz verrenkten und sich mit größter Verzweiflung um ihre Freunde bemühten. Als der Zug das Dorf verließ, fuhren die Jungen mit. Während die Wagen nördlich von Kjeldby haltgemacht hatten, waren sie heruntergeklettert und nach Hause gelaufen, um ihre Spazierstöcke zu holen, die alle aus Bambusrohr waren und eine Bleispitze hatten. Der Junge des Doktors hatte Geld beschafft und dazu noch eine Taschenflasche mit Lakritzensaft, außerdem hatte er beim Krämer Hustenbonbons für die Reise gekauft. Man beobachtete, daß der Einar vom Doktor seelenruhig mit dem Kutscher englisch sprach; und die Bewohner des Dorfes, die etwas für den Jungen übrig hatten, fühlten hilflos, daß er ihnen entglitt. Die drei Abenteurer schauten nicht zurück, als der Zug das Dorf verließ und durch die Graabøller Heide in südlicher Richtung davonfuhr. Viele staunten, als sie die Jungen auf diese unerklärliche Weise verschwinden sahen. Die drei hatten keine Auskunft geben wollen, sondern hatten eine selbstbewußte, vertrauensvolle Haltung wie erwachsene Männer gezeigt und das Dorf seinen Vermutungen überlassen.

Daß sie so intim mit der Menagerie geworden waren, hatte eine ganz natürliche Ursache. Die gesamte Dorfschule hatte unten am Meilenstein Stellung bezogen, die große Klasse selbstverständlich für sich allein auf der einen Seite des Grabens, und die kleine Klasse auf der anderen Seite des Weges. Als der Zug kam, machte er einen überwältigenden Eindruck auf sie; selbst die große Klasse fühlte sich trotz aller Verdienste auf dem Rechenbrett der Welt total ausgestrichen. Die Jungen hatten niemals vorher erfahren, wie arm und ohnmächtig sie im Grunde waren, denn jetzt war das innere Selbstwertgefühl nicht länger gültig. Da ihr Ruhm im Schönschreiben oder Steinwerfen so gut wie unbekannt geblieben war, konnte kaum jemand einen wirklichen Unterschied zwischen ihnen bemerken. Alle Werte wurden in Frage gestellt; wer dachte nun nicht mit bitterer Geringschätzung an seine Kibitznester und Hummelhöhlen oder seine Federmesser. Was noch schlimmer war, die eigene Persönlichkeit stand auf dem Spiel. Den Knaben wie den Erwachsenen wurden auf eine gefährliche Weise die Augen für ihr wirkliches Gesicht und das ihrer Kameraden geöffnet. Viele blickten sich während des allgemeinen Bankrotts mit einer Kälte an, die sich danach nie wieder vertreiben ließ. Hier und da gab es aber auch jemanden, der gleichsam zum ersten Mal in dem schlichten, sommersprossigen Gesicht seines Freundes Treue entdeckte und ihn noch lieber gewann. Die Freundschaft zwischen Einar und Bernhard bestand die Feuerprobe. Und außerdem wurde Klein-Niels in sie einbezogen.

Klein-Niels war ein Findelkind. Er gehörte der Gemeinde und hatte keine Angehörigen oder Eltern. Während seiner ganzen Kindheit war er nur geduldet worden, weil man ihn ja nicht ertränken oder auf andere Weise loswerden konnte. In der Schule schaute man tief auf ihn herab, aber man drangsalierte ihn nicht, weil er die Freundlichkeit in Person war. Klein-Niels hatte einen lächelnden Mund und konnte so froh werden, wenn ihm jemand etwas schenkte. Heute durfte er auch dabei sein, saß aber ein wenig abseits, denn er wußte wohl, daß er nicht so gut gekleidet war wie die anderen Jungen. Aber auch er war festlich angezogen, hatte lange Hosen an und eine allzu große Mütze auf dem Kopf, kleine Schaftstiefel und eine gewendete Jacke. Das waren alles Geschenke, die von überallher in der Gemeinde stammten. In seinem Aufzug glich Niels einem Bauern in Kleinformat, einer winzig kleinen Ausgabe eines Hofbesitzers, und er fühlte sich wohl. Die hellen Augen konnten gerade noch unter der Mütze hervorlugen, die ihm allzu tief ins Gesicht rutschte. Er war sich darüber im klaren, daß die Knöpfe seiner Jacke auf der verkehrten Seite saßen, weil sie gewendet worden war, aber er hoffte, daß man das übersehen würde. Doch wegen seiner Stiefel war er in großer Unruhe. Es waren schöne Stiefel mit Schäften, kaum abgenutzt, aber der rechte war an der großen Zehe ein ganz kleines bißchen ausgebeulter als der linke, was nicht kleidsam war. Klein-Niels war der einzige auf der ganzen Welt, der von diesem Fehler wußte, aber er glaubte fest daran, daß sich der ganze Kreis und die Menagerie hier nur trafen, um das zu entdecken. Deshalb verbarg er die Füße die ganze Zeit in einem Grasbüschel und fühlte sich so auch recht geborgen. Nur bei dem Gedanken, daß man seine Stiefel sehen würde, wenn er aufstand und loslief, wurde ihm ganz übel. Und das mußte er schließlich, als die Elefanten kamen, aber da hatte er auch die Stiefel vergessen. Während nun alle nichts weiter im Sinn hatten, als die Elefanten zu betrachten, die dastanden und Heu in sich hineinschoben, als wären sie ausgestopfte Tiere, die noch einige Löcher in ihrem Inneren füllen müßten, schaute Einar zufällig auf Klein-Niels und empfand Freundschaft für ihn. Dieser kleine Sohn der Gemeinde, der gleichsam von Kopf bis Zeh aus milden Gaben zusammengesetzt war, selbst die Hände und das Gesicht sahen wie schöne Geschenke aus, stand dort und amüsierte sich. Er war der einzige, der sich dem Ereignis völlig hingab. All die anderen Jungen waren verschlossen, waren durch Hunderte unüberwindlicher Vorbehalte gehemmt, weil sie genauso wie die Erwachsenen, die allmählich immer leidender aussahen, beim Anblick des Fremden und Neuen von einer heimlichen inneren Begierde erfaßt wurden, ohne daß sie das wahrhaben oder ihr nachgeben wollten, da sie sonst ihr Gesicht verloren hätten. Klein-Niels indessen hatte nichts zu verlieren, und er kannte auch nicht diesen Trotz. Er war eine einsame, aber glückliche Seele. Er allein stand da und lachte, er nahm alles auf, sein ganzer Körper war in Bewegung. Alles, was in ihm vorging, konnte man an seinem Gesicht ablesen, es glich einem lebendigen Spiegel. Seine kleinen Hände ahmten fast unmerklich alle Bewegungen nach, die er beobachtete, sie zappelten und flatterten wie junge Vögel, seine Knie bewegten sich im Takt, wenn er jemand gehen sah, alles, was ihm gefiel, rief sein Lächeln hervor, sein Herz flog jedem Wunder entgegen. Wie er mit der allzu großen Mütze dastand, das Ebenbild eines kleinen Bauern, und ganz hingerissen von dem, was er erlebte, war er der Mittelpunkt des Ganzen, der König im Märchenland, wo alle Wesen glücklich und klein sind.

Als sich der Zug wieder in Bewegung setzte, hatte einer der Kutscher, ein dunkler und freundlicher Bursche, von seinem unwahrscheinlich hohen Sitz den Jungen etwas zugerufen. Sie hatten aber alle die Augen niedergeschlagen und so getan, als sähen und hörten sie nichts. Nur der Einar vom Doktor, der bei seinem Vater Sprachen lernte, hatte begriffen, daß dieser Mann sie weder fragte, wer ihr Vater sei, noch sie darüber aufklären wollte, daß sie »ein bißchen Haut an der Nase« hätten, oder andere Späße dieser Art trieb, mit denen Erwachsene Jungen in Verlegenheit bringen. Da hatte sich Einar auf die Bekanntschaft eingelassen und Bernhard mitgenommen. Aber als sie sich oben auf dem Sitz niedergelassen hatten, sahen sie Klein-Niels den Weg entlangtraben, lächelnd und zufrieden darüber, daß es den beiden so gut ergangen war. Und da hatte ihm Einar gewinkt und ihn auf den Sitz hinaufgezogen. So war es zugegangen.

Und nun rollten sie in einer Stimmung über die Heide, für die ihnen jede Erfahrung fehlte; sie war größer und beflügelnder als Sonntagsfreude und Weihnachtsglück. Sie fühlten sich gleichsam über das Land emporgehoben und mitten in eine neue, großartige und herrliche Welt hineinversetzt. Der Wagen, auf dem sie fahren durften, erschien ihnen beängstigend groß, aber er war außerordentlich solide gebaut; er glich einem langen, schmalen Haus auf Rädern, das aber weder Fenster noch Türen hatte. Es war nämlich auf einer Seite ein großer Käfig mit Gittern, die mit Läden verschlossen waren. An dem Wagen war alles massiv, die Stangen, die dick wie Balken waren, die Waage und die Schwengelhölzer. Auch die Pferde waren von übernatürlicher Größe. Es waren englische Kaltblüter mit unwahrscheinlich kräftigen Beinen, richtige Riesentiere. Dicht unter dem einen Hinterrad des Wagens hing ein kleiner Holzklotz an zwei Ketten, der zum Bremsen diente, damit das Fahrzeug nicht rückwärts fuhr, wenn man an einem Berg hielt. Man bedenke, von diesen mächtigen Beförderungsmitteln gab es eine unüberschaubare Reihe. Einige wurden von Elefanten gezogen, andere von Kamelen. Aber man erzählte sich, daß der Wagen, der nur Löwen enthielt, von vier Riesenpferden gezogen werde, die noch größer seien als die anderen. Indessen gab es mehr Wagen für die Menschen als für die wilden Tiere. Am Ende des Zuges fuhren mehrere sehr große Wagen, die dem Direktor und seinem Stab als Wohnung dienten, und diese Fahrzeuge fanden nicht ihresgleichen an Pracht und Kostbarkeit. Wombwell selbst fuhr in einem Wagen aus Spiegelglas und Vergoldung, der mehrere Zimmer enthielt. Aber der letzte Wagen war der schönste und teuerste von allen; in ihm reiste nämlich die große Löwenkönigin *Miß Alice,* von der auf den Plakaten zu lesen war, daß sie ganz allein in den Käfig zu den fünfzehn Löwen gehen werde. Dieser Wagen war aus geschliffenem Glas und aus lauter verzierten und vergoldeten Rahmen zusammengesetzt. Es war ein Triumphwagen, der viele tausend Kronen wert war. Er wurde von vier milchweißen Stuten mit rosenroten Mäulern und blonden Mähnen gezogen, die so glatt und strahlend waren, daß man sie für Jungfrauen halten konnte, die auf allen vieren gingen. Aber Miß Alice hatte noch keiner gesehen. Sie saß im Triumphwagen, dessen Fenster mit roten Seidengardinen verhängt waren.

Von Kjeldby bis Graabølle sind es anderthalb Meilen.

Doch die Landstraße bildet fast einen Winkel, weil man die Brücke über den Moholm passieren muß. Die erste Meile führt durch die Heide, die sich linker Hand in einer flachen, unendlichen Ebene bis an den Streifen des Limfjords hinzieht, auf dessen gegenüberliegender Seite sich die Halbinsel Salling erstreckt. Rechter Hand steigt das Land an, kuppelförmig gewölbt von vielen Hünengräbern, und stößt bei den Heidebergen von Graabølle mit dem Horizont zusammen. Dieser lange Heiderücken markiert sich auffällig mit seiner dunklen Farbe, die von frischem Ginster gefleckt ist. Er trägt über zwanzig riesige Hünengräber, aber am höchsten ragt in der Mitte ein runder und stilvoller Grabhügel luftig empor und trifft sich mit den schneeweißen Haufenwolken am blauen Himmel. Hier soll ein König begraben liegen. Die Heide zeigt noch viele Spuren uralter Fahrstraßen, die sich kreuz und quer durch das Land winden. Nun zieht die Chaussee ihr weißes, geradliniges Band durch die Heide, gesäumt von Gräben und dekorativen Schotterhaufen. Doch man braucht nur über den Graben zu springen, dann ist man in der wilden Heide, die so würzig nach der vielfältigen Fruchtbarkeit ihrer kleinen Welt duftet.

Mit dieser Umwelt waren die drei Jungen vertraut; aber heute, wo sie diese so stolz von hoch oben inmitten des herrlichen Aufzugs betrachteten, fanden sie, daß die Heide und die Hügel, ja selbst die Schotterhaufen ihnen lange nachschauten, wie zurückgelassene, überflüssige Dinge, daß ihnen ganz bang ums Herz wurde, weil sie nichts für sie tun konnten. Ein Hase hoppelte auf den Weg, wo er ein wenig mit gespitzten Ohren verharrte, um dann furchtbar erschrocken über den Graben zu springen und zwischen den Hügeln zu verschwinden. Es war wohl weiter nicht verwunderlich, daß er sich erschreckt hatte, dachten die Jungen, und sie folgten ihm insgeheim mit Sympathie und Mitleid, bis sie ihn nicht mehr sehen konnten. Was bedeutete schon ein einfältiger einheimischer Hase angesichts all der edlen Geschöpfe der Menagerie. Er tat ihnen unendlich leid, denn er hatte so armselig und opferwillig ausgesehen, als er davonrannte.

Die Wehmut der Reise wirkte auf die gelöste Stimmung der drei Jungen fast wie eine tödliche Wunde. Ihr Herz hing an der ärmlichen einsamen Häuslerkuh, die im Graben angetüdert war und vertrauensvoll kaute, obwohl das menschliche Auge kein Gras entdecken konnte. Sie schaute so treu zu ihnen hoch und ertrug ihre Magerkeit, ohne zu protestieren, als sei *das* ihr Beitrag zu diesem hellen Tag.

Weit draußen in der Heide wohnte ein armer Kerl, der keinen guten Ruf hatte und der sich, von allen fast vergessen, bereits dreißig Jahre damit abrackerte, seine elende Heideparzelle zu kultivieren. Heute kam er zum Vorschein und stand am Weg, um den Zug zu sehen. Das verschlossene Gesicht des Mannes brach sonderbar auf, als werde er vom Anblick des endlosen Reichtums geblendet, ohne daß es ihm möglich war, das Gesehene gedanklich zu verarbeiten. Seine Frau stand in angemessenem Abstand und strickte an ihrem Strumpf. Sie beobachtete nicht die große Wagenreihe, sondern ihn, den Mann, ihren Herrn, von dem es abhing, was sie sehen und meinen durfte. Noch weiter entfernt, tauchten drei oder vier kleine, langhaarige Köpfe aus dem Heidekraut auf, die Jüngsten, die ausspähten, sich aber nicht näher heranwagten. Die Jungen von Kjeldby hatten dem Heidemann gegenüber weiter nichts auf dem Gewissen, als daß sie ihn an einem Tag, als er im Dorf war, durch ungezogene Zurufe und ein Bombardement mit Torfstücken fast um Sinn und Verstand gebracht hatten. Und seine Kinder hätten sie am liebsten in die Heide gejagt, sie nicht angerührt, aber sie gejagt, bis ihnen das Herz zersprungen und sie tot umgefallen wären. Nun fühlten sie, daß sie dem Heidemann Unrecht getan hatten, und es schmerzte sie, daß sich die kleinen Köpfe in den Heidebüscheln nicht näher herantrauten.

Als sie sich aber weiter vom Dorf entfernt und jene Gegenden verlassen hatten, in denen sie sich heimisch fühlten, verschwanden die bitteren Gefühle, sie wichen der Sorglosigkeit und der Wärme. Sie wurden wieder redselig, und ihre Augen leuchteten. Der Weg, der ihnen nicht mehr so gut bekannt war, förderte ihr Wohlbefinden. Einar bot Hustenbonbons aus der Tüte an. Bernhard steckte sich zwei in den Mund, aber Klein-Niels erklärte erst wohlerzogen, daß das doch nicht nötig sei, danach nahm er einen. Er war klar wie Glas und hatte die Form eines Fisches. Einar bot auch dem Kutscher an und freute sich, daß der in seiner Geistesabwesenheit zugriff und einen Bonbon in den Mund schob. Der große Bursche war nun still und schlaff geworden. Er saß dort schwankend und ließ im Halbschlaf die Leinen, die seinen Händen jeden Augenblick zu entgleiten drohten, auf den Pferderücken tänzeln. Plötzlich schaute er Klein-Niels, der ihm am nächsten saß, mit verschwommenem Blick bittend an und legte ihm, ohne ein Wort zu sagen, die Zügel in die Hände. Niels nahm sie, und im nächsten Augenblick schlief der Kutscher, den Kopf tief nach vorn gebeugt. Es schien, als bemerkten sie erst jetzt, wie abgetragen seine Kleidung und wie verschlissen die fremdartigen Stiefel waren, mitgenommen von den scharfen Steinen der Landstraße.

Es war natürlich ein großer Fehlgriff des Kutschers, daß er die Zügel an Klein-Niels übergeben hatte. Die beiden anderen wurden neidisch und verlangten, daß er sie abtreten solle – ein Streit schien unvermeidlich. Es wurden heftige Worte geflüstert. Klein-Niels antwortete nicht, aber er spuckte den Bonbon, den er bekommen hatte, wie ein Gentleman aus. Der klare, süße Fisch, der jetzt sehr dünn war, fiel hinunter auf die Straße. Als das getan war, lächelte er. Mit seinen kleinen verarbeiteten Kinderhänden hielt er die Zügel sehr ordentlich und lachte. Die anderen konnten ihm nicht widerstehen. Nun solle Klein-Niels kutschieren, meinten sie fast wie aus einem Mund. Als sich Niels als Kutscher anerkannt fühlte, war er selig. Sein Herz schlug vor Freude ganz schnell. Einar steckte einen neuen Bonbon in seinen lächelnden Mund, während Niels das riesige Gespann fuhr, die Zügel mit ausgestreckten Armen haltend. Es ging gut. Die Pferde trabten ruhig und hielten von selbst den Abstand zwischen sich und dem vor ihnen fahrenden Wagen, wie sie das gewöhnt waren. Niels war auf den grünen Zweig gekommen, und Einar und Bernhard hatten sich ihm endgültig gebeugt und gönnten ihm sogar die Beförderung! Der Kutscher schnarchte laut im prallen Sonnenschein. Es sah so aus, als wäre er mit seinem mageren Hinterteil auf dem Sitz festgeleimt. Aus dem mystischen Inneren des Wagens hörte man hin und wieder das Rascheln von Stroh und ein ganz unheimliches Gähnen und Knurren der eingesperrten Tiere. Hui, hei, Klein-Niels, du kleinster Bauer der Welt, du lenkst lächelnd und mit Geschick Noahs Arche durch die Heide von Graabølle!

In der scharfen Kurve an den Arresthäusern, wo die Heide zu Ende ist, wäre es allerdings fast schiefgegangen. Dort führt die Straße in einem spitzen Winkel fast in die gleiche Richtung zurück, und da schwenkte Niels nicht weit genug nach rechts aus, oder er hatte die Länge des Wagens nicht richtig eingeschätzt – jedenfalls kam das Hinterrad zu nahe an den Grabenrand und rutschte ein wenig ab. Oje, alle drei Jungen wurden steif vor Schreck, aber die Gefahr ging vorüber, und sie rollten sicher auf die breite und geebnete Landstraße von Graabølle hinüber. Es war ganz lustig, den Wagenzug um diese Ecke biegen zu sehen. Wagen für Wagen schwang sich in die enge Kurve, es sah aus, als ob ein großer Wurm die Richtung änderte. Nun lag die Straße weiß, schön und geradlinig bis Graabølle vor ihnen, das man mit seinem Kirchturm und seinen Bäumen schon sehen konnte.

Die Straße lief quer durch das breite Tal, das sich vom Fjord bis tief ins Land nach Moholm erstreckte. Der Fluß kroch blau und weitläufig durch die hellgelben Wiesen. Weit in der Ferne erblickte man den roten Turm von Moholm. Die Straße selbst war kreideweiß, weil sie mit Muschelschalen, die man aus den Gräben holte, geschottert war. Hier war einmal ein Fjord gewesen. Dieser weiße Weg durch die grüne Niederung gab der Reise mehr Farbe. Vom Fjord kam ein Hauch von Salzwasser und Tang, der die Augen noch klarer machte.

Das merkwürdigste von allem aber war, daß so viele Leute auf den Beinen waren. Als der Zug die Brücke über den Fluß passiert hatte und im Wechsel von kurzem Aufrücken und Ruhepausen die Anhöhe zum Dorf hinauf nahm, war es, als zeugte die Erde Tausende von Menschen. Vom Höhenrücken des Dorfes bis hinunter zum Fluß war es schwarz von all den Leuten, die aus den Gräben ausschwärmten. Sie wurden als schwarze Gruppen an den Abhängen sichtbar, alle sonntäglich gekleidet; sie näherten sich zu Fuß oder mit Wagen aus allen Himmelsrichtungen. Weit, weit entfernt sah man Punkte und Haufen, die sich im Sonnenschein in Richtung Graabølle bewegten.

Das uralte Bauernland, von dessen Hügelkuppen die Grabhügel und Feuerstätten vergangener Geschlechter einander über mehrere Meilen hinweg anstarrten, das seit Urzeiten kultivierte Tal, von dessen Rändern noch die weißen Abfallhaufen der Steinzeitmenschen lachten und zwischen dessen Abhängen das Echo der brüllenden Tiere und der Luren geisterte, die Ufer des Fjords und die Heide – ganz Himmerland zeigte, was in ihm lebte. Sie kamen aus den alten Dörfern der Umgebung, aus Kourum, Torrild und Stenbæk; sie kamen von tausendjährigen Höfen mit ihren heidnischen Namen, wo seit grauer Vorzeit immer das gleiche Geschlecht ansässig war – ohne Erinnerung und ohne überlieferte Geschichte, nur die Arbeit des Tages im Sinn; sie kamen von den neuen Einzelgehöften und von Häuslerstellen. Alles, was kriechen und gehen konnte, traf sich in Graabølle, als wollten sie sich wenigstens einmal alle versammeln und von dort übers Land schauen. Niemals zuvor hatte man so viele Menschen an einem Ort erblickt; und jeder sah, daß alle, die er kannte, auch kamen; denn sie kamen *alle*, Altenteiler, Hundertjährige, Frauen und Kinder, ganze Geschlechter in mehreren Generationen. Leute, die sich längst verkrochen hatten und nur auf ihre Erlösung warteten, kamen ein letztes Mal hervor, fröstelnd und scheu im Sonnenschein, mißgestaltet von den Jahren, als hätten sie ihr ganzes Leben in tiefen Kellern verbracht. Bis zu ihnen war das Gerücht gedrungen, und in den leeren Herzen klang jene Verheißung wider, die sie einst als Erbteil empfangen und die sie in den endlos langen, dunklen Zeiten aus den Augen verloren hatten. Sollten sie nun nicht kommen, sollten sie sich jetzt nicht zusammenfinden, jetzt, wo sich diese einmalige Gelegenheit bot, jetzt, wo man von ihnen nicht verlangte, daß sie bis ans Ende der Welt reisten, um deren Wunder zu erleben, jetzt, wo die Welt zu ihnen kam!

Als der Zug in Graabølle einfuhr, verhielt sich die Menschenmenge fast stumm. Die Wagen waren ja vorläufig noch geschlossen. So hielten sich auch die Leute zurück, wappneten sich mit Mißtrauen und warteten, wie es die Erfahrung sie gelehrt hatte. Nur ein einziger Wagen zog eine Furche freundlicher Munterkeit, brachte nahezu Bewegung in die Menge – es war der Wagen, der von Klein-Niels gelenkt wurde. Er saß so kerzengerade und aufmerksam auf dem Kutschbock. Es war nicht zu übersehen, daß er der kleine Abkömmling des Bauern war, sein Ebenbild von Kopf bis Zeh, aus geschenkten Dingen zusammengesetzt. Eine ganze Gemeinde war zur Stelle und konnte seine Ausstattung Stück für Stück identifizieren. Möglicherweise hatte der ganze Kreis zu seiner leiblichen Existenz beigetragen, er war Fleisch vom Fleisch und Blut vom Blut aller. Er saß dort oben und lächelte so lieb und fein wie Küsse und Geflüster im Verborgenen. Wahrhaftig, es war, als träte das kleine Allerleutekind als versöhnender Engel zwischen die widerspenstige Bauernbevölkerung und die Menagerie, die als Bote der offenen, gierigen Welt draußen kam! Gewiß ist, daß eine helle und befreite Stimmung die Leute erfaßte. Ihre Herzen öffneten sich, als sie die kleine vertraute Gestalt mit so großer Sicherheit als Kutscher auf dem Wagen mit den brüllenden Löwen sitzen sahen.

Der Wagenzug fuhr durch das Dorf auf die große Koppel hinter der Kirche, auf die gleiche Stelle, wo in längst entschwundener Zeit Ting gehalten wurde. Und nun konnte man zuschauen, wie die Menagerie aufgestellt wurde. Der erste Wagen fuhr um den ganzen Platz herum und blieb dann stehen, der nächste fuhr an seine Seite, und so ging es weiter. Es war leicht zu erkennen, daß alle Wagen, wenn sie erst aneinandergereiht wären, ein Oval, mit den Gitterseiten nach innen, bilden würden. Aber das brauchte seine Zeit, denn es waren unwahrscheinlich viele Wagen, und das Oval schien einen riesigen Umfang anzunehmen. Einige behaupteten, daß dieser gewaltige Raum auch noch mit einem Zelt überdeckt werden würde, aber das klang unglaublich. Und doch sollte man es erleben. Der ganze Nachmittag wurde zum Aufstellen der Wagen benötigt, und es dauerte bis weit in den Abend hinein, ehe das Zelt aufgebaut und alles in Ordnung war.

Die Leute, die dort standen und zusahen, wurden an diesem Nachmittag Zeuge sonderbarer Auftritte; es geschahen Dinge, die in den Augen der Bauern ärgerlich und empörend waren. Niemals hatte man erlebt, daß Kutscher so unbarmherzig mit Pferden umgingen wie diese hier, und niemals hätten sie sich eine so rohe und hartherzige Behandlung der Menschen vorstellen können, wie sie Wombwell seinen Untergebenen bot. Er leitete selbst die Aufstellung, und zwar in einer beispiellos feinen und kostbaren Kleidung und mit einer langen Lederpeitsche in der Hand, und er schrie und schäumte wie ein Verrückter, wenn ihm etwas in die Quere kam. Er forderte Schnelligkeit und nochmals Schnelligkeit, was von den Bauern, die gern bereit sind, ein Versäumnis zu entschuldigen, als Unverschämtheit aufgefaßt wurde. Wombwell, der ein athletisch gebauter Mann war, mit Augen, die von Trunksucht aus den Höhlen zu quellen schienen, Wombwell kannte nur eines, daß gehorcht wurde, und er kannte nur ein Tempo, Galopp bei Pferden und Menschen! Wenn ein Wagen auf seinen Platz gefahren werden sollte, wurden die Pferde zu gestrecktem Galopp gepeitscht, um sie im letzten Moment herumzureißen, ehe sie den vorhergehenden Wagen rammten. Alles mußte schnell gehen! Das letzte Stück wurde der Wagen von der Mannschaft gelenkt, die sich wie ein dichter Bienenschwarm während der Fahrt auf die Räder stürzte, oder wo sie sonst etwas zum Anfassen fand. Sie strengte sich so an, daß es in ihren Knochen krachte. Die Wagen waren schwer, und der Boden war zu weich; sie mußten deshalb gleichsam über den Rasen *fliegen*, ehe die Räder einsanken. Wombwell heulte wie ein entfesselter Satan, und er schwang die schreckliche Peitsche über den Köpfen von Pferden und Kutschern. Etliche Großbauern dieser Gegend, die es ja auch gewöhnt sind, Macht auszuüben, sahen zu, und ihnen kam die Galle hoch über diesen verfluchten Henker. Sie hatten die größte Lust, ruhig, bedächtig und langsam, aber mit achtunggebietender Würde, einzugreifen, um dieser Tierquälerei ein Ende zu machen.

Aber da erlebten sie etwas unerhört Merkwürdiges, etwas, worüber sie später nie wieder sprachen und was sie nie recht begreifen konnten. Einer der Wagen sank schließlich doch mit dem einen Rand in den Wiesenboden ein und ließ sich nicht von der Stelle bewegen, wie sehr sich die Pferde auch in die Erde stemmten und die Mannschaft sich an den Rädern abmühte. Ihre verzweifelten, anfeuernden Rufe glichen schließlich einem Notschrei in schrecklichster Todespein, und Wombwell überbrüllte das Ganze mit seinem unaufhörlichen Wutgeheul, während er mit der Peitsche Unendlichkeitszeichen in die Luft schnitt.

Plötzlich erblickt er eine Gruppe großer und kräftiger Männer im besten Alter. Sie stehen mit satten Mienen da und paffen an ihrer Pfeife, eine auserwählte Schar

Himmerländer Großbauern, und im nächsten Augenblick pfeift das Unendlichkeitszeichen über diese unantastbaren Großmächtigen! Wombwell überfällt sie mit seinem gesamten Vorrat an Flüchen und Verwünschungen seiner Sprache und mit der bestialischen Energie seines Riesenkörpers. Er ergreift einen Mann am Arm, Thomas vom Spanghof, und schleudert ihn zum Wagen, noch einen dazu, Anders Nielsen, und noch einen, Graves aus Svendsild! ... Und ehe jemand begreift, was geschieht, liegt die Aristokratie der Himmerländer Bauern an den Rädern des eingesunkenen Wagens und wirft sich mit voller Wucht in die Speichen! Sie sind stark wie die Bären und wollen das plötzlich zeigen, denn sie sind auch so unwahrscheinlich empört über diese Behandlung. Sie mühen sich, daß sie blau anlaufen, der Speichel weht ihnen von den Zähnen, sie stemmen die Stiefel in die Erde, und Wombwell brüllt und drischt auf die Pferde ein, und der Wagen kommt heraus und fliegt unter dem wilden Geschrei der Zuschauer auf seinen Platz! Die Situation ertrinkt glücklicherweise in Hurrarufen, sonst hätten die starken Hofbesitzer nicht gewußt, wie sie sich nach diesem Kraftakt verhalten sollten.

Wie hatte das geschehen können? Hatte man sie behext? Was für ein kläffender Bote der Hölle war das?

Viele Wagen wurden bei diesem rücksichtslosen Tempo, mit dem man sie aufreihte, beschädigt, Holzwerk und Stangen zersplitterten und zerbrachen, und die Tiere drinnen kratzten an den Wänden und heulten in allen Tonarten. Angst und bange konnte einem dabei werden. Aber Wombwell drängte weiter zur Eile. Er wollte die Menagerie noch am gleichen Abend eröffnen, koste es was es wolle. Schließlich war das Oval bis auf die Stelle, wo der Eingang sein sollte, geschlossen. Hätte Wombwell nun nicht hier den Eintritt fordern und es genug sein lassen können? Aber nein, das ging nicht; man bekam ein weiteres mächtiges und beeindruckendes Schauspiel zu sehen. Es war eine Kraft- und Prachtentfaltung ohnegleichen, die wegen ihrer brutalen Energie ein Hohn auf Leben, Glieder und Material war – die Aufstellung des Portals.

In die Eingangsöffnung wurde ein sehr großer und besonders konstruierter Wagen gefahren, und es stellte sich heraus, daß man ihn aufschlagen und in viele Flügel und Kästen auseinanderfalten konnte. Diese Aufstellung glich allerdings mehr einem Bombardement, einer Sprengung und Beschießung, als einer Arbeit in Friedenszeit. Wombwell war nun völlig außer sich und schlug wie in Krämpfen um sich, er schrie sich die Lunge heraus und schnappte nach Luft, und seine Leute packten zu, wie man das nur wenige Sekunden kann, wenn man die Luft anhält und es einem vor den Augen flimmert. Aber in diesen Sekunden wurde das Portal entfaltet! Das geschah mit Hilfe von Tauen und langen Stangen, die Seitenteile wurden herausgezogen und gleichzeitig von unten durch die Mannschaft, die die ungeheure Last im gestreckten Lauf trug, mit Stangen gestützt. Indem die Flügel zur Seite schwangen, herunterklappten oder in die Luft flogen, öffnete das Portal seine Welt an Vergoldung und Malerei, während große Stücke der kostbaren Schnitzerei mit einem Geknall wie von Büchsenschüssen zersplitterten und zersprangen und weit hinaus in die Luft pfiffen. Als sich das Tor nun wie eine Tropenblume mit Knall und Rauch zum Himmel entfaltet hatte, als mitten in den grotesken Schnörkeln und güldenen Kringeln der Name *Wombwell* in leuchtender Goldschrift aufgesprungen war, mit einem strahlenden Bild von ihm selbst auf der rechten und von der halbnackten Miß Alice auf der linke Seite, trat für einen Augenblick tiefe Stille ein, in der sich die zum Umfallen müden Männer zitternd vornüberbeugten und nach Luft schnappten. Aber sie durften sich nicht lange ausruhen. Wombwell war für einen Moment in den Triumphwagen zu Miß Alice gegangen und kam nun zurück und schmatzte mit den Lippen wie nach einem Schnaps. Zum Erstaunen aller, die noch vor kurzem geglaubt hatten, er sei völlig von Sinnen, bewegte er sich nun mit der ruhigsten Miene von der Welt. Doch im nächsten Moment, als sich der Geschmack im Mund verflüchtigt hatte, nahm er Anlauf wie ein Schwimmer, sein Kopf tauchte mitten in der japsenden Mannschaft auf und hackte mit heiserem Gebrüll nach rechts und links, während die Peitsche über seinem Kopf wie eine fliegende Schlange sauste. Nun mußte das Zelt errichtet werden. Das ungeheure Areal aus Leinen wurde über die Wagenburg gespannt. Obwohl man fieberhaft arbeitete, brauchte man dazu viel Zeit, und der Tag ging zur Neige. Die Leute langweilten sich indessen nicht. Im Gegenteil, sie verfolgten alle Vorbereitungen und den Hochbetrieb mit so lebhaftem Interesse, daß sie das Zeitgefühl völlig verloren.

Die meisten Ereignisse werden, erst lange nachdem sie stattgefunden haben, »historisch«. Aber es kann geschehen, daß ein Erlebnis so intensiv ist, daß es sofort die Phantasie anspricht, so daß man sich selbst vergißt und in eine zeitlose Stimmung gerät. – So war es hier. Die Zeit schlug einen Bogen um die Schar der Menschen, die sich versammelt hatte, um Graabølle und um den weiten Blick über das Land, um den Sommertag, den weiten Himmel und um *Wombwell*, der wie ein ungeheuer wachsendes Etwas inmitten des Ganzen lag. Es war ein Hochsommertag, wie man ihn sich nicht schöner vorstellen kann. Die Äcker in der Nähe waren voll von den Blumen, die der Mittsommer kennt, und sie blühten, so weit das Auge reichte. Man wußte, daß auch weit, weit draußen, dort, wo sich Sonne und Land in einem grünen Schimmer trafen, Fruchtbarkeit die Erde bedeckte und das Korn genauso lebhaft und frisch wogte wie hier auf den Ackerhängen von Graabølle, wo sich unter den Augen der Zuschauer im Sonnenschein die meergrünen Felder mit knisternden Ähren und blau und rot leuchtenden Blumen wiegten. Der Himmel war so hoch. Die übereinandergetürmten Wolken erreichten fast die Mitte der Himmelskuppel, die unsagbar blau und tief war. Im Westen durchbrachen Lichtsäulen und

Strahlenbündel die Wolkenwelt, aber viele hundert Meilen entfernt, im Osten, stiegen hohe, bleiche Wolkenberge empor und wandten sich wie große, blinde Gesichter der Sonne zu. Der Fjord zog sich mit spiegelklaren Buchten und blauenden Sunden in die Ferne, wo alles klitzeklein wie in einem Nebel endete.

Doch nun dunkelt es, die Luft wird kühl, die Sonne ist untergegangen. Der helle Sommerabend ist weit vorgeschritten. Die Menagerie steht fertig unter dem Zelt. Und was für ein Zelt das ist! Es ist *die Arche*, es ist das gewaltige Schiff des Gottesmannes, das die Lebenden birgt und das auf dem Hügel von Graabølle gestrandet ist! Hört den Chor der Tiere und der wilden Geschöpfe, da ist der Schauer, der an jenem Frühlingsmorgen die Sonne über dem Ararat grüßte, als sich der Regenbogen über die Erde spannte! Plötzlich leuchtet die ganze mächtige Zeltkuppel! Sie glüht wie ein Berg aus Eisen; innen im Zelt hat man Feuer und Fackeln entzündet und gleichzeitig die Läden von den Käfigen abgenommen. Man hört den tausendstimmigen Aufschrei der geblendeten und erbitterten Raubtiere aus aller Welt. Und nun schießen sie vom Portal Raketen in die Luft, ein ganzes Bündel Feuerstrahlen, himmelhoch hinauf, und im selben Augenblick setzen Blasorchester und Trommel ein – schrill und stürmisch. Ein dröhnender Kanonenschuß – Wombwell öffnet die Menagerie für das Publikum! Es ist gegen zehn Uhr abends.

Nun entstand ein Gedränge. Aber nicht sofort. In den ersten Minuten ging überhaupt niemand hinein, und Wombwell, der selbst die Eintrittskarten verkaufte, war nahe daran, vor Kummer und Enttäuschung zu zerspringen. Hier waren mehrere tausend Menschen versammelt, und nicht ein einziger machte Miene, in sein Zelt zu treten! Er vollführte eine mächtige, einladende Armbewegung, der große Mann. Ganz allein stand er im Portal, er beugte seinen Rücken – eine Art Wedeln als Zeichen des Friedens und des Willkommens. Keiner rührte sich. Er wurde abwechselnd rot und blaß, er rief etwas, wobei seine Stimme ganz hoch wurde und sich überschlug, daß es fast wie Weinen klang. Aber Wombwell, es sind doch Jütländer, zu denen du gekommen bist! Keiner wollte den Anfang machen und als erster hineingehen! Die Männer standen da, drückten sich aneinander und rauchten Pfeife, wobei jeder einzelne versuchte, sich in ein Nichts aufzulösen. Die Frauen hielten sich ebenfalls zurück und standen steif wie Säulen da, die Hände, wie vor der Kirchentür, züchtig unter der Brust gefaltet. Es führte doch eine Treppe zum Eingang. Wer sollte dort *allein hinaufgehen*, die sichere Unbemerktheit verlassen und sich als erster allen zeigen? Keiner wagte es, keiner wollte die Verantwortung übernehmen. Hier konnten sie sich nicht in eine Schar hineindrängen, wie sie das sonst gewöhnt waren, wenn sie durch eine Tür mußten. Da, als die Situation unerträglich zu werden begann, entdeckten die scheinbar niedergeschlagenen, aber alles sehenden Augen plötzlich, daß jemand auf der Treppe stand, daß jemand als erster hineinging! Es waren drei sehr kleine und schmächtige Jungen, die mit verzweifelt hochgezogenen Schultern die Treppe hinaufstampften, fest entschlossen, die Menagerie zu sehen oder zu sterben. Es waren die drei Jungen aus Kjeldby: der Einar vom Doktor, Bernhard Lundgren und Klein-Niels, die verflixten Lausbuben! Klein-Niels ging voran, voll von vibrierender Spannung. Es war das zweite Mal an diesem Tag, daß der junge Sohn der Gemeinde den anderen den Weg ins Wunder öffnete. Den dreien folgte dicht und schwarz die Menschenmasse. Nun gab es ein Gedränge. Eine Zeitlang sah es gefährlich aus. Man hörte brutale Flüche, die schon lange in der Luft gelegen hatten, und sonderbare, unartikulierte Schreie von Frauen, die eingeklemmt wurden. Das Zelt war jedoch geräumig genug, und nach und nach wurde die unzählbare Menschenmenge von ihm aufgesogen.

Einar, Bernhard und Klein-Niels kamen als allererste in die Menagerie. Der Rasenboden glitzerte so merkwürdig giftgrün im Schein der sengenden und flackernden

Naphthafackeln. Überall Gitterstangen und dahinter unruhige Gestalten und Schatten. Tiergesichter, gelbe Felle, große schwimmende Augen, Rachen, die sich gierig öffneten; überall Murmeln und schwermütiges Blinzeln mit den Augenlidern; überall rastloses Umherwandern weicher Pfoten auf Sägemehl ..., und was für ein trister Duft! Das Parfüm der großen, vornehmen Tiere erfüllte das Zelt, dieser kranke und stechende Geruch, der unglücksschwanger ist wie die Luft in einem Sterbezimmer, wo der süßliche Weihrauch und der Qualm der Kerzen den Gestank der beginnenden Verwesung überdecken.

Die Jungen wagten sich nicht sofort an die Käfige heran, sondern hielten sich, zitternd vor Aufregung, in der Mitte des Rasens. Mit ihren Indianerinstinkten und ihrer dünnen Haut fühlten sie sich wie in einem Feuermeer. Das Weltgerichtsgebrüll der Löwen warf sie beinahe flach auf den Boden. Aber sie gewöhnten sich schnell daran und begriffen, daß die Tiere eingesperrt waren und daß sie sich, da sich ein Gitter dazwischen befand, ganz ruhig dem gewaltigen Antlitz des Königstigers nähern durften. Und dann verloren sie sich auf dieser ersten Entdeckungsreise, die später durch nichts mehr übertroffen werden konnte. Sie rissen die Augen weit auf und gingen hinein in diese wunderbare Welt, die immer existiert und doch immer verloren ist, die Welt, die zwischen der *Natur und dem Kind* besteht.

Die Vorstellung dauerte zwei Stunden, das heißt, die Leute durften zwei Stunden im Zelt umhergehen und die Tiere besichtigen. An diesem Abend in Graabølle gab es ein dankbares Publikum. Es waren Menschen, die weder durch naturgeschichtlichen Unterricht noch durch Ausflüge in den Zoologischen Garten verdorben waren. Sie betrachteten die Dinge von ihrem häuslichen und recht treffenden Gesichtspunkt aus, sie gingen vom Bekannten zum Neuen über, den Weg der Erfahrung, auf dem sich noch nie ein Mensch verirrt hat. Darwin war wohl auch so ein großer und naiver Bauer, der von der Katze auf den Tiger schloß und umgekehrt. Genauso wie Erik Sørensen aus Kourum.

»Das ist doch unsere Miezekatze«, sagte Erik, als er vor dem Tigerkäfig stand, »aber sie ist zu stark geworden, sie hat es zu gut gehabt.«

Von dem Elefanten meinte der gleiche Mann, daß der eine Art großes Schwein sei. Es war der Tapir, der ihn auf diesen Gedanken gebracht hatte. Die Leute waren hier ja nicht zum Gottesdienst, sie bewegten sich in dem ihnen bekannten Vorstellungskreis und hatten nichts dagegen, ihn auszuweiten. Tiere wie das Zebra und der Esel interessierten sie besonders, weil die doch eine Art Pferd waren.

»Sein Schwanz ist genauso wie bei einer Kuh«, rief Erik Sørensen aufgeregt beim Anblick des Esels. »Er kann einem leid tun. Es ist doch nicht seine Schuld. Er ist sehr langohrig! Und er sieht so geduldig aus!«

Großes Aufsehen erregte auch die Kuh, die man *Gnu* nennt. Einige behaupteten, es sei ein Pferd mit Horn. Der Gedanke, es könne sich um ein besonderes Tier handeln, das sowohl der Kuh als auch dem Pferd ähnlich sehe, kam keinem in den Sinn. In jedem Stück Rotwild sahen sie ihr »Kälbchen«, was ja auch nicht falsch ist. Wie alle Naturvölker waren sie von den Schlangen besonders angetan. Sie konnten sie aber nicht anders charakterisieren als grauenhaft große »Kreuzottern«. Ein Tier wie den Bären, der in der Volksphantasie eine Rolle gespielt hat, betrachteten sie mit Sympathie, ohne ihn aber recht wiederzuerkennen.

Als die Tiere gefüttert wurden, kam eine richtig herzliche Stimmung unter den Leuten auf. Das war die Seite der Sache, die sie als ganz natürlich empfanden, waren sie es doch selbst gewohnt, den Tieren das Futter zu geben, was sie zum Leben brauchten. Es berührte sie tief, wie sich die großen Raubtiere mit ihren vergrämten Gesichtern auf die lumpigen Fleischklumpen stürzten, die zu ihnen hineingeschoben wurden. Die Wärter schlugen sie mit den langen Fleischforken, wenn sie sie fütterten.

Warum taten sie das, war das notwendig? Tiere fressen so manierlich, und gerade bei dieser Gelegenheit kann man so gut mit ihnen sprechen. Selbst der königliche Löwe ist nicht zu stolz, seine Freßlust zu offenbaren, den Rippenbraten zu küssen, zu umarmen und mit drohendem Gebrüll vor der ganzen Welt zu verteidigen. Alle Tiere bekommen, wenn sie die Nahrung hinunterschlucken, einen sanften Blick. Selbst von dem grausamen Tiger kann man einen gutartigen Blick erhaschen, wenn er beim Fressen aufschaut und seinen Schmerz vergessen hat. Und die Tiere werden so klug, wenn sie fressen. Sie sehen vor sich hin, als wären sie ins Kopfrechnen vertieft. Sie werden so aufmerksam und ordentlich, denn es ist schon eine wichtige Angelegenheit, das Futter zu schmecken und alles gründlich wegzuputzen. Ach ja, es wurde so wohltuend ruhig und versöhnlich in der Menagerie, nachdem jeder das Seine bekommen hatte. Überall schwiegen sie und mahlten mit den Zähnen, sie schnauften leise durch die Nase. Jedes Tier schielte eifrig auf seinen Bissen – es war ein einziges Fressen und Sich-gütlich-Tun in der Runde. Die Elefanten gebärdeten sich ausdrucksvoll wie Taubstumme, während sie fraßen. Ihre kleinen klugen Augen ließen nichts unbemerkt vorübergehen. Sie waren überhaupt nicht ungeschickt und wußten immer, wo sie hintraten. Sie benutzten den Rüssel auf eine so vernünftige Weise, daß er immer den kürzesten Weg nahm. Die Kamele schienen den Leuten nicht so zu gefallen! Sie erinnerten wohl etwas an Schafe, schienen ihnen aber in der Gestalt zu übertrieben und unvernünftig. Ein Mann meinte, die Kamele würden Schneidern ähnlich sehen; doch dabei dachte er möglicherweise an eine bestimmte Person. Mit dem Auftritt der großen Löwenkönigin, Miß Alice, fand die Vorstellung ihren Abschluß. Miß Alice war nicht nach dem Geschmack des Publikums. Es war bestimmt ein spannendes Wagnis, zu den Löwen hineinzugehen, aber es berührte die Bauern nicht. Sie konnten die feine Dame nicht bewundern, die ihren Kopf in den dampfenden Rachen eines der Löwen legte, sie blieben stumm. Sie lachten sogar, als sie einen der Löwen dazu brachte, sich niederzulegen, und sich dann selbst anmutig auf ihm ausstreckte. Was ein wildes Tier ist, das wissen wir, aber ein zahmer Löwe – das ist doch nichts! Wäre Miß Alice gefressen worden, hätte das die Leute bestimmt interessiert, und sie hätten daheim etwas zu erzählen gehabt. Viele von ihnen waren in dem guten Glauben gekommen, daß sie in den Käfig zu den Löwen ginge, weil sie deren Mahlzeit sein sollte, das hatten sie jedenfalls aus dem Plakat herausgelesen, und deshalb waren sie nun enttäuscht. Zu allerletzt, als sich Miß Alice in Königinnenpositur mitten zwischen die Löwen stellte, brannte Wombwell eigenhändig vor dem Käfig ein grünes Feuerwerk ab. Miß Alice schoß aus einer Pistole und kroch eilig hinaus. Als das grüne blendende Licht erloschen war, begannen die Menschen zu gehen.

Nun hörte man die Leute, die in Grüppchen abzogen, eifrig miteinander reden, während die Wagen in der späten, sehr hellen Nacht über die Landstraße rollten. Neben vielen anderen Merkwürdigkeiten wurde auch das Gerücht erörtert, das bereits zu ihnen gedrungen war, daß Wombwell mit Miß Alice im Triumphwagen zusammenlebe, obwohl sie überhaupt nicht miteinander verheiratet seien. Nicht, daß die Leute etwas dagegen gehabt hätten, aber so etwas ist verboten, und das Paar trieb es in aller Offenheit. Wombwell mußte sehr reich sein, daß er sich das erlauben konnte! Hat man Geld, dann darf man. Du lieber Gott, wir möchten wohl alle gern einmal über die Stränge schlagen, aber wir sind zu klein dafür. Die Leute trennten sich seufzend.

Nun kann ich nur noch von den drei Jungen aus Kjeldby erzählen. Nach Abschluß der Vorstellung fühlten sie, wie weit es bis nach Hause war und was für einen schrecklichen Hunger sie hatten. Sie hätten bestimmt mit jemandem aus Kjeldby zurückfahren können, aber der Gedanke an den großen Umweg gefiel ihnen nicht, und so beschlossen sie, quer über die Wiesen und die Heide zu marschieren. Sie tranken den Rest von dem Hustensaft, von dem sie eigenartigerweise Husten bekamen, obgleich er doch eigentlich ein Mittel dagegen ist, und dann liefen sie los, jeder mit seinem Knüppel in der Hand. Sie waren müde und stumm, als sie durch das Tal wanderten, wo das Wiesengras in der dämmerhellen Nacht schwer duftete. Auf dem Brückensteg verharrten sie ein wenig und sahen hinunter in den Fluß, der dunkel, tief und ruhig dahinfloß. Doch als sie die Heide erreichten und es im Nordosten bereits stark tagte, wurden sie wieder munter und hatten Lust, auf einen der Heideberge zu steigen, die sie immer anzogen, wenn sie unterwegs waren. Während sie hinaufkletterten, entzündeten sich die Farben der Landschaft. Sie lagen oben auf dem Königshügel in der Heide, als die Sonne hervorbrach. Jenseits der Heide erstreckte sich das Land hell und grün. Alles war still, die dichten Kornäcker zeigten nicht die geringste Bewegung. Wohin sie auch sahen, und so weit das Auge reichte, überall wanderten Leute nach Hause, klein wie die Ameisen, kein Laut von ihnen drang herauf.

Während sie dort saßen, hefteten sich Einars Augen plötzlich starr auf einen Punkt, die Pupillen wurden klein wie Nadelspitzen, und er wurde leichenblaß. Weit, weit entfernt, jenseits allen Landes, hatte er einen feinen, glitzernden Streifen gesehen! Das mußte das Kattegat sein. Das war *das Meer*. Er hatte es nie zuvor gesehen. An diesem Morgen fiel das Licht so günstig, daß der Wasserspiegel den Glanz auffing und er viele Meilen weit sichtbar wurde. Es war nur ein kurzer Augenblick, dann erlosch der Streifen wieder. Einar erzählte den anderen jedoch nicht, was er gesehen hatte. Das konnte man nicht erzählen. Es war sein Schicksal, das in dieser lautlosen Morgendämmerung zu ihm gesprochen hatte. Ein wenig später legte er sich zurück, elend und innerlich so merkwürdig kalt, vom Gedanken an die Löwenkönigin Miß Alice gepeinigt, Miß Alice, die er niemals wiedersehen würde.

Bernhard legte sich auch lang. Er hatte weiße Flecken im Gesicht und wagte fast nicht zu atmen. Er war so hungrig, daß er in seiner demütigen Armeleuteart an gar nichts mehr denken konnte. Klein-Niels begann im Heidekraut nach Beeren zu suchen! Er entfernte sich immer weiter vom Hügel und vergaß die anderen, bis sie ihn riefen.

Klein-Niels war derjenige, der an diesem denkwürdigen Tag sein Glück machte. Die Leute waren auf ihn aufmerksam geworden und hatten entdeckt, daß der kleine Kerl begabt war. Etliche Männer, die an seiner Existenz Anteil zu haben glaubten, und das waren nicht wenige – die Mutter von Klein-Niels, das Nähmädchen Mette, war mit ihrem Bügeleisen und ihrem Mund, der nicht nein sagen konnte, weit im Kreis herumgekommen –, bezahlten seine Lehre bei der Eisenbahn in Hobro, wo er bereits in jungen Jahren Lagerarbeiter wurde. Er erhielt zugleich Musikunterricht und wurde ein guter Flötenspieler. Als er sich vor den Alimenteforderungen, die an ihn gerichtet wurden, nicht mehr retten konnte, verschwand er spurlos nach Amerika.

Die Holzpantinen des Junkers

Habe ich euch schon einmal von dem klugen Pfarrer von Kourum erzählt? Ihr habt doch gewiß gesehen, daß in der Kirche von Kourum eine alte Grabplatte hängt, innen im Chor. Sie ist aus Blech und soll wohl eine Papierrolle darstellen, die von einem Eisenkranz umgeben ist. Und darüber ist noch eine winzige Sichel. Sie ist sehr verrostet. Wenn man die Geschichte kennt, kann man jedoch die Inschrift deuten. Sie ist dem Gedenken an Emanuel Povelsen, Pfarrer und Besitzer des Knustruphofes, gewidmet. Alte Leute können sich noch gut an den Klatsch über ihn erinnern. Während er lebte, wurde er für gewöhnlich Herr Manwol genannt. Er kam auf ungewöhnliche Weise zu seinem Hof.

Und das erzählt man sich:

Herr Manwol war Pfarrer in Kourum. Er war ein so gutmütiger, ein so unscheinbarer, aber in seiner Überzeugung ein ansonsten so gefestigter Mann. Auf der hohen Schule in Kopenhagen hatte er wohl sogar einen Grad erworben. Sein Gedächtnis war unerschöpflich. Er konnte, ohne daß er steckenblieb, alle Pfarrer im ganzen Land aufzählen, wußte, wie lange jeder von ihnen bereits in seinem Amt und wann er geboren war, und außerdem kannte er alle ihre Vornamen – es gehört schon ein guter Kopf dazu, das alles zu behalten! Aber auf die weltlichen Dinge verstand er sich nicht so gut, was von ihm ja auch nicht zu erwarten war. Man sagt, es sei seine Madam gewesen, die zusammenhielt, was in der ärmlichen kleinen Pfarre zusammengehalten werden konnte. Der Pfarrer war viel zu weich. Dafür war sie hart Man erzählt sich, Herrn Manwols Mutter habe sie ihrem Sohn zur Frau gegeben, damit er jemanden für seinen Haushalt habe, der nichts kostet. Ich weiß nicht, ob es stimmt, aber die Leute wollen wissen, daß der Pfarrer ansonsten vor Frauensleuten Angst hatte. An dem Abend, als sie in ihr Haus einzogen, soll er weinend auf den Boden gerannt sein und sich dort versteckt haben, völlig verwirrt darüber, daß sich die Braut an ihm vergreifen wollte. Seitdem, so sagt man, habe jeder für sich gelebt. Ich selbst kann das allerdings nicht glauben, denn ich bin sicher, daß die Pfarrer ihren Teil zu den großen Familien beitragen, die sie besitzen, und daß ihnen das auch gefällt. Sonst müßten sie ja jemanden haben, der ihnen bei diesem Teil ihres Amtes hilft. Es ist durchaus auch möglich, daß sie sich zu diesem Zweck manchmal die Kaplane halten. Aber lassen wir das! Herr Manwol war, wie ich bereits sagte, viel zu gutmütig. Er war bereit, alles wegzugeben, was er bekam. Er sorgte sich um Katzen, Hühner und anderes Getier, als ob ihm das am nächsten stünde. Selbst einem Mistkäfer konnte er nicht das Leben nehmen. Aber *der* trägt ja auch ein schwarzes Kleid. Es passierte häufig, daß der Pfarrer, wenn er in die Gemeinden fuhr, auf der Landstraße anhielt und der Kutscher vor den Gäulen in der Wagenspur stocherte. Dann hatten die Leute ihren Spaß, denn sie wußten recht gut, daß es ein Mistkäfer war, den Herr Manwol in der Wagenspur erspäht hatte und der nicht entleibt werden sollte. So war er nun einmal.

Herr Manwol hatte einen Gehilfen, erzählt man, einen Lausejungen, der einmal seinen Spaß mit seinem Brotherrn trieb. Der Pfarrer führte Krieg gegen den Maulwurf. Ich finde, daß das nicht recht von ihm war, denn mir scheint, daß der Maulwurf ein wenig seinem eigenen Stand gleicht. Er geht auch in Schwarz und ist sehr kurzsichtig – und gelehrt ist der Maulwurf ebenfalls. Ihn wollte er indessen ausrotten. Schließlich wühlte er in seinen Beeten, dieser Schädling. Jedenfalls sollte der Bursche zwei Schilling für jeden toten Maulwurf haben, den er vorweisen konnte. Der Gehilfe fand sich denn auch mit einem großen Tier in der Studierstube ein und bekam seine Prämie. Dann schleuderte der Pfarrer den Maulwurf durch das Fenster in den Garten hinaus. Am nächsten Tag kam der Bursche wieder und am übernächsten ebenfalls. So ging das immerfort auf eine recht bequeme Weise – etwa eine Woche lang. Doch dann begann der Maulwurf ja zu riechen. Trotzdem ließ der Pfarrer ihn noch einige Male gelten. Daß sich der Bengel nicht schämte! Schließlich verbreitete das Aas einen schrecklichen Gestank. Der Bursche mochte ihn selbst nicht mehr anfassen, sondern hatte ihn mit einem Strick umwickelt. Dem Pfarrer blieb etwas am Finger kleben. Er schnupperte an dem Maulwurf. Dann nahm der Pfarrer sich den Jungen vor, und der mußte nun gestehen, daß er immer mit demselben gekommen war. Erhielt er nun Prügel? Aber nein, der Pfarrer war allzu gutmütig. Doch die Leute hatten viel Spaß an diesem Streich des Burschen.

Nun ja, immerhin kann Einfältigkeit einem Mann auch zum Nutzen gereichen. Der Pfarrer ist der Beweis dafür. *Etwas* hatte er wohl doch bei seinem Studium gelernt; am Ende lachten die Leute nicht mehr über ihn.

In der Zeit, als Herr Manwol Pfarrer in Kourum war, gehörten dem Herrn auf Randholm auch noch alle die anderen großen Güter der Gegend. Er hieß Jokum Stisen und war tatsächlich ein mächtiger Mann und unwahrscheinlich reich. Obendrein stammte er von Bauern ab, erzählt man sich. Der Pfarrer hatte durchaus nichts dagegen, auf Randholm zu weilen. Das kann man ruhig erzählen, ohne dafür an den Pranger gestellt zu werden. Wo man zu leben versteht, da geht jeder gern hin, der einen Anlaß dafür finden *kann*. Doch der Junker konnte es sich nicht verkneifen, den Pfarrer zu schikanieren, und dazu kann man nur sagen, daß es immer *die Geringsten* unter den Brüdern sind, denen man nicht unrecht tun soll, wie geschrieben steht. Man redete viel darüber, wie sie es mit dem Pfarrer trieben, wenn er auf dem Gut war – und das waren keine besonders feinen Dinge. Er mußte aufstehen und das Tischgebet sprechen, wenn sie sich zu einem Freßgelage mit Kartenspiel versammelt hatten. Aber das mochte noch angehen, denn schließlich schadet es keinem, den Segen zu empfangen. Aber sie vergriffen sich wahrhaftig auch an der Würde des Pfarrers, und das darf nicht sein. Einmal überredeten sie eine der Mägde des Hofes, ihn umzuwerfen und sich auf sein Gesicht zu setzen – pfui, welche Schande! Dem Hof fernbleiben konnte der Pfarrer jedoch nun auch wieder nicht, denn er war arm. Er merkte es wohl auch nicht immer, daß sie ihr Spiel mit ihm trieben.

Doch nun hört zu. Einmal veranstalteten sie auf Randholm ein abscheuliches Gelage. Es waren nur Männer dabei. Jokum Stisen holte immer einen Haufen Viehhändler und ähnliches Volk auf sein Gut, und die soffen dann und droschen die Karten, bis ihnen die Augen zufielen. Das war ja nun wahrhaftig nichts für einen Pfarrer, und es soll auch nicht entschuldigt werden, daß er an solchen Festlichkeiten teilnahm. Aber Herr Manwol *war* nun einmal dabei. Zuerst ging es ans Essen, und das nicht zu knapp. In diesem Punkt blieb der Pfarrer nicht hinter den anderen zurück. Danach sollten sie ja ihre Andacht mit Holmblads Gesangbuch halten. Doch der Junker hatte den Einfall, daß sie erst sein Vieh besichtigen sollten, und so gingen sie alle zusammen hinunter auf den Hof. Er mästete Ochsen, der Jokum Stisen, und aus seinen Ställen gingen jährlich viele hundert nach Süden. Der Hof war voll Schlamm, und der Pfarrer wollte mit seinen blanken Lederstiefeln zunächst da nicht mit hinaus.

»Dann steig in meine Holzschuhe!« sagte der Junker mit einem frechen Lachen und zeigte dabei auf ein Paar, das im Gang stand. All die anderen fanden auch, daß dies ein herrlicher Spaß sei. Denn die Holzschuhe waren unwahrscheinlich groß, es war ein Paar überwältigend große Holzschuhe. Heutzutage findet man diese schweren Holzschuhe nur noch selten, man benutzt jetzt Oberlederholzschuhe, aber damals kannte man nur diese einfachen Holzschuhe. Sie waren schwer, und weil sie platzen konnten, wurden sie mit Eisenbändern zusammengehalten. Jokum Stisens Schuhe waren aber auch ganz besonders groß, er war ein Kraftkerl mit riesigen Füßen. Die Pantinen glichen deshalb schlicht und einfach zwei Trögen, und die waren reichlich mit Eisen beschlagen.

Der Pfarrer schaute sie verstohlen an, und die fetten Galgenvögel lachten sich eins. Aber er schlüpfte tatsächlich hinein! Als wollte er ihnen eine Lektion in Sanftmut erteilen. Sie inspizierten dann die Ochsen. Der kleine Pfarrer storchte in den unwahrscheinlich großen Holzschuhen umher, in denen er, fast wie ein Kind, die Füße drehen konnte. Er erhielt auch genügend gute Ratschläge ..., er brauche keine Angst zu haben, in die Pfützen zu fallen, denn er sei doch wohl am unteren Ende am schwersten ..., und mit diesem Transportmittel könne er übers Wasser fahren ... und was ihnen sonst noch alles einfiel.

Aber Jokum Stisen brüllte, wenn der Pfarrer mit solchen Holzschuhen an den Füßen bis Hamburg laufen könnte, dann böte er den Knustruphof!

Ob das eine Wette sei, fragte der Pfarrer fast ebenso schnell zurück.

»Ja, sie soll gelten!« Jokum Stisen schüttelte sich vor Lachen, und die anderen sahen auch mit Vergnügen, wie der Pfarrer zum Narren gehalten wurde.

»Ihr habt es also gehört, ihr seid Zeugen!« sagte Herr Manwol, schlüpfte aus den Holzpantinen und ging nach Hause. Sie lachten, daß sie fast platzten. Jokum Stisen dagegen begann ärgerlich zu werden, als er sah, daß der Pfarrer Ernst machen wollte.

Noch vor dem Abend, sie hatten etwa vier Stunden Karten gespielt, sahen sie Herrn Manwol mit seinem Holsteinerwagen auf den Hof gefahren kommen. *Die Madam war bei ihm!* Der Gehilfe saß auf dem Bock und war Kutscher. Was sollte das nun bedeuten? Als sie hinauskamen, um nachzusehen, fanden sie den Wagen vollgepackt mit Brot, Fleisch und anderen Eßwaren, einem Faß Bier ..., und der Pfarrer verlangte die großen Holzschuhe, um sich auf den Weg zu machen.

Jokum Stisen war nun wirklich bedrückt. Er begann zunächst mit Entschuldigungen, dann machte er auch ein gutes Geldangebot, wenn der Pfarrer seinen Entschluß fallenlassen würde. Aber Herr Manwol hatte zu viel Übung in Standhaftigkeit. Er ließ sich nicht versuchen, von seinem Vorsatz durch die Aussicht auf einen sofortigen kleineren Gewinn abzugehen. Wir sollen uns doch schließlich auch die großen Ziele stellen. Ablehnen konnte Jokum Stisen nicht, dazu gab es zu viele Zeugen. Nun pustete er sich auf, fluchte, drohte und beschimpfte den Pfarrer mit den allerschlimmsten Namen. Aber auch das soll man ja hinunterschlucken und es dulden, ist es nicht so? Der kleine Pfarrer hatte sich nun einmal vorgenommen, das Kreuz auf sich zu nehmen. Wie er die Madam dazu überredet hatte, ist schwer zu sagen. Kann sein, daß sie dieses eine Mal anerkannte, daß der Dummkopf etwas Kluges vorhatte; sie war ebenso stur wie er. Der Knustruphof war schließlich auch so ein schmutziges Geschäft wert.

An der Sache sollte er hängenbleiben, der Jokum Stisen! Einige der anderen versuchten nun, dem Pfarrer abzuraten. Sie meinten, das sei doch zu *auffällig* ..., natürlich, war das nicht sogar außerordentlich auffällig? Er würde auf diese Weise Hals über Kopf sein Pfarramt verlieren, erklärten sie ihm. Was war das nur für eine Idee! Aber er forderte die Holzschuhe, um die Selbstpeinigung zu beginnen. Da versuchten sie wieder, ihm den Mut zu nehmen, indem sie ihn lächerlich machten. Aber die Madame stand ihm bei, sie schimpfte oben vom Kutschbock herunter, und das war ein solches Gewitter, daß man die Augen niederschlug, wenn sie loslegte. Es dauerte lange, bis man sich einigte. Jokum Stisen verlor im Zorn die Beherrschung und wollte den Pfarrer verprügeln, so daß sie ihn zurückhalten mußten. Schließlich fügte er sich und schmiß ihm die Holzschuhe in den Dreck hinaus. Nun sollte der Pfarrer – so fluchte er – in die Hölle mit ihnen fahren. Er überschüttete ihn mit *Verleumdungen*. Aber *er* hatte schließlich selbst dafür gesorgt, daß Herr Manwol auch das gewöhnt war. Herr Manwohl antwortete überhaupt nicht, er hatte ein so demütiges Herz. Er stieg in die Holzschuhe. Es war ihm ernst. Er hatte drei Paar dicke Wollstrümpfe übergezogen, um die Tröge besser auszufüllen. Wo ein schmächtiger und zerbrechlicher Mann wie er wohl den Mut dazu hernahm? Gewiß nur aus seinem *Glauben*, das dürfen wir wohl sagen. Sie konnten es nicht lassen, sie lachten aus vollem Halse, als er in der Positur eines Pilgers vor ihnen stand, der einen langen und mühevollen Weg vor sich hat. Aber dann sahen sie, was er und die Frau ausspekuliert hatten: sie ließen den Kutscher gemächlich im Schritt fahren, und der Pfarrer hielt sich mit beiden Händen am hinteren Wagenbrett fest! Das gab eine Stütze, wahrhaftig, das war eine große Hilfe. Doch daß er *ging*, das konnte keiner abstreiten. So zogen sie vom Hof.

Von Randholm bis nach Hamburg, das heißt durch fast ganz Jütland! Dazu benötigte Herr Manwol einen Monat und elf Tage. Man kann sich kaum vorstellen, daß er das durchhielt. Aber, ob ihr's glaubt oder nicht, es gelang ihm. Der Pfarrer storchte jeden Tag seine drei bis vier Meilen, manchmal mehr, manchmal weniger. Er hatte viele Schwierigkeiten zu überwinden, und er mußte sich von den Leuten viel gefallen lassen. Einige glaubten, er sei nicht ganz bei Trost, und wollten ihn einsperren lassen, andere tadelten ihn wegen der Sünde, die er beging. Ein Pfarrer, das war doch nicht irgendwer! Ich hätte ihn verteidigt, denn wie viele von uns haben noch den Mut, solch eine Torheit zu begehen? Ich finde, er hätte dafür einen Orden bekommen müssen.

Ehe der Zug einen Ort erreichte, war ihm der Klatsch schon vorausgeeilt, und man sammelte sich zu Hunderten um den verrückten Pfarrer. Sie spuckten ihn an. Warum taten sie das, wo es doch um ihn herum genügend Platz dafür gab? Sie tanzten um ihn herum und sangen: »Malebrok zieht in den Krieg ...« In Kolding wurde er sogar verhaftet, kam aber wieder auf freien Fuß.

Jokum Stisen hatte Reiter ausgeschickt, die die ganze Zeit aufpaßten, daß er sich nicht auf den Wagen setzte und fuhr. Natürlich schadeten sie ihm auch, soviel sie konnten. Südlich von Frederiks begannen sie eine Brücke aufzubrechen, damit er nicht darüber kommen könnte; aber das hielt ihn ja nur so lange auf, bis sie wieder in Ordnung gebracht war.

Er litt sehr unter der Tour, unser lieber Pfarrer. Das letzte halbe Dutzend Tage konnte er nur mit Mühe und Not durchstehen. Er hatte Löcher in den Füßen, war steif und abgemagert. Aber die Madam saß oben auf dem Bock wie ein Trostengel und sprach ihm Mut zu, wenn ihn die Kraft verlassen wollte. Die Holzschuhe wurden dem armen Mann immer schwerer. Er schleppte sie hinter sich her wie ein Sklave die Kugeln an seinen Ketten. Als sie bereits im Holsteinischen waren, ging einer von ihnen auch entzwei, aber ein Schmied flickte ihn wieder zusammen.

Ja, da büßte er auf einmal für alle seine Sünden! Vielleicht half er damit auch anderen, ihr Gewissen zu erleichtern. Wir stehen wohl fast alle in seiner Schuld! Keiner von uns ist ja ganz fehlerfrei. Deshalb sollten wir dankbar sein, wenn einer bereit ist, das Kreuz für uns zu tragen und für uns alle zu leiden. Herr Manwol nahm das *Martyrium* auf sich, das dürfen wir ihm nicht vergessen. Er und Pfarrer Møller in Havdrup sind die beiden, zu denen ich immer aufgeblickt habe. Pfarrer Møller predigte an einem Sonntag so kräftig, daß sein Kiefer aus dem Gelenk sprang und der Mund weit offen blieb. Es flogen sogar einige Fliegen in seinen Magen, bis sein Mund wieder ins Gelenk gerückt war. Er war fromm. Herr Manwol nahm seine Sache auch ernst. Man sagt, er habe oft geweint, während er sich über die schlechte Landstraße schleppte, sich am Hinterbrett festhielt und völlig fertig war. Dann tröstete ihn die Frau. Aber sein Schmerz und seine Tränen sollten doch wie ein milder Tau auf unsere Seele fallen. Dieser Kummer sollte wohl auch *unser* Heilmittel sein, wenn wir weiter an die Verkündigung zu glauben wagen. In den Stunden, in denen es Herrn Manwol am schlimmsten erging, ist ihm die Hilfe wohl am nächsten gewesen, so meinen wir. Dann hat er sich gewiß still ins Gebet versenkt und sich des Himmelreichs erinnert, das ihm als Lohn verheißen war, dieses hübsche kleine Gut ...

Sie *kamen* nach Hamburg. Da wurde der Pfarrer krank und mußte viele Tage liegen. Nachdem er heimgekehrt war, wurde er abgesetzt, aber darauf war er natürlich vorbereitet. Er erhielt den Knustruphof. Es kam zum Prozeß, das war nicht zu vermeiden; aber Jokum Stisen mußte den Hof abtreten. Herr Manwol saß auf ihm, solange er lebte. Es kam ihm gelegen, sich nach der Hamburger Reise auszuruhen. Nun war er Gutsherr. Doch man sagt, es sei wohl doch die Madam gewesen, die den Hof verwaltet habe.

Weihnachtsfrieden

Heutzutage herrschen auf Jütland friedliche Verhältnisse, und vor allem zu Weihnachten geht der Frieden über alles. Aber noch vor knapp zwei Generationen war gerade Weihnachten eine unsichere Zeit, so daß man für den Rest des Jahres Frieden gebieten mußte. Mutet es nicht seltsam an, daß in jenen vergangenen Tagen gerade die Weihnachtszeit so unruhig war? Wieder und wieder erzählt man davon, daß alter Groll aufbrach, berichtet man von Abrechnungen zwischen Todfeinden und von Greueltaten, die am Heiligabend oder am zweiten Weihnachtstag sogar in der Kirche begangen wurden! Manche meinten wohl, die Gelegenheit nutzen zu müssen, während alle nur an Frieden statt an Gefahr dachten, und sie *nahmen* sich den Frieden, der ihnen verwehrt wurde, sicherten sich den Weihnachtsfrieden durch eine Tat, die sie Kopf und Kragen kostete.

Auf der Sønderuper Heide lebte ein Mann, der Torf-Christen genannt wurde. Obgleich er nichts Böses an sich hatte, mieden ihn die Leute. Er war ein umgänglicher armer Mann, dem eine jämmerlich kleine Kate draußen auf der Heide gehörte und der sich seinen Lebensunterhalt als Tagelöhner verdiente. Doch er war ein Mörder. Torf-Christen erstach an einem Heiligabend den *Kesselflicker*. Er wurde uneingeschränkt freigesprochen, doch sein Lebtag lang nannte man seinen Namen nur hinter vorgehaltener Hand. An seinen Händen klebte Blut.

Der Kesselflicker war ein Dieb und Zuchthäusler, der in dieser Gegend zu Hause war. Von seinen Vergehen erzählt man sich noch heute. Es heißt, er habe zu dem *gemeinen* Gesindel gehört. Obwohl er also einer von der schlimmen Sorte war und die Menschen vor ihm Angst hatten, haftete seiner Berühmtheit doch auch etwas von der rauhen Wärme jener fernen Zeiten an. Man hatte seinen Spaß an ihm, er war ein Tausendsassa. Viele Male verging er sich aus reiner Lust und Laune, er steckte voller Streiche. Er scheint einer dieser verrückten Vögel gewesen zu sein, die letztlich vielleicht nichts anderes sind als verirrte und verpfuschte Begabungen. Über den Kesselflicker waren viele Geschichten im Umlauf. Seine Stärke bestand darin, aus dem Zuchthaus auszubrechen, er kam auf die unglaublichsten Einfälle, war einfach nicht zu halten. Die Überlieferung will wissen, daß er ungewöhnlich kleine Hände und Füße hatte und daß es dem Gefangenenwärter nie auffiel, daß der Kesselflicker die Ketten abstreifen konnte. Wie immer er es angestellt haben und auf welche neuen Tricks er dabei auch verfallen sein mochte, feststeht, daß er regelmäßig jedes Jahr hier in der Gegend frei herumlief. Seine Frau und Tochter wohnten nämlich in einer Bruchbude in der Sønderuper Heide. Nicht weit davon entfernt stand Torf-Christens Haus.

Obgleich ihre Lebensbedingungen annähernd gleich elend waren, bestand doch zwischen den beiden Familien eine tiefe soziale Kluft. Dazu kam ein jahrelang geschürter persönlicher Haß, der von dem Kesselflicker ausgegangen war. Und man kann ihn fast verstehen. Wenn er, der Jahr für Jahr unter unsäglichen Mühen aus Zuchthaus und Besserungsanstalt ausbrach und wie ein Waldtier, von Hunden gehetzt, zu den Seinen heimkehrte, sah er sofort durch die Fenster seines eigenen verachteten Hauses Torf-Christens armes, aber so unschuldiges kleines Heim! Dort wohnte also Torf-Christen, dieser bettelarme Apostel, der sich bis in alle Ewigkeit weigerte, mit jenen, die etwas besaßen, Streit zu suchen, der in seinem genügsamen und straffreien Lebenswandel nie irgendeinem zu nahe kam, der still für sich lebte und den nichts in seiner Geringschätzung gegenüber unredlichen Leuten erschüttern konnte. Um die Hütte herum tapsten Torf-Christens drei kleine Kinder wie Engel aus dem Reich Gottes, während sich ihr Vater auf seiner Heideparzelle krumm und bucklig schindete. Der Kesselflicker fand keine Ruhe vor lauter Sehnsucht, diesen hochsinnnigen Armen zu pichen und an seinen Schopf Feuer zu legen, um ihn in einen rauchenden Heiligen zu verwandeln. Jedesmal wenn er zu Hause war, suchte er Streit mit Torf-Christen, aber der besonnene Häusler kümmerte sich um seine eigenen Angelegenheiten und dachte nicht daran, sich in irgendeiner Weise mit dem Kesselflicker zu messen. Der Kesselflikker sehnte sich schließlich ebensosehr heim zu Torf-Christen wie zu seiner Familie – er haßte ihn und trachtete ihm nach dem Leben. Und es kam der Tag, an dem er sich nicht länger beherrschen konnte.

Es war an einem grauen, lichtverlassenen Abend vor Weihnachten, als ganz Sønderup bis in den letzten Winkel aufgeschreckt wurde. Eine halbe Eskadron von Randers-Dragonern preschte durch den Ort, wo keine Menschenseele etwas Böses ahnte. Die Dunkelheit wollte eben hereinbrechen, und ein schlichter, anheimelnder Weihnachtsfrieden begann sich auf das Dorf zu senken. Alle Laute waren nun so gedämpft, jeder Gedanke an eine Welt außerhalb war untergegangen, und gerade da fiel eine unübersehbare Schar blauer Berittener mit Helmen und kalten Pallaschen in den Ort ein! Eine Gischt aus Schneematsch und Schmutz spritzte auf. Wie eine entsetzliche Erscheinung galoppierten sie aus dem Winternebel herein. Alten Leuten fuhr der Schreck in die Glieder. Ihnen fiel ein anderes Weihnachten ein, als schon einmal Dragoner in Sønderup eingeritten waren. Das war nun schon viele Jahre her. Damals geschah folgendes:

Der Dorfschulze selbst und vier andere Männer gingen in die Heide hinaus, wo auch damals gemeines Gesindel lebte, ein Mann mit seiner Frau und ihren beiden Söhnen. Sie hatten seit langem nachts auf der Weide die Schafe geschoren und auf andere Weise die Gegend unsicher gemacht. Nun wollten die Sønderuper über Weihnachten Frieden vor ihnen haben. Deshalb drangen sie in die Hütte ein und streckten alle vier Bewohner mit Axthieben nieder. Aber das war ein Fehler, denn das ließ sich nicht als Notwehr auslegen. Alle fünf wurden sie dafür hingerichtet.

Doch schon bald wurde bekannt, weshalb die Dragoner diesmal gekommen waren. Der Kesselflicker war wieder ausgebrochen, und das unter schlimmeren Umständen als sonst. Er hatte nämlich dem Gefangenenwärter versehentlich einen Hieb versetzt, den dieser nicht überlebt hatte. Deshalb war es so wichtig, ihn wieder hinter Gitter zu bringen, und nun am Weihnachtsabend glaubte man, ihn im Schoß der Familie erwischen zu können.

Als sie auf die Heide hinauskamen, teilten sich die Dragoner, zogen sich im Karree um das Haus des Kesselflickers zusammen und konnten es schnell umzingeln. Doch er war nicht da. Sie durchsuchten und durchstöberten die Bruchbude bis unter den Dachfirst, sie verhörten Frau und Tochter, sie drehten jeden Strohhalm um, fanden den Kesselflicker aber nicht. Als sie unverrichteter Sache wieder abgezogen waren, kroch er aus einem Loch unter dem Lehmfußboden hervor, das gut über ihm zugestampft und mit Torfmull bedeckt gewesen war. Er war eben zu durchtrieben.

Zwei Stunden später läuteten die Kirchenglocken in Sønderup das heilige Weihnachtsfest ein. Es wurde so still, so hellhörig in der Dunkelheit. Nur die Glocke im Kirchturm hatte das Wort. Ihre grämliche Stimme drang hinaus in die Tauwetternacht, die den kleinen, eingeschüchterten Ort, der so einsam in dem weiten Land lag, einhüllte. Der Wind kam und ging, das Wasser sickerte und tropfte in den geronnenen Schnee der Straßengräben. Die Kirchenglocke sprach, bald müde, bald singend, bald mutlos, bald froh – ein Auf und Ab in der Stimmung, wie bei einem alten, erfahrenen Mann. Und schließlich schwieg sie mit dem gleichen nickenden Nachdruck, wie ihn ein sehr alter Mann seinen Worten verleiht. Der Nachthimmel klarte auf, die Sterne in dem tiefen Raum wurden angezündet, knisternd kühl und klein hingen sie da. Spröde Laute wurden über der Erde ausgesät, das Wasser sickerte stiller, zur Nacht hin kam Kälte auf. Dann schwieg auch der ängstliche Eislaut des Wassers, nur vereinzelte schwache Knirscher unterbrachen seinen Schlaf. Es fror, und der Frost hielt an.

Nun waren alle daheim und unter Dach und Fach. Nur ein Mann aus Sønderup, der aus dringenden Gründen unterwegs gewesen war, ging an diesem Abend über die Heide. Und zu seinem namenlosen Schrecken begegnete er dem Kesselflicker, der mit einer Teerkanne in der Hand daherkam.

»Guten Abend«, sagte der Kesselflicker, wie es schien in ausgezeichneter Stimmung. »Du brauchst keine Angst zu haben, lieber Knud, dir tu ich nichts. Ich will runter zu Torf-Christen und ihm Feuer ins Haar legen. Gott mit dir und ein frohes Fest!«

In Torf-Christens Stube hatte Weihnachten Einzug gehalten. Das tat sich in einer wachsenden Stille kund. Torf-Christens Frau traf Vorbereitungen, als erwarte sie fremden Besuch. Die drei Kinder mußten der Reihe nach eine qualvolle Minute vor dem dreibeinigen Waschgestell über sich ergehen lassen. Jeppe und Laurine, die beiden ältesten, ließen sich mit großer Willensstärke waschen, sie begriffen den tieferen Sinn des nahenden Heiligabends. Jeppe war fünf und Laurine vier Jahre alt, sie waren schon in vielen Dingen erfahren. Einmal waren sie in Sønderup gewesen, wo man sie Hand in Hand gesehen hatte. Dieser Ausflug war das bislang größte Ereignis ihres Lebens gewesen. Sie hatten sich die Pforte des Friedhofs und die anderen Mysterien des Ortes angesehen, einen großen, tiefen Garten, aus dem ein Baum mit dicken Birnen aufragte; sie hatten sich bei irgendeinem vornehmen Haus ein Gehege voll schnatternder Enten angesehen, und nachdem sie dann noch die Luft vor dem Tor des Pfarrhofs eingeatmet und ganz im Hintergrund einen Schimmer von den seltsamen Blumen in den blanken Fenstern erhascht hatten, waren sie wieder Hand in Hand aus dem Dorf gewandert und bei Einbruch der Dunkelheit zu Hause angekommen. Karen Marie dagegen war erst zwei Jahre alt und in jeder Beziehung zu klein. Deshalb weinte sie auch, als sie gewaschen wurde. Jeppe und Laurine waren ihr weit überlegen. Sie hatten Erfahrung mit der Welt da draußen, in der sie sich bewegt hatten; sie kannten die Pflanzen und Insekten der Heide, wußten, wozu Schilf und der blanke Samen des Riedgrases gut waren, und freuten sich an roten, runden Steinen und bunten Glasscherben. Sie pflückten die winzigen Zapfen des Gagelstrauches, und in ihrem Spiel waren das Kühe, sie formten aus dem Morast vor dem Haus Kuchen und ließen Späne in einer Pfütze segeln. Den lieben langen Sommer über spielten sie draußen in dem gewundenen Hohlweg, wo der feine schwarze Sand in den Radspuren wärmte und ihnen zwischen den kleinen Zehen hindurchlief. Nun hielt der Winter sie seit undenklicher Zeit eingesperrt. Sie hatten eine fröstelnde Hand zur Tür hinausstrecken dürfen, um nach der Dachtraufe zu greifen, sie hatten von dem bitteren Wasser probiert, das an den aufgetauten Fensterscheiben herablief. Die Schlafbank unterm Fenster war ihr Winterunterschlupf. Abends öffnete sie sich und nahm sie in ihren wohlbekannten und kuschligen Deckbettarm, den Tag verbrachten sie auf ihrem blankgewetzten Deckel. Ihre Spielsachen verwahrten sie auf dem Fensterbrett, Jeppes Schätze, Kostbarkeiten, die sie in der Erde gefunden hatten, wie schöne Steine und dergleichen, und Laurines Reichtümer aus leeren Garnrollen und Zichorienpapier. Karen Marie, die noch so klein war, besaß nichts.

Nachdem die Kinder gewaschen und gekämmt waren und ihre Feiertagsblusen angezogen hatten, deckte die Mutter den Tisch mit einem weißen Tuch, und sie mußten unsäglich artig sein, um ja nichts in Unordnung zu bringen. Der Brei, der heute ganz weiß war und aus einem feineren und kostbareren Getreide bestand als der tägliche Gerstenbrei, warf im Topf dicke Blasen und machte laut püh, als gäbe er sich die allergrößte Mühe, gut zu geraten. Und die Mutter war so schweigsam und sanft. Als Torf-Christen von der Arbeit kam und seine lange, gebeugte Gestalt unter die niedrige Stubendecke duckte, sah er seine drei Sprößlinge in einer Reihe auf der Schlafbank hinter dem weißgedeckten Tisch sitzen, unter dem drei Paar klitzekleine Holzschuhe hervorsahen – drei nach dem Abseifen glühende Festschönheiten, drei flachsfarbene Haarschöpfe in dem spärlich erleuchteten Raum.

Stille senkte sich über die Stube. Während das Essen kochte, wurden die drei Kleinen Zeuge, daß sich ihr Vater wusch, ja er wusch sich sogar den Kopf. Auch er litt für das Fest, weihte sich dem Unbeschreiblichen. Dann aßen sie, zuerst den feinen Brei und danach gebratenen Speck mit Kartoffeln. Ihnen war so wohl zumute. Irgendwo oben oder unten war etwas geschehen, was in jedermanns Leben eingriff, so daß es in allen Stuben, mochten sie auch noch so eng sein, hell wurde. Torf-Christen waren drei Kinder mit diamantklaren Augen geschenkt worden, von denen jedes ganz artig mit einem Stück fettriefendem Speck in den kleinen Händen dasaß. Die Stube wirkte anheimelnd. Die Mutter hielt hinter der geschlossenen Klappe des eisernen Ofens noch eine Überraschung bereit, sie hörten es dort drinnen sieden und brutzeln. Das Talglicht auf dem Tisch vergoldete die Stube, die so voll ehrbarem Frieden war.

Da wurde auf einmal eine der Fensterscheiben eingeschlagen. Die Scherben fielen Laurine ins Haar. Die Frau brach in ein Jammergeschrei aus. Torf-Christen blickte auf und sah in der zerbrochenen Scheibe das Blatt eines Torfspatens blinken. Er stand auf, hoch aufgerichtet und leichenbleich im stoppelbärtigen Gesicht, stand er da. Draußen hörte man die hohe, völlig alltäglich klingende Stimme des Kesselflickers: »Hol's der Teufel, nun wirst du gepicht, du heiliger Bonifatius ...«

Torf-Christen hatte sich vor langer Zeit einen Spieß

anfertigen lassen, weil der Kesselflicker gedroht hatte, ihn umzubringen. Den holte er nun vom Balken herunter und ging zur Tür.

Die Schlacht fand draußen in dem kleinen Vorraum statt. Dem Kesselflicker war es gelungen, die Flurtür zu öffnen, und nun drängte er herein, doch Torf-Christen zwang ihn mit dem Spieß wieder zur Tür hinaus. Der Kesselflicker überhäufte ihn mit einem wahren Hagel von Schimpfwörtern, kam aber nicht mit dem Torfspaten an ihn heran. Mehr geschah lange nicht. Doch dann hielt der kleine fixe Kesselflicker seine Chance für gekommen und schlug mit dem scharfen Spaten nach Christen. Das war bösartig gemeint, und Torf-Christen, der ein schwerfälliger und unbeholfener Mann war, entging diesem Hieb nur mit knapper Not und Mühe. Er hatte trotz allem nicht geglaubt, daß es dem Kesselflicker ernst sei. Ein Zittern befiel ihn.

»Hüte dich!« sagte er weinend. Und als es den Anschein hatte, daß der Kesselflicker abermals ausholen wollte, warnte er ihn bekümmert: »Hüte dich! Sonst stech ich dir in den Leib!«

»Das traust du dich nicht, du Prophet!« reizte ihn der Kesselflicker und warf ihm Grobheiten an den Kopf. Doch nun brannte ein seltsames Feuer in seinen Augen, und die Zunge gehorchte ihm nicht mehr recht. Plötzlich verstummte er, und statt Christen weiter unflätig zu verhöhnen und zu verspotten, schob er sich mit lauernd erhobenem Spaten von der Seite näher an ihn heran ... Und da spürte Torf-Christen, daß ihm der Kesselflicker gefährlich wurde. In seinem Hinterkopf begann es zu sausen, alles begann sich zu drehen. Der klare Frosthimmel draußen, die Tür, die von einer bösartigen Person mit blutunterlaufenen Augen belagert wurde, die Stube hinter ihm, die ein einziger Wirbel aus Entsetzen und Kindergeschrei war, das alles drehte sich, wallte in ihm auf. Und als sich der Kesselflicker mit der Grimasse eines Schlächters plötzlich rührte und vorsprang, verlagerte Torf-Christen sein schweres Körpergewicht nach vorn und stieß ihm den Spieß quer durch die Brust. Das heiße Herzblut des Kesselflickers spritzte nur so, lief den Schaft entlang und brannte auf Christens Händen. Nach kurzem, heftigem Todeskampf, bei dem er wie ein Schaf blökte, den Schaft mit den Händen umklammerte und auf dem Rücken liegend versuchte, auch mit den Füßen an das schneidende Eisen zu gelangen, starb der Kesselflicker.

Als es vorbei war, seufzte Christen und zwinkerte sich die Tränen aus den Augen. Nachdem er sich eine Weile bedacht hatte, schleppte er, bevor er zu den anderen hineinging, die Leiche ein Stück vom Haus weg. Eine Stunde später stand er vor der Tür des Dorfschulzen und stellte sich. Man brachte ihn in die Kreisstadt und warf ihn ins Gefängnis. Nachdem er verhört worden war, wurde er jedoch freigesprochen.

Die Siebenschläfer

Die jungen Burschen von Graabølle waren am Silversterabend unterwegs und zerschlugen nach altem Brauch Tongeschirr an den Haustüren. Sie waren schon an mehreren Stellen eingeladen und bewirtet worden, so daß sie vielleicht schon ein ganz klein wenig beschwipst waren, als sie auf den Einfall kamen, dem Bakhof einen Besuch abzustatten.

Mit den Leuten auf diesem Hof, der jenseits des Sees lag, hatten sie noch eine alte Rechnung zu begleichen. Im Vorjahr hatten sie denen dort oben einen Silvesterstreich gespielt und waren ganz niederträchtig behandelt worden. Es war aber auch ein grober Scherz gewesen, mit dem sie denen dort aufgewartet hatten. Gerade als die Bakhofbauern in der friedlichsten Festtagsstimmung beim Abendbrot, der süßen Rahmgrütze, saßen, wurde die Küchentür aufgerissen, und hereinflog ein riesengroßer Färbekessel voll trockner Asche. Er landete mitten auf dem Tisch, zersprang und wirbelte seinen Inhalt bis in den hintersten Winkel. Vor Entrüstung und Husten nahmen die Bakhofleute zuerst überhaupt nichts wahr, sie tasteten lange in dem Aschenebel umher. Als sie schließlich den Weg ins Freie fanden, hatten sie weiß Gott nicht die Absicht, die Burschen zu Umtrunk und Imbiß einzuladen. Nein, sie bewaffneten sich mit langen Peitschen und handfesten Knütteln und setzten den Graabøllern nach, die sich natürlich, kaum daß sie den Färbekessel hineingeschleudert, auch schon aus dem Staub gemacht hatten. Sie wurden von den Bakhofsöhnen, die schneller waren, als gedacht, unten am See eingeholt und so hart bedrängt, daß ihnen nichts weiter übrigblieb, als ein Stück ins Wasser hinauszuwaten. Nun trugen die Graabøller alle ihre hohen Lederstiefel oder langschäftige Holzschuhe, denn an einem Silvesterabend mußte man ja auf alles mögliche gefaßt sein. Die Bakhofsöhne hatten dagegen ihre Strickstrümpfe und Holzpantoffeln an, so daß sie nicht zu den Burschen draußen im See hinauswaten konnten. Doch dafür ließen sie sich, wie es ihrer Natur entsprach, *reichlich* Zeit, blieben ein paar geschlagene Stunden lang am Ufer stehen und warteten in aller Ruhe ab. Es war eine bitterlich kalte Nacht, fast Frostwetter, so daß die Burschen dort draußen, wo ihnen das Wasser bis hoch zu den Stiefelschäften reichte, fürchterlich froren.

Um sich die Zeit zu verkürzen und sich warm zu halten, verfielen die Bakhofsöhne darauf, mit ihren Peitschen und Knütteln aufs Wasser zu schlagen. Da der Wind vom Land kam, flogen die Spritzer bis zu den Burschen hinaus und machten sie naß. Darüber erbosten sie sich und schimpften. Doch statt mit ihnen Mitleid zu haben, holten die Bakhofsöhne Steine und Erdklumpen herbei, die sie, so weit sie konnten, hinauswarfen. Und nun wurden die armen Burschen bald naß bis auf die Haut und fingen an zu jammern. Die Bakhofsöhne hatten ja *so* viel Zeit, sie blieben einfach nur stehen. Da mußten die Burschen schließlich wohl oder übel um gut Wetter bitten, und während der Feiertage wurden sie dafür dann tüchtig ausgelacht.

Das sollte nun gerächt werden. In übermütiger Laune hatte einer der Burschen einen schändlichen Plan entworfen, an dessen Ausführung sie nun alle gingen. Und dabei lachten sie sich vor innerer Ausgelassenheit schief.

Doch um diesen Spaß zu verstehen, muß man mehr über den Bakhof und die Leute dort wissen. Es war ein sehr altes Gehöft, das einsam und allein auf der Anhöhe nördlich vom Graabøller See lag. Auch schon in früheren Zeiten hatte es etwas abseits gelegen, denn das alte Bauerndorf lag weiter westwärts. Inzwischen ist es bis auf Spuren von Fundamenten und Steinwällen, die verwilderte Gärten mit Hagebuttensträuchern und altem, verkrüppeltem Pflaumengestrüpp umgeben, verschwunden. Das jetzige Graabølle auf der östlichen Seite des Sees ist ein ganz modernes Dorf, das erst entstand, nachdem die Chaussee angelegt worden war. Die Leute oben vom Bakhof wollten den Besitz ihrer Väter nicht verlassen. Sie blieben auf dem uralten Siedlungsplatz wohnen und lebten weiter nach den alten Bräuchen, die die neue Zeit nicht mehr kannte. Die Bakhofbauern hatten stets einsam gelebt und fühlten sich weder von der Unruhe auf der neuen Landstraße noch von den vielen überspannten Ideen des modernen Graabølle verlockt. Im übrigen waren die Bakhofbauern sehr wohlhabend.

Die Schläfrigkeit und unbeschreibliche Langsamkeit der Leute vom Bakhof war schon fast sprichwörtlich. Wann immer sich eine Gelegenheit bot, schliefen sie auf dem Hof. Da es dort so viele Söhne und Töchter gab, hielt man sich kein Gesinde und brauchte sich deshalb auch keinen Zwang anzutun. War das ein Gähnen und ein Schneckentempo, wenn einmal etwas getan werden *mußte*! In den unter den Mützen hervorquellenden Haaren staken stets Strohhalme und Daunen, ständig fröstelten sie, so als wären sie unausgeschlafen, obgleich sie doch gerade von ihrem letzten Nickerchen kamen. Sie *krochen* geradezu über die Erde, so müde und schlaftrunken waren sie. Selbst wenn man sie stehend antraf und ansprach, blinzelten sie mit klitzekleinen Augen und kratzten sich an den Armen, als erwachten sie gerade und müßten sich besinnen, wo sie eigentlich waren. Wenn sie am Tisch saßen und aßen, hätte man ihnen mit dem Finger auf die Augen tippen können, und wenn sie am Tage pflügten oder eine andere unaufschiebbare Arbeit verrichteten, kam ihnen das sicherlich nur wie ein langer böser Traum oder ein Alpdruck vor. Im Sommer fand man manchmal den ganzen Hof wie ausgestorben vor, dann hatten sie sich, wo sie gerade gingen und standen, draußen im Sonnenschein hingeworfen, um sich während des Schlafens braten zu lassen. Dann lag der Mann der Länge nach an der Hausmauer und einer der Söhne in der Ecke beim Schleifstein, ein anderer oben auf einem Wagen, ein dritter quer auf der Schwelle zur Tenne, so als hätte er es nicht weiter geschafft – dort lagen sie also und schliefen. Und drinnen im Haus lagen die Frau und die Töchter und schliefen ebenfalls, während ihnen die Fliegen in Scharen auf den Augenlidern herumkrabbelten. Es hieß, daß die Kleider der Bakhofleute im Sommer nur auf der einen Seite ausbleichten, weil sie auf der anderen stets lagen. Da sie nie richtig wach waren, sahen sie mit den Jahren auch anders aus als andere Menschen. Der Bakhofbauer hatte hinter den Ohren große Gewächse, die an Hummerscheren erinnerten und ihm im Schlaf gewachsen waren. Auch die Frau hatte einen großen Grützbeutel auf der einen Wange. Während sie wie tot dalagen, wanderte nämlich das Fett an ihnen herum und setzte sich ab, wo es wollte. Die Söhne waren alle auffallend behaart, und das an Stellen, wo andere Leute keine Haare hatten – auf der Stirn und an den Ohren. Aber das soll ja Reichtum bedeuten, wenn es nicht gerade davon kommt, daß man daliegt und schläft und wie ein Feld, das nicht saubergehalten wird, mit Unkraut zuwuchert. Setzten sich diese großen starken Burschen in Bewegung, dann boten sie einen ganz merkwürdigen Anblick. Wenn sie zum Beispiel ein Pferd anspannen sollten, konnte das eine ganze Stunde dauern. War es dann endlich geschafft, hatten sie vielleicht vergessen, warum sie es eigentlich getan hatten. Dann spannten sie das Pferd wieder aus und legten sich erst einmal aufs Ohr. Bei Gewitter brachten sie es fertig, das Kinn auf einen Schaufelstiel zu stützen und im Stehen einzuschlafen. Sie hatten rundherum auf den Feldern ihre Schlupfwinkel, und wenn sie schläfrig wurden, suchten sie im nächstgelegenen Zuflucht.

Waren die Bakhofleute selbst schon so hinterwäldlerisch und schwerfällig, so waren Hof und Viehbestand nicht weniger veraltet. Die Gebäude waren von ausgesprochen vorsintflutlicher Art, mit lehmgestampften Wänden und einem bis zur Erde herabgezogenen Dach. Sie verwendeten noch Holzpflüge und ähnliche alte Geräte, die anderswo längst abgeschafft waren. In letzter Zeit hatten sie sich jedoch für die Heumahd statt der Sichel, die sie zur allergrößten Qual der steifen Körper bis dahin verwendet hatten, eine ordentliche Sense angeschafft. Aber es war ein Jammer, wie ungeschickt sie mit diesem neuen Mähgerät umgingen.

Das Vieh war ebenso überaltert und verkümmert wie alles andere auf dem Hof: kleine zottige Hornviecher ohne Milchleistung und ein paar jämmerliche Gäule mit Speichelfluß und allen nur möglichen Beinfehlern. Aber die Bakhofleute waren damit sehr zufrieden, denn die Lebensweise auf dem Hof paßte zu all dem. Sie waren nicht anspruchsvoll. In dem großen Kessel, der im offenen Schornstein an einem Haken hing, kochte die Hausfrau selten etwas anderes als grauen Roggenmehlbrei, jenes ewige Gericht, mit dem unsere Vorväter jahrhundertelang Diät gehalten haben, während sie in Armut und Knechtschaft auf der Stelle traten. Auf dem Bakhof war der Mehlbrei so dick und steif, daß ihn die Hausfrau an die Wand klatschte, von wo ihn die Männer dann abknabberten, wie man sich erzählt. Wer den Roggenmehlbrei (man sagte: Rrrongmehlbrrei) unserer Altvorderen gesehen hat, kann gut verstehen, weshalb sie so schläfrig waren und sich nicht nach dem nächsten Tag sehnten.

Der älteste Sohn hatte zwar im Dienst des Königs gestanden, aber wie es ihm da ergangen war, das war eine Geschichte für sich. Er hatte salzige Tränen geweint, als sie ihm bei der Musterung das Hemd auszogen. Vom Tag seiner Einberufung an war und blieb er untröstlich, bis sie ihn – bärenstark, wie er war – wegen unheilbarer Geistesabwesenheit und ständiger Tränenausbrüche ausmusterten. Nun warteten die anderen Söhne mit Zittern und Zagen, daß die Reihe an sie käme. Die Bakhofsöhne hatten nur ein einziges Mal das Lachen auf ihrer Seite gehabt, und das war am Silvesterabend des vergangenen Jahres gewesen, als sie geduldig am Ufer warteten, während die Graabøller Burschen draußen im See jämmerlich froren. Nun sollte das ernsthaft gerächt werden.

Als die Burschen auf der anderen Seite des Sees angelangt waren, sahen sie, daß auf dem Bakhof noch Licht brannte. Es war also noch zu früh, um mit ihrem Vorhaben zu beginnen. Sie kamen eben an einem abseits gelegenen Häuschen vorbei, wo Maren, eine alte Witwe, wohnte. Und um sich so lange die Zeit zu vertreiben, gaben sie ihr mit Rummelpötten und gespaltenen Federkielen ein Konzert. Die alte Frau war überglücklich, weil sich die jungen Leute an sie erinnerten. Sie trat vor die Tür, um sich zu bedanken, ihnen ebenfalls ein glückliches neues Jahr zu wünschen und sie hereinzubitten, wo sie es wenigstens warm hätten.

»Ach, ihr Bürschchen, ich hab ja rein gar nichts, womit ich euch bewirten kann!« bekannte Maren zerknirscht, als sie sie endlich in die kleine Stube genötigt hatte, wo auf dem Tisch die Spangenbibel mit der Brille obenauf lag. »Das ist doch eine unglaubliche Schande! Mir wär ja nie eingefallen, daß irgendwer daherkommen und einer einsamen Alten wie mir ein gutes neues Jahr wünschen könnte.«

»Nimm's dir nicht zu Herzen«, sagte der Anführer der Burschen. »Wir haben eine Flasche Branntwein mit. Aber … wenn du vielleicht einen Krümel Hefe hättest?«

»Hefe? Ihr wollt doch nicht etwa Hefe zu eurem Branntwein essen?«

»Nein, bestimmt nicht, Maren. Aber wir brauchen ein bißchen Hefe, am besten so richtig weiche, die auch klebt.«

»Nein, diese Menschen!« rief Maren triumphierend. »Ihr habt aber einen schlimmen Schabernack vor, Gott segne euch! Wenn ich Hefe hab, sollt ihr welche kriegen! Aber *was* wollt ihr denn kleben, und über wen soll's denn hergehen?«

Das wollten die Burschen nicht sagen. Vor lauter Geheimniskrämerei machten sie feierliche Gesichter. Die alte Maren fand tatsächlich noch einen Rest Hefe in einer Schüssel, es war gar keine kleine Portion. Aber sie war trocken und die Kruste rissig.

»Ich kann ja Wasser draufgießen und sie ein bißchen anwärmen«, schlug Maren, strahlend vor Eifer, vor. Das sei eine ganz ausgezeichnete Idee. Und während die Hefe auf dem eisernen Ofen aufgeweicht wurde, genehmigten sich die Burschen einen Schluck aus der Flasche und stopften sich ihre Pfeifen.

»Ich weiß ja nicht, ob der Kaufmann noch auf hat ...«, sagte plötzlich der Bursche, der das ganze Unternehmen leitete. Er saß tief in Gedanken versunken da.

»Ach wo«, erklärte Maren, »der hat schon *lange* geschlossen.«

Der Bursche grübelte und schlug sich mit Zweifeln herum.

»Wir brauchen ein bißchen Papier. Du hast wohl nicht zufällig welches, Maren?«

»Wieviel braucht ihr denn? Oh, ihr gräßlichen, gräßlichen Menschen! Ich glaub, ich kann euch helfen.«

»Wir brauchen viel. Aber nicht, weil wir was schreiben wollen.«

»Seht mal, was ich hab!« rief Maren eifrig und holte aus einem Schubfach einen ganzen Stapel Papier hervor. Es waren alte Umschläge von Streichholzpaketen, Papiertüten, sorgfältig aufgeschnitten und geglättet, und leere Seiten aus Schönschriftheften, und Maren opferte das Ganze, Feuer und Flamme für irgendwelche Narrenstreiche, in die sie nicht eingeweiht werden durfte. Das Papier wurde untersucht und für brauchbar befunden. Man glaubte auch, daß es ausreichen könnte. Doch man hielt es für das beste, die einzelnen Stücke zu größeren Flächen zusammenzukleben, und als die Hefe weich war, wurde das mit großer Gründlichkeit getan. Maren stand dabei und schaute höchst interessiert zu, und als sie sah, wie groß die Stücke sein sollten, begriff sie plötzlich, wozu sie verwendet werden sollten. Sie verriet sich jedoch mit keinem Wort, dazu wußte sie einen Jux nur allzusehr zu schätzen, doch vor unterdrücktem Lachen kroch sie gleichsam ganz in sich zusammen. In ihrem Innern rasselte es, und die zahnlosen Gaumen schlugen aufeinander, so sehr hatte sie ihren Spaß an dem Ganzen. Und da sie sich Luft verschaffen *mußte*, verriet sie trotzdem nicht, was sie erraten hatte, sondern ließ sich wonnevoll juchzend auf einen Stuhl fallen.

Endlich waren die Burschen fertig, und einer, der draußen war, um zu sehen, ob auf dem Bakhof die Lichter erloschen wären, kam stumm nickend wieder herein. Sie wünschten der alten Maren, die sie stillschweigend zur Tür begleitete, bedeutungsvoll eine gute Nacht und bedankten sich bei ihr. Doch als die Burschen ein Stückchen vom Haus entfernt waren, hörten sie, wie die alte einsame Frau die Tür schloß und dabei vor Wonne hellauf kreischte.

Als die Burschen zum Bakhof hinaufkamen, war dort alles dunkel und still. Nun schliefen die da drinnen wie die Murmeltiere. Ein Kanonenschuß war das mindeste, was sie hätte wecken können. Nichtsdestoweniger gingen die Burschen mit der größten Vorsicht zu Werke. Sie ließen sich reichlich Zeit, nahmen sich eine ganze Stunde für ihre Schandtat, sämtliche Scheiben des Hauses mit Papier zu verkleben. In dem alten Wohngebäude gab es nicht mehr oder größere Fenster, als sie bewältigen konnten, nur zwei schmale Fenster zum Hofplatz und ein paar Gucklöcher zum Gemüsegarten hinaus. Die jungen Leute ließen auch nicht einen einzigen Spalt frei, durch den das Licht hätte eindringen können. Bis hin zu den Schlüssellöchern in den Türen dichteten sie jede erdenkliche Öffnung ab, und als das getan war, schlichen sie sich wieder ganz still davon, sie keuchten vor unterdrücktem Lachen.

Am Silvesterabend waren die Bakhofleute später als sonst zur Ruhe gegangen. Es fiel ihnen deshalb nicht schwer, ohne jede Unterbrechung bis weit in den Neujahrstag hineinzuschlafen, was sie sowieso getan hätten. Als sie aber einer nach dem andern gegen Nachmittag aufwachten und das Gefühl hatten, ausgeschlafen zu haben, war es um sie herum so dunkel wie ein Grab. Deshalb standen sie auch nicht auf, sondern schliefen einfach weiter, höchst verwundert drüber, mitten in der Nacht wach geworden zu sein. Der ganze Neujahrstag verging, doch als es Abend wurde, wachte der Bakhofbauer abermals auf und hatte den Eindruck, länger geschlafen zu haben als üblich. Deshalb kroch er aus dem Bett und ging zur Tür, um nachzusehen, ob es denn nicht bald Tag werden wollte. Nun *war* es ja draußen inzwischen wieder dunkel geworden, eine richtige dichte Winterfinsternis, die einem direkt vor den Augäpfeln steht. Da begriff der Mann, daß er sich geirrt haben mußte, und kroch wieder ins Bett. Einer der Söhne schob die Tür des Alkovenbettes auf und fragte gähnend, wie spät es sei. Der Alte tastete nach den Zeigern, es war gegen sieben Uhr. Um diese Stunde kann es im Winter ja sowohl morgens als auch abends dunkel sein.

»Ist es noch nicht später?« klagte der Sohn. »Ich bin hellwach. Ich fürchte, ich bin krank. Ich lieg schon so lange wach. In meinem Magen zieht es, als ob ich hungrig wär.«

»Hm«, machte der Alte tröstend, »leg dich wieder schlafen und stör uns andere nicht. Wenn du krank bist, dann kümmern wir uns um dich, sobald es Tag wird.«

Damit kroch der Bakhofbauer wieder ins Bett. Um die Wahrheit zu sagen, er verspürte ebenfalls einen sehr großen Appetit. Aber das mußte wohl Einbildung sein. Als der Mann zurückkam, lag die Frau wach und gähnte, daß es wie ein Winseln klang, aber sie sagte nichts. Gleich darauf schlief wieder das ganze Haus.

Nun traf es sich, daß *Donnerkalb*, dieses alte Original, in der Silvesternacht auf dem Bakhof übernachtete. Er war es gewohnt, dort einzukehren, denn ihn zog es auf altväterliche Anwesen, und der Bakhofbauer nahm ihn stets gastlich auf. Donnerkalb war am Abend gekommen und hatte, nachdem er zur Nacht gegessen und sich mit einem Lied dafür bedankt hatte, einen Platz auf der Schlafbank zugewiesen bekommen. Er schlief treu und brav im Verein mit den anderen. Als der Bakhofbauer auf war und die Uhr abtastete, hörte er, wie sich der Alte im Schlaf umdrehte und dumpf vor sich hin brummelte. Doch als das Haus wieder still war, schlief auch er, ohne sich zu mucksen, mit den anderen weiter.

Nun wäre es ja zuviel verlangt gewesen, wenn sich auch das Vieh den ganzen Tag über hätte ruhig verhalten sollen. Doch dafür war gesorgt worden. Wenn schon Schabernack getrieben werden sollte, dann auch gründlich. Und die Graabøller Burschen hatten am Neujahrstag Ausschau gehalten und gesehen, daß oben auf dem Hof kein Rauch aus dem Schornstein stieg. Ihr Streich hatte also Erfolg gehabt. Ein paar von ihnen waren so umsichtig, zum Hof hinaufzugehen und in aller Vorsicht das Vieh zu füttern, damit es vorerst keinen Lärm machte.

Die Bakhofleute schliefen auch die zweite Nacht durch, ohne sich viel hin und her zu wälzen. Doch als sie abermals aufwachten, waren sie sowohl ausgeruht als auch hungrig. Der Alte war aufgestanden, um die Zeiger zu befühlen, nun war es acht Uhr – diesmal ganz richtig morgens. Sie nahmen aber an, daß seit ihrem letzten Aufwachen erst eine Stunde vergangen wäre.

Die Söhne waren vom vielen Schlafen ganz unbändig geworden, sie miauten vor Mutwillen in den höchsten Tönen und fingen an, in dem stockfinsteren Alkoven ohne irgendeinen Grund zu lachen und sich die Zeit zu vertreiben. In dem anderen Alkoven strampelten die Töchter in den Bettdecken herum und blökten wie junge Färsen. Auch in Donnerkalb war Leben gekommen, man hörte, daß er sich auf der Schlafbank wie ein großer zottiger Troll drehte und wälzte. Und er hatte zu summen begonnen. Erst noch leise für sich selbst, aber dann immer lauter und geselliger. Hin und wieder schmatzte und schnalzte er vor Wohlbehagen mit der Zunge. Doch er stand immer noch unter dem Einfluß der Nacht und wollte nicht reden, obgleich ihn die Bakhofsöhne durch Zurufe ermunterten und ihn baten zu singen. Die langen Kerle wurden im Dunkeln immer dreister und hatten viele lockere Einfälle, die zum Lachen reizten.

»Wollt ihr wohl still sein!« befahl ihnen der Bakhofbauer durch die Schlafkammertür. »Was sind denn das für Mätzchen am hochheiligen Neujahrsmorgen!«

Sie schwiegen gehorsam. Aber kurze Zeit später vergaß sich der Hausherr selbst und stieß seine Frau an, die hellwach neben ihm lag.

»Ich hab Hunger und Durst ...«

Diese Worte weckten laute Zustimmung in den Alkoven.

Aber die Frau war eine ernste Natur und glaubte, ihre Familie sei übergeschnappt. »Wollt ihr wohl den Mund halten!«

Gleich darauf fuhr sie entsetzt im Bett hoch, weil sie im Alkoven der Söhne unterdrückte Eßgeräusche gehört hatte. *Sollte* es wirklich möglich sein, daß sich die Burschen an den streng gehüteten Mettwürsten und geräucherten Lammkeulen vergriffen hatten, die über den Betten vom Deckenbalken herabhingen? Sie hatte sich nicht geirrt.

»Schämt euch!« rief sie gekränkt und erzürnt. »Was nehmt ihr euch raus! Liegt da und nagt die Schinken an! Pfui!«

Im Alkoven breitete sich schamvolle Stille aus. Doch die Frau blieb sitzen und bedachte sich. Sie hatte selbst so ein merkwürdig leeres, ziehendes Gefühl im Magen. Und wenn der Mann es auch sagte ... Was sollte schon Böses daran sein, noch vor dem Frühstück einen Happen im Bett zu essen? Es war ja doch Feiertag. Nach kurzer Beratung mit dem Mann stand sie auf und tastete sich in die Küche hinaus, wo sie ein gut Teil Kuchen und Brot zusammensuchte. Sie zündete kein Licht an, denn sie war es gewohnt, sich dort draußen im Dunkeln zu bewegen. Dann zapfte sie einen großen Krug voller Weihnachtsbier und kam mit den Sachen herein. Wie sie da alle zulangten! Und während sie in den Betten lagen und aßen und tranken, wurde die Unterhaltung ungemein lebhaft. Das war ein Schwatzen und eine Heiterkeit wie nie zuvor in einer Morgenstunde! Sie waren alle erstaunt, wie lang die Silvesternacht gewesen war, und tauschten sich darüber aus. Sie vergaßen auch nicht, sich gegenseitig ein frohes neues Jahr zu wünschen. Keiner wurde von dem, was er bekommen hatte, satt, und die Mutter gestattete es einem jeden, in die Speisekammer hinauszugehen und sich selbst zu holen, was er wollte. Das gab ein Hin- und Herschleichen auf nackten Sohlen! Alle kamen sie mit dicken Scheiben Brot und Käse und Fleisch zurück, die sie im Bett verzehrten. Die Wärme in der Stube war ganz und gar verflogen, so daß sie gottsjämmerlich froren. Eine der Töchter übernahm es, hinauszugehen und den Ofen zu heizen, aber solange es so kalt war, hielten es alle für unmenschlich aufzustehen. Und da sie nun alle so gut gegessen und getrunken hatten und es noch lange dauern konnte, bevor es in der Stube warm wurde, legte sich einer nach dem andern zu einem kleinen Nickerchen hin, das bis zum Abend dauerte.

Doch als sie in der dritten Nacht aufwachten, da *konnten* sie nicht mehr schlafen. Die Söhne gingen hinaus und standen in der offenen Tür und hielten in Kälte und Dunkelheit nach einem Tageszeichen Ausschau. Alle meinten sie, noch nie eine so lange und endlose Nacht erlebt zu haben. Der Bauer zog sich etwas an und ging hinaus, um das Vieh zu füttern. Die Kühe lagen da und käuten wider und machten einen so zufriedenen Eindruck, als hätten sie gerade aus der Krippe gefressen. Auch die Pferde waren ruhig und satt. Aber der Inhalt der Häckselkiste war auffällig geschrumpft. Die Gedanken, die ihm bei dieser Feststellung durch den Kopf gingen, behielt er jedoch für sich, denn hier hatte der Hausgeist ein Lebenszeichen von sich gegeben, und über so etwas spricht man nicht.

Da es Nacht war und blieb, konnten sie nichts weiter tun, als wieder hineinzugehen und sich ins Bett zu legen. Die Söhne waren putzmunter und baten darum, daß Licht angezündet wurde. Sie wollten im Bett Karten spielen, diese Heiden, doch den Wunsch schlug ihnen die Mutter ab. Wozu sollten sie Licht brennen, wenn es keinen ernsthaften Grund dafür gab?

Die Söhne konnten sich nun nicht mehr länger ruhig verhalten. Sie steckten so voller Mutwillen. Mit großen, hellwachen Augen lagen sie in der rußschwarzen Dunkelheit. Einer begann mit wilder Todesverachtung laut und unverhohlen zu furzen, die andern nahmen nun all ihre Kraft zusammen und sekundierten ihm jeder mit einem Donnerschlag, worauf sie alle in Lachkrämpfe fielen. Die Alten warfen ihnen ihre Ungezogenheit vor, mußten aber selber lachen, und die Töchter verkrochen sich unter ihre Bettdecken, von wo aus sich ihr Lachen so anhörte, als käme es tief aus der Erde. Die finstere Stube hallte von einem Gelächter wider, das sich nicht zurückhalten ließ, einer richtig sinnlosen Lustigkeit, die nach der Ruhe wie ein Aufblühen von Gesundheit wirkte. Sie lachten und kicherten, sie gackerten und wälzten sich in den Betten, ohne von den gewaltigen Kräften Gebrauch machen zu können, die sich in ihnen angestaut hatten. Die Söhne begannen unter ungeheuren Lachsalven wie Schuljungen miteinander zu ringen. Die Mädchen kitzelten einander, bis sie wie Schweine quiekten, die im Frühling im Freien galoppierten. Bei all dem wurden sie durstig, schütteten Festtagsbier in sich hinein und ersannen neue Späße, um sich die furchtbar lange Nacht zu vertreiben.

Donnerkalb mußte ebenfalls herhalten, doch nun war er auch mehr als willig, sich an der Ausgelassenheit zu beteiligen. Er sang zuerst ein Lied, und das war eine seiner feinsten Nummern, die er sonst nur für einen »Irrschilling« oder eine große Tüte mit Ausgekratztem aus Pfeifenköpfen zum besten gab. Es war ein deftiges und schlüpfriges Lied, das sich dafür eignete, im Dunkeln gesungen zu werden. Es fand auch Anklang, fast zuviel Anklang. Die Söhne wieherten, daß man sein eigenes Wort nicht verstand.

Dann gab Donnerkalb »Rätsel« auf, und die waren gut. Sie waren so, daß die Lösung nahelag, ohne daß es sich aber jemand *gewagt* hätte, sie auszusprechen. Der alte Krüppel war in ausgezeichneter Laune. Er lag rücklings auf der Schlafbank und ruderte im Dunkeln mit seinen langen Armen, während er ununterbrochen die unsäglichsten Dinge erzählte, ohne selbst jemals zu lachen. Er erzählte so gut, und seine tiefe Stimme hatte gleichsam einen morastigen Klang, als stampfte man auf federndem Wiesenboden. Der Buckel wirkte bei den Baßtönen wie ein Resonanzboden, und die Zunge gluckste und blubberte so weich in dem alten, zahnlosen und zottigen Mund – wie ein Quell auf dem Boden klarer, samtschwarzer Torfgräben.

Doch Donnerkalb merkte schon bald, daß die Gaben des Geistes hier vertan waren, kein einziger hörte vor Lachen und Klamauk zu. Da schwieg er und fauchte lange wie ein Blasebalg, der Luft abläßt, während der Schmied zum Schlag ansetzt. Hier war ein derberer Spaß gefragt als der, der sich in Worte fassen läßt, und Donnerkalb lag lange und dachte sich ihn aus, während die anderen in den Betten herumtollten und ihn schließlich vergaßen. Niemand sann darüber nach, was der Alte wohl im Dunkeln herumschlich oder was er wohl trieb, bis sie ihn plötzlich wie einen Bock knurren und auf das zärtlichste küssen hörten. Donnerkalb, dessen Hände überall waren, hatte in einem Loch unter der Dachtraufe einen Spatz aufgestöbert und ihn zwischen seinen großen Händen eingesperrt. Und während er ihn fortwährend küßte und ganz gerührt tat, machte er hinterlistig einen langen Schritt über den Fußboden und steckte ihn in das Alkovenbett der Mädchen.

Der Spatz flatterte, und die Mädchen schrien in Todesangst auf. Plötzlich fühlten sie, wie etwas auf die Bettdecke sprang. Es war die Katze, die lebhaft geworden und im Dunkeln hochgesprungen war. Und nun kam es im Bett zur Spatzenjagd! Die Mädchen schrien und sanken in Ohnmacht und erwachten wieder zum Leben und lachten. Der Spatz surrte in dem grabesdunklen Alkovenbett wie ein Brummkreisel von einer Ecke in die andere, und die Katze hinterdrein. Mit immer neuen Sätzen sprang sie gegen die Bettwände, alle zehn Krallen herausgestreckt. Schließlich fingen die Mädchen die Katze und krempelten sie aus purem Mutwillen fast um. Sie zwängten sie im Dunkeln unter die Bettdecke und legten sich darauf und liebkosten sie so ungestüm, daß Miez in weißglühende Raserei geriet und wie ein Pulverfaß fauchte und sprühte. Da starben sie allesamt fast vor Lachen. Sie heulten in einem fort aus vollem Halse, füllten die Lungen aufs neue und setzten den Ton noch einen Strich höher. Sie *schrien* zuletzt vor Wonne wie in äußerstem Schmerz. Und inzwischen hatte sich Donnerkalb wieder verkrochen und lag da und bereicherte dieses Konzert um die tiefsten und wärmsten Vogeltöne. Er rief wie ein Kuckuck, der sich an einem tauigen Maienabend im Laub versteckt und sein eigenes weiches Echo nachahmt. Er rief sein Kuckuck so süß und sanft, daß er schließlich in einem Nebel versank und schweigen mußte wie die Nacht, die sich nun herabsenkte. Und dann erwachte er zu neuen langen, flötenden Tönen, die von Morgenschläfrigkeit und erster Sonnenwärme erfüllt waren. Er flötete, lockte und gaukelte, während er ständig mit den langen Trollarmen im Dunkeln herumfuchtelte. Nun fiel ihm seine Jugend ein, nun quoll es in dem alten Erlenknorren. Er verlor sich im sausenden und brausenden Nachklang *jenes* großen verlorenen Frühlings, der in seinem Herzen bewahrt war. Schließlich verstummte er und lag witternd im Dunkeln und vergaß alles und alle um sich her.

Als die andern den Jux mit dem Spatzen endlich ausgekostet hatten, ersannen sie neue Späße. Sie brauchten keinen großen Vorwand, um zu lachen, denn sie hatten sich nie in Lustigkeit geübt. Sie waren dankbar für jede auch noch so grobe oder platte Äußerung von Lebensfreude, die sie sich verschaffen konnten. Einer der Söhne kam auf die Idee, wie ein Verrückter zu heulen und zu jaulen und fand darin einen unbekannten, tiefen Genuß. Wahrscheinlich bestand die haarfeine Pointe in dem Gefühl, daß er sich so benehmen konnte, ohne in Wirklichkeit von Sinnen zu sein. Der jüngste Sohn zeigte auf andere Weise die gleiche Findigkeit. Er stieg auf den nackten Fußboden hinunter und spielte Invalide. Mit einer Schnur band er sich das Bein hoch und humpelte im Dunkeln umher, ganz still und allein in dem Glück, das er dabei empfand. Der Bakhofbauer lag im Bett und erzählte großartige Geschichten von Betrügereien beim Viehhandel, die sich keine Menschenseele anhörte, die ihm aber selbst bis ins Mark hinein wohltaten. Sein Lebtag lang hatte er das größte Vergnügen daran gehabt, all diese dunklen Geschäfte zu *verschweigen* und zu vertuschen, doch nun fühlte er zum ersten Mal die Süße, sein allerfinsterstes und garstigstes Inneres zu öffnen.

Die einzige, die nicht an dieser Orgie teilnahm, war die Bakhofbäuerin, denn es liegt nun einmal über oder unter der Würde der Hausfrau, sich in die Stimmungen der Familie einzumischen. Doch sie merkte sich dieses und jenes. Sie wunderte sich. Eine solche Nacht hatte sie noch nie erlebt. Sie kannte den Bakhofbauern nicht wieder und begriff ihre Kinder nicht; sie *taten* alle, was sie wollten. Nie hatte sie gehört, daß Menschen auch ihren Spaß haben sollen. Aber hier gaben sie sich doch tatsächlich zügellos dem Vergnügen hin, und es war deutlich, daß sie es in vollen Zügen genossen. Es kleidete sie nur nicht, denn sie hatten sich nie zuvor darin versucht. Und deshalb liefen sie gleichsam verkehrt herum oder sprangen falsch wie Bälle, die unrund sind. Die Bakhofbäuerin war nicht froh. Sie ahnte, daß hier ihre Macht auf dem Spiel stand. Dann muß man ja schweigen und aus dem Schimpf lernen, um dann später im Alltag allmählich wieder die Oberhand zu gewinnen. Sie sah voraus, daß sie bald nachts sehr viel weinen müßte, bevor sie den Bakhofbauern wieder von den Zinnen der Sorglosigkeit heruntergeholt haben würde.

Doch an die Schweigsamen denkt man immer zuletzt. Alle waren im siebenten Himmel.

Die Bakhofleute lachten und tollten auch noch den Rest der Nacht hindurch. Sie gingen in das neue Jahr mit dem Lebensmut einer anderen Welt und einer angestauten Asenkraft, die Berge versetzen konnte.

An diesem Neujahrsmorgen war *Holger Danske* wirklich erwacht.

Sie hatten aber dennoch das Gefühl, ziemlich spät aufgewacht zu sein. Als sie sich im Laufe des Vormittags endlich angezogen und unten bei der Kirche eingefunden hatten, ohne dort einen einzigen Menschen zu erblicken, beschlich sie die Ahnung, daß sie hinter ihrer Zeit zurückgeblieben waren. Die Kirche war verschlossen und verriegelt, und sie konnten es nicht begreifen. Ein Bursche aus Graabølle tauchte auf, ein beispiellos beflissener Mensch, der ihnen erzählte, daß kein Gottesdienst stattfinde, weil es schon der dritte und nicht, wie sie wohl sicherlich glaubten, der erste Tag des neuen Jahres sei. Derselbe Bursche klärte sie auch darüber auf, daß man unten in Graabølle sehr verwundert gewesen sei, weil man zwei Tage lang keinen Rauch aus dem Schornstein des Bakhofes habe aufsteigen sehen. Er schien Lust zu haben, sie noch über vieles andere aufzuklären, doch die Bakhofleute sagten, sie müßten nach Hause. Sie konnten das Gesicht des Burschen nicht ausstehen, wagten es nicht, ihn anzusehen. Sie verabschiedeten sich hastig und eilten sehr verstimmt nach Hause. Es muß sich wohl auch alles in einem drehen, wenn man entdeckt, daß die Zeit, in der man lebt und die man für funkelnagelneu hält, längst von allen andern verschlissen ist. Das Lachen war ihnen nun vergangen. Sie fanden es nicht sehr höflich von dem Burschen, daß er in ein Gelächter ausbrach, kaum daß sie ihm den Rücken gewandt hatten.

Zu Hause angekommen, untersuchten sie die Fensterscheiben, fanden aber weiter nichts Verdächtiges daran als ein paar schwache Hefe- und Papierspuren. Die Scheiben waren schon am Morgen klar gewesen. Die Graaboller Burschen hatten nämlich in der Nacht zum dritten Tag des neuen Jahres das Papier entfernt. Als man auch am zweiten Tag auf dem Hof kein Lebenszeichen bemerkt hatte, waren ihnen fast Bedenken gekommen. Angenommen, die Menschen schliefen sich da drinnen zu Tode! Am Abend waren sie dann hinaufgeschlichen, um die Lage zu erkunden. Doch da hatten sie gehört, wie die Familie dort im Dunkeln jubilierte und brüllte, als fände ein großes Gelage statt, und im Schutze des tosenden Festlärms hatten sie dann das Papier aufgeweicht und von den Fensterscheiben abgelöst.

Für den Rest der Feiertage zeigten sich die Bakhofleute nicht mehr außerhalb ihres Hofes. Sie saßen an den stillen Frostabenden zu Hause und hörten das dröhnende Gelächter unten aus Graabølle über den See hallen.

Der Goldgräber

Bei Anders Eriksen, dem Tischler des Dorfes, hing viele Jahre ein Paar seltsame Gummistiefel. Sie waren weder zusammengepflöckt noch zusammengenäht, sondern in einem Stück gearbeitet. Sie waren so lang, daß sie einem Mann bis zur Hüfte reichten. Es waren Goldgräberstiefel.

Tischler Anders benutzte sie nicht, und wenn seine Jungen ab und zu einmal mit ihnen im Teich herumwateten, durften sie das immer nur wenige Minuten tun, denn der Dorfarzt hatte erklärt, daß die Füße in derartigen Stiefeln nicht »atmen« könnten. Naja, sie rochen ja auch nach Gift oder Medizin, und wenn das Wasser die weichen Schäfte zusammenpreßte, konnte man deutlich spüren, daß die Beine abzusterben begannen. Vor diesen Stiefeln hatte man großen Respekt. Leute, die in die Werkstatt von Tischler Anders kamen und sie an der Wand hängen sahen, ließen wohl hin und wieder einen vagen Gedanken in die verrückte Welt hinausschweifen, in jene fernen Regionen, in denen man Gold gräbt und von denen sich ordentliche Leute fernhalten. Und dann konnten sie mit gottesfürchtiger Neugierde nach *Lavst Eriksen* fragen, dem Vater von Tischler Anders, wo er sich nun befinde, ob der Sohn etwas von ihm gehört habe und ob er ihn nicht bald beerben werde ...

Jedesmal wenn jemand fragte, schüttelte Tischler Anders den Kopf. Da vergaß man Lavst Eriksen, und man vergaß die Stiefel. Sie hingen im Spinnennetz unter der Decke und verrotteten.

Tischler Anders lernte seinen Vater kennen, er *bekam* ihn, wie sich Leute mit Humor ausdrückten, in seinem neunundzwanzigsten Lebensjahr. Vorher hatte er ihn niemals gesehen. Die Mutter von Anders starb, als er noch ein kleiner Junge war, und da war der Vater bereits weg Als Anders in die Schule ging, machten sich kleine Wichtigtuer ein Vergnügen daraus, ihn mit der Erzählung zu quälen, daß er einen Vater gehabt habe, der Lavst hieß, der aber die Mutter und ihn und alles andere im Stich gelassen habe. Und seit er erwachsen war und mit Hilfe wohlmeinender Menschen ein Handwerk erlernt hatte, war es ihm zur Gewohnheit geworden, die Dankesschuld abzuzahlen, indem er immer willig zuhörte, wenn mitfühlende Menschen über seinen Vater, diesen Schlingel, sprachen, der sich nach Amerika verdrückt habe. Anders war ein schweigsamer, argloser Bursche. Er war lang und hager, war so in die Länge gezogen wie seine Dankbarkeit, er war bleichgesichtig und schmalbrüstig und tat niemandem etwas zuleide. Als Soldat hatte man ihn nicht gebrauchen können. Nun zimmerte er Särge, um sich in allertiefster Stille zu rächen. Er war fruchtbar und zeugte jährlich ein Kind mit einem Frauenzimmer, das kein anderer hätte anrühren mögen.

Lavst Eriksen war seinerzeit auf ähnliche Weise zustande gekommen. Er wurde Hütejunge, Jungknecht, Knecht, ging seine eigenen Wege und bekam Körperkräfte durchs Dienen. Dann verführte er in einer unseligen Stunde ein Mädchen und blieb an ihr hängen. Ein Unglück kommt selten allein; Lavst »liebte« das Mädchen, das heißt, er nahm sein Vergnügen ernst und war bereit, die Folgen seiner Sünde auf sich zu nehmen. Das aber ist hochmütig und wird von den Frömmelnden, die die Forderung stellen, daß alle gleich schofel sein sollen, nicht vergeben. Lavst zeigte, daß er Gefühl besaß, und wurde deshalb aus seiner Kaste verstoßen.

Ein solcher Mann muß ganz von vorn anfangen. Und wie die Verhältnisse zu Lavsts Zeiten waren, wurde er auf *die Heide* verwiesen. Für die hundert Reichstaler, die sich Lavst zusammengedient hatte, kaufte er eine Heideparzelle, und eines Sonntags sah man ihn und seine dickbäuchige Liebste auf dem »Landsitz« herumtollen, wie feine Leute, die einen Sonntagsspaziergang machen. Die beiden suchten eine Stelle zum Bauen aus. Zum Ärger der Leute von Graabølle wählten sie den höchsten Punkt auf einem Heidehügel mit *Aussicht*, als hätte es ihnen nicht besser angestanden, sich in einer der nassen Niederungen zu verkriechen, wo arme Leute mit Schamgefühl ihre Hütten errichteten. Im Laufe des Winters stapelte Lavst auf dem höchsten Punkt der Anhöhe Steine und alles mögliche alte Holz aufeinander, und im Frühjahr begann er eigenhändig mit dem Bauen. Es wurde halb ein Erdhaus, indem er die Stube in die Erde grub, sie mit Findlingen umgab und Heide über sie deckte. Er war so geschmacklos, neben dieses Schloß eine Fahnenstange zu setzen! Er hatte sie auf einer Auktion gekauft und sie weiß mit roten Spiralstreifen angestrichen. An jedem Tag, als die beiden jungen Leute dort einzogen, wehte von ihrer Spitze eine kleine Fahne, mitten auf der öden Heide. Dafür sollten sie büßen.

Vor Lavst und Mette Kirstine stand nun die Aufgabe, das Heidegrundstück in zwanzig- bis dreißigjähriger Arbeit allein durch die Kraft ihrer Hände zu kultivieren. Was sie erreichen *konnten*, war eine Wohnstätte mit zwei Kühen und anderthalb Dutzend Schafen als *schuldfreiem* Besitz. Aber das lag, wie gesagt, noch ein Menschenalter weiter in der Zukunft. Vorläufig hatten sie nicht einmal eine Katze in der Hütte. Lavst ging auf Arbeit und diente in Graabølle als Tagelöhner – das war gerade genug, um nicht zu verhungern. In seiner Freizeit begann er mit seiner Herkulesarbeit. Er brach die Heide mit dem Spaten um, und davon war ja kaum etwas zu sehen. Aber daß er nicht aufgab, das irritierte die Leute, die ansonsten schon bereit gewesen wären, ihm hin und wieder einen Pflug und ein paar Ochsen zu leihen. Lavst war trotzig, und das gehörte sich nicht für einen armen Kerl. Den Hofbesitzern kam seinetwegen die Galle hoch, und die kleinen Leute haßten ihn, weil er sich absonderte. In einer Neujahrsnacht rotteten sie sich zusammen, und unter dem Vorwand eines Scherzes versuchten sie, den neuen Leuten mit einem Seil das Dach über dem Kopf wegzureißen. Lavst ging hinaus und verprügelte einige von ihnen. Seitdem wurde Mette Kirstine auf den Höfen abgewiesen, auf denen man ihr für gewöhnlich Milch gegeben hatte. Doch es wurde noch schlimmer, als man nach und nach auf den Höfen zu der Auffassung kam, daß man auf Lavst verzichten könne, weil er zu stolz sei. Man konnte ihn schließlich nicht darum bitten zu kommen, damit er das Lebensnotwendige verdiene. Der letzte, bei dem Lavst Arbeit bekommen hatte, war Thomas vom Spanghof, und mit ihm geriet er eines Tages in Streit und wurde weggeschickt. Nun stand er mit seinen Riesenhänden da, ausgeschlossen und arbeitslos.

Zum Ärger aller hielt Lavst noch ein halbes Jahr durch. Er hatte zu sehr günstigen Bedingungen in einem Moor das Recht zum Torfstechen erworben, weil der Torfboden besonders schlecht war. Aber Lavst kam auf die Idee, den Torf zu kneten und zu formen, wie man Steine herstellt, und dadurch wurde er sehr gut. Das war ziemlich viel Arbeit, aber weil Lavst Verbindungen zur Kleinstadt aufgenommen hatte und seinen Torf dahin exportierte, verdiente er recht gut. Der Tageslohn für das Torfstechen lag bei höchstens zwei Mark; doch dank seiner Geschäftigkeit soll es Lavst auf einen Verdienst von über sechs Mark gebracht haben. Aber der Mann, von dem er das Moor gepachtet hatte, duldete so etwas nicht. Er verklagte Lavst und machte geltend, daß er nur das Recht zum Torfstechen für seinen persönlichen Verbrauch und nicht für die fabrikmäßige Herstellung habe. Lavst verlor den Prozeß. Den Winter darauf hungerten sie in der Hütte. Man erzählte sich, sie hätten so gehungert, daß es durch ihre Rippen pfiff. Man sah fast nie aus dem armseligen Schornstein dort draußen auf der *Aussicht* Rauch aufsteigen. Lavst kam alle zwei Wochen oder einmal im Monat zum Krämer und kaufte ein Pfund Fett; wo er wohl das Geld dafür hernahm? Er verbarg sein knochiges Gesicht in einem großen Mundtuch. Vier bis fünf Meilen lief er, um sich eine Mark und zwei Schilling beim Dreschen zu verdienen. Er wurde in einem anderen Kreis auf einem Markt gesehen, wo er Pfeifenkratzer aus Tierknochen anbot, die keiner kaufen wollte. Um die Osterzeit trieb sich ein Mormone in der Gegend herum, und gegen Ende des Frühjahrs verschwand Lavst. Die Leute atmeten auf.

Mette Kirstine und der Junge hatten davon gewissermaßen einen Vorteil. Nun, wo der Starrkopf weg war, konnte sich doch die Gemeinde ihrer annehmen, damit sie wieder Brot zwischen die Zähne bekamen. Als sie der Gemeinderat draußen in der Hütte fand, sollen sie in einer unbeschreiblich jämmerlichen Verfassung gewesen sein, Mette Kirstine erholte sich nicht. Weder Essen noch Pflege konnten sie retten, sie starb. Der Junge wurde an den meistbietenden Hausbesitzer versteigert und später in die Tischlerlehre gegeben. Er hatte sich im Dorf niedergelassen und eine Familie gegründet, als sich der Mann, der sein Vater war, eines schönen Tages wieder in der Gegend sehen ließ.

Eines Tages setzte die Postkutsche einen Mann nebst seinem Eisenblechkoffer vor der Schenke ab. Keiner kannte ihn, und er selbst gab sich auch nicht zu erkennen. Auf seinem Koffer klebte ein Zettel, auf dem *Red Star Line* stand, und aus diesem Markenzeichen schöpfte das Gerücht die Gewißheit, daß der Mann aus Amerika kam. Aber er war ein Däne. Er erregte im Dorf großes Aufsehen und wurde der »Goldgräber« genannt. Man sprach viel über diese Person, die in der Schenke abgestiegen war und vorläufig nichts weiter tat, als hinter dem Tisch zu sitzen und alle anzustarren. Er hatte einen stechenden Blick, der die Leute auf der Hut sein ließ, ansonsten sah er aber nicht bösartig aus. Seine Kleidung war fremdartig, nahezu dürftig. Abgesehen von einem struppigen Büschel am Kinn, war er wie andere Leute rasiert. Er sprach kaum. Eines Tages kam ein älterer Mann herein, der ihn erkannte. Danach wußte man es, und die meisten nahmen Anstoß daran, daß es Lavst Eriksen war, der nach neunundzwanzig Jahren aus Amerika nach Hause gekommen war.

Am gleichen Tag ging Lavst, seinen Sohn zu begrüßen. Es war keine besonders bewegende Begegnung. Einer war bereits dagewesen und hatte Tischler Anders die Neuigkeit erzählt, damit die Freude nicht zu groß würde. Anders stand an der Hobelbank. Er unterbrach seine Arbeit nicht, sah nur schnell hoch und nickte zum Gruß. Lavst Eriksen ließ seinen Blick eine Minute über die Werkstatt und seinen Sohn gleiten und sagte leise: »Guten Tag, Anders.«

Anders hobelte mit größter Sorgfalt weiter.

»Nun, ich bin also dein Vater ...«

»Ich habe davon gehört«, erwiderte Anders hastig. Er blickte kurz zum Vater auf, ängstlich berührt durch den fremden Tonfall und davon, daß der Vater *ich* zu sich sagte.

Schweigen.

Lavst betrachtete den Sohn, der eifrig dabei war, ein Brett mit dem Hobel zu bearbeiten und lange Späne davon abzog. Anders war lang und mager, hatte mächtige Kinnladen und kranke Augen. Er war x-beinig und rundrückig. Der Nacken war schmal wie bei einem Kind und durch eine Furche geteilt. Er ähnelte der Mutter. Lavsts Augen wanderten zu ihm hin und wieder zurück. Schweigen. Da öffnete die Frau von Anders die Stubentür, steckte einen ungekämmten Kopf herein, sah den Fremden und zog sich zurück, ohne ein Wort zu sagen. Schweigen.

»Wo kriegst du dein Holz her?« fragte Lavst Eriksen sanft und blickte zu den Bretterbündeln und Planken hinauf, die unter der Decke lagen. Er fixierte besonders ein kleines Regal mit einigen Platten Mahagoni und den Resten anderer Edelhölzer, und seine Augen wurden feucht. Anders hielt mit der Arbeit inne. Er folgte dem Blick des Vaters und steckte eine Hand unter das Schurzfell. So stand er lange gedankenversunken da. Schließlich blickte er den Vater wieder an, dabei war sein Gesicht völlig leer, damit sich der Alte keinerlei Hoffnung machen sollte.

»Ich kauf es bei Svendsen in Hvirresund.«

Die absolute Tonlosigkeit der Antwort schlug den Alten aus dem Feld. Er blieb noch einige Minuten stehen und heftete den Blick gedankenverloren auf verschiedene Dinge, dann sagte er kleinmütig in Richtung Rükken des Sohnes: »Nun, Anders, wir können ja später drüber sprechen. Ich hab gedacht, ich setz mich zur Ruhe ...«

Da entstand auf der anderen Seite der Tür, wo Anders' Frau gestanden und gehorcht hatte, ein ziemlicher Lärm. Anders hobelte weiter und nahm das Brett auf, um den Rand zu prüfen und zu sehen, ob er gerade sei.

»Ich hab dir unrecht getan«, sagte Lavst Eriksen mit ein wenig zitternder Stimme. Weil aber Anders nicht zuzuhören schien, sondern auf das Hobeleisen schlug, um es besser einzustellen, ließ es der Alte dabei bewenden und sah ihn ruhig und forschend an. Schließlich nickte er gefaßt und wandte sich zur Tür: »Godbaj!«

Draußen blieb Lavst Eriksen noch ein wenig stehen und musterte das Haus des Sohnes. Er schätzte dessen Höhe ab, schaute auf die beiden blattlosen Stachelbeerbüsche im »Garten« und auf die Stockrose an der Hausmauer. Dann ging er schnell in die Schenke zurück.

Der Goldgräber brachte in den folgenden Monaten ziemlich viel Leben in die Gegend. Nicht, weil er ein fröhlicher Mann war – im Gegenteil. Es war schwer, auch nur ein Nein oder Ja aus ihm herauszulocken, aber er benahm sich in mancherlei Beziehung so merkwürdig, daß es die Menschen beschäftigte. Niemand konnte sagen, ob er etwas besaß. Er war nicht verschwenderisch, aber deshalb konnte er doch trotzdem ein wohlhabender Mann sein. Seine Hände waren rauh von harter Arbeit, sie ließen sich nicht ganz öffnen, und das deutete wohl darauf hin, daß er ein schweres Leben gehabt hatte. Doch er war noch immer stark wie ein Stier, obwohl er grauhaarig war.

Nach etwa vierzehn Tagen begann Lavst Eriksen auf Arbeit zu gehen. Er eignete sich zu allem möglichen, wäre er nur dazu bereit gewesen, mit dem Verbessern und Verändern aller Geräte und Methoden aufzuhören. Er war mit nichts zufrieden, und nichts ging ihm schnell genug. Wenn man es zuließ, fuhr er den Dünger im Galopp, und er pflügte, daß die Feuersteine Funken schlugen. Immer bewegte er sich, als käme er von einer Feuersbrunst und müßte die Hebamme holen. Und die Leute grienten nachsichtig über ihn. Er war stets außerordentlich unwirsch und kurz angebunden, obwohl ihm niemand auch nur einen Strohhalm in den Weg legte. Darüber amüsierte man sich auch. Die Leute ahmten seine bissige Art des Antwortens nach, und es war lange Zeit Mode, ein *Nou* zwischen den Zähnen herauszuzischen, wenn man nach etwas gefragt wurde und witzig sein wollte. Als er merkte, daß man ihn für einen Sonderling hielt, wurde er noch schweigsamer. Vernünftige Leute dagegen hatten Respekt vor dem Goldgräber. Es war nicht zu übersehen, daß er in Amerika mehr gelernt hatte, als er zu erkennen gab. Einmal sollte auf einem Hof ein großer alter Baum gefällt werden, und der Goldgräber kam zufällig vorbei. Er ergriff das Beil, das natürlich nicht in Ordnung war, aber man hätte ihn da sehen sollen! Ha, wie seine Augen funkelten! Er ging um den Baum herum und schlug mit dem Beil auf ihn ein, genauso wie ein Fechter, der die Position wechselt und Finten anwendet. Es war einmalig, wie er mit einem Beil umgehen konnte. Er war geschickt. Dort, wo er gewesen war, hatte er sich viele Kunstgriffe angeeignet. Er führte in der Gegend eine neue Methode ein, einen Knoten zu knüpfen, und man nannte ihn den »Goldgräberknoten«. Es handelte sich um einen Seemannsknoten. Er war ein guter Jäger und schoß draußen auf dem Fjord viele Wildenten. Man erzählte sich, daß er sie anlockte, indem er wie eine Ente schnatterte, und das wunderte viele Leute. Er hatte eine merkwürdige Uhr, die sowohl die Monate als auch die Tage eines Jahres anzeigte. Keiner begriff, daß man eine Uhr für so lange Zeit aufziehen konnte.

Nachdem der Goldgräber einige Monate daheim war,

verlegte er sich aufs Mergelgraben. Seit alters her waren es immer nur verwegene Kerle gewesen, die sich auf dieses Geschäft eingelassen hatten. Unter einem »Mergelwerfer« stellte man sich immer einen besonders robusten Burschen vor. Mergel wird auf zwei Arten gegraben, entweder aus offenen Gruben, bei denen immer die Gefahr besteht, daß die Seiten nachrutschen, oder aus geschlossenen, die von den Sachkundigen als sicherer angesehen werden. Dabei gräbt man bis zur Mergelschicht einen schmalen Brunnenschacht in die Erde, und der Werfer steht dort unten und höhlt sich ringsum ein. Der Gehilfe steht oben und windet die Eimer hoch. Fällt ein solches Loch zusammen, ist der Mann unten verloren; aber das geschieht sehr selten. Die Mergelschicht findet man, indem die beiden Männer, die zusammen arbeiten und sich darauf verstehen, mit einer langen dünnen Eisenstange, die an der Spitze ein Gewinde hat, die Erde anbohren. Alles, was sich darin festsetzt, wird untersucht, indem man Scheidewasser darauf träufelt; wenn es kocht, dann ist es Mergel. Der Goldgräber arbeitete anfangs im Gedingelohn. Schon bald war er ein gefragter Mann und verdiente viel Geld. Er war rücksichtslos, er scheute keine Lebensgefahr, und er schuftete so, daß er zwei Männer oberhalb des Lochs beschäftigen konnte – einen, der die Seilwinde bediente und einen zum Abkarren. Lavst lebte auf, als er mit dieser Arbeit in Gang gekommen war. Es schien, als sei dies das Richtige für ihn. Dieser Mann mußte *graben.*

Aber es dauerte auch nicht lange, und der Abenteurer in ihm gewann die Oberhand. Er wollte natürlich zeigen, daß er unternehmungslustiger war als andere Leute, und er ließ sich auf die Zusammenarbeit mit drei großen, kräftigen Schweden ein, hergelaufenen Trunkenbolden, um mit ihnen eine regelrechte Mergelgrube aufzubauen. Sie kauften ein Mergellager und arbeiteten zunächst etwa einen Monat auf die übliche Weise. Sie schufteten wie die Riesen; man konnte die großen Kerle bereits bei Sonnenaufgang draußen auf der Heide im

Nebel verschwinden sehen, und dann hörte man die Kette über die Stange rasseln. Sie waren über und über mit Mergel und Schlamm verschmiert, wenn sie sich im Dorf zeigten und mit all ihrem Geld um sich warfen. Mit ihrer Prahlerei, ihrer Verschwendungssucht und ihren unschristlichen Flüchen raubten sie den Leuten den Atem. Aber es nahm ja auch ein böses Ende. Der Goldgräber kannte kein Maß. Er ließ aus der fünf Meilen entfernten Kleinstadt ein Lokomobil holen und aufstellen, und nun fingen die vier ruchlosen Gesellen an, Mergel in Loren auf Gleisen heraufzuleiern! Diese Kerle besaßen keine Gottesfurcht, ihnen fehlte jedes Schamgefühl, mit dem andere all die neumodische Werkelei betrachteten. Es gab nur wenige Leute, die sich darüber freuten, daß das häßliche Eisenrohr dort draußen auf der Heide allzeit pulsierte und rauchte. Wenn man den schwarzen Rauch sah und den brandigen Geruch spürte, konnte man regelrecht krank werden. Die Kerle konnten diese Art Unverschämtheiten einfach nicht lassen, und wer weiß, ob nicht der Teufel mit im Spiel war. Und dann war es auch noch leichtsinnig, wie sie mit der Maschinerie umgingen. Man konnte die Speichen der Räder nicht erkennen, so sausten sie herum. Man stelle sich vor, wenn die dabei zerspringen würden! Dann flögen schwere Eisenstücke weit durch die Luft. Im übrigen, wie lange könnte dieses Eisenwesen schon standhalten? Es rostete schließlich, so etwas konnte sich unmöglich rentieren. Jedenfalls war es unheimlich, die »vereinigten Mergelgräber« in der Erde wühlen zu sehen. Die schafften was; der eine war hier und der andere dort, und das schwarze Lokomobil zitterte und fauchte, und das Stahlseil pfiff und rasselte, und herauf kam ein kleiner Eisenwagen nach dem anderen voller Mergel! Nie hätten sich die Leute der Gegend einen so groß angelegten Mergelabbau vorstellen können.

Aber man hatte auch niemals so viel über den Goldgräber gelacht, denn nach vierzehn Tagen Dampfkraft stellte sich heraus, daß das Mergellager erschöpft war!

Lavst Eriksen nahm sich das nicht so zu Herzen. Es gab andere Dinge, die ihn verbitterten. Er war noch nicht mit seinem Sohn ins reine gekommen.

Sonntagvormittags war er regelmäßig im Dorf; da warb er um Tischler Anders' Gunst. Sie waren einander nicht einmal so nahe gekommen, daß sie über die Dinge hätten reden können. Lavst Eriksen pflegte sich still in die Werkstatt zu stellen und dem Sohn bei der Arbeit zuzusehen, und Tischler Anders ließ sich niemals stören. Er beschäftigte sich ganz ruhig mit seinem Leim, seinem Kienruß und seinen Formen aus Schwefelstein, in denen er gekreuzte Hände und Engelköpfe goß, bis die Kirchenglocke alle zusammenrief. Dann band er das Schurzfell ab, und der Alte sagte Lebewohl. Während der ganzen Zeit wurden hin und wieder einige Sätze gewechselt, aber immer über Dinge, die ihrem eigentlichen Anliegen fern waren. Tischler Anders bewahrte eine Art verbindlicher Haltung, so als wäre der Vater ein ansonsten hoch geachteter Kunde, der etwas länger brauchte, um den Sarg zu bestellen, denn das war doch sein eigentliches Anliegen. Lavst Eriksen wollte auch nicht noch mehr aus sich herausgehen, solange der Sohn nicht den kleinsten Schritt zur Versöhnung tat. Er stand am liebsten an der Tür am Ende der Hobelbank, ging niemals weiter nach vorn und rührte nichts an. Der Sohn hatte ihm einmal stillschweigend einen Zirkel aus der Hand genommen, mit dem er im Stehen gespielt hatte. Solange er in der Werkstatt war, ruhten Lavsts Augen auf dem Sohn. Es konnte vorkommen, daß er einen Fühler ausstreckte und nach dem Befinden der Frau fragte oder daß er sich ernsthaft nach dem Bruchleiden von Anders erkundigte. Doch Anders ging auf solche Annäherungsversuche niemals ein. An einem Sonntag legte der Alte, wie in Gedanken, ein Pfund Schokolade auf die Hobelbank. Sie lag am nächsten Sonntag noch unberührt an der gleichen Stelle. Lavst durchlief ein Schauer, als er das Paket dort liegen sah. Am folgenden Sonntag lag es immer noch da, und an dem Tag nahm es der Alte wieder mit. An diesen drei Sonntagen wurde nicht ein einziges Wort gesprochen.

Für einen Mann wie Tischler Anders, der selbst Bauer war und ihre Art, die Gefühle zu verbergen, kannte, war es ja ein leichtes, die Wünsche des Vaters zu durchschauen, wie es auch leicht war, seine Zurückhaltung zu deuten. Er wollte sich auf seine alten Tage lediglich ein wenig Freundlichkeit erwerben, er wollte seinen Jungen wiederhaben, mehr war es nicht, was der Goldgräber wünschte. Doch Tischler Anders fand keinen Anlaß für ein freundliches Entgegenkommen. Nicht, daß er einen persönlichen Groll gegen den Vater gehegt hätte, weil er ihn und die Mutter seinerzeit sitzengelassen hatte, denn daran konnte er sich nicht erinnern. Und Tischler Anders besaß auch überhaupt nicht die Fähigkeit, sich gegen Unrecht aufzulehnen. Möglicherweise wäre es am besten gewesen, wenn der Vater eines Tages eine Bemerkung gemacht hätte, die Anders hätte annehmen können: Zum Beispiel, daß es sinnvoll sei, das Glück im Ausland zu suchen, wenn es einem zu Hause versagt würde. Es mußte ja nicht Lavst Eriksens Absicht gewesen sein, Frau und Kinder für immer zu verlassen. Er konnte ja vorgehabt haben, wegzufahren, um Geld und Wohlstand nach Hause zu bringen, sobald es ihm gut ginge. Was diese Seite der Angelegenheit betraf, konnte man sich durchaus verständigen. Aber Tischler Anders wartete – und er hatte Zeit, darauf zu warten –, daß sich der Alte dazu äußern würde, *wie* er zurückgekommen sei, ob er ihnen auf der Tasche liegen wolle oder was sonst werden sollte. Lavst Eriksen dagegen wollte diese Frage überhaupt nicht berühren. Es war sicher eine Art Instinkt, der ihm riet, den Sohn zu prüfen, indem er darüber schwieg. Deshalb konnten sie nicht ein einziges Mal über diese Dinge richtig ins Gespräch kommen.

Der Goldgräber, der stark wie ein Baum war und der sich als Arbeiter alltags nicht unterkriegen ließ, glich an jedem Sonntag, wenn er sich mit großen Schritten dem Tischlerhaus näherte, einem alten Mann. Er trug dann nicht seine eigenartige amerikanische Arbeitskluft, bei der Hemd und Hose ein Stück bildeten, sondern hatte eine blaue Jacke mit blanken Knöpfen an und trug einen weißen Kragen. Er kam genau um neun Uhr, und die Leute sahen ihn regelmäßig, wenn sie um zehn Uhr zur Kirche gingen, das Haus des Sohnes verlassen. Lavst ging da nicht hin, er kehrte immer sofort in sein Logis zurück. Leute, die ihm begegneten, hörten ihn im Gehen mit sich selbst reden, während er vor sich auf den Weg starrte – und keiner verstand ihn, weil er mit sich selbst »englisch« sprach. In dem Jahr, in dem er in der Gegend weilte, wurde er zu einer legendären Gestalt. Keiner kam ihm näher.

Aber Lavst Eriksen, der sich in der Fremde ein barsches und kurz angebundenes Wesen angeeignet hatte, besaß mehr Milde und Wärme, als es allgemein bei Leuten vom Lande üblich ist. Das zeigte sich in der Pünktlichkeit und Ausdauer, mit der er sich Sonntag für Sonntag im Dorf in die kleine Werkstatt drückte, in der der lange, schwächliche Sargtischler stand. Der hobelte und streckte ihm schweigend seinen hängenden Hosenboden entgegen, so als wäre Lavst Luft.

Wenn der Goldgräber still an seinem Platz stand, so daß der Sohn ihn fast vergaß, verriet sein hartes Gesicht Einsamkeit. Er sah sich sehnsüchtig um, der alte Weltenwanderer, und rieb ein wenig verfroren die Knöchel aneinander. Sollte es hier wirklich für ihn keinen friedlichen Winkel geben? Sollte er nicht einem einzigen Augenpaar begegnen, das ohne Falsch war, nun, wo er alt wurde?

In der Stube war er nie gewesen. Aber jedes Mal, wenn die Tür zur Wohnung angelehnt war, lugte der Alte hinein und verhielt sich mäuschenstill. Er erblickte dann Anders' sauertöpfische und dickbäuchige Frau, die stets Kartoffeln aufs Feuer setzte, sich mit einem Finger den Scheitel kratzte und ihre kleinen Gören zauste und trocknete, weil die stets an irgendeinem Ende feucht zu sein schienen. Die Uhr in der kleinen Stube tickte ungeheuer würdevoll. Auf der Kommode stand eine gerahmte Fotografie neben einem Prozellanhund, und der Goldgräber glaubte immer, sie könnte von der Toten sein, von der Mutter, seiner Liebsten und Frau, die er verlassen hatte. Er konnte sich nicht dazu aufraffen, hineinzugehen und nachzusehen – er war dazu nicht aufgefordert worden.

Nou!

Doch eines Sonntags, als sich der Goldgräber wie gewöhnlich im Tischlerhaus einfand, war Anders nicht in der Werkstatt. Lavst hörte den Sohn in der Stube leise mit den Kindern sprechen, die bald lachten und bald weinten und deren kleine Schritte über den Fußboden trippelten. Die Tür war geschlossen.

Der Goldgräber stand eine Viertelstunde allein draußen in der Werkstatt auf seinem Platz und besah sich all die armseligen und verschlissenen kleinen Dinge, die den Sohn täglich umgaben und mit denen er hantierte. Er hörte drinnen in der kleinen Stube den Gang der Wiege auf dem sandbestreuten Fußboden. Die Tür war geschlossen.

Der Goldgräber trat ab und zu von einem Fuß auf den anderen, damit der Sohn bemerkte, daß er gekommen war. Er hustete hin und wieder ein wenig, um gehört zu werden. Aber die Tür war geschlossen, und sie wurde nicht geöffnet. Nou! Dann trollte sich der Alte!

Am nächsten Tag kam ein Bote zu Tischler Anders, mit einem Paar Stiefel und einem dicken Brief. Es waren die langen Goldgräberstiefel, mit denen Lavst im Mergelgraben gestanden hatte. Der Brief enthielt keine Zeile, aber *zweihundertundfünfzig Zehnkronenscheine.*

Was war nun das wieder für eine Manier, so viel Geld in einem gewöhnlichen Umschlag zu schicken? Die Leute hatten wieder etwas zu reden. Diese Art Unvorsichtigkeit war ja direkt strafbar. Aber so war der Goldgräber nun einmal in allen Dingen, immer stürmte er vorwärts, aber an die schicksalsschweren Folgen dachte er nicht.

Noch lange, nachdem er abgereist war, amüsierten sich die Leute weiter über seine Mergelgräberei, über seine »Fabrik«. Wieviel Geld allein das Lokomobil geschluckt hatte! Aber solchen Unfug hatte er natürlich drüben in Amerika gelernt. Wäre Lavst Eriksen dabei geblieben, Mergel auf die alte Art und Weise zu graben, hätte der für den Rest seines Lebens gereicht!

Nun ja, der Goldgräber war eines Tages abgereist. Er hatte sich mit seinem Eisenblechkoffer und seinen großen Gräberpfoten völlig unbemerkt davongeschlichen. Er war zurück in die Staaten gegangen, auf die weiten Prärien und in die unendlichen Wälder. Das Dorf hörte niemals wieder etwas von ihm.

Andreas Olufsen

An einem Sonntag hatte der Zufall einen Jungen, bekannt unter dem Namen Drejs, auf dem Weg zur Kirche an die Seite des Küsters geführt. Der Küster sah, daß in der Hosentasche des Jungen irgendein Gegenstand steckte, und fragte ihn, was das sei.

»Das ist meine Holunderbüchse«, antwortete der Junge.

»Taugt deine Holunderbüchse denn was, Drejs?«

»Ja, die ist nicht schlecht.«

Dem Küster kam ein Einfall, und er mußte lachen.

»Wenn du dem Pastor ein Ding verpaßt, kriegst du vier Schilling!«

Das meinte der Küster ja nicht ernst, obgleich er dem Pfarrer eine Schrotladung wohl gönnen mochte. Drejs sah zu seinem Lehrer und Zuchtmeister auf, lächelte aber nicht und sagte auch kein Wort.

Als aber der Pfarrer mitten in der Predigt und alles in der Kirche ganz still war, sah die Gemeinde plötzlich, wie eine kleine friesgekleidete Gestalt im Gestühl gegenüber der Kanzel aufstand und den Ladestock einer Holunderbüchse gegen die Brust stemmte. Man hörte einen sehr lauten Knall und sah den Pfarrer wie tödlich getroffen wanken. Doch er war nicht getroffen, denn der Bolzen hatte den Heiligen Geist getroffen, der in Gestalt einer Taube an einem Strick über dem Kopf des Pfarrers schwebte und sich nun langsam zu drehen begann. Drejs hatte seine Büchse zu hoch gehalten. Totenstille breitete sich aus, während der Pfarrer und Drejs Aug in Aug verharrten. Dann setzte sich der Junge wieder, und der Pfarrer seufzte tief, worauf er, so als wäre nichts geschehen, in seiner Predigt fortfuhr.

Als der Gottesdienst vorüber war, wurde Drejs einem

peinlichen Verhör unterzogen und gestand, doch er weigerte sich hartnäckig, sein Motiv zu verraten. Der Pfarrer redete ihm streng ins Gewissen, und der Dorfschulze empfahl ihn seinem Brotherrn zu einer Tracht Prügel. Damit war die Geschichte ausgestanden. Doch als sich der Küster und Drejs wieder unter vier Augen trafen, lobte der Küster ihn, pries seine Beherztheit und zahlte ihm die vier Schillinge aus.

Drejs kaufte sich für das Geld Messingdraht und stellte daraus Haken und Ösen her. Er verkaufte sie für sechs Schillinge in bar und Waren im Werte von zwei Schillingen (einen Klumpen altes Bienenwachs und eine Spiegelscherbe), wobei er seinem Handelspartner das Versprechen abnahm, bei künftigen Käufen von Haken und Ösen ihm den Vorzug zu geben. Für die sechs Schillinge erstand er neuen Messingdraht, von dem er den einen Teil zu Haken und Ösen, den anderen zu einer schönen Kette verarbeitete, die er mit Hilfe von Scheidewasser und dem von der Spiegelscherbe abgeschabten Belag »versilberte«. Hält man eine so versilberte Kette an dem einen Ende fest und läßt das andere frei herunterhängen, ohne daß es sich an irgend etwas reibt, bleibt sie auch silbrig, bis man sie verkauft hat. Drejs *gelang* es, sie zu verkaufen. Das Bienenwachs schmolz er um, bis es weiß wurde, und verhökerte es dann als »Jungfrauenwachs« an Mädchen mit schadhaften Zähnen. Für den gesamten Verdienst kaufte er ein gutes Lammfell. Während all dieser Geschäfte ging Drejs seiner Arbeit als Hütejunge auf dem Uenshof nach und vergrößerte den beachtlichen Vorrat an Kuhhaaren. Teils lagen sie – zu Bällen gestopft – fix und fertig zum Verkauf bereit, teils hatte er sie noch als Rohmaterial liegen. Im Laufe des Sommers nahm seine Haken-und-Ösen-Industrie einen bedeutenden Aufschwung, und im Herbst, als das Los auf ihn fiel, ein paar Rinder auf den Markt zu treiben, führte er auf eigene Rechnung fünf Lammfelle mit, die er ebenfalls mit gutem Gewinn absetzen konnte. Noch vor seiner Konfirmation behauptete er sich in der Gemeinde als fester Aufklärer von Lammfellen, wobei er dafür möglichst mit Haken und Ösen zahlte. Er wurde aus reiner Gnade und Barmherzigkeit konfirmiert; der Pfarrer mochte ihn nicht. Doch Drejs ließ sich bei der Prüfung nicht festnageln; die Bibelstellen gingen ihm von den Lippen wie Mehl von der Mühle, und da mußte man ihn denn zur Konfirmation zulassen. Im selben Herbst zog Drejs mit zwei eigenen gutgehaltenen Schafen zum Markt und konnte sich bei seiner Rückkehr dafür drei neue kaufen, und er bezahlte in barer Münze.

Ein Jahr später verlor man Drejs aus den Augen, da er durch seine Bekanntschaften auf den Märkten zu längeren und immer längeren Reisen verleitet wurde, von denen er schließlich nicht mehr zurückkehrte. Übrigens vermißte ihn auch niemand. Auf dem Uenshof hatte er sich nicht gerade durch Willigkeit und Lust zur Arbeit unentbehrlich gemacht, obgleich man ihn auch nicht nachlässig nennen konnte. Er konnte sich von Natur aus nicht allzusehr für die Arbeit erwärmen, und er tat nur genau das, was er tun mußte. Er war mit einem inneren Zahlungssystem geboren, wozu ja nichts zu sagen ist, obwohl es die Leute lieber sehen, daß man seine Arbeit mit Hingabe tut.

Als Drejs wieder in seiner Heimatgegend auftauchte, war er ein Bursche von zwanzig Jahren, hatte sich aber sonst kaum verändert. Er erschien als wandelnder Laden, auf dem Rücken eine hohe Tracht Wollzeug, vor sich ein Bündel Bänder und Hosenträger, und im Knopfloch hing ihm eine Elle. Es hieß, er habe in Hobro bereits viel Geld gut verzinst angelegt. Etliche Jahre wanderte er nun als Wollwarenhändler durchs Land und verdiente dabei wohl auch recht gut. Weil er stets so viel zu tragen hatte, ging er allmählich etwas vornübergebeugt, und weil er ständig unterwegs war, hatte er während dieser Zeit auch stets schmale Wangen. Heiterkeit war seinem Wesen fremd; wenn er seine Waren verkaufte, lachte er nie. Er hatte einen Unterbiß und höfliche Augen, unter deren Blick es den Leuten kalt wurde. Seine Waren waren immer recht solide. Doch in einem Jahr waren sie plötzlich minderwertig. Die Wollsachen liefen beim Waschen so ein, daß sie nicht mehr zu gebrauchen waren. Die Hosenträger rissen, und im Jahr darauf ließ sich Drejs nicht blicken.

Als er, fast vergessen, wieder auftauchte, war er Kolporteur und verkaufte religiöse Schriften und Bilder. Nun brauchte er nicht mehr so viel zu tragen, er führte nur Proben mit sich und hatte im übrigen mit der Post einen Vertrag abgeschlossen. Er hatte Buchbinder gelernt und rahmte die Bilder auch selbst ein. Sein Lager befand sich ganz unten im Süden, in Varde, wo er auch im Winter wohnte. Man brauchte nur anzugeben, was man haben wollte, dann kam es mit der Post. Viele kauften bei Drejs, weil sie nicht sofort mit dem Geld herausrücken mußten; später bereuten sie es vielleicht. Aber es waren wirklich schöne Bilder. Sie waren alle gleich, und auf keinem von ihnen war etwas dargestellt. Doch in schmucken Rahmen stand da mit prangenden Goldbuchstaben: »Gott segne unser Heim!« Das gefiel den Leuten. Wenn das in der Stube hing, nahm man die täglichen Sorgen gleichsam gelassener und fühlte sich unter höherem Schutz. Viele rechneten sich im stillen aus, daß sie nun, da das Haus doch für alle sichtbar zum Gottestempel geworden war, noch ein unschuldiges krummes Ding drehen könnten. Drejs' Bilder fanden reißenden Absatz. Doch als alle ein Bild hatten, schlief das Geschäft schließlich von selbst ein.

In dieser Zeit kam es an den Tag, warum Krämer Drejs Jahr für Jahr in sein Heimatdorf zurückkehrte, obgleich er doch in größeren Orten leicht sein Glück hätte machen können. Es sprach sich herum – und man war darüber fast ebenso entsetzt wie über einen Mordanschlag –, daß Drejs um Dorthea, die Tochter Ivers vom Uenshof, angehalten, auf der Stelle ein Nein gehört und noch in derselben Stunde das Dorf verlassen habe. Der Uenshof, der mitten im Ort lag, war das älteste und vornehmste Bauerngehöft der Gegend, und Dorthea war die einzige Erbin. Außer dem Grundbesitz gab es dort noch viel, viel Geld. Dorthea hatte von Geburt an einen doppelten Hüftschaden, so daß sie bei jedem Schritt gleichsam mit dem einen Bein um das andere herumging, doch sonst war sie ein sittsames Mädchen. Ihre Stellung war zumindest so, daß man sie in Frieden ließ. Es war ein sanftes Mädchen, das während seiner Schulzeit bei allen beliebt gewesen war. Drejs, der sich als Kind nichts aus Spielen gemacht hatte, war, während er dort auf dem Hof diente, viel mit ihr zusammen gewesen und hatte sie seitdem nicht aus den Augen verloren. Wenn er im Dorf war, kehrte er stets auf dem Uenshof ein, nicht nur, um etwas zu verkaufen, sondern auch, um mit Dorthea über alte Zeiten zu reden. Er war galant zu ihr und schenkte ihr manche schöne Dinge. Dorthea konnte Drejs gut leiden. Doch als er um sie anhielt, antwortete Iver vom Uenshof statt ihrer, und er war roh genug zu erklären, daß aus diesem Handel nichts werden könne. Bevor Drejs das Dorf verließ, suchte er einen Bekannten auf und erzählte ihm das Ganze. Er war sonst alles andere als offenherzig, doch hier meinte er nicht schweigen zu dürfen. Da Dorthea behindert sei, käme er in ein allzu falsches Licht. Die Leute könnten so gemein sein und glauben, er habe nur um des Hofes willen um sie angehalten, obgleich er sie doch, da er sie von Kindheit an kenne, um ihrer selbst willen lieben gelernt habe. Drejs beklagte sich auch bitter über die Art, wie er abgewiesen, über das Standesvorurteil, dem er ausgesetzt worden war. Es kam ihm gar nicht in den Sinn, daß Iver vom Uenshof eine Abneigung gegen ihn hegen könnte. Als Drejs das Dorf verlassen hatte und sein Bekannter diese Worte weitergehen ließ, war man wirklich der Meinung, der Uenshofbauer habe ihm Unrecht getan. Doch man vergaß Drejs bald wieder. Und später heiratete dann Dorthea. Sie bekam einen Bauernsohn aus guter Familie, und die Musik an ihrem Hochzeitstag hatte keinen schrillen Klang, wenn man von einem fast unhörbaren Raunen absieht, daß der Arzt auf Anfragen erklärt habe, sie würde bei einer Schwangerschaft sterben. Die Zeit verging, und man gab gut acht auf das, was geschah. Doch Dorthea wurde nicht schwanger. Der Mann schonte sie. Sonst lebten sie mit dem neuen Hausherrn und dem alten Iver auf dem Altenteil ruhig und friedlich, wie es auf dem Uenshof so üblich war.

Wieder vergingen zwei, drei Jahre, da kehrte Drejs zurück. Die Wunde war geheilt. Er nannte sich nun Andreas Olufsen (Olsen) und hatte allen Handel eingestellt. Auf den alten Namen Krämer Drejs hörte er nicht mehr. Wenn ihn jemand so ansprach, schwieg er und sah nicht entgegenkommend aus. Im übrigen war er völlig verändert und hatte sich einen Vollbart wie ein Fischer zugelegt. Er war wortgewandt und machte einen achtunggebietenden Eindruck. Andreas Olufsen war draußen in der Welt gewesen *und hatte was gelernt*, wie man es auf dem Lande mit vagem Respekt ausdrückte, und trat nun fix und fertig mit etwas an, was er seine »Entwicklung« nannte, ein reifer und erfahrener Mann, gerüstet mit Geduld und gewappnet mit Willen. Vorläufig äußerte er sich jedoch nicht weiter über seine Lebensanschauung und Pläne, ließ nur andeutungsweise durchblicken, daß das, was er zu geben habe, in Richtung *Geist* ginge. Anfangs wollte er sich im Dorf niederlassen, um, wie er sagte, gleich den alten Dänen, von den Früchten des Feldes zu leben. Andreas Olufsen hatte zwar viel Geld gespart, ein paar tausend Reichstaler hieß es, aber für eine solche Summe kauft man sich noch nicht in die gute Gesellschaft ein. Es ist viel bequemer, einen Hof zu erben, als ihn sich während eines Menschenlebens aus dem Nichts zu erarbeiten. Andreas Olufsen zog in eine Büdnerei am Dorfrand, die zum Verkauf stand. Von dort aus richtete er seine Aufmerksamkeit auf die Dorfmitte.

Nun könnte man annehmen, daß Andreas Olufsen die Absicht hatte, die Büdnerei zu verbessern und mit der Zeit zu erweitern. Es kann auch gut sein, daß das seine redliche Absicht gewesen ist, doch er hatte bald an so viele andere wichtige Dinge, geistige Dinge, zu denken, daß ihm nicht viel freie Zeit blieb, um in der Erde zu kratzen. Und *die* will nun einmal gekrault werden, bevor sie etwas von ihrem Reichtum abgibt. Es ist aber nur recht und billig, auch die andere Seite anzuhören, und Andreas Olufsen hatte vielleicht recht, wenn er sich in Gesprächen bekümmert über das geistige Dunkel in dieser Gegend und den Hang der Menschen, die Augen auf die Erde zu heften, äußerte. Die Leute verstanden ihn eigentlich recht gut, und vor allem diejenigen, die etwas *besaßen*, begriffen so ungemein gut, daß sich andere aus einem Gefühl der Leere heraus auf den Glauben an etwas Höheres und Größeres verlegten. Es muß eben ein Gleichgewicht herrschen. Außerdem langweilte man sich und sah gern, daß ein Mann auftrat und sich zur allgemeinen Belustigung opferte. So ließ man Andreas Olufsen denn reden.

Für die Bewohner dieses Landstrichs brach nun eine neue und bewegte Zeit an. Andreas Olufsen trat ungefähr zur gleichen Zeit auf wie Niels Kristian, der Dichter und Laienprediger. Die Erweckung der beiden war unter fast den gleichen Umständen zustande gekommen, in beiden Fällen war eine tiefe und einschneidende Enttäuschung im Liebesleben, wahrscheinlich in Verbindung mit einem Unbehagen gegenüber harter bäuerlicher Arbeit, sozusagen zum wunden Ausgangspunkt ihrer Selbstversenkung geworden. Sonst waren sie aber sehr entgegengesetzte Naturen, und es fehlte nicht viel, daß der eine in dem anderen den verheißenen Antichrist sah. Niels Kristians Verkündigung war von Angst geprägt, sie war ein banges, jammervolles Blöken, mit dem er die Pausen im Gebrüll des Teufels füllte. Niels Kristian führte seine Schar unter Tränen zur Erlösung, und das Dasein war für ihn nichts weiter als eine Gelegenheit, durch Entsagung ein Quentchen von der Schuld abzutragen, die wir seit der Erbsünde mit uns herumschleppen. Hu! Durch seine mageren Rippen pfiff ein frostiger Wind, von seinem vereisten Herzen ging ein

Todeshauch aus, wenn er zähneklappernd das Stundenglas umdrehte und sein reifbedecktes Knochengesicht im Schein des Wintermondes sehen ließ.

Andreas Olufsen verbreitete eine lichtere und hoffnungsvollere Lebensanschauung. Er näherte sich dem Herrgott auf kindliche und heitere, um nicht zu sagen, frivole Weise. Seine Verkündigung, die übrigens weitgefaßt und sehr vorsichtig allgemein gehalten war, richtete sich auf das *Volkstümliche*, das heißt auf die Aufwertung des persönlichen Lebens, verbunden mit einer lebendigen Aneignung des Gotteswortes. Sie strebte zudem eine Wiedererweckung der Stärke an, die das Volk im Altertum besessen hatte, gepaart mit einer innigen Überlieferung eines Lebens in Christo. Mit einem Wort: seine Verkündigung gründete sich auf den *Geist*. Ohne einem der beiden geistigen Führer Unrecht tun zu wollen, darf man wohl sagen, daß sich Niels Kristians Verkündigung gleichsam nach unten, in die Tiefe, wandte, während sich die Andreas Olufsens nach oben richtete, mehr in die Höhe strebte. Während man bei Niels Kristians trübsinnigen Betstunden seufzte und unter dem Gefühl von Gottes Fernsein und unter der Hoffnungslosigkeit litt, je zu ihm vorzudringen, sang man in Andreas Olufsens kleinen schwülen Freundesversammlungen heitere patriotische Lieder und ging davon aus, daß man durch die Taufe erlöst *sei* und deshalb nur den Humor bewahren und das Bestmögliche aus dem Erdenleben machen müsse. Das Dasein sei ja doch nur eine kurze Reise von hier zum lichteren Freudenheim, unterwegs lasse sich jedoch manches genießen, und für die Kinder Gottes sei es ein Recht und eine Pflicht, hier auf Erden für sich selbst so gute Bedingungen wie nur möglich zu schaffen. Während sich Niels Kristian und seine Anhänger in ihrem Glauben und Streben überall vom Irdischen abwandten, nahm die von Andreas Olufsen geleitete Bewegung mehr und mehr praktische Formen an. Darum ist es ganz merkwürdig, daß diese beiden Sekten nicht miteinander auskamen. Für keine von beiden schien

Grund zur Eifersucht zu bestehen, da die eine dem Charakter ihrer Lehre zufolge ja nur Interesse an der Ausbreitung der anderen haben konnte.

Die praktischen Formen, die hier nur angedeutet werden, bestanden in der Lösung aus der Gemeindebindung und später dann in der Freigemeindebewegung, an deren Spitze sich Andreas Olufsen stellte und die unter den Dorfbewohnern große Zustimmung fand. Vielleicht hatte man nicht viel Sinn für die geistige Bedeutung der Sache, für das, was Andreas Olufsen Völkerfrühling und den Widerschein göttlicher Kraft im Norden nannte. Doch die Leute fanden es unterhaltsam, wieder einen Willen haben zu dürfen. Es tat ihnen gut, selbst zwischen den Pfarrern wählen zu können, statt wie früher zu dem erstbesten gehen zu müssen, den man ihnen geschickt hatte, und während der Predigt dann ihren Mittagsschlaf zu halten. Starrköpfigkeit und Krakeelerei haben dem Bauern stets gelegen. Es hat ihm stets mehr Spaß gemacht, einer Fuhre einen Stein in den Weg zu legen als eine umgestürzte wieder aufzurichten.

Es waren nicht gerade die Besten, die Andreas Olufsen folgten, keineswegs, denn die Besten haben sich nie auf irgendwelche geistigen Bewegungen eingelassen, weder in der Vergangenheit noch in der Gegenwart. Von Anfang an hat es Geschlechter gegeben, die keinerlei Bedürfnis nach irgendeiner Art von Gemeinschaft empfanden und die es nicht nötig hatten, sich durch eine Sekte Zugang zu einer Gesellschaft Gleichgesinnter zu erschließen. Man hat nicht viel von ihnen gehört, weil sie sich selbst genug und gerade in geistiger Hinsicht stumm waren. Seelische Angelegenheiten galten ihnen im Verhältnis zum Dasein nicht mehr, als Zahlen im Verhältnis zu den Dingen gelten, die man zählt. Sie glaubten an nichts und niemanden, weil sie weder Vertrauen noch Furcht kannten. Daß es in alten Zeiten Memmen gab, die vor Thor zitterten und sich mit allen anderen, die gleichfalls zitterten, zu einer Glaubensgemeinschaft zusammenschlossen – was kümmerte sie denn der damalige Aberglaube? Sie schwiegen auch später, als die ewig Kleinen eine neue Form des Zitterns importierten und sich vom Wunder beeindruckt um den Gekreuzigten von Golgatha scharten. Sie sahen in solchen Fisimatenten überhaupt nichts weiter als verächtliche Schwäche. Wohl gingen sie willig in die Kirche, wenn sie dem König damit einen Dienst erweisen konnten, und die Verfluchungen und sieben Todsünden der neuen Religion eigneten sie sich gern an. Aber im tiefsten Herzen ließen sie sich nie von dem anstecken, was Iver vom Uenshof aus tiefster Verachtung mit dem höhnischen Wort »Liebedienerei« bezeichnet haben würde.

Iver vom Uenshof war einer jener Alten; seine Natur war nicht nur heidnisch, sondern vorheidnisch. Und man konnte ihm nicht mit Worten wie *Seele* oder *Erwekkung* und *Bewegung* kommen, ohne daß er angewidert die Schultern hochzog – käme etwa noch mehr? – und gleich darauf wie ein schläfriger Hund aus vollem Halse gähnte. Iver vom Uenshof interessierte sich nicht einen Deut für das neue reiche Geistesleben der Gegend, weder für den knickrigen Pietismus noch für das fröhliche Christentum. Niels Kristian wie auch Andreas Olufsen wußten sehr wohl, daß sie ihn nicht erreichen konnten.

Deshalb war es für die *Freunde*, wie sich Andreas Olufsens Anhänger nannten, vor allem aber für ihren Führer, ein wirklich großartiger Triumph, als es ihnen gelang, Dorthea, die junge Frau vom Uenshof, für ihre Sache zu gewinnen. Das tat ihnen schon deshalb besonders gut, weil sie wußten, wie hart dies den alten Bauern vom Uenshof treffen mußte. Da hatte er sich vor Geringschätzung fast die Kinnladen aus den Gelenken gegähnt, höchstens dann und wann vielleicht – gnädig gestimmt – ein höhnisches Wort über das schmeichlerische Pack fallen lassen, und ehe er sich's versehen hatte, war nun die Schande im eigenen Haus!

Der Grund, aus dem sich Dorthea den Freunden anschloß, war der gleiche wie damals bei Drejs – weil sie mitspielen durfte. Zu Hause gab es keinen, der ihren

Körperschaden übersehen oder ihn ihr vergeben hätte, doch bei den *Freunden* kam es ja auf etwas ganz anderes an, auf innere, geistige, Vorzüge. Und es zeigte sich, daß Dorthea ein rührendes Herz hatte. Die kleine körperbehinderte und schwächliche Frau verbarg ein reiches Gefühlsleben, das sie nun einmal in ihrer Ehe unmöglich freisetzen konnte. Das verschaffte sich nun in den Versammlungen der Freunde Befreiung. Dorthea sang gut und war so dankbar dafür, daß sie gerührt sein und sich ihren Gefühlen hingeben durfte. Sie konnte in ihrer Freimütigkeit ganz maßlos sein, daß viele der Freunde über sie lächeln mußten. Wenn sie mit ihrem armen verunstalteten Körper in den Versammlungen aufstand und aus voller Seele ihre Sünden bekannte, war das schon ein schamloses Schauspiel, denn sie war ja ein Bauer unter Bauern, aber weil *sie* es war, sollte es ihr halt erlaubt sein. Manche lächelten seltsam, während Dorthea, dieser prächtige Herzensmensch, ihr Seelenleben entblößte, andere sahen zu Boden und dachten solange an etwas anderes, um sich von dieser Peinlichkeit abzulenken. Dorthea versammelte die Freunde oft bei sich auf dem Hof zu kleinen, stark geistig bewegten Essen. Ihr Mann war ebenfalls zu der neuen Lehre übergetreten und ließ sich einen großen Bart stehen. An solchen Abenden verzog sich der alte Iver aufs Ausgedinge. Von dort hörte man dann, wie er sich stundenlang trotzig mit seinem Asthma und seinem Altmännerhusten herumschlug.

All das trug sich in längst vergangenen Zeiten zu. In Himmerland hatte die Bewegung im wesentlichen denselben Charakter wie im übrigen Dänemark. Deshalb soll nicht weiter von allgemein bekannten Dingen die Rede sein. Vielmehr soll Andreas Olufsens Leben in kurzen Zügen für die Geschichte bewahrt werden.

Er wurde bald ein angesehener, auf alle Fälle ein sehr viel beachteter Mann. Merkwürdig war, daß Andreas Olufsen um so schweigsamer wurde, je mehr die von ihm ins Leben gerufene Bewegung an Umfang gewann. Schließlich erhielt man nur noch ganz selten, in Zweifelsfragen, einen dunklen Orakelspruch von ihm. Wenn er jetzt die Verkündigung und Verbreitung des allgemeinen Gotteswortes anderen Begabten, die nun hervortraten, überließ, kümmerte er sich dafür um so mehr um die praktischen Geschäfte der Bewegung. Sie hatten im Laufe der Zeit ein so weitverzweigtes Ausmaß genommen, daß nur er sich darin auskannte. Schon seit geraumer Zeit hatte er sich an die Spitze des großen Aufklärungswerkes gestellt, das in diesem Landstrich in die Wege geleitet werden mußte, und eine Büchersammlung zustande gebracht. Damals hatte er zum Glück noch Zeit, sich um die Buchbinderei zu kümmern, und er sorgte eigenhändig dafür, daß die Bücher gut eingebunden wurden. Da wohnte er noch in seiner Büdnerei und wollte gern etwas durch Nebenarbeit dazuverdienen. Später warb er in der Gemeinde für die Gründung einer Sparkasse und schlug die Vergütung für die Mühe, die er mit der Buchführung hatte, nicht aus. Doch verglichen mit der Bedeutung, die Andreas Olufsen später in dieser Gegend erhalten, und verglichen mit den Vertrauensposten, die er später selbst schaffen und bekleiden sollte, waren das alles nur Lappalien.

Die große Veränderung in Andreas Olufsens Leben traf ganz unerwartet und plötzlich ein. Der junge Bauer auf dem Uenshof zog sich eine Lungenentzündung zu und starb, und das war ja an und für sich traurig. Ein Jahr später heiratete die Witwe Andreas Olufsen. Das sei ein richtiger Roman, meinten die Leute. Darin liege eine Fügung, das sei ganz eindeutig. Wenn das nicht passiert wäre, hätte Andreas Olufsen *nie* geheiratet, dessen war man sich sicher. Herrgott, nun bekam er doch noch seine kleine Jugendliebe, die er schweigend und treu, ja ohne jede Eifersucht, so viele Jahre lang im Herzen bewahrt hatte. Das sei doch trotz allem schön.

An seinem Hochzeitstag war Andreas Olufsen um noch einen Grad schweigsamer. Die Trauung fand in aller Stille statt; nur wenige Freunde waren anwesend. Als sie von der Kirche kamen, setzte sich Andreas Olufsen in die eine Ecke des alten Wachstuchsofas und blieb dort für den Rest des Tages sitzen, als sei er etwas müde. Sein Unterbiß vergrößerte sich gleichsam an diesem Tag, und der Kiefer stand seitdem noch weiter vor. In der andern Sofaecke saß der alte Iver und kämpfte mit seinem Husten, er trug seine Alltagskleider. Er sagte nicht ein einziges Wort; es sprach ihn aber auch keiner an.

Andreas Olufsen verkaufte seine Büdnerei und ließ im übrigen seine ganze Vergangenheit hinter sich, als er als Hausherr auf dem Uenshof einzog. Nur ein paar Bücher und eine Buchbinderpresse nahm er mit. Sonst war alles, was er brauchte, auf dem Uenshof vorhanden, er kannte sich dort genau aus; der Hof war seit Urzeiten wie für ihn geschaffen. Im täglichen Leben veränderte sich auf dem Hof nichts, wenn man davon absah, daß das Gesinde verschüchterter und stiller war als in früheren Tagen. Andreas Olufsens Augen hatten die Fähigkeit, aus jedem, auf den sie herabblickten, die Lebenslust zu vertreiben. Den Hütejungen vom Uenshof blieben nun nicht mehr viele sorglose Stunden.

Ein Jahr nach der Hochzeit starb Dorthea unter entsetzlichen Qualen im Kindbett. Sie schrie zwei Tage und Nächte lang, daß man es im ganzen Dorf hörte. Das Kind wurde ihr mit Zangen Stück für Stück aus dem Leib geholt. Es traf sich just so, daß Andreas Olufsen während dieser Tage, da seine Frau niederkam, zu Freundesversammlungen unterwegs war. Als er nach Hause kam, fand er ein weißes lebloses Wesen vor, das in einen Sarg gebettet worden war, Dorthea. Sie glich einer Winterlandschaft, die nach einem furchtbaren Schneesturm erstarrt und still daliegt. Doch in der Altenstube hatte der alte Iver vom Uenshof mitangehört, wie sein Geschlecht ausstarb, nicht wie ein Mensch, der mit dem Tode ringt, sondern wie ein wildes und schreiendes Tier, das lebendigen Leibes zerrissen wird.

Andreas Olufsen lud zum größten und üppigsten Leichenschmaus ein, den es seit Menschengedenken gegeben hatte. Alle Glaubensfreunde der Gegend – etliche hundert Menschen mit Appetit – wurden auf dem Uenshof bewirtet, und die Reste bekamen die Armen. Der alte Iver war auf dem Wachstuchsofa plaziert worden, wo er lahm und steif vor Alter dasaß und den Händedruck der Trauergäste entgegennahm. Der alte Iver konnte nicht mehr sprechen, die Zunge verweigerte ihm den Dienst, doch er verfolgte seinen Schwiegersohn und ehemaligen Hütejungen auf Schritt und Tritt mit den Augen. Andreas Olufsen hielt diesem Blick stand. Die beiden hatten an dem Tag nach Dortheas Tod einen Wortwechsel gehabt, der damit endete, daß die Zunge des Alten von einer Lähmung befallen wurde. Und nun konnte er sich nur noch mit den Augen verständlich machen. Mörder! stand in ihnen zu lesen. Zwei Jahre später beugte sich Andreas Olufsen über ihn und drückte ihm die Augen zu.

Doch bevor Iver starb, hatte Andreas Olufsen, nun auch Andreas vom Uenshof genannt, eine neue Frau auf den Hof geführt. Sie kam aus der Freundesgemeinde, ein lebenslustiges und tüchtiges Mädchen, das eine reiche Mitgift auf den Uenshof brachte, denn es heißt ja: Wo viel ist, kommt viel hinzu. Als junges Mädchen hatte sie zu den fröhlichsten und kecksten der ganzen Freigemeinde gehört – sicherlich mehr von Natur aus, denn aus eigentlich geschulter Lebensanschauung –, und darum war es nicht so ganz unerklärlich, daß sie schon bald nach der Heirat den Humor verlor. Möglicherweise war sie auch ein wenig durch den tagtäglichen Umgang mit dem schweigsamen Mann verschreckt, der an so vieles zu denken hatte, daß er nur Zeit fand, sich mit kurzen Weisungen an seine Familie zu wenden. Die neue Uenshofbäuerin war übrigens ungemein tüchtig im Kinderkriegen. Doch schon wenige Jahre später war sie nur noch ein Schatten ihrer selbst. Andreas Olufsen, der ein sehr alter Mann wurde, brachte alles in allem drei Frauen unter die Erde.

An dieser Stelle kann gleich eine flüchtige Übersicht über seine Karriere im öffentlichen Leben gegeben werden. Er wurde seinerzeit Dorfschulze und Gemeinderatsvorsteher, Vorsitzender der Sparkasse sowie Kreistagsmitglied und später dann gewählter Reichtagsabgeordneter. Im Reichstag schloß er sich den Nationalliberalen an, öffnete aber in den Sitzungen – von einem natürlichen Unwillen, sich hervorzutun, klug geleitet – bei keiner Gelegenheit den Mund. Deshalb fiel es ihm auch leicht, vor 1864 eine begeisternde Kriegsstimmung zu entfachen, ohne eigentlich Reden zu halten oder sich auf andere Art zum verantwortlichen Mittelpunkt dieser Strömung zu machen. Er strahlte gleichsam nur den Standpunkt aus, den seine Anhänger einnehmen sollten, obgleich er damals noch seine Meinung in dunklen Sprüchen durchschimmern ließ, die dann zu geflügelten Worten wurden. Unter den Freunden gab es nicht einen einzigen, der nicht der dänischen Heldenkraft fest vertraute und die geistlose Übermacht der Deutschen verhöhnte. Und alle blickten sie auf zu Andreas Olufsen, dem Dänen- und Christenkämpen (der mit Holzschuhen nur sechzig Zoll maß und nie Soldat gewesen war), er würde den *Geist* gewiß zum Sieg führen.

Nach dem kleinen Krieg tat es dem Vertrauen der Freunde keinen Abbruch, daß Andreas Olufsen nun eine etwas andere Haltung einnahm. Sie hatten ihn schmerzlich mißverstanden; *er* hatte den Krieg nie gewollt! Im übrigen erblühte aus der blutigen Wunde ja bekanntlich ein Geist der Erneuerung. Das Volk wandte sich nach der Verstümmelung gleichsam nach innen und sammelte sich in einer kraftvollen und fruchtbaren nationalen Stimmung, deren Flügelschlag auf das Land, das seine Füße verloren hatte, erhebend wirkte. Und in dieser Stimmung sangen sich Andreas Olufsen und seine Schar wieder unverbrüchlich zusammen.

Nach 1864 schloß er sich der äußersten Radikalen Venstre an, die sich sowohl der Befestigung des Landes als auch jeder militärischen Oberklassenpolitik widersetzte und aus diesem Anlaß den Verfassungskampf auslöste. Während der Zeit des Provisoriums, als sich der Konflikt in der Flintenbewegung zuspitzte, galt Andreas Olufsen als die rechte Hand der Radikalen Venstre. Er war es nämlich, der in den aufgeputschten jütländischen Kreisen heimlich, doch mit Nachdruck, zur Erhebung riet, und er war es auch, der später dann, als sechs Gendarmen in die Gegend kamen, das Volk öffentlich, so daß es das ganze Land hörte, beschwor, sich loyal zu verhalten.

Später wirkte Andreas Olufsen mehr im verborgenen. Dafür zeigte sich sein Einfluß jedoch in grellstem Licht, als er gemeinsam mit mehreren Gleichgesinnten aus der Venstre ausbrach, die gerade den *Feind* – die Nationalliberalen – in die Ecke gedrängt hatte und den *Vergleich* zustande brachte. Das war Andreas Olufsens letzte große Tat im öffentlichen Leben. Danach zog er sich zurück. Mittlerweile war er auch ein betagter Mann, der Ruhe gebrauchen konnte, er hatte viel erreicht. Aus Anlaß dieses Jubiläums wurde errechnet, daß er von allen damals lebenden Politikern am längsten Mitglied des dänischen Parlaments gewesen war. Den Systemwechsel erlebte er nicht mehr. Man darf aber sagen, daß sein Geist über das Grab hinaus wirkte und eine neue Generation mitprägte. Andreas Olufsen ging zu einem glücklichen Zeitpunkt davon: gerade in dem Augenblick, da er nach einem langen harmonischen Leben seine Herzenssache reifen sah. Nun weht der Wind in Dänemark aus einer anderen Richtung, doch der *Geist* dürfte eigentlich derselbe sein.

Wenn von Andreas Olufsens Wirken im öffentlichen Leben die Rede ist, geziehmt es sich nicht, Einzelheiten aus seinem Privatleben miteinzubeziehen. Doch da hier mit der Geschichte seines Privatlebens begonnen worden ist, sollen einige wenige Angaben zu seiner Charakteristik als Mensch angeführt werden. Er war ja viele, viele Jahre lang sowohl in dieser Gegend als auch im dänischen Geistesleben überhaupt eine feste und unverwechselbare Größe. Seine Persönlichkeit war uns so bekannt und vertraut, daß jede Anekdote über ihn voller Freude und mit höchster Spannung begrüßt werden dürfte. Sein Äußeres mit den gebieterischen und doch so einfachen Zügen ist wohlbekannt. Von Gestalt nur klein, war er jedoch ganz und gar nicht wendig oder sehr beredt, wie es kleine Menschen oft zu sein pflegen. Er bewegte sich, im Gegenteil, mit einer gewissen bürgerlichen Behäbigkeit, die Respekt einflößte – ähnlich wie man ihn seinerzeit Iver vom Uenshof entgegenbrachte –, und er wurde vor allem mit den Jahren zu einem fast stummen Mann.

Soweit es seine Kräfte erlaubten, war er arbeitsam wie wenige. In seinen besten Mannesjahren litt er sehr unter nervösen Schwächeanfällen, fand aber Heilung durch den Gebrauch des Rejersenschen elektrischen Kraftgürtels. Trotz seiner zarten Konstitution, die ihn von Jugend an gezwungen hatte, sich bei körperlicher Arbeit zurückzuhalten, war er ein fleißiger und stets hellwacher Mann. In geistigen Dingen besaß er eine so lebhafte Auffassungsgabe, daß alles, was er sich von anderen aneignete, schon bald nicht mehr von seinem eigenen Wissen zu unterscheiden war. Deshalb war man oft darüber im Zweifel, woher er sich seine Lebensanschauung geholt hatte. Seine Feinde behaupteten, daß er im Grunde den Sinn seiner Verkündigungen nicht ahne. Dieser Dieb preßte nach ihrer Meinung mit seiner Buchbinderzwinge nur die geläufigsten Wendungen aus Grundtvigs Schriften heraus und eignete sie sich unrechtmäßig zu eigenem Gebrauch an. Andreas Olufsen erkannte den großen Dichter jedoch nie als sein Vorbild an und verwehrte sich dagegen, daß man seine Sache als *Grundtvigianismus* bezeichnete ..., was sich Grundtvig selbst ja auch bekanntlich sehr verbat! Die Lokalbevölkerung, die sich nicht um irgendwelches geistiges Eigentumsrecht scherte, fand es ihrerseits höchst passend, Andreas Olufsen die Bewegung selbst wie auch ihren genialen Ursprung zuzuschreiben.

Wir kommen nun zu Andreas Olufsens geheimster Eigentümlichkeit, dem innersten bewegenden Nerv seines Lebens. Da über Menschen in exponierten Stellungen so viel leichtfertiges Gerede verbreitet wird, ist ihnen oft besser damit gedient, man sagt über sie die Wahrheit und nichts als die Wahrheit. Es wäre deshalb nicht richtig, einen so beherrschenden Zug in Andreas Olufsens Wesen wie seine *Sparsamkeit* zu verschweigen. Man könnte bei ihm von der Neigung sprechen, stets den Blick auf das Nächstliegende zu richten, einer Neigung, die die Grundfeste seines Wesens als Politiker bildete und den Gedanken an ein so edles Vorbild wie König Frederik VI. weckt. Wir erwähnen seine Sparsamkeit hier jedoch in einem rein praktischen Sinn. In Geldangelegenheiten war er kleinlich bis zur Krankhaftigkeit. Man erzählt, und das wirkt sehr wahrscheinlich, er habe in seinem langen Leben kein einziges Mal Bargeld ausgegeben. Er hielt sein Barvermögen mit einer Art Sammlermanie zusammen. Seine Feinde, die selbstverständlich übertrieben, behaupteten, er würde einen Hof angesteckt haben, wenn er hätte hoffen können, auch nur ein Fünförestück auf der Brandstätte hervorzuscharren. Während fast zweier Menschenalter, in denen er sich, allen Parteiwechseln zum Trotz, im Reichstag behauptete, bezog er die Tagegelder eines Volksvertreters, die ja ziemlich ansehnlich sind und die ihm viele mißgönnten. Man weiß, daß er dieses Einkommen mit besonderer Aufmerksamkeit oder Pietät betrachtete und die volle Summe, ohne sie je anzutasten, auf ein Sparbuch einzahlte. Als er sich zurückzog, machte das ein kleines Vermögen aus, und das, obgleich er nicht mehr die Anhebung der Diäten erlebte. Die großen Essen, die er vor allem in den ersten Jahren für seine Glaubensfreunde auf dem Uenshof gab, sollen ihn viel gekostet haben. Doch das belastete den Hof ja nur in Form von Lebensmitteln, und später wurden die Festessen auch seltener, und außerdem trugen die Freunde unter der Hand ihr Scherflein dazu bei, was ja nur recht und billig war. Seine zahlreiche Nachkommenschaft zog Andreas Olufsen ohne nennenswerte Kosten groß, da sich die Kinder für ihren Unterhalt auf dem Hof nützlich machten. Einige erhielten Freiplätze an Hochschulen, die Andreas Olufsen verpflichtet waren, und gelangten so zu einer höheren Ausbildung. Zu der Zeit war er bereits ein außerordentlich reicher Mann, was man ja werden muß, wenn man in einem ungewöhnlich langen Leben ständig Einnahmen hat, ohne je bei irgendeiner Gelegenheit etwas auszugeben.

Andreas Olufsen war ein wichtiger Mann. *Wichtig* – was heißt das? Daß er als eine Art instinktives Gegengewicht zu seinem unscheinbaren Äußeren mit einem gewissen Hochmut und einer gewissen Kälte auftrat, muß – bedenkt man die Verantwortung, die auf ihm ruhte – auf jeden Fall als wohldurchdacht erscheinen. Daß er tatsächlich den Eindruck erweckte, höchst dünkelhaft zu sein, lag zum einen in seiner unbestreitbaren Begabung begründet und zum anderen wohl auch an seinem stark entwickelten Unterkiefer, also einer organisch angeborenen Zufälligkeit. Er erinnerte ein wenig an einen Hecht, der ja einen raubgierig vorgestreckten Unterkiefer hat. Doch hätte es vielleicht einen Sinn, den Hecht der Dünkelhaftigkeit zu bezichtigen? Einige wollten gesehen haben, wie Andreas Olufsen, wenn er in einer großen Gesellschaft war, vor Wichtigkeit gleichsam *erlahmte*, so daß er mit seinem Unterbiß stocksteif dasaß und eine geschlagene Stunde lang auf *eine* Stelle starrte. Aber entspricht es nicht gerade der Gewohnheit des Hechts, sich so in seiner Umwelt zu verhalten, und kann man ihm deshalb bewußten Hochmut vorwerfen? Der Hecht *verdaut* wohl ganz einfach in dieser Stellung.

Manche fanden es auch angebracht, von weniger feinen Handlungen Andreas Olufsens zu munkeln. Er hatte das augenfällige Pech, sowohl in der Politik als auch im Privatleben ungefähr alles, was er anderen streng verbot, selbst anzustellen. Vielleicht war es Ironie des Schicksals, oder er hatte im tiefsten Herzensgrund eine Art moralischen Freibrief erworben, was niemand seiner sonst so schlichten Natur so leicht zugetraut hätte. In einem unüberlegten Augenblick soll er einmal geäußert haben, lügen oder stehlen sei keine Sünde, sich dabei aber erwischen zu lassen, sei anstößig, und seine Verfehlungen einzugestehen sei strafbar. Diese Anekdote beruht sicherlich nicht auf Wahrheit. Andreas Olufsen hätte sich selbst niemals etwas Gesetzwidriges zuschulden kommen lassen oder etwas getan, was ihn die Achtung der Menschen gekostet hätte.

Doch da *war* ja nun einmal diese traurige Geschichte mit seiner ersten Frau Dorthea, deren Tod man nicht vergessen konnte, selbst jene nicht, die unerbittlich am Recht der Ehe festhielten. Einige beharrten auf ihrer Meinung, daß er sich in der Angelegenheit wie ein kaltblütiger Schurke betragen habe. Doch ist das nicht ein Widerspruch, steht das nicht im Widerstreit zum eigentlichen Akt des »Verbrechens«? Ausnahmemenschen hält man ja manches zugute, und ist man umgekehrt ein Schurke, dann ist man wohl nicht länger ein Ausnahmemensch, und wem sollte dann etwas vergeben werden? Unter allen Umständen ist es jedem anheimgestellt, sich der schlechten Menschen hier in der Welt zu erwehren. Solange wir uns aber nicht mit einem Mann messen können – mögen wir nun nicht abgebrüht genug sein oder keine Lust dazu haben –, steht es uns am besten an, das Urteil über ihn bis auf weiteres auszusetzen.

Eine solche Betrachtungsweise liegt nahe, wenn man an Niels Kristian denkt. Er verkam in seinen letzten Lebensjahren als herumziehender Liederverkäufer und konnte gar nicht genug Pech und Schwefel auf Andreas Olufsens sündiges Haupt vom Himmel herabflehen. Und überdies – wenn Andreas Olufsen ein Schurke gewesen wäre, dann wäre er gleich anderen Unholden der Geschichte an der Läusesucht gestorben, oder sein Leichnam wäre auf dem Weg zum Friedhof durch die Sargritzen herausgetrieben. Doch keines dieser Gottesurteile fand bei ihm Anwendung. Still und schmerzlos schlief er vor Altersschwäche in seinem reinlichen Bett ein und kam mit größter Würde und Ehre in die Erde. Sollte er auf Erden ein gieriger Schmarotzer gewesen sein, dann gab er ihr nun jedenfalls seinen Leib mit Zins und Zinseszins zurück – gab sich ihr mit Haut und Haar hin.

Während der letzten zehn Jahre seines Lebens war Andreas Olufsen kindisch. Man darf wohl sagen, daß es ihm nie vergönnt war, vor die große Frage gestellt zu werden, *warum* er gelebt hatte. Zu dem Zeitpunkt, da er sich diesem Problem mit Fug und Recht hätte stellen können, nahmen seine Geistesgaben Schritt für Schritt ab, so daß das Problem mit seinem Bewußtsein gleichsam schrumpfte und sich schließlich verflüchtigte. Nach seinem Tod stand deshalb auch das ganze große Vermögen, all das schöne Geld, unangerührt da, ohne daß er irgendeine Festlegung über dessen Verwendung getroffen hätte. Vielen Menschen gab das Anlaß zu seufzen und Betrachtungen über die kurze Dauer des Lebens anzustellen. Ach ja, aber wer weiß, ob Andreas Olufsen, wenn er noch länger hätte wirken dürfen, nicht bloß noch mehr Geld zusammengerafft hätte. Er war eingerichtet wie eine Falle, die alles wegschnappt, aber nie wieder etwas hergibt.

In Andreas Olufsen wohnte ein Sammlergeist. Sogar als Person war er zurückhaltend. Das meiste von dem, was er aß, behielt sein Körper zurück. Menschen, die ihn gut kannten, behaupteten amüsiert, er habe nie etwas anderes als Luft von sich gegeben. Alles, was er verdaute, schied er in geistiger Form aus.

Mit zunehmendem Alter wurde er sehr beleibt, und im hohen Greisenalter saß er schließlich wie eine kolossale Talgmasse da, überwuchert mit langen, weißlichgrünen Haaren, die wie Schimmel aussahen. Er glich einem sehr großen, zottigen Pilz, einem ehrwürdigen Riesenpilz, der für sich allein auf der Erde stand. Und ihn umgab auch dieser seltsame säuerliche Dunst aus Feuchtigkeit und altem fauligem Holz.

Zuletzt waren alle seine Sinne erloschen, er war blind, taub und stumm, kannte weder seine Familie noch sich selbst. Als er endlich starb, ging keine andere Veränderung mit ihm vor, als daß er nicht mehr gefüttert wurde. Er kam in die Erde wie eine riesige weiße Made, bei der es keinen Unterschied zwischen oben und unten gibt und deren Inneres aus dem schwarzen Dunkel der Nacht besteht.

Er starb als ein Abbild des unersättlichen, sinnlosen Wachsens. Nach dem privaten Appetit eines langen Lebens entglitt er in die große Einsamkeit, die immer nur wächst und wächst.

Donnerkalb

Es klingt wie eine ferne Sage, was man von ihm berichtet: in seiner Jugend einst ein großer und stattlicher Bursche, soll er bei einem Sturz unters Pferd geraten und so zum Krüppel geworden sein. Wie dem nun auch sein mag, so, wie er aussah, hatte er schon seit Menschengedenken ausgesehen, er war bucklig und auf die Hälfte seiner tatsächlichen Größe zusammengekrümmt. Auch das eine Bein war zu kurz. Seine Riesenkräfte aber besaß er immer noch. Er erinnerte an Dänemarks Geschichte.

Er war ein vagabundierender Sammler und Sonderling, allen bekannt, ohne daß einer ihn richtig kannte. Er gehörte zu keiner Familie, keiner Sippe oder irgendeiner Gemeinschaft. Er stand außerhalb der Zeiten.

Wie er richtig hieß, ahnte niemand. Er hatte ganze zwölf Spitznamen von reichlich heidnischem Klang. Sie waren alle seine eigene Erfindung. Außer Donnerkalb, jenem Namen also, den die Leute beibehalten hatten, nannte er sich noch Füllen, Wildfang, Widderlamm und so weiter, alles Namen, die nach Feurigkeit und Jugend klangen. Er war so betagt, daß er sich nicht mehr an sein Alter erinnern konnte. Er hatte seit eh und je existiert und schien nicht sterben zu wollen.

Um sich ein Bild von seinem Aussehen zu machen, muß man sich einen Mann von riesigem Wuchs vorstellen, den man zusammengebogen und wie ein Fernrohr ineinandergeschoben hat. Donnerkalbs Rumpf war breiter als lang, und der Durchmesser von der Brust zum Rücken betrug eine Elle. Seine Arme waren so lang, daß sie fast bis an die Erde reichten, und so stark wie die Schenkel eines gewöhnlichen Menschen. Die Hände waren gelb und fleischig, ihr Rücken borstig behaart, die Finger hatten dicke hornige Nägel. Wenn er sich fortbewegte, hatte er eine kurze Krücke unter dem linken Arm und einen derben eisenbeschlagenen Stockstummel in der rechten Hand. Das linke Bein war zu kurz und steif in der Hüfte. Im Winter trug er unterschiedliche Holzschuhe, der Schuh am linken Fuß hatte einen Eisenbeschlag von vier bis fünf Zoll Stärke. Im Sommer dagegen ließ er den rechten riesigen Fuß unbekleidet und den linken steckte er in einen gewöhnlichen Holzschuh. Auf diese Weise glich er den Längenunterschied der Beine ein wenig aus und bewegte sich humpelnd vorwärts. Trotzdem legte er während seines Lebens mehr Meilen zurück als irgendein anderer Mann im Himmerland. Er hatte kein Zuhause, sondern stapfte stets auf den Landstraßen herum, auf daß erfüllet werde: wer am schlechtesten zu Fuß ist, kommt am weitesten.

Wenn Donnerkalb in einen Ort humpelte, war er nicht zu verkennen. Er glich einem alten Lumpenbündel, das sich auf vier zusammengeliehenen Beinen – zwei davon Holzbeine, und nicht einmal gleichartige – in Bewegung gesetzt hat. Wo er auftauchte, klapperten und klangen die Steine von echtem Eisenbeschlag. Er hinterließ tiefe Spuren in der Erde, denn er wog soviel wie ein mittlerer Ochse, und er trug sowohl vorn als auch hinten schwere Bürden. Er schleppte ständig all sein Hab und Gut mit sich. Wenn man ihn so vierbeinig auf einem Weg dahinkriechen sah, hielt man ihn kaum für einen Menschen. Er war seltsam gekleidet. Es waren Sachen, die er dreißig, vierzig Jahre lang auf dem Leibe getragen und so oft und mit so vielen verschiedenen Lappen geflickt und ausgebessert hatte, daß sie nun an manchen Stellen mehrere Zoll dick waren und an einen Trödelladen erinnerten. Daß sie nicht nach Ambra dufteten, versteht sich von selbst, aber sie waren einmalig in ihrer Art. Viele hatten Donnerkalb bereits einen neuen Anzug geboten, um sich in den Besitz des alten als einer Rarität zu bringen, aber er wollte sich nicht davon trennen. Er fühlte sich darin so wohl wie ein Tier in seinem Fell. Auf dem Kopf trug er einen alten spitzauslaufenden Hut, der ganz ausgeblichen war vor Alter und noch aus der Zeit der Leibeigenschaft stammte. In seiner Spitze verwahrte er sein Brot und seinen Tabak – das war seine Speisekammer. In den großen, schmutzigen Bündeln, die er auf dem Rücken trug, schleppte er die Waren mit sich herum, die er zusammenbettelte, altes Eisen und allen möglichen wertlosen Plunder. In dem weißen Friesbündel aber, das ihm vorn auf der Brust hing, hatte er sein Bargeld, sein Vermögen in Silber, und das war alt und schwer. Er hatte viel zusammengescharrt. Nicht umsonst war sein Gesicht vom Regen und Sonnenbrand und Weststurm eines halben Jahrhunderts gezeichnet. Er verfolgte ein Ziel und nahm sich mehr Zeit als andere, die mit gefedertem Kutschwagen dahinjagen und es so eilig haben, den Mann mit der Sense einzuholen.

Man fragt sich stets unwillkürlich, was ein Mann *will* und was er *kann*. Bei Donnerkalb war sich keiner im Zweifel. Er konnte zwei Dinge! Lieder singen und Leute in den Brunnenschacht fieren, und dafür wünschte er sich alles, was altes Metall, Knopfhülsen und Irrschillinge (wie er ungültige Münzen nannte) hieß. Die eine seiner besonderen Gaben läßt sich sofort erklären: Er hatte so unmäßige Armkräfte und war so schwer, daß es für ihn die leichteste Sache der Welt war, einen Mann in einen Brunnen hinabzulassen und wieder hochzuwinden. Wenn etwas mit dem Brunnenschacht nicht in Ordnung war, schob man die Reparatur deshalb meistens so lange auf, bis Donnerkalb in den Ort kam, und bat ihn dann, die Winde zu drehen. Dafür war er der richtige Mann. Er stand dann da, den Kopf zum Bauch gesenkt, seiberte in seinen Speichelfänger von einem Bart und drehte mit einer Hand die Kurbel, ganz so, als wäre es ein leerer Eimer und nicht ein ausgewachsener Mensch, den er in die Tiefe hinabfierte. Seine Hände hatten die Kraft von vier Männern. Deshalb blieb Donnerkalb auch, wo immer er ging und stand, von Spötteleien verschont. Wie eine lehrreiche Sage erzählt man sich, daß ein Hund, ein dummer Hund, einmal nach ihm geschnappt und sich in die Reichweite seines eisernen Knüttels gewagt habe. – Oh, er wurde *mausetot* geschlagen, ein einziger Hieb von Donnerkalbs Krücke verwandelte ihn zu Brei! Sonst tat er keinem etwas zuleide. Er war gutherzig.

Die andere Fähigkeit, mit der sich Donnerkalb beliebt machte, lag in seinem ganzen Wesen begründet. Er war ein Dichter. Die Lieder, die er den Leuten vorsang, hatte er selbst verfaßt. Sie waren nicht wie andere Lieder, worin eine traurige Begebenheit oder eine romantische Liebesgeschichte besungen wird – Donnerkalbs Lieder waren Lobgesänge und Mysterien. Sie waren sowohl in der Ausdrucksstärke als auch in der Länge unterschiedlich, er sang auch nicht bei jeder Gelegenheit dasselbe Lied. Für ein gewöhnliches Stück Schrott, ein Absatzeisen oder ein paar rostige Nägel bekam man ein unschuldiges Liedchen zu hören, das in seinem allerletzten Vers die Tür zum Reich der Unkeuschheit einen Spalt breit öffnete. Gab man ihm aber eine guterhaltene Knopfhülse oder eine ungültige Silbermünze, dann revanchierte er sich dafür mit einem langen, ausführlichen Lied, das sich nicht mit einem flüchtigen Blick in das Reich der Unzüchtigkeit begnügte, sondern eine ausführliche Topographie davon vermittelte.

Er sang nicht auf gewöhnliche Weise, dieser Mann, genannt Donnerkalb, denn auch seine Melodien waren selbst verfaßt. Sie waren sehr gleichförmig und tief, so daß sich sein Gesang eher wie ein Vortrag mit untergelegten Tönen anhörte. Er sang merkwürdig ausdrucksvoll, und die klugen Augen, die er niemals niederschlug, trugen das Ihre dazu bei, den Liedern Kraft zu verleihen. Er konnte die Menschen damit förmlich lähmen. Sie waren so gewagt, mitunter so schweinisch und viehisch, daß die Zuhörer wie angenagelt dastanden. Ein ganz rätselhafter Anblick, ihn vor einem Gehöft, umgeben von Burschen und Männern, singen zu sehen. Sie konnten sich nicht von der Stelle rühren, wie gebannt hörten sie zu, und nur wenn Donnerkalbs Stimme, die ohnehin leise klang, so als dürfe ihn niemand hören, völlig abzusinken drohte, stürzte einer der Burschen wie der Blitz in den Hof und suchte einen alten Nagel oder einen Metallknopf heraus, um dem Lied damit wieder Nahrung zu geben.

Geld, wirklich gültige Münzen, stand gleichsam außerhalb seines alltäglichen Wunschbereichs, obwohl er letzten Endes gerade danach strebte. Alle erbettelten Metallstückchen setzte er einmal im Jahr bei einem Gürtler in Hobro in Geld um. Die Irrschillinge und Knopfhülsen aber, kurz gesagt, alles, was rund war und aus Silber, versteckte er. Gab ihm jedoch jemand, um ihn zum Singen zu bewegen, Bargeld, dann warf er den Kopf in den Nakken, *schüttelte* sich gleichsam vor Respekt, nun galt es. Und dann hob er die Stimme, dann sang er mit voller Lautstärke von den letzten, unaussprechlichen Dingen. Dann war es keine Glut, die im Halbdunkel verglomm, sondern ein sprühendes Feuer, das bis auf den Grund niederbrannte.

Wenn Donnerkalb an einem Gehöft stand und sang, waren die Frauen wie weggeblasen, sie waren verschwunden, sie ließen sich nicht blicken. Überhaupt fürchteten ihn alle Frauen, und das, obgleich er sich ihnen mit den freundlichsten und rücksichtsvollsten Gebärden näherte. Wenn er in der Nähe war, standen sie stets fluchtbereit da und suchten mit den Augen die Ausgänge.

Eben darin bestand Donnerkalbs großer Kummer. Er liebte das andere Geschlecht, die jungen Mädchen wie die schmerbäuchigen Frauen und auch die alleraltesten runzligen Weiblein, er liebte sie alle miteinander. Im Herzen des alten reckenhaften Krüppels war der Geist eines Ritters bewahrt. Keine Schürze konnte sich in seine Nähe wagen, ohne daß das Flickenbündel zu einem langen, feinfühligen Trollarm wurde, der sich tastend und suchend vorschob und mit allen fünf hochgestreckten Fingern in der Luft herumschlängelte. Doch *kam* ihm eine so nahe, daß er sie hätte erreichen können, würde er den Arm zurückziehen, sich genießerisch die Handfläche küssen und damit so behutsam, so behutsam an der bezaubernden Schürze hinabstreichen, während er gleichsam mit seinen dreisten Widderaugen in tiefster Unterwerfung vor ihr kroch. Wenn er die Frauen berührte, gebärdeten sie sich, als liefen ihnen Ratten über den Körper, sie kreischten und stiebten davon. Wenn selbst eine neunzigjährige Alte, zerfurcht wie eine Eiche, wie eine Kröte herumhopste und quakte, sobald Donnerkalb ihr auf diese Weise seine grenzenlose Verehrung darbrachte, dann muß man schon ein Bild aus der besten Zeit des Rittertums heraufbeschwören, um etwas Vergleichbares in Richtung Schwärmerei und schöner Schamhaftigkeit zu finden.

Man erzählt übrigens, daß es in Donnerkalbs Leben eine unglückliche Liebe gegeben habe. Doch das erzählt man meist von jedem, der alt geworden ist, ohne verheiratet gewesen zu sein, welchen Grund das auch immer gehabt haben mag. Vom Lindby-Jäger, von Vogn auf der Heide, Niels Kristian, Schnüffel-Peter nicht zu vergessen, und von vielen anderen dieser Werwölfe heißt es ebenfalls, daß sie seit ihrer Jugend an einer unglücklichen Liebe trugen. Als Ersatz dafür schienen ihnen jedoch andere Gaben verliehen worden zu sein. Der Jäger hatte die Fallsucht, und Vogn war *weise* geworden, Niels Kristian war ebenso wie Krämer Drejs, der ja übrigens die Liebste zum Schluß noch erhielt, mit geistigen Gaben gesegnet worden, Schnüffel-Peter trank, und so hatte jeder anstelle des verlorenen Glücks den besseren Teil erhalten, der ihm nicht genommen werden sollte.

Donnerkalb waren also die Gaben eines Skalden verliehen worden. Es muß aber gesagt werden, daß er sie nicht so wie Niels Kristian nutzte, um herabzusetzen, worauf er hatte verzichten müssen – im Gegenteil. Wie schon angedeutet, war es im Liebesleben gerade das Körperliche, was er in seiner Dichtung verherrlichte. Und er brachte es als Kenner und zungenfertiger Beschreiber verborgener Dinge beispiellos weit. Von allen Genußmenschen, die je trockenen Mundes eine Schwelgerei ausgemalt haben, war er der kundigste, so wie er, obwohl er lahm war, auch als Wandersmann alle anderen in den Schatten stellte.

Wenn Donnerkalbs Dichtung so frei war von Entsagung und Wehmut, lag das darin begründet, daß er trotz all seiner Körperbehinderung eine unverwüstliche Gesundheit hatte. Der bucklige und verzogene Stamm von einem Körper, an dem er zu tragen hatte, barg ein Paar gewaltiger Lungen, und die sind ja bekanntlich der Sitz der Lebenslust. Er war ein Freiluftmensch, ein geborener Naturfreund. Er lebte sein Leben unter freiem Himmel und teilte seine Aufmerksamkeit zwischen Regenwurm und Lerche, und eben das machte ihn zum Dichter. Sein Blut war so süß, daß er nicht reden konnte, ohne seine Worte auszuschmücken. Deshalb drückte er sich stets in poetischen Umschreibungen und dunklen Gleichnissen aus, um schließlich, wenn ihn der Rhythmus gefangennahm, zum Reimen überzugehen. Ebenso wie unseren Altvorderen verwendete er meistens den Stabreim, und er dichtete seine Verse oft im selben Atemzug, wie er sie sprach. Er liebte Kinder, und begegnete er auf seinem Weg solch einem kleinen wohlgenährten und samtweichen Wesen, legte er ihm die hohle Hand wie einen Deckel auf den rundlichen Bauch und fing an zu singen, daß sein ganzer Kopf dabei bebte: »Oh, du mein Zuckerkind, du mein klitzkleiner Zuckerhut, bist aus Zucker und ißt Zucker! Kaum warst du auf der Welt, hast du schon gewußt, wie man trinkt aus Mutters Zuckerbrust. Und hungrig bist du, also saug mit deinem Mündchen rot an deinem Zuckerbrot, daß es rinnt in deinen Zuckerbauch. Ich sag dir, du bist süß! Killekille!«

Und Donnerkalb versetzte dem Kind mit allen fünf Fingern einen hastigen Stubs gegen den kleinen Kullerbauch, daß es sich aufjauchzend und hingerissen auf der Erde herumkugelte.

Donnerkalb war stets auf der Wanderschaft, stets draußen, wie das Wetter auch sein mochte. Im Sommer schlief er unter freiem Himmel. Nur unter den größten Schwierigkeiten, und dann auch nur im Winter, konnte man ihn manchmal in eine Stube locken, er bekam da drinnen keine Luft und ertrug nicht die niedrige Zimmerdecke über dem Kopf. Er war ein Geschöpf, das man draußen erleben mußte, auf der Erde kriechend und mit dem hohen Himmel über sich. Mit seinem hohen Hut, der an ein Hünengrab erinnerte, den Augen, die wie blankgeputzte Fensterscheiben in einem alten Haus blitzten, glich er selbst einer Landschaft oder einem früheren Bauerndorf. Bart und Haar ähnelten reifbedecktem Gestrüpp, seine Ohren sahen aus wie Kiesgruben und sein Buckel wie ein Hügel. In jedem seiner Mundwinkel stand eine schlammige Pfütze, seine Handrücken waren dunkel und furchig wie ein Brachacker. Und in seinen Mienen spielten rauhes und laues Wetter, Regen und Sonnenschein, der brausende Wind und die naßkalten Nebel.

Donnerkalb war einer der letzten im Himmerland, der die alte reine Mundart sprach. Seine Sprache war reich, sicher und ausdrucksvoll und bildete die Grenze seiner Welt. Seine Wanderungen führten nie über das Dialektgebiet hinaus. Leute, die Pferd nicht so aussprachen, wie es hier einst üblich war, konnte Donnerkalb nicht leiden, sie waren nicht seinesgleichen. Mit der Zeit wurde Donnerkalbs Welt kleiner, nicht, was den Umkreis betraf, sondern in der Zahl derer, die so wie er den unverfälschten Dialekt sprachen. Er hielt sich am liebsten an die altertümlichen Höfe und an einsam liegende Anwesen, wo Gebräuche und Geschmack noch die alten waren. Und hier nahm man Donnerkalb gern auf, er war ja ein völlig rechtschaffener alter und verlassener Sonderling, der nichts Böses an sich hatte. Manche gaben ihm in einer kalten Nacht wohl auch Obdach, weil sie an all das viele Silber dachten, das er mit sich herumschleppte oder ringsum in der Gegend vergraben hatte. Das kam übrigens nie ans Tageslicht, denn Donnerkalb starb, ohne irgendeinem die Verstecke verraten zu haben. Eines Nachts kam er in ein Gehöft gepoltert, stumm und bereits vom Todesschwindel umfangen, und dort beendete er seine Wanderung.

Er *war* unglücklich verliebt gewesen, der alte bucklige und lahme Recke! Mit seinem Bewußtsein erlosch auch in seinem Innern ein vergöttertes Erinnerungsbild, das Bild von einem jungen Burschen, der rank und kraftstrotzend auf einem unbändigen Pferd ritt …

Ane und die Kuh

Auf dem Markt von Hvalpsund stand oben auf dem Platz, wo mit Rindern gehandelt wird, eine alte Frau mit ihrer Kuh. Sie stand etwas abseits mit ihrer einen Kuh, vielleicht aus Bescheidenheit, vielleicht auch, um besser gesehen zu werden. Sie stand seelenruhig da, das Kopftuch zum Schutz vor der Sonne leicht in die Stirn gezogen, und strickte an einem Strumpf, der schon lang und zu einer dicken Rolle aufgewickelt war. Die Frau war nach der schönen alten Mode gekleidet, trug einen indigoblauen Rock, der so anheimelnd nach Färbkessel roch, und ein braunes, kreuzweise über die eingefallene Brust gebundenes Stricktuch. Das Kopftuch war verblichen und hatte Falten vom langen Liegen, und die Holzschuhe waren ganz flachgelaufen, doch dafür blankgeputzt. Außer den vier Stricknadeln, mit denen ihre alten, abgearbeiteten Hände so fleißig hantierten, stak ihr noch eine fünfte in dem grauen Haar. So stand sie da, das eine Ohr der Musik zugewandt, die vom Flohmarkt herüberklang, und blickte bald zu den Tieren, bald zu den Menschen hinüber, die sich ganz in der Nähe drängten und handelten. Lärm und Gebrüll umbrandeten sie, kamen von überallher – Gewieher oben vom Pferdemarkt und Trubel von den Booten unten am Strand, gellendes Gekreisch der Gaukler und Trommelgedröhn, doch sie stand seelenruhig in der Sonne und strickte an ihrem Strumpf.

Und neben ihr, den Kopf dicht an ihrem Ellbogen, stand hängebäuchig und spreizbeinig die Kuh und käute wider. Es war eine alte Kuh, doch von einem guten Schlag, gesund im Fell und so richtig gut gepflegt. In der Hinterpartie und längs des Rückgrads traten die Knochen vielleicht etwas scharf hervor, doch sonst war alles an ihr erstklassig. Das pralle Euter hing zart und samtig unter ihr, und ihre schönen schwarzweißen Hörner hatten nicht allzu viele Ringe. Mit feuchtglänzenden Augen stand sie da und kaute zum zweitenmal das Futter, beständig mit dem Unterkiefer von links nach rechts mahlend. Wenn sie einen Bissen hinuntergeschluckt hatte, drehte sie den Kopf zur Seite und sah sich um. Sobald aber der nächste Futterklumpen durch die Speiseröhre ins Maul hinaufgeschossen war, stand sie wieder mit unbeweglichem Hals da. Vor Wohlbehagen tropfte ihr der Schleim aus dem großen Maul, und wenn sie Luft holte, sang es in ihrem Innern, tief und gedehnt wie ein dunkler Orgelton. Es war eine gesunde und lebhafte Kuh, die in die Jahre gekommen war und alles erlebt hatte, was Kühen widerfahren kann. Sie hatte ihre Kälber geboren, ohne sie je sehen oder belecken zu dürfen, und sie hatte seitdem ihr Futter verzehrt und treu und redlich ihre Milch gegeben. Und nun käute sie ebensogut hier wie anderswo wider und schwang ihre Schwanzquaste in steifen Schnörkeln, um die Fliegen zu verjagen. Der Tüderstrick hing sorgfältig zusammengelegt an einem ihrer Hörner, denn sie würde bestimmt nicht durchgehen oder eigenmächtig davonlaufen, und die Treibhölzer waren alt und rundgeschliffen und hatten weder Naseneisen noch nach innen gerichtete Stacheln, denn sie brauchte ja überhaupt nicht im Zaum gehalten zu werden. Es muß darauf hingewiesen werden, daß sie an diesem Tag ihren neuen Tüderstrick trug, nicht den alten dünnen und ausgebesserten, mit dem sie sonst auf die Weide geführt wurde. Die alte Ane wollte, daß ihre Kuh vorteilhaft wirkte. Es war eine gute Kuh, ein prima Schlachttier, und es dauerte auch nicht lange, bis ein Mann herantrat und sie sich genau ansah und die Fingerspitzen in ihr Rückenfell grub, eine Annäherung, vor der sie etwas zur Seite wich, ohne aber böse zu werden.

»Was soll die Kuh denn kosten, Großmutter?« fragte der Mann und ließ seinen abschätzenden Blick von der Kuh zu Ane wandern. Ane strickte weiter.

»Sie ist nicht verkäuflich«, antwortete sie. Und wie um das Gespräch auf ehrbare Weise zu beenden, ließ sie mit der einen Hand die Stricknadeln fahren und wischte sich – sozusagen privat beschäftigt – die Nase. Der Mann ging weiter, geriet aber fast ins Stolpern, weil er kein Auge von der Kuh lassen konnte.

Nicht lange danach fuchtelte ein feiner und glattrasierter Viehhändler mit seinem Stöckchen vor den Hörnern der Kuh herum und ließ seine aufgesprungene Hand über sie hingleiten.

»Was soll die Kuh kosten?«

Die alte Ane blickt zuerst verstohlen zu ihrer Kuh, die angesichts des Stocks fügsam mit den Augenlidern flattert, dann wendet sie sich ab und scheint in der Ferne irgend etwas Interessantes zu entdecken.

»Sie ist unverkäuflich.«

Basta. Unser Händler in seinem blutbefleckten Staubmantel flatterte weiter. Doch bald darauf fand sich ein neuer Interessent ein. Die alte Ane schüttelte den Kopf. »Die Kuh soll nicht verkauft werden.«

Nachdem sie so einer ganzen Reihe von Leuten abschlägigen Bescheid gegeben hatte, war sie schließlich bekannt, und man fing an, über sie zu reden. Ein Mann, der schon einmal wegen der Kuh nachgefragt hatte, kam zurück und wollte sie nun endlich kaufen, und nun machte er ein sehr vorteilhaftes Angebot. Die alte Ane sagte nein, ein bißchen unruhig, doch bestimmt.

»Ist sie denn schon verkauft?« fragte der Mann.

Nein, das sei sie durchaus nicht.

»Ja aber, warum in aller Welt stehst du dann hier und gibst mit deiner Kuh an?«

Die alte Ane ließ den Kopf sinken, strickte aber hartnäckig weiter.

»Also was nun? Warum stehst du mit der Kuh hier?« fragte der Mann, der nun tief beleidigt war. »Ist das überhaupt deine Kuh?«

Ja, natürlich sei das ihre eigene. Bestimmt, die Kuh gehöre ihr. Sie fügte hinzu, sie habe das Tier schon als

Kalb gehabt, doch wirklich, das stimme. Wenn Redensarten den Mann versöhnen können, dachte Ane, dann soll es daran nicht fehlen. Doch er unterbrach sie.

»Stehst du etwa hier und hältst die Leute zum Narren?«

O Gott! Ane schwieg unglücklich. Sie strickte wie eine Verzweifelte, sie wußte nicht, wo sie *hinsehen* sollte, so peinlich war's ihr. Aber der zornige Mann ließ nicht locker.

»Ich frag dich, bist du auf den Markt gekommen, um die Leute zum Narren zu halten?«

Da hörte die alte Ane auf zu stricken. Und während sie der Kuh den Tüderstrick vom Horn nahm und sich zum Rückzug anschickte, schaute sie den Mann offen und mit bittenden Augen an.

»Das ist eine so einsame Kuh«, vertraute sie ihm treuherzig an, »sie ist ja *so* einsam! Ich hab nur die eine auf meiner kleinen Büdnerei, und sie kommt so selten unter andere Kühe. Ich wohn doch so abseits. Und da hab ich mir gedacht, ich werd mit ihr auf den Markt ziehn, damit sie auch mal mit ihresgleichen zusammenkommt und ein bißchen Abwechslung hat, ja, das hab ich mir gedacht, und davon hat doch keiner einen Schaden, dacht ich so in meinem Sinn, und da sind wir eben hergekommen. Aber wir sind nicht verkäuflich, und nun gehn wir ja schon unseres Weges. Und *Entschuldigung* wollt ich nur sagen. Und leb wohl! Und schönen Dank auch!«

Kirstens letzte Reise

Kurz nach Neujahr traf in der Gegend die Nachricht ein, daß Kirsten, die Schmiedfrau, gestorben sei. Das machte auf die Leute einen tiefen Eindruck. Während der letzten zehn, zwölf Jahre war Kirsten völlig in Vergessenheit geraten, und dennoch war der Gedanke, daß sie tot sein sollte, irgendwie unnatürlich. Die Papiere wurden Christen Sørensen zugestellt: Kirsten sei in der Heilanstalt von Aalborg verstorben, und nun habe er als ihr Neffe und nächster Familienangehöriger die Festlegungen für die Beisetzung zu treffen.

Es konnte von gar nichts anderem die Rede sein, als Kirsten nach Hause zu holen und auf dem Friedhof zu beerdigen, wo schon ihr Mann, der Schmied-Anders, und all ihre Kinder ruhten. Das war Kirstens einziger Wunsch gewesen, solange sie noch bei Verstand gewesen war, und dieser Wunsch war in der Verwandtschaft zu einer Überlieferung geworden. Christen Sørensen machte seinen Wagen zurecht und fuhr mit dem Knecht los, um die Tante nach Hause zu holen. Bis Aalborg waren es acht Meilen. An dem Dienstag, an dem sie aufbrachen, herrschte klares Wetter, und ein scharfer Wind wehte. Sie wollten am nächsten Tag, für den auch die Beerdigung festgesetzt worden war, zurück sein.

Doch am selben Abend kam ein furchtbares Unwetter mit Südoststurm und Schneegestöber auf, und das hielt an. Mit beißender Kälte und orkanartigem Sturm setzte ein dreitägiges Schneetreiben ein, daß Himmel und Erde ein einziger Nebel waren. Am Mittwochmittag hellte es sich etwas auf, und als die Leute nach draußen kamen, zeigte es sich, daß dort bereits mannshohe Schneewehen lagen. Ein rauher und eiskalter Sturm pfiff, und die ganze Welt war ein einziges heulendes Stieben.

Gegen zwei Uhr kämpfte sich der Pfarrer zur Kirche durch und fand dort ein Dutzend mitgenommener Menschen aus dem Pfarrbezirk vor, die halb geblendet von Schnee und Kälte in einer Ecke bei der Vorhalle Zuflucht gesucht hatten. Der Leichnam war noch nicht eingetroffen. Der Pfarrer gesellte sich zu ihnen, und man erörterte die Lage. Sie standen dicht zusammengedrängt am Fuße des Kirchturms und konnten einander kaum sehen. Der Schnee jagte in haushohen Wirbeln über den öden Friedhof. Da und dort ragte ein Stück von einem kahlen Eisenkreuz aus den Wehen auf.

»Ich glaub nie, daß sie durchkommen!« rief Jørgen Pors.

»Nein, das ist *nicht* möglich«, schrie der Kaufmann hinter seinem feuchten Halstuch hervor, das er sich vor den Mund gebunden hatte. »Es gibt keine Straßen und Gräben mehr. Das ist ganz unmöglich!«

Der Schnee pfiff ihnen um die Köpfe. Hoch oben stieß der Sturm hohl in die Schallöcher des Kirchturms, und wenn er den Rand der Kirchenglocke wetzte, gab sie dann und wann einen kaum vernehmbaren, schrillen Ton von sich. Das klang wie ein bedrängtes Jammern.

Der Pfarrer ertrug das Warten mit Fassung, er war alt und geduldig. Als eine Weile später der Küster mit dem Schlüssel erschien – schnaufend und keuchend vom Durchqueren der Schneewehen –, gingen sie in das Waffenhaus und warteten dort frierend eine Stunde lang. Jørgen Pors, der das Grab ausgehoben hatte, war hinausgegangen, um es noch einmal vom Schnee freizuschaufeln. Ein Mann wurde zu Christen Sørensens Hof geschickt, um Erkundigungen einzuholen. Es begann bereits zu dunkeln, und die wenigen Männer standen in dem dämmrigen Waffenhaus und sahen mit großen Augen durch die Türöffnung nach draußen, wo der Schnee fein und eiskalt stiebte. Der Friedhof lag in einem rasenden Schneewirbel, und die Dunkelheit wurde immer bedrohlicher. Die Kälte ließ die Männer allesamt so hilflos erscheinen.

»So was ist noch nicht dagewesen«, sagte einer von ihnen kleinmütig zu sich selbst. Sie schnieften und traten von einem Bein aufs andere, und sie schüttelten still den Kopf. »Das ist schlimmer als alles, woran ich mich erinnern kann! Ach du großer Gott, wie das runterkommt!«

Endlich kehrte der Bote zurück. Auf Christen Sørensens Hof sei kein Leichenzug eingetroffen, und sie hätten dort auch nicht das mindeste vom Bauern gehört. Da verschob der Pfarrer die Beerdigung. Der Küster schloß die Kirche ab, und die Leute gingen höchst verwundert jeder in seine Richtung nach Hause.

Die ganze Nacht zum Donnerstag hielt der tobende Schneesturm an. Auf Christen Sørensens Hof waren alle auf und wachten, doch der Bauer blieb aus. Donnerstag besserte sich das Wetter etwas, es schneite auch nicht mehr so heftig. Doch es stürmte und stiebte noch immer gewaltig. Schneewehen so hoch wie Scheunen lagen im Dorf, und alle Wege waren ausgelöscht. Der Schneevogt schickte Leute aus, um die Straßen mit Strohwischen abzustecken, was übrigens völlig nutzlos war, da bei diesem Wetter ja doch kein Mensch auf der Landstraße war.

Auch Donnerstagnacht wachten sie auf Christen Sørensens Hof. Der Leichenschmaus stand auf den Tischen. Die Bäuerin war völlig verstört. Kein Fuhrwerk kam.

Am Freitag steigerte sich der Sturm so furchtbar, wie es noch niemand erlebt hatte. Es war ein Orkan, und die Luft war so schneegesättigt, daß das Tageslicht nicht durch das Gewölk zu dringen vermochte. Die Leute saßen in den dämmrigen Stuben. Man kam vor Schnee nicht zu den Türen hinaus, sondern mußte über Dach- und Heuböden klettern, wenn man zu den Ställen gelangen und das Vieh füttern wollte. Innerhalb von zwei Tagen brach jeglicher Umgang zwischen den Nachbarn ab, man kann sagen, alle Kultur hatte ein Ende.

Aber in all den Häusern, die nun völlig voneinander abgeschnitten waren, wußte man, daß sich Kirsten auf dem Weg ins Dorf befand. Das beschäftigte die Gemüter. Man stellte sich den Wagen mit dem Sarg vor, wie er dort draußen im Schneetreiben auf der Aalborger Landstraße hielt oder dahinfuhr. Am Donnerstag kam *ein einziger* Kunde zum Kaufmann, und er war nach diesem Weg am Ende seiner Kräfte. Am Freitag kam überhaupt keiner. An diesem Tag wirkten Dorf und Pfarrbezirk wie ausgestorben.

Am Freitag begegneten sich zwei Menschen in einer Schneewehe, in der sie beide bis zum Hals staken.

»Ahoi, wer ist denn das?« rief der eine.

»Ich bin's!«

»Ach, Sie sind's, Doktorchen! Können *Sie* noch Luft kriegen? Ha-ha-ha!«

Der eine der beiden war Doktor Eriksen, der andere Niels Liv. Und Niels Liv blieb im Schnee sitzen und juchzte vor Wonne. Er war neunundsechzig Jahre alt, hegte aber trotzdem noch eine etwas jungenhafte Vorliebe für Schneewehen und Strapazen. Er lachte unbändig, brüllte vor Lachen über dieses Abenteuer, und dabei konnte Doktor Eriksen auch nicht die Spur von ihm erblicken.

»Es graupelt!« jubelte Niels Liv. »Merken Sie's? Ha-ha-ha! Ich sag, es graupelt, Doktorchen! *Was glauben Sie, wo Kirsten landen wird?* Ich hab's Christen Sørensen ja gesagt, wir kriegen Schnee, hab ich gesagt, nimm den Schlitten, hab ich gesagt, aber er ist mit dem Wagen losgefahren, denn Niels Liv ist ja ein alter Quasselkopp! Ha-ha-ha! Sehen Sie, Doktorchen, wir beide, wir müssen bei jedem Wetter raus! Gott befohlen!«

Niels Liv ließ sein unverwechselbares Lachen hören und kämpfte sich durch den Schnee weiter. Unter jedem Arm trug er ein großes Graubrot. Damit wollte er sich zu einer Büdnerei durchschlagen. Ihm war eingefallen, daß das arme Kroppzeug dort draußen gewiß nichts mehr zu brechen und beißen hatte.

Am Sonnabendmorgen war das Wetter ruhig und klar, der Wind hatte sich gelegt, und die Sonne schien. Als die Leute aus ihren Häusern kamen und die Schneewehen erklommen, erkannten sie Dorf und Gegend kaum wieder. Die Schneewehen waren bis zu zwanzig Ellen hoch, und es war schon ein sonderbares Gefühl, sich von ihren Gipfeln aus umzusehen. Mehrere Häuser waren bis über den Dachfirst eingeschneit.

Die Gegend war nicht wiederzuerkennen. Die Hügel und Bodenwellen, an die das Auge gewöhnt war, hatte der Schnee eingeebnet und dafür an anderen Stellen im Gelände neue Erhebungen geschaffen. Der Gesichtskreis war völlig verändert. Und dieses gewaltige Schneeland breitete sich, wie in wilder Hast und unter schweren Kämpfen eingewandert, von Südosten her in Falten und Wellen aus. Die Wehen lagen hingestreckt wie umgesunkene weiße Kolosse. Die Sonne schien auf dieses großartige Bild erstarrter Flucht. Selbst eine halbe Meile entfernt sah man einen Menschen, der sich in der blendenden Wüstenei wie eine schwarze Ameise bewegte.

Schon früh am Morgen versammelten sich die Schneeschipper am Wirtshaus. Heute gab es für sie Arbeit! Fast die ganze Mannschaft des Dorfes war »aufgeboten« worden. Feurig wie ein junges Pferd in Stiefeln mit Holzsohlen und mit geschulterter Schaufel, stellte sich auch Niels Liv ein. Er konnte einfach nicht stillstehen, er war im siebenten Himmel. Schneeschippen war in seiner Jugend der größte Spaß gewesen, den ein Mensch erleben konnte.

Inzwischen war bekannt geworden, daß sich Christen Sørensen mit dem Leichnam nun endlich dem Dorf nähere. Er sei nur noch eine Meile entfernt, schon diesseits des Flejsborger Kruges. Doch da fast der ganze Weg für ihn freigeschaufelt werden müsse, könne er erst gegen Nachmittag im Dorf eintreffen.

Während der drei Tage und Nächte, in denen man auf Christen Sørensen gewartet hatte, war er zu einer legendären Gestalt geworden. Tage und Nächte waren lang und alle Neuigkeiten nur spärlich gewesen. Die Nachricht, daß sich Christen Sørensen mit dem Leichnam nähere, hatte sich wie ein Lauffeuer verbreitet. Wer die

Neuigkeit an diesem Morgen mitgebracht hatte, wußte niemand, doch sie war durchgedrungen. Es verlautete, wie gesagt, nichts weiter, als daß Christen Sørensen eine Meile vom Dorf entfernt sei und sich mit dem Leichnam nähere. Ein Stab von Schneeschippern gehe ihm voraus.

Das war die große Neuigkeit. Die Erwartung, die man an seinen Einzug knüpfte, nahm übernatürliche, unklare Formen an. Das ganze Dorf kam auf die Beine, die Menschen strömten aus dem gesamten Pfarrbezirk herbei, alle wollten sie dabei sein, wenn Christen Sørensen mit dem Sarg eintraf und die Beerdigung stattfand. Den ganzen Sonnabendvormittag herrschte im Dorf eine bewegte Stimmung. Die Schneeschipper arbeiteten sich in nördlicher Richtung zum Dorf hinaus. Sie waren in den tiefen Gräben, die sie geschaufelt hatten, nicht mehr zu sehen, und nur die Schneeblöcke, die wie aus eigener Kraft auf die Grabenkanten hinaufflogen, verrieten die Stelle, wo sie emsig arbeiteten.

Die Meldung sickerte durch, daß Christen Sørensen bereits über den Hügel bei Per Allerups Hof gelangt sei und nun in das Tal nördlich vom Dorf hinunterfahre.

Mitten in diesem Tal, in dessen Tiefe die Landstraße verschwindet, steht der Meilenstein mit der Inschrift: Acht Meilen bis Aalborg. Und an dieser Stelle trafen die Schneeschipper aus dem Dorf auf den Leichenzug. Gemeinsam mit den Leuten, die Christen Sørensen einen Weg durch Hornum geschaufelt hatten, waren es nun über fünfzig Männer, die, auf ihre Schaufeln gestützt, zu beiden Seiten der Straße standen, während er zwischen ihnen hindurchfuhr und nach rechts und links grüßte. Endlich war Christen Sørensen wieder unter den Seinen. Er hielt an und gab so vielen, wie er erreichen konnte, die Hand. Die Männer umringten ihn.

»Das ist doch nicht dein Wagen, Christen!«

Nein, das sei nicht seiner. Der stehe mit gebrochener Achse in Nibe. Dafür habe er sich diesen hier geliehen. Es war ein langer gefederter Ackerwagen, die Männer gingen um ihn herum und sahen ihn sich an. Die Räder staken bis zur Nabe in hartgefrorenem Schnee, das ganze untere Fahrgestell war verklebt, das Fuhrwerk erinnerte an einen Schneewagen. Der schwarze Sarg darauf war fahl geworden vom gefrorenen Schnee, der sich nicht vom Holz lösen wollte. Christen Sørensens Gäule hielten sich zwar etwas schlaff in den Sielen, waren aber sonst leidlich davongekommen. Doch die Männer erkannten Christen Sørensen nicht wieder. Sein Gesicht war aufgedunsen, und er hatte eine völlig veränderte Stimme. Er war redselig geworden. Während er dastand und sich die Hände klopfte und Kniebeugen machte, redete er unaufhörlich. Er wandte sich an keinen bestimmten und war vollkommen geistesabwesend. Man konnte nicht behaupten, daß er betrunken gewesen wäre, aber er roch weithin nach Alkohol. Um ihn herum wurde es so unheimlich still. Er stand da und redete in einem fort wie eine Maschine, ohne auch nur eine Spur von Gemütsbewegung. Alle mußten sie in das hochrote Gesicht mit den halbgebrochenen Augen sehen. Er stand an das eine Vorderrad des Wagens gelehnt und zählte drauflos, damit sie auch ja alles erfuhren. Er wollte ihnen den Gefallen tun, obgleich er vor Kälte fast von Sinnen und vor Schlaflosigkeit und vom Trinken ausgehöhlt war. Er hielt die Zügel mit geschwollenen und kraftlosen Fingern ..., und wie er so im besten Erzählen war, blinzelte er lange und müde, die Stimme sank zu einem gedämpften Lallen herab, er nickte mit dem Kopf und schlief im Stehen ein.

»Meinst du nicht, wir sollten sehen, daß wir weiterkommen?« fragte Anders Nielsen und sah ihn mit festem Blick an. »Lohnt es sich denn, hier noch länger stehenzubleiben, Christen?«

Christen Sørensen schreckte hoch und trieb wie im Schlaf die Pferde an. Der Zug setzte sich in Bewegung. Christen Sørensen fing im Gehen wieder an zu reden. Als sie auf dem Hügel mit der Schmiede angelangt waren und das Dorf sehen konnten, kam ihnen eine Menge Leute in Trauerkleidern entgegen. Und als es nun rings um Christen Sørensen lebendig wurde, hob er die Stimme und erzählte noch einmal von vorn von dieser langen, langen Reise. Sein Knecht ging hinterher und berichtete einer anderen Gruppe davon. Auch er war nur noch ein Schatten seiner selbst, er wankte mit einem merkwürdig leeren und verweinten Ausdruck in dem jungen Gesicht dahin. Doch er wollte so sehr gern über alles Rechenschaft ablegen; sein Bericht ging ihm von den Lippen, als würde ihm eine Lektion abgefragt. Seine Stimme war heiser. Für all das konnte er nichts. Und nun war ja die Not überstanden, und sie waren nach Hause gekommen.

Aus den Erzählungen der beiden hart mitgenommenen Menschen bildeten sich die Leute eine Vorstellung von der Reise.

Christen Sørensen war am Dienstagnachmittag in Aalborg eingetroffen, gerade als der Schneesturm begann. Am nächsten Morgen hatte er sich dann mit dem Leichnam auf den Weg gemacht, obgleich man in dem Unwetter nur bis zu den Ohren der Pferde sehen konnte. Sie mußten im erstbesten Wirtshaus einkehren, und von dort brachen sie auf, als es sich ihrer Meinung nach etwas aufhellte. Und so erging es ihnen auf dem ganzen Weg, sie schlugen sich von Wirtshaus zu Wirtshaus durch. Christen Sørensen trank sonst nicht, doch hier blieb ihm keine andere Wahl. Sie hatten bittere Prüfungen zu bestehen gehabt. Sie verirrten sich, sie verloren jegliche Orientierung, kannten sich schließlich weder in Ort noch in Zeit aus. Viele Male saßen sie total fest und mußten Leute herbeiholen, die sie freischaufelten. All das hatte sie in der rasenden Kälte wachgehalten, doch an große Strecken des Weges erinnerten sie sich überhaupt nicht mehr. Dort waren sie wie die reinsten Schlafwandler dahingefahren. Am Donnerstag wären sie beinahe umgekommen, weil da keine einzige Menschenseele unterwegs war und sie sich weit draußen auf den weglosen Feldern festgefahren hatten. Etwas südlich von Nibe stürzten sie in den Straßengraben, so daß der

Wagen auseinanderbrach, der Sarg aufsprang und der Leichnam in den Schnee fiel. Da glaubten sie fast, sie müßten aufgeben. Doch auch dieses Mal erhielten sie Hilfe und konnten sich einen anderen Wagen aus Nibe beschaffen.

»Und wir griffen zur Flasche«, bekannte Christen Sørensen bedauernd, doch ohne Reue, »denn wir mußten es schaffen. Es gab Stunden, wo wir uns am liebsten zum Sterben hingelegt hätten, wenn wir nicht die Kruke mit Branntwein dabeigehabt hätten. Mit mir ging es ja noch, aber Anton, mein Knecht, war mehrmals so schlaftrunken, daß ich mit einer Hand fahren und ihn mit der andern rütteln mußte, damit er nicht wegsackte.«

Der Zug bewegte sich geradenwegs zum Friedhof. Nach dem Pfarrer war geschickt worden, und die Beerdigung sollte sofort stattfinden. Es waren mehr Leute gekommen, als je seit Menschengedenken bei einer Beerdigung gesehen worden waren. Teils weil es so viele waren, die Kirsten-Schmied gekannt hatten, teils weil das Gerücht von ihrer beschwerlichen letzten Reise so viele herbeigelockt hatte.

Der Sarg wurde in die Kirche getragen und vor dem Altar auf den Fußboden gestellt. Die Frauen aus der Umgegend gingen still nach vorn, um die Kränze abzugeben, und Christen Sørensen nahm sie ihnen unter lauten Bemerkungen ab und lehnte sie schräg an den Sarg. Nun, da er ein Dach über dem Kopf hatte, wurde ihm so heiß, Dampf stieg von seinem kahlen Kopf auf, und die Augen schienen ihm aus den Höhlen treten zu wollen. Er wußte kaum, was er tat. Während alle anderen in der Kirche flüsterten oder schwiegen, sprach er weiter laut und hemmungslos wie an irgendeinem weltlichen Ort.

»Schönen Dank auch«, sagte er zu einer alten Frau, die mit einem Kranz kam. »Du bist auf Draht, du erinnerst dich auch an die liebe Kirsten. Ja, sie hat diese Ehre verdient. Danke, vielen Dank auch!«

Es dauerte ziemlich lange, bis der Pfarrer erschien. Inzwischen standen die Leute in der Kirche und warteten, so viele wie in dem kleinen Kirchenschiff mit dem schiefen Gestühl und den vereisten Mauern Platz fanden. Der Fußboden war kalt. Sie bewegten die Füße in ihren Stiefeln, klopften sie leicht aneinander, um sich zu vergewissern, daß sie noch welche hatten.

»Wollt ihr mal die Leiche sehen?« fragte Christen Sørensen plötzlich lebhaft. »Ihr könnt sie euch gern ansehen.«

Er löste die kleinen kreuzförmigen Schrauben und hob den Sargdeckel ab, ständig unter einem Strom wenig angemessener Äußerungen.

»Seht mal, sie liegt doch schön ordentlich da.«

Christen Sørensen lehnte den Sargdeckel an seinen Körper und schwieg eine Minute lang, während alle den kleinen gelblichen Kopf im Sarg betrachteten. Die Allerältesten, die erschienen waren – jene aus den alten Geschlechtern, die während Kirstens Erdentagen Leben und Schicksal miteinander geteilt hatten –, sie sahen wohl ihren Leichnam, doch in ihrer Erinnerung sahen sie ein großes zwanzigjähriges Mädchen mit blonden Haaren und den sanftesten Augen. Jene, die nun nicht länger jung waren, sahen sie und dachten an die starke Witwe, die stets hilfreich zur Stelle war, wenn man sie brauchte. In der Kirche waren auch einige Kinder, und ihre großen Augen sahen nichts weiter als ein verhutzeltes Etwas in einem weißen Leichenhemd.

Als Christen Sørensen der Meinung war, die Leute hätten genug Zeit zum Schauen gehabt, streckte er die Hand aus und legte sie der Toten behutsam aufs Gesicht.

»Kirstens Nase hat einen kleinen Knuff abgekriegt«, erklärte er voll inniger Zärtlichkeit. »Das ist passiert, als wir sie umgekippt haben. Ihr seht ja, die Nase ist auf der einen Seite schief.«

Er versuchte vorsichtig, den Fehler etwas zu korrigieren, beugte sich über sie und pusselte sorgsam und sanft an der Toten herum. Er hatte sie unter Aufbietung der letzten Reserve seiner zähen Natur durch Wintersturm und beißende Kälte über ein wegeloses Land heimgebracht, einzig und allein von der Liebe zu jener geleitet, die nicht mehr *war*. Und unterdessen redete er immer weiter, während er ununterbrochen mit seiner hautlosen Nase schniefte und mit den geschwollenen Augenlidern blinzelte.

»Sonst erkennt ihr sie doch wohl. Das *ist* doch Kirsten, an die wir uns erinnern, aber mir kommt sie sehr geschrumpft vor. Oh, sie hat überhaupt kein Gewicht. Komm nur her, Mette Marie, und sieh sie dir an, du brauchst keine Angst zu haben. Der Sarg ist auch die kleinste Nummer, die man für einen Erwachsenen kriegen kann. Ja, sie ist sehr zusammengeschrumpft. Aber sie liegt so schön da. Ob ich ein paar von den Kränzen zu ihr reinlege?«

Christen verstummte erst, als der Pfarrer erschien. Den Leuten war es peinlich gewesen, ihm zuzuhören. Für gewöhnlich war Christen Sørensen ein Mann, der auf Formen hielt und gegenüber seiner Umgebung ebenso feinfühlig war wie die Leute im allgemeinen. Nie zuvor hatte er in einer Menschenansammlung so drauflosschwadroniert.

Doch die Überanstrengung und Kälte dieser drei Tage und Nächte hatten eine Schicht von seinem Wesen heruntergeschunden. Wie nach einer stillschweigenden Übereinkunft gestanden ihm seine Bekannten nun das Recht zu, sich eine Blöße zu geben.

Die Beerdigung nahm ihren Gang. Kirsten wurde in die gefrorene Erde gesenkt, die all die Ihren barg. In dem tiefen Schnee blieb ein frisches, schwarzes Hügelchen zurück.

Nun ruhte auch sie hier, Kirsten-Schmied, die Barmherzige und Starke, nun war sie zu ihren Toten hinabgelassen worden. Nun war sie dahin getragen worden, sie, die stets andere getragen, die Hilfreiche, die das Leben gekannt und tröstend sowohl am Kindbett als auch am Sterbelager gestanden hatte. Nun lag sie da, die Unbeugsame, die stets Hoffnungsvolle, die ihre Angehörigen hatte zurücksinken sehen, den verzweifelten Blick hilflos in ihren gesenkt.

All die unvergleichliche Wärme, die aus Kirstens runzligem Gesicht gestrahlt hatte, sie war nun lediglich ein armseliger Widerschein in den Augen derer, die sich an sie erinnerten. Die Schätze an Demut und Weisheit in menschlichen Dingen, die nach all den Heimsuchungen tief in Kirstens Herz verborgen lagen, sie waren nun blasse Abbilder in der Erinnerung der Hinterbliebenen.

Kirsten war nun bei den Getreuen, den alten Bauerngestalten, die sich niemals mehr erheben werden, den alten, sanften Menschen, die sich empfohlen und auf ihren hölzernen Kreuzen keinen anderen Nachruf hinterlassen hatten, als daß sie in Graabølle geboren und gestorben waren. Auch Kirsten war es nun gelungen, die große Frage, die die Alten geängstigt und ihr selbst schließlich die Sinne verdunkelt hatte, zu lösen. Kirsten war in die Erde gesenkt worden, und die Frage hatte aufgehört, sie zu bedrängen. Sie, die zuletzt nicht mehr glauben konnte, die in dem Bestreben, sich zu erinnern, *was sie denn eigentlich hier auf Erden solle*, den Verstand verlor, sie hatte völlig und endgültig vergessen, daß sie eine Aufgabe gehabt hatte. Sie war nun beigesetzt, und über ihrem Grab war ein Gebet gesprochen und der letzte Choral gesungen worden.

Christen Sørensen aber war schon vorher gegangen. Anders Nielsen hatte ihn sanft beim Arm genommen und ihn mit sich geführt, und Christen hatte sich willenlos leiten lassen.

Als sie ein Stück gegangen waren, begannen sich seine Beine zu verhaspeln. Anders Nielsen mußte ihn fast tragen. Christen Sørensen redete irre, er schluckte und kämpfte im Gehen gegen den Schlaf an. Als sie zu seinem Gehöft kamen, hing er wie ein totes Gewicht an Anders Nielsens Arm, doch selbst da bewegten sich die Beine unter ihm noch immer weiter. Er erkannte seine Toreinfahrt, als sie dort eintraten, gab einen schwachen

Klagelaut von sich und sank Anders Nielsen schlafend zu Füßen.

Seine Züge glätteten sich augenblicklich, eine große Linderung überkam ihn.

Der Pferdehändler

Es blieb nicht aus, daß man den Hinterwäldlern vom Bakhof dann und wann bei passender Gelegenheit einen Streich spielte. Man erinnert sich gewiß noch an jenen Silvesterabend, als die Burschen aus Graabølle die Fenster oben auf dem Hof mit Papier verklebten und die Bakhofleute dreieinhalb Tage und Nächte lang in dem guten Glauben schliefen, es sei immer noch Nacht. Das war eine Geschichte, die zu gut war, um in Vergessenheit zu geraten. Doch auch später wurden die Bakhofleute oft zum besten gehalten, so wie damals, als Kresten, der älteste Sohn, ein Pferd kaufen wollte und sich dabei so völlig vergaloppierte. Dabei war er zu der Zeit schon Hofbesitzer.

Der alte Bakhofbauer hatte sich zu angemessener Zeit auf das Altenteil zurückgezogen, damit die Jugend in seine Fußtapfen treten konnte, und nun hatte Kresten also das Sagen. Er war nicht mehr so blutjung, der Kresten, schon fast dreißig, und unternehmungslustig war er nie gewesen. Doch als er den Hof übernahm, befiel ihn gleichsam ein Fieber, sich beweisen zu wollen und in allem so wie andere junge Hofbesitzer zu handeln. Leider sollte ihm nicht alles glücken, er hatte manches Pech, wurde in vielen Dingen zurückgeworfen, aber – wie er selbst meinte – bisher nur im kleinen. An große Unternehmungen traute er sich sowieso nicht heran. Er war noch unverheiratet, und das war für ihn die größte aller Fragen. In allem, was er tat, sah er eine Prüfung, die darüber entscheiden sollte, ob er schon der verlockenden und gefahrvollen Aufgabe gewachsen sein würde, sich eine Frau zu suchen.

Kresten war ein Zweifler. Das war er stets gewesen, und das Leben hatte seinem Recht zu zweifeln Nahrung gegeben. Wie damals, in jener bitteren und tränenreichen Zeit, als er in Aalborg Soldat gewesen und wegen krankhafter Schüchternheit ausgemustert worden war ... Das würde ihn ewig grämen, das hatte ihm in seinem Glauben an sich selbst einen derben Stoß versetzt. Und von der Art gab es noch vieles mehr. Kresten war so stark, daß er einen Ochsen tragen konnte, aber es fehlte ihm an Selbstvertrauen. Und er wußte das nur zu gut.

Kresten nutzte jede Gelegenheit, um sich Genugtuung zu verschaffen. Wenn er ständig auf dem Sprung war, so nicht, um sich durch irgendeine Tat hervorzutun, sondern nur, um den anderen ebenbürtig zu werden und sich die normalsten Fertigkeiten des täglichen Lebens anzueignen. Erst wenn ihm etwas gelänge, womit er selbst zufrieden wäre, was aber ganz und gar nichts Besonderes sein müßte, würde er sich für reif genug halten, auf Brautschau zu gehen.

Nachdem er den Hof übernommen hatte, setzte er seinen Ehrgeiz unter anderem darein, als Sachverständiger beim Pferdehandel zu gelten. Das war ungemein wichtig. Das war schwer. Doch andere verstanden sich darauf, und also mußte man sich dieses Wissen aneignen.

Deshalb begann sich Kresten in aller Stille auf Märkten und an anderen Orten aufzuhalten, wo Menschen und Vieh zusammenströmten. Er wollte unbedingt als Pferdehändler gelten. In der ersten Zeit kaufte er nicht und verkaufte auch nicht. Er stand nur dabei, wenn andere Handel trieben, um aufzuschnappen, worauf es dabei ankam. Sich vorzufragen, von jenen zu lernen, die klüger waren als er, dafür war Kresten zu scheu. Er getraute sich nicht, seine Unsicherheit zu verraten, fühlte vielleicht auch, daß es ihn nicht befriedigen würde, etwas Angelerntes zu können. Sein Ehrgeiz bestand darin, eigene, gleichsam angeborene, natürliche Fähigkeiten zu zeigen, so wie alle anderen seiner Altersgefährten. Und das war keineswegs ein so geringes Ziel, wie viele glauben werden.

Wozu andere Bauern in aller Ruhe schritten, das

mußte Kresten sozusagen im Sprung wagen. Als er sich endlich ein Herz faßte und auf dem Markt von Hvalpsund ein Pferd kaufte, geschah das in einer Art Verzweiflung. Er kam dabei recht glimpflich davon. Doch keiner ahnte, was es ihn gekostet hatte, so zu tun, als sei nichts dabei. Geschafft hatte er es aber.

Es war ein gut vier Jahre altes Pferd, eines von der Sorte, das das Auge erfreut, dem Besitzer zur Ehre gereicht und dabei gleichzeitig etwas leisten kann. Das war etwas ganz anderes als die Klepper, die auf dem Bakhof in die Krippen seiberten. Kresten wollte mit der Zeit gehen. Er hatte das Glück insofern auf seiner Seite, daß er den Handel tatsächlich zustande brachte, obwohl er selbst nicht daran geglaubt hatte. Er war vorsichtig genug gewesen, das Pferd von einem Mann zu kaufen, der nicht aus der Gegend stammte und dem es deshalb also auch nicht in den Sinn kam, Krestens Wissen über Pferde anzuzweifeln. Und es gelang. Kresten wußte im Grunde genommen recht gut Bescheid, war es aber, wie gesagt, nicht gewohnt, sich auf sein Wissen zu *verlassen.* Es kam ihm wie ein Traum vor, daß er das Ganze geschafft hatte, daß er es war, der den Mann mit kalter Kennermiene gefragt hatte, was das Pferd denn kosten solle, daß er es war, der mit der Pfeife tief im Mundwinkel dagestanden hatte, mit lässiger Aufmerksamkeit, doch wie einer, der sich durch nichts in der Welt täuschen läßt. Der Besitzer hatte das Pferd vor seinen Augen auf und ab traben lassen, und Kresten war es gewesen, der eigenhändig das wahnwitzig viele Geld hingeblättert und wie ein richtiger respekteinflößender Hofbauer und gerissener Pferdehändler den Kauf begossen hatte. Wenn irgendein Bekannter hinzugekommen wäre, dann wäre ihm das alles unmöglich gewesen.

Aber nun war es Wirklichkeit, es *war* eine beglükkende Wahrheit, daß er hier am Straßenrand heimwärts ging, eines der schönsten Pferde, das es auf dem ganzen Markt gegeben hatte, am Zügel! Jeden Augenblick drehte er sich danach um, die Brust erfüllt von dem

Glück, dieses vorzügliche Tier sein eigen nennen zu dürfen. Es sah zwar fremd aus, aber das war kein Wunder, da es neu und er noch nicht damit vertraut war. Damit hatte es also keine Not. Kresten wußte, daß er mit dem Pferd nicht über den Löffel balbiert worden war. Es hatte keinen der Fehler, die er kannte, es war gesund, ein völlig einwandfreies Pferd. Er sah im Geiste ein Tier vom gleichen Schlag, das noch gekauft werden sollte, sah die beiden blank und edel Seite an Seite vor einem funkelnagelneuen gefederten Wagen gehen, der wahrhaftig auch nicht ungekauft bleiben sollte. Das würde alles noch kommen, so nach und nach, ohne Aufsehen zu erwecken. Die Leute im Dorf durften nichts davon merken. Es sollte einfach nur da sein, rein zufällig, so als wäre der neue Bakhofbauer schon immer, von Geburt an, auf der Höhe der Zeit gewesen und als würde er sich durch nichts von den anderen Leuten in Graabølle und Umgebung unterscheiden. Gleich hinter der Angst, nicht so wie die meisten anderen zu sein, kam Krestens Furcht, ertappt zu werden, wenn er an sich selbst und dem Hof eine Veränderung vornahm. Der Grund dafür war gewiß derselbe, nämliche die Sorge, wie er sich betragen sollte, wenn er ins Blickfeld der Leute geriete. In gewisser Weise ging es dabei um Leben und Tod. Und für Kresten gab es ja keine andere Welt als die engere Umwelt, in der er nun einmal lebte.

Doch nun war er so froh. Der Anfang war gemacht. Hier ging er mit dem neuen Pferd, *das* war überstanden. Und während Kresten seines Weges zog, hatte er nur eine einzige Sorge: so gleichgültig wie nur möglich zu tun, wenn jemand von seinen Bekannten vorüberkam. Auf dem Heimweg überholten ihn mehrere Fuhrwerke mit Bekannten, die auf dem Markt gewesen waren, und ihnen allen zeigte Kresten sein ausdruckslosestes Gesicht, in dem tatsächlich schwer zu lesen war. Währenddessen liefen sich seine Gedanken heiß: Sahen sie das stattliche Pferd, das er am Zügel führte, auch wirklich und bewunderten sie es auch gebührend? Viele fuhren vorbei, und sie sahen und bewunderten es, ohne aber eigentlich zu stutzen, ohne Kresten anzureden, und gerade das war ja das Schöne daran. Hätten sie ihn etwas merken lassen, ihm etwas zugerufen, gelacht oder sich überhaupt mit ihm befaßt, wäre alles zerstört gewesen. Wenn man weiß, daß Bauern so empfinden – und das nicht grundlos –, dann darf man sich nicht wundern, daß man so erstaunlich mürrischen und mimosenhaften Bauern, die sieben Hängeschlösser vor dem Mund haben, begegnet. Wenn kein anderer auf sie aufpaßt, dann paßt wahrhaftig einer auf den anderen auf.

Für Kresten war dies ein stolzer Tag. Der lange Weg mit dem Pferd auf der Landstraße heimwärts, das war so, als pirschte man sich am Lager des Feindes vorbei, stets unter größter Gefahr, entdeckt zu werden. Doch bald würde er in Sicherheit sein. Er erblickte schon den Kirchturm von Graabølle und links davon, in der Ferne, den Bakhof …

Da überholte ihn Anders Mikkelsen in seiner Staatskarosse mit den Knapstruppern davor, und er hielt – Anders Mikkelsen, der berühmteste Viehhändler und Spaßvogel der Gegend, brachte die Knapstrupper zum Stehen – und rief vom Kutschbock herab: »Hast du dir ein Pferd gekauft, Kresten?«

Kresten war höflich stehengeblieben, antwortete jedoch nicht, aber sein Gesicht verschloß sich gleichsam völlig. Auf keinen Fall sollte man ihm etwas ansehen können.

»Ich kenn das Pferd!« rief Anders Mikkelsen und hickste in sorgloser Stimmung. Er hatte sich auf dem Markt ein paar Täßchen Teepunsch genehmigt. In jedem seiner Augen glühte ein kleiner roter Funke, und die Mundwinkel steckten voll tausend Scherzen. »Das Pferd hab ich schon früher gesehn.«

Und Anders nannte den Namen des Mannes, von dem Kresten das Pferd gekauft hatte. Das war unwiderlegbar, Anders drosch kein leeres Stroh.

»Das Pferd ist was fürs Auge«, fuhr Anders Mikkelsen

fort, während er die Peitschenschnur sachte vor- und zurückschwingen ließ. Dann ruckte er an den Zügeln, und während sich die Knapstrupper in Bewegung setzten, beugte er sich vom Kutschbock seitlich herab und rief hinunter: »Aber ich sag dir, es hat Feldspat!«

Da stand Kresten nun. Er sah Anders Mikkelsen nach, der wie ein Sieger auf der Landstraße dahinfuhr. Ach herrje! Feldspat! Was in aller Welt war denn das für ein Gebrechen? Davon hatte Kresten noch nie gehört. Dann hatte das Pferd also doch keine gesunden Füße, und das ganze Spiel war verloren. Nicht allein, daß die Leute darüber reden würden, denn Anders Mikkelsen verdiente ja nichts daran, daß er den Mund hielt. Viel schlimmer war, daß Kresten wieder seine beschämende Beschränktheit erkannte. Er war zu begriffsstutzig, er war sich selbst nicht wert. Der Tag hatte seinen Glanz verloren. Er sah sich nicht mehr nach dem Pferd um, es taugte nichts, das Ganze war hoffnungslos.

Nachdem Kresten mit dem neuen Pferd nach Hause gekommen war, ging er in den ersten Tagen immer wieder heimlich in den Stall, hob ein Bein nach dem anderen am Fesselbehang hoch, untersuchte es, fühlte daran herum und ließ die Finger überallhin gleiten, aber es war ihm unmöglich, an diesen Füßen auch nur die geringste Unregelmäßigkeit zu entdecken. Das Pferd war in seinen Augen gesund. Um so niedergeschlagener war er, daß er nicht einmal in der Lage war, den Fehler zu finden. Kresten schüttelte über sich selbst den Kopf, starrte einsam und verzweifelt vor sich hin. Er *war* traurig.

Ihn versöhnte deshalb auch nicht, daß selbst der Vater keinen Makel an dem Pferd entdecken konnte, und dabei hatte sich der alte Bakhofbauer doch seinerzeit mit Pferden gut ausgekannt. Der Alte war der Auffassung, daß Kresten einen guten Kauf gemacht habe. Nicht daß ihm das Pferd gefiel, er hatte sein Leben lang eine Vorliebe für kleine mürrische Gäule mit Haaren über den Augen und Hufen wie Spucknäpfe gehabt. Doch *dieses*

Mißfallen äußerte er nicht, da er Altenteiler war und sich nicht um die Schnäpse bringen wollte, die ihm sein Sohn je nach Lust und Laune über die Tischplatte zuschob. Was den Wert des Pferdes anging, so billigte er den Kauf. Das tröstete aber leider nicht Kresten, der immer schwermütiger wurde.

Schließlich faßte Kresten einen Entschluß. In tiefster Heimlichkeit brach er zu einem vier Meilen entfernten Markt in einem völlig fremden Kreis auf und verkaufte dort das Pferd. Er büßte dabei nicht wenig ein, beging er doch Fehler über Fehler. Er wollte keine Garantie für das Pferd übernehmen, aber verkauft werden sollte es. Kresten kam dann allein nach Hause zurück, und nun war die Lage zumindest so wie vor seinem ersten Handel, nicht gerade erhebend für sein Selbstgefühl, doch gleichsam etwas klarer. Nun konnte man doch von vorn anfangen. Nun war man doch um vieles klüger.

Ein paar Tage darauf stieß Kresten am Wirtshaus auf Anders Mikkelsen und einige andere Viehhändler und schloß sich der Gesellschaft sofort an, mehr als großspurig in seinem Auftreten, ein fast unerträglicher Anblick. Und nachdem er sich Aufmerksamkeit verschafft hatte, zwinkerte er Anders Mikkelsen mit gaunerhaftem Grinsen zu und vertraute ihm an: »Ich habe das Pferd doch verkauft bekommen ...«

Kresten redete nicht in seiner Alltagssprache, sondern versuchte sich in städtischer Redeweise, wie es sich seiner Meinung nach unter Viehhändlern gehörte. Peinlich genau sprach er jede Silbe aus. Als Anders Mikkelsen das hörte, stutzte er. Zur Mitteilung selbst schwieg er verständnislos. Was meinte dieser Hinterwäldler nur?

»Ja doch, ich habe es einem Mann unten aus der Gegend von Holstebro angedreht«, fuhr Kresten fort, immer noch in der Redeweise eines Städters, »ja, das habe ich tatsächlich. Er erhielt den Gaul mitsamt dem Feldspat und allem ...«

Kresten schlug sich auf den Schenkel und lachte, daß seine Stimme überkippte und ganz nach oben in die höchsten Fistelregister rutschte. Hier waren doch Viehhändler zusammengekommen und amüsierten sich, daß es nur so seine Art hatte. Die Geschichte war gut, die mußte er noch einmal zum besten geben.

»Ich habe es ihm mitsamt dem Feldspat und allem Drum und Dran verkauft ... Hol's der Teufel ...!«

Kresten wieherte wieder vor Lachen und konnte vor Ausgelassenheit kaum aus den Augen sehen. Aber was war das, die andern lachten überhaupt nicht mit ..., sie hatten ihn umringt, sahen ihn jedoch kalt an, und Anders Mikkelsen ...

»Hast du nicht selber Feldspat?« stieß Anders hart und in bestem Jütländisch hervor. An diesem Tag war er nüchtern und ärgerte sich über Kresten, wollte kaum seinen Ohren trauen.

»Du hast doch wohl nicht etwa das gute Pferd verkauft?«

Kresten sackte plötzlich wie nach einem Schlag in den Magen zusammen, seine Augen wurden ganz klein.

»Du hast doch wohl nicht etwa an diesen Unsinn geglaubt?« fragte Anders Mikkelsen grinsend, doch das Grinsen fiel schief aus, weil ihm der Arme leid tat. »Glaubt auf der Stelle, was ich ihm einrede!«

Und Anders Mikkelsen schüttelte still den Kopf, so wie man einen Kranken bemitleidet. Kresten *war* auch leidend, er gab einen gebrochenen Laut von sich, konnte aber kein Wort hervorbringen.

»So ein Schafskopf!« sagte Anders und schüttelte abermals teilnahmsvoll den Kopf. »Geht hin und verkauft das gesunde und muntere Pferd! Ja, ich hab gesagt, es hat Feldspat, aber das war doch einer von meinen Witzen, ich bin betrunken gewesen. Feldspat, daraus bestehen die Feldsteine, hast du das denn nicht gelernt? Und da glaubst du wirklich, dem Pferd fehlt was ..., tss, tss, tss ...«

Anders Mikkelsen wandte sich bekümmert von ihm ab. Und die Gruppe von Viehhändlern, die Kresten umringt hatte, öffnete sich und schloß sich dann wieder hinter ihm, wie ein Organismus, der einen Fremdkörper ausstößt.

Seit dieser Leistung nannte man Kresten natürlich nie anders als den »Pferdehändler«, obgleich er ein Hinterwäldler war und blieb.

Bodil

Es ist nun schon lange her und erinnert nicht sehr an eine Geschichte, die des Erzählens wert wäre. Doch seinerzeit steckte darin all das, woraus die schönsten Erzählungen entstehen. Binsen-Sørens Bodil sollte heiraten. Sie war erst neunzehn Jahre alt. Und sie hatte ihren Bräutigam nie gesehen. Das hing so zusammen: Binsen-Søren hatte in Amerika einen Neffen mit einem erwachsenen Sohn, und ihn sollte Bodil zum Mann bekommen. Das war so aus der Ferne und von allen – außer von Bodil selbst – festgelegt worden, doch sie war darüber von Herzen froh. Er hieß Chas Anderson und war, nach dem Foto zu urteilen, ein stattlicher Mann, der nicht seinesgleichen hatte. Der fremde Name brauchte niemanden zu verschrecken, denn er hieß Karl und war hier in Bodils Heimatgegend geboren, wenn auch so früh, daß sie sich nicht an ihn erinnern konnte. Er besaß in Nebraska, in den USA, einen Hof mit einigen hundert Tønder Land, ebensoviel wie hierzulande zu einem Herrenhof gehören. Und nun hatte sich die Familie zu beiden Seiten des Atlantiks eifrig darum bemüht, für diese Wirtschaft eine Frau herbeizuschaffen, und Bodil war die Glückliche, die auserkoren worden war. In ihrer freien Zeit sah sie sich das große, blanke Kabinettbild an, mit den fremden Namen und Medaillen darunter. Darauf war in Seitenansicht ein feiner Herr in städtischer Kleidung mit weißem Kragen und gescheiteltem Haar abgebildet. Er glich zwar Onkel Jørgen, mit dem Chas Anderson ja auch verwandt war, und das war sehr beruhigend. Aber es war trotzdem eine völlig fremde Person von fernem, vornehmem Stand, und das war ja so spannend und großartig. – Oh, wenn er bloß nicht solch feiner Mann war, daß man von *Liebe* und all so was reden mußte, um sich seiner wert zu erweisen. Ach du lieber Himmel!

Bei solchen Gedanken bekam Bodil Schweißausbrüche und mußte irgend etwas tun: sie hüpfte vor Scham, schlug nach irgendeinem Gegenstand, lachte und stieß ein Gebrüll aus, denn sie war ja so jung, daß nur purer Unsinn dabei herauskam, wenn sie sich fürchtete oder schämte.

Sie fiel »Perle«, dem altersschwachen kleinen Hund, um den Hals, stürzte sich mit dem ganzen Körpergewicht auf ihn herab, daß er fast erdrückt wurde und, um freizukommen, sich in eine reißende Bestie verwandeln mußte. Sie pflückte Blumen, wofür sie doch eigentlich schon zu erwachsen war. Sie wirtschaftete unter Gesang und Narrenstreichen so ausgelassen mit der Kuh im Stall herum, daß sich das alte Haustier doch tatsächlich entrüstet in der Box umsah. Bodil spielte mit ihrem Essen, formte, so wie damals, als sie noch ein kleines Mädchen war, heimlich »Reiter« aus Brot und Zuspeise und spielte mit den Krumen, schnitt den Fliegen und Mükken Grimassen. Ein andermal gab sie eine Vorstellung als Hausmütterchen, mit stramm um den Kopf gebundenem Tuch, schlurfenden Holzschuhen und hausfraulichen Seufzern – kurz gesagt, Bodil war verliebt.

Sie war das einzige weibliche Wesen in Binsen-Sørens Haus. Ihre Mutter war tot, und die anderen Geschwister waren schon in fremden Diensten. In der kleinen, einsam gelegenen Büdnerei gab es nicht sehr viel mehr zu tun, als um die Kuh und den Vater herumzupusseln, der den lieben langen Tag Matten und Binsenschuhe flocht. Bodil blieb reichlich Zeit, an ihre Hochzeit zu denken. Bis dahin waren es vier Monate, noch vier Monate – sowohl kurze als auch lange Monate. Wenn es doch nur schon in dieser Stunde gewesen wäre! Wie sollte sie es bloß so lange aushalten ..., lieber Himmel!

Zwei Dinge ängstigten Bodil und ließen ihr stets und ständig, wenn sie an ihre Hochzeit dachte, das Blut zum Herzen stürmen. Die eine Sorge bestand darin, wie sie es anstellen sollte, um ihrem Bräutigam, dem Amerikaner, zu gefallen. Bei diesem Gedanken fühlte sich Bodil so armselig und wertlos, so gänzlich ohne jeden Vorzug, daß ihr, wie sie so einsam und allein dastand, alles aus den Händen glitt und sie nur in klitzekleinen Zügen atmen konnte – so stark empfand sie ihre Nichtigkeit. Oder sie brach in ein Gelächter aus, so richtig roh auf ihre eigenen Kosten, ho ho! Das war aber auch eine Speckseite, die man den Leuten da anbot, ein unvernünftiges junges Ding, mit dem man Löcher in den Kirchenboden schlagen konnte! Und bei diesem Gedanken schnob Bodil geradezu, holte tief und lange Luft. Tonnenweise Luft atmete sie ein und aus, während sie verletzt und erregt an ihre Unwürdigkeit dachte. Die Sache war nämlich die, daß Bodil zu ihrem heillosen Kummer ein starkes und üppiges Mädchen war, eine neunzehnjährige Fenja, der keine Mühlsteine weder auf Erden noch im Meer zu schwer waren. Sie war eine Riesin mit dem Herzen einer Stute, starkgliedrig und mit einem Rücken wie ein Kran. Voll tiefster Scham war sie sich bewußt, daß sie sogar mit geschlossenen Füßen eine Tonne Roggen auf der Schulter tragen konnte. Sie schaffte es fast, die Kuh hochzuheben. Das hatte sie einmal in aller Heimlichkeit ausprobiert, um ihrem Unglück ins Auge zu sehen. Es brauchte ja keiner zu wissen, aber es vor sich selbst zu verbergen, das brachte sie nicht fertig! Und so stark zu sein, das war doch wirklich unanständig. Nicht genug damit, daß sie diese furchtbaren Kräfte besaß, sie war obendrein auch noch drall, ja liebe Leute, sie hatte schwellendere Formen als überhaupt erlaubt waren. Das ließ sich nicht verheimlichen, und deshalb wäre sie am liebsten vor Scham gestorben. Wie sollte es nur möglich sein, daß irgendein Mann Gefallen an ihr finden könnte! Wie sollte sie ihrem Bräutigam nur in die Augen sehen, wenn sie doch wußte, daß sie von Kopf bis Fuß eine einzige Mißbildung war.

Das war Bodils eine ernsthafte Sorge. Die andere schien unbedeutender zu sein, beschäftigte sie aber vielleicht ebensosehr. Es war eine Art fixe Idee. Bodil hegte eine bohrende Angst, daß sie an ihrem Hochzeitstag nicht, so wie es sich für eine Braut gehörte, vor dem Altar weinen könnte. Oh, das würde ihr bestimmt nicht gelingen! Das wußte sie, und es wäre einfach nicht zu ertragen, wenn sie sich diese Schande antäte. Bodil hatte auch sonst nicht nahe am Wasser gebaut, aber wenn es darauf ankam, vergoß sie nicht eine Träne – das wußte sie aus Erfahrung. Was würden die Leute bloß sagen? Was würde Chas Anderson denken, wenn es so zuging, wie sie es sich selbst prophezeite – wenn sie trockenen Auges vom Altar zurückkehrte? Bodil kamen die Tränen, wenn sie an das Furchtbare dachte. Doch das würde ihr an ihrem Hochzeitstag auch nicht helfen.

Während dieser Monate erfüllte sie das Haus mit Unruhe. Binsen-Søren sah oft kopfschüttelnd von der Arbeit auf und machte sich seine Gedanken über die Tochter, die so völlig selbstvergessen wirkte und bald rot, bald blaß wurde.

Doch die vier Monate verstrichen. Zwei Tage vor der Hochzeit traf Chas Anderson ein. Er war einäugig. Das Foto war dadurch aber nicht verdorben worden, denn darauf hatte er die leere Augenhöhle abgewandt. Er ähnelte weder einem Bauern noch einem feinen Herrn, er war weder alt noch jung, er lachte nicht, und er war auch nicht betrübt, er sprach weder dänisch noch englisch, er hatte Geld und war doch geizig. Er öffnete viel den Mund, aber nicht um zu lächeln, sondern nur damit man das Gold in seinen Zähnen sah. Er kam mit dem Zug und hatte einen fürstlichen Pelz an. Da er ihn mit den Haaren nach außen trug, sah er wie ein Bär aus, der auf den Hinterpranken geht. Es war April und ziemlich warm, und so unternahmen die Leute einen kümmerlichen Versuch, das Lachen in Gang zu bringen. Man wollte den aufsehenerweckenden Roman, den sie dort unten im Binsenhaus zusammenspannen, zu einem raschen Abschluß bringen. Doch mit diesem Versuch kamen sie schlecht an. Chas Anderson hatte dafür gesorgt, daß ihm ein Gerücht vorauseilte, und das breitete sich schnell aus. Am Tag vor seiner Ankunft erhielt ein Mann im Pfarrbezirk eine offene Briefkarte von ihm, auf der er sich kühl nach dem Preis für Moholm erkundigte ... Vielleicht würde er es kaufen. Moholm – 200 000 Kronen –, macht Platz, liebe Leute! Aus Chas Andersons Besuch konnte man keinen Spaß herausschlagen.

Er hielt sich höchstens eine Woche in der Gegend auf und ließ sich nicht auftauen. Leute aus dem Pfarrbezirk, die ihn als Jungen gekannt hatten, versuchten sich ihm zu nähern, stellten es aber, geblendet von dem Glanz seines vermeintlichen Reichtums, ziemlich verquer an. Sie nannten ihn vorsichtig bei seinem alten Namen, Karl, so wie er geheißen hatte, als er noch als Hütejunge bei Regen in den Sümpfen herumzog. Chas Anderson hatte ihnen nichts zu sagen und wandte ihnen das leere Auge zu. Er stattete bei keinem anderen als bei seiner armen Familie Besuche ab – zumindest einmal sollten sie in ihren Standesvorurteilen zurechtgewiesen werden ...

Später, nachdem Chas Anderson und *Missis* Anderson abgereist waren, sickerte durch, weshalb der heimgekehrte Amerikaner gegenüber den Bewohnern des Pfarrbezirks eine so kühle Haltung herausgekehrt hatte. Man hatte doch weiß Gott die Ehrenpforte vergessen! Die Ehrenpforte! Ja, das war tatsächlich ein Versäumnis! Nun hatte der Pfarrbezirk darunter zu leiden. Chas Anderson ließ das Gerücht zurück, daß die Armenkasse mit einer freigebigen Summe bedacht worden wäre, wenn ...

Ach! Hätte man das doch bloß gewußt! Man hatte sich offenbar nicht darauf verstanden, ihn zu besänftigen. Deshalb hatte auch keiner sein Geld zu sehen bekommen. Chas Anderson verbrauchte während der Woche, die er sich hier in der Gegend aufhielt, wohl alles in allem nicht einmal fünf Kronen. Man hatte ihm die Ehrenbezeigungen verweigert. Er würde bestimmt nie mehr zurückkehren!

Darin behielten die Leute recht.

Und Bodil? Wie war sie mit ihrem Amerikaner zurechtgekommen, angefangen bei dem Augenblick, da er auftauchte, bis hin zu dem Tag, da sie sich unter seinem kalten Auge zum letzten Mal vor der Reise über das wilde Meer zum Binsenhaus am Rand der Sümpfe umsah? Sie war einigermaßen glimpflich davongekommen. Wie sie mit so viel Angst vorausgesehen hatte, hatte Chas Anderson doch tatsächlich angefangen, von *Liebe* zu reden, und das mit allem nur möglichen vornehmen Getue. Die Verlegenheit hatte sie wie Sturzseen durchflutet. Doch zum Glück war ihre Zunge sofort gelähmt gewesen, so daß sie es nicht noch schlimmer gemacht hatte, indem sie ebenfalls in diesem vornehmen Stil zu reden versuchte. Sie hoffte auf Gott, daß es ihr auch in Zukunft gelingen würde, Schweigen zu bewahren. Hauptsache, sie schwieg, dann würde Chas Anderson vielleicht nie ihren traurigen Mangel an edlen Gefühlen mitbekommen.

Was Bodils unschickliche Kräfte anging, so hatte sie die zum Glück noch verbergen können. Und solange Chas Anderson sie nicht dabei erwischte, würde sie dieses Geheimnis *unbedingt* für sich behalten.

Und die Tränen vor dem Altar? In diesem Punkt erging es Bodil bei weitem nicht so schlimm, wie sie befürchtet hatte. Als sie getraut wurde, weinte sie bitterlich.

Herr Jesper

In Jütland blieb lange die Erinnerung an den starken Ulbjerger Pfarrer mit der machtvollen Stimme lebendig. Man erzählte sich von seinen übermenschlichen Kräften die gleichen Geschichten, die auch anderen zugeschrieben worden sind, wie er, wenn schwere Lasten zu heben waren, gleichsam zufällig einen Arm darunterlegte, so daß sich die Hilfe mehrerer Männer erübrigte, wie er ein Pferdegespann mitsamt dem Wagen aus dem Morast gezogen und wie er einmal eine Axt so tief in den Hauklotz getrieben hat, daß sie kein Sterblicher je wieder herausbekam.

Was aber nicht von jedem starken Gottesmann erzählt wird, das wollte man dem Pfarrer von Ulbjerg zuschreiben: er soll seine Frau einmal im Jähzorn auf den Kirchturm hinaufgetragen und in jede Himmelsrichtung, zu allen vier Schallöchern, hinausgehalten und geschüttelt haben, so als habe er etwas allzu Irdisches von ihr abschütteln wollen. Die Geschichte wurde nie recht geglaubt, denn es gab nur einen einzigen zufälligen Zeugen, doch sie wurde erzählt und konnte wohl eigentlich kaum erfunden sein.

Sonst ist nichts darüber bekannt, daß Herr Jesper mit seiner Stärke je Schaden angerichtet hätte. Als ordinierter Mann hielt er ja überhaupt nichts davon, sie zu zeigen. Seine Predigten waren weit und breit im Gespräch. Wenn er auf der Kanzel stand, konnte man ihn nicht nur in der Kirche, sondern noch eine Viertelmeile davon entfernt hören, eine so unvergleichliche Stimme hatte er.

Es war vier Uhr früh an einem schon heißen Frühlingsmorgen. Die Sonne blendete, und die zeitig erwachten

Fliegen surrten hitzig. Herr Jesper ging in seiner Studierkammer auf und ab und lernte einen Psalm Davids. Das klang wie taktfeste Musketenschüsse, denn die schweren Spangenschuhe des Pfarrers mit den zolldikken Sohlen gaben den Fußboden bei jedem Schritt nur mit einem lauten Knarren frei. Daran ließen sich sowohl das ansehnliche Körpergewicht des Mannes als auch die abgemessene Ruhe erkennen, womit er hinter verschlossener Tür sein Amtsansehen und seine Gottesfurcht pflegte. Während er so von einer Wand zur anderen ging, aus dem Buch lernte und sich selbst abhörte, schallte die kraftvolle, gleichförmige Stimme aus der Studierkammer des Pfarrers über den ganzen Hof. Auch wenn er allein war, eignete sich Herr Jesper Gottes Wort nie anders als mit vernehmlicher Sprechstimme an. Denn *das Wort*, so wie es nun einmal in den Schriften niedergelegt war und so wie er es voll Gehorsam und Kraft wieder in den Mund nahm, bildete den Inhalt seines Lebens und seine ganze Welt. Der Sinn darin blieb allerdings für den Ulbjerger Pfarrer oft ein Mysterium. Wenn er das auch verbergen mußte, so beugte er sich doch dem Wort selbst mit um so größerer Hingabe.

Von Geburt war er ein Bauernsohn. Weil er sich aber schon als Junge durch eine auffallend kräftige Stimme ausgezeichnet hatte, war er unter großen Opfern zum Lernen angehalten worden. Später hatte ihn das viel Schweiß gekostet, Jahre beinahe hoffnungsloser Mühen, denn er hatte eine schwere Auffassungsgabe. Und selbst als er schon als ältlicher Mann eine Pfarre besaß, fand er keinen anderen Zugang zum Wort als das Auswendiglernen, das hartnäckige Wiederholen des Gelesenen, bis es ihm glatt von den Lippen ging und sich sauber und ohne Stottern hersagen ließ. Auf diesem Verhältnis zu Gottes Wort und dann in der machtvollen Stimme, die dröhnend alles durchdrang, mochte er nun singen, die Lithurgie zelebrieren oder predigen, beruhte die Wirkung seiner Botschaft, die er jedoch mit tiefem, echtem Ernst auffaßte.

Aus demselben Gefühl, aus Treue und Amtseifer, schritt Herr Jesper auch schon am frühen Morgen in vollem Ornat zwischen seinen Büchern auf und ab, mit einer wollenen Perücke auf dem Kopf, mit Kniehosen, langem schwarzem Talar und den beiden gesteiften Läppchen unterm Kinn, obgleich die Hitze bereits drükkend in der niedrigen Stube lastete. Es war ein Sonnabend, und Herr Jesper bereitete sich auf seine Sonntagspredigt vor. Seine Arbeit bestand im wesentlichen darin, große Teile aus den heiligen Büchern auswendig zu lernen, so daß er sie am folgenden Tag, ohne sich zu besinnen oder eine Pause einzulegen, von der Kanzel herab aufsagen konnte. Das war weiß Gott eine Arbeit, und Herr Jesper nahm sie nicht leicht.

Von früh um vier bis mittags um zwölf dröhnten der schwer federnde Schritt und die unermüdliche Stimme des Pfarrers aus der Studierkammer. Dann kam er heraus, nach der geistigen Anstrengung verschwitzt und mit leerem Blick, um sich eine Mittagspause zu gönnen. Doch das Gesicht des Pfarrers hellte sich auf, als er seine Frau am Tisch hantieren und still den Löffel auf seinen Platz legen sah.

»Meine Birgitte«, sagte er froh und fügte eine Bemerkung über die Hitze an diesem Tag hinzu.

Und Birgitte, scheu wie eine Dienerin, obgleich doch Herrin auf dem Hof, ging hin und her, ohne auch nur ein einziges Mal den Kopf zu heben – auch sie, trotz der Sommerhitze, züchtig eingehüllt in eine Menge Kleider.

Der Blick des Pfarrers umfing ihre noch kindliche Gestalt mit besonderer Freude. Er schaute jedoch nur zu ihr hin, wenn sie vom Tisch wegging und ihm den Rükken zukehrte. Es rührte ihn jeden Tag aufs neue, wenn er sah, wie sich das gute Kind bemühte, seine Jugend mit allen Mitteln in die strengste Gesetztheit zu verwandeln. Ach, Frau Birgitte war noch nicht einmal achtzehn Jahre alt und hatte sich mit ihrem dunklen Kleid aus Beiderwand und einem Tuch bis hoch an den Mund ein für allemal als ehrbare Pfarrersfrau vermummt. Er hatte seine heimliche Freude daran, sie, die kaum erblüht war, so künstlich gealtert zu sehen. Er selbst war nicht mehr jung. Als Herr Jesper endlich, nachdem er lange Jahre als Hauslehrer alleinstehend und in Enthaltsamkeit gelebt hatte, seine Pfarre erhielt, war er an die fünfzig, und nun, am Nachmittag seines Lebens, schenkte ihm die Vorsehung Birgitte. Andere Mächte halfen nach – sie war die Tochter des Pfarrers in der Nachbargemeinde, eines Mannes mit vielen Kindern, die dieser gern versorgt sah. Und so hatte sich das Glück zum Vorteil beider Partner gefügt. Und Birgitte – konnte sie sich ein größeres Glück denken, als Pfarrersfrau zu werden, noch bevor sie das achtzehnte Lebensjahr erreicht hatte? Meine Birgitte! Das Leben hielt viele Überraschungen bereit. Als Herr Jesper sie zum ersten Mal sah, war sie ein hochaufgeschossenes Ding in Holzschuhen. Stets war sie blaugefroren und hatte zerzauste Haare, weil sie mit den Jungen im Sumpf herumtollte und über den Bach sprang. Im Freien war sie äußerst lebhaft, wenn sie aber im Zimmer sein mußte, wirkte sie apathisch und verschnupft – ein ziemlich vernachlässigtes Mädchen. Doch sie war anstellig und arbeitsam und versprach, ein tüchtiges Hausmütterchen zu werden.

Eigentlich schön im weltlichen Sinne war Birgitte nicht. Ihr Gesicht war ein wenig schief, und ihre kleinen Augen hielt sie stets gesenkt. Sie hatte etwas Ungezähmtes an sich, worunter sie selbst litt. An Gesellschaft konnte sie sich nicht gewöhnen, war stets verlegen, und manchmal begann sie über irgend etwas zu kichern. Hinterher weinte sie dann, weil sie sich nicht hatte beherrschen können. Sie brauchte nur Ruhe und Zeit, um ein Mensch zu werden. Herr Jesper empfand eine stille Freude, sie als seine Angetraute um sich zu haben und wachsen zu sehen; sein Haus barg nun gleichsam eine Blumenknospe, die Zukunft.

Das Mittagessen, gepökelte Wurst und Kohlrabi, schmeckte dem Geistlichen ungemein gut. Nach dem

Essen sprach er laut und vernehmlich das Tischgebet, während Birgitte mit gefalteten roten Kinderhänden am unteren Tischende stand und die ganze Zeit den Kopf gesenkt hielt. Eine rötliche Haarsträhne hatte sich unter dem Häubchen hervorgewagt. Der Pfarrer schob sie mit einem Finger wieder an ihren Platz, freundlich, so im Vorbeigehen, und Birgitte senkte den Kopf noch tiefer.

Nach dem Mittagessen trat Herr Jesper auf den Treppenstein vors Haus und fütterte seine Hühner. Er hatte sein Vergnügen daran, in der Tür zu stehen und im sanftesten Diskant »Putt putt!« zu rufen, während die Hühner von allen Seiten des Hofes angejagt kamen.

Der Knecht näherte sich und bekam seine Anweisungen. Herr Jesper bewirtschaftete seinen Acker mit Sachkenntnis selbst, natürlich nicht persönlich, obgleich er oft sehnsuchtsvolle Blicke hinauswarf, wenn der Knecht auf dem Feld bei der Arbeit war. Aber ein Pfarrer konnte es sich ja nicht erlauben, hinter dem Pflug zu gehen oder Zwei-Zentner-Säcke zu schleppen.

Dann ließ der Pfarrer den Blick über den Himmel schweifen und blinzelte in die Sonne. Es war Zeit, hineinzugehen und ein Mittagsschläfchen zu halten, bevor er sich wieder an sein Pensum machen mußte.

Doch da rumpelte es auf der Landstraße, und eine schmale Kutsche schwenkte in einer Staubwolke zum Hoftor hinein. An der Gestalt in dem frei hängenden Kutschsitz erkannte Herr Jesper sofort seinen Schwiegervater, den Pfarrer von Sønderbølle, und ging ihm froh entgegen, um ihn zu begrüßen.

Der Alte war an einem Sonnabend ins Dorf gefahren, ein für Herrn Jesper undenkbarer Zeitpunkt, aber er sollte dennoch herzlich willkommen sein. Er wollte nicht aussteigen, wurde jedoch dazu genötigt und saß dann eine halbe Stunde lang bei einer Tonpfeife und einem Krug Bier in der Stube und führte mit seinem Schwiegersohn in aller Gemütlichkeit ein freundschaftliches Gespräch.

Sein Anliegen bestand eigentlich nur darin, den Amtsbruder um einige Auskünfte über einen gemeinen nächtlichen Dieb zu bitten, der nun schon seit mehreren Monaten in der Gegend sein Unwesen trieb und in die Speisekammern der Leute einbrach. Nun sollte diesen Umtrieben doch wahrhaftig ein Ende gesetzt werden. Der Pfarrer von Sønderbølle fühlte sich um so mehr dazu berufen, die Sache in die Hand zu nehmen, da der Dieb kürzlich sogar der Speisekammer des Pfarrhofs einen nächtlichen Besuch abgestattet und sie fast geleert hatte. Deshalb sollte nun Beweismaterial gesammelt und der Kerl, wer es auch sein mochte, gefangen werden. Zu diesem Zweck fuhr der Pfarrer herum und nahm die Aussagen der Leute auf, bei denen der Halunke eingebrochen hatte.

Herr Jesper hatte von diesem Unwesen zwar viel reden hören, konnte aber für seine Person nichts zur Aufklärung des Falls beitragen. So unterhielten sie sich über andere Dinge, über die Geistliche bei ihren Zusammenkünften gern reden und womit sie viel Zeit verbringen können: über Gottes Reich, Kirchensteuern, Opfergaben und den Zehnten.

Der Schwiegervater hatte es jedoch eilig und wollte aufbrechen. Birgitte war mit niedergeschlagenen Augen hereingekommen und setzte einen neuen Krug mit Bier vor ihren Vater hin. Sie stand so seltsam da, kroch unter seinem Blick gleichsam in sich zusammen und eilte, so schnell sie konnte, wieder hinaus. Doch kaum hatte sie die Klinke hinter sich losgelassen, als sich der Alte auch schon eifrig zwinkernd und mit bedeutungsvollem Nikken dem Schwiegersohn zuwandte und ihn zu dem, was ja nun so sichtbar war, beglückwünschte: Birgitte war auf dem besten Wege, sein Haus zu segnen ...

Hier hielt der Alte inne, leicht verwundert darüber, wie der Schwiegersohn den Glückwunsch aufnahm. Denn Herr Jesper riß zuerst gleichsam entsetzt die Augen auf, sie traten fast aus ihren Höhlen, dann schoß ihm das Blut zu Kopf, und er schwankte auf seinem Stuhl, als wollte er zu Boden sinken. Der Alte kannte seinen Schwiegersohn aber als einen in gewissen Dingen sehr schamhaften Mann, was bei starken Menschen nicht ungewöhnlich ist, und hielt das für die Ursache seiner Bewegung. Das veranlaßte den alten Kenner, noch belustigter zu schmunzeln und den durch den Gedanken an sein Vaterglück aus der Fassung gebrachten Schwiegersohn mit viel, viel Schulterklopfen zu besänftigen.

Doch Herr Jesper stand vom Stuhl auf und schüttelte ihn ab. Er war jetzt blaß, und sein Mund zuckte auf der einen Seite, als wäre er nicht Herr seiner selbst. Der Alte lachte laut, dies war wirklich allerliebst. Da richtete sich Herr Jesper ungestüm auf, nahm sich mit einer Riesenanstrengung zusammen, und während er sehr helle Augen bekam und sie direkt auf den Schwiegervater richtete, fing er an, laut zu psalmodieren – jenen Psalm, den er am Vormittag auswendig gelernt hatte:

»Bringet her dem Herrn, ihr Gewaltigen,
bringet her dem Herrn Ehre und Stärke!

Bringet dem Herrn die Ehre seines Namens;
betet an den Herrn in heiligem Schmuck!

Die Stimme des Herrn gehet über den Wassern;
der Gott der Ehren donnert, der Herr über großen
Wassern.

Die Stimme des Herrn gehet mit Macht;
die Stimme des Herrn gehet herrlich.

Die Stimme des Herrn zerbricht die Zedern;
der Herr zerbricht die Zedern im Libanon.

Und machet sie löcken wie ein Kalb,
den Libanon und Sirjon wie ein junges Einhorn.«

Der Alte winkte ab. Gut, gut. Ein schöner Psalm, aber unter Eingeweihten ... Außerdem begriff er nicht recht die Anwendung des 29. Psalms gerade in diesem Augenblick. Das begriff Herr Jesper auch nicht, er war ihm aber am vertrautesten, weil er ihn eben erst gelernt hatte. Er hob die Stimme, bis sie im Zimmer dröhnte wie die Posaunen des Jüngsten Gerichts:

»Die Stimme des Herrn sprühet Feuerflammen.

Die Stimme des Herrn erreget die Wüste;
der Herr erregt die Wüste Kades.

Die Stimme des Herrn erreget die Hinden und entblößet
die Wälder; und in seinem Tempel sagt ihm alles Ehre.«

Da beugte der Alte den Kopf. Denn das war das Wort. Herr Jesper aber wütete mit Macht, schnaufte unter dem Einfluß des Geistes und sprach den Psalm zu Ende:

»Der Herr sitzet, eine Sintflut anzurichten;
und der Herr bleibt ein König in Ewigkeit.

Der Herr wird seinem Volk Kraft geben;
der Herr wird sein Volk segnen mit Frieden.«

»*Amen*«, sagte der Alte und ließ das Kinn auf die Brust sinken, ohne den Ausbruch des Schwiegersohns recht zu verstehen, ohne aber auch weiter in ihn zu dringen. Kurz darauf fuhr er ab.

Herr Jesper ging in seine Kammer, und hier durchdachte er für ein paar Minuten sein Unglück. Ja, es stimmte, nun konnte er es auch sehen, Birgitte war in gesegneten Umständen. Doch es war nicht sein Kind.

Seitdem sie in seine Hand gegeben worden war, hatte er ihr im stillen ihre Jugend zugute gehalten. Er hatte ihr nicht die ganze Last des Lebens auf einmal aufbürden wollen, solange sie noch so zart war. Das wußte er; doch was ihm kaum bewußt war und was ihn nun in seinen blinden Instinkten verletzte, war etwas anderes: Im stillen hatte er ihr auch Aufschub gewährt, weil er hoffte, daß *sie* sich ihm von allein zuwenden würde. Solange sie ihn nicht einmal ansehen konnte, solange sie noch vor Angst wie ein gefangener Vogel in der hohlen Hand bebte, vermochte der Ulbjerger Pfarrer die ihm durch das Gesetz und die Propheten angetraute Ehefrau nicht als die seine zu betrachten. Das war nun einmal eine Eigenheit von ihm, eine rein private Eigentümlichkeit, zu der er sich selbst kaum bekannte, nach der er aber lebte.

Er war dabei so glücklich gewesen. Er, der sich seines Fleisches so sicher war, hatte sich gefreut, dankbar darüber, die Macht zu haben, weniger hart zu sein als das Dasein. Doch er war sich so gewiß gewesen, so gewiß wie seiner Seligkeit, daß *sie* zu ihm kommen würde, sie würde von allein kommen, wenn er ihr nur Zeit gönnte. Und nun ..., wie ..., wer ..., Tod und Höllenpein ..., wie hing dies zusammen?

Aus der Studierkammer donnerte der Pfarrer mit einer Stimme wie beim Jüngsten Gericht; es klang wie Löwengebrüll: »*Birgitte*!«

Da er rief, schlich sie durch die Stuben hinauf, und als sie sich zur Tür hineingestohlen hatte und ihn sah – nicht mehr mit Talar und Perücke, denn nun konnte er die Hitze nicht länger ertragen, sondern mit Lederweste, beleibt und mit dem auf Burschenart kurzgeschorenen Kopf, der bis zum Deckenbalken aufragte –, als sie in seinen Augen ihr Urteil sah, fiel sie nieder, sank allein schon bei der bloßen Erwartung des Unwetters zu Boden. Und er kam: knarr, knarr, knarr ... Ohne einen Laut drehte sie sich auf den Rücken, lag ganz still und sah zu ihm auf. Zum ersten Mal begegnete sie seinem Blick. Sie schaute ihn an wie das Wild, wenn es den Gnadenstoß erwartet – mit einem dunklen, fernen Blick, doch nun ohne jede Furcht.

Eine Zeitlang stand er über ihr. Und hätte sie sich gerührt oder auch nur einen Laut von sich gegeben, er hätte sie in Stücke gerissen. Doch sie lag ganz still, hatte sich dem Tod anheimgegeben. Stöhnend ging er von ihr fort. Er öffnete ein Fenster zum Garten hinaus. »Oh«, stöhnte er laut.

Eine Welle von Honigduft traf sein Gesicht. In den Apfelbäumen, die in Blüte standen und in der Mittagssonne wie in einem gleißenden Feuerbrodem schwebten, tönte es hitzig und bedrängend, ein und dieselbe hohe Note – das waren die Bienen. Ja, die Bienen. Sie waren so emsig. Die Luft war erfüllt von ihnen, sie standen gegen das Licht in singenden Wolken, in denen es von Tausenden erregter Bienen nur so wiegte und wogte und wirbelte. Doch was war das? Sah es nicht so aus, als wollte die Wolke in eine bestimmte Richtung ziehen und sich um einen Kern verdichten, der irgendwo außerhalb des Gesichtskreises lag? Herr Jesper beugte sich weiter vor, und ganz richtig: »Birgitte, die Bienen schwärmen«, sagte er und wandte sich vom Fenster ab. Die Stimme war leiser geworden, die Worte klangen gleichmütig, fast sanft. Doch der Gram hatte seine Stirn gefurcht.

Da zogen die Pfarrersleute, und wer sonst noch während der Mittagszeit auf den Beinen war, los, um den Bienenschwarm einzufangen – Herr Jesper mit Bienenkorb und Laken an der Spitze. Birgitte jagte dem Schwarm quer durch den grünen Roggen nach, unaufhörlich mit einem Messingmörser klappernd und diensteifrig, als gälte es das Leben. Sie sprang im Roggen, daß die Röcke um die Mädchenbeine aufflogen. Wenn doch die Bienen nur immer so weiter schwärmten, Birgitte! Doch die Jagd nahm ein Ende. Draußen auf dem Feld ließen sich die Bienen auf einem Baum nieder. Dem Pfarrer gelang es, eine Leiter anzustellen und den Bienenkorb über den Schwarm zu stülpen, ohne allzusehr gestochen zu werden. Darauf zog man wieder nach Hause.

Endlich hoffte man auf Ruhe, um Mittagsschlaf halten zu können. Doch nachdem sich alle hingelegt hatten, nahm Herr Jesper seine Frau mit hinauf in die Kirche und verhörte sie. Während er sie ausfragte, war er gefaßt, und sie antwortete wie eine Schülerin, die vor ihrem Lehrer steht, leugnete nichts. Es war noch schlimmer, als er gedacht hatte.

Der Pfarrer erfuhr, daß sich der Einbrecher, der die Gegend schon so lange unsicher machte, auf seinem eigenen Dachboden verborgen hielt. Dort hatte er sich die ganze Zeit aufgehalten, und er war es auch, dem Birgitte ihren Zustand verdankte! Er war einer ihrer Spielgefährten, mit dem sie in ihrer Kindheit in den Sümpfen herumgetollt war. Später war er ein ungebärdiger Nichtsnutz geworden, den man zu den Soldaten hatte schicken müssen. Er hatte sich dann von seinem Regiment abgesetzt und war spornstreichs in seine Heimatgegend und zu Birgitte zurückgeeilt, die ihn während all der Zeit auf dem Dachboden versteckt gehalten hatte. Und nun waren sie also entdeckt.

Als der Pfarrer den Umfang seiner Schande begriff, sie zum ersten Mal mit einem Blick übersah, da brachte der Zorn das Blut des wohlbeleibten Mannes in Wallung. Aber er behielt doch den Verstand. Und da trug er denn seine Frau mit kalter Leidenschaft all die Treppen des Kirchturms hinauf. Er hielt sie in jede Himmelsrichtung, zu den vier Schallöchern, hinaus, jedesmal versucht, sie fallen zu lassen, und sich jedesmal darauf beschränkend, sie über der Tiefe zu schütteln. Während der Bestrafung schrie oder jammerte sie nicht ein einziges Mal, denn sie wußte, daß sie schuldig war. Und das hat sie wohl gerettet.

Aber er brachte sie dazu, daß sie ihre Selbstbeherrschung doch noch verlor, und das auf eine Weise, die ihm in der Seele weh tat. Als sie von diesem Ausflug wieder nach Hause kamen, sah sich der Pfarrer im Flur nach einem Strick um. Und als er einen gefunden hatte, fixierte er Birgitte, um zu sehen, welchen Eindruck das auf sie machen würde. Ihr erster Gedanke mochte gewesen sein, daß er sich erhängen wolle, und es traf ihn, daß sich in ihren jungen, abgestumpften Zügen nichts regte. Ihre Augen blickten weiter ausdruckslos drein. Doch als er auf die Bodentreppe zuging und sie plötzlich begriff, daß er ihn, der sich auf dem Boden verbarg, binden wollte, da veranlaßte ihn ihr Schrei, sich umzudrehen. Es war das erste Lebenszeichen, das sie von sich gegeben hatte, ein kurzer angstvoller Laut wie von zerspringendem Glas. Sie stand da und folgte ihm mit den

Augen, begriff, was er vorhatte. Und sie, die um ihrer selbst willen keinen Ton von sich gegeben und die auch nicht die geringste Anteilnahme für ihren Mann verraten hatte, sie bebte nun von Kopf bis Fuß bei dem Gedanken an *ihn* dort oben und an das, was ihm bevorstand.

Der Pfarrer zögerte. Das tat weh. Er wollte das Leid von sich abschütteln und begann die Leiter hochzusteigen. Doch da schrie sie hinter ihm in tiefster Angst: *»Nein! Nein!«*, so daß er sich umdrehen und sie ansehen mußte.

Sie stand da mit weitoffenem Mund, vornübergebeugt, ein Bild aufgewühlter Gefühle. Als sie sah, daß er schwankte, ging sie ihm händeringend nach, bat ihn mit feuchten Lippen, flehte mit ihren kleinen, tiefliegenden, heißen Augen seine Seele um Barmherzigkeit an. Nie hatte er eine Frau voll so wilder Hingabe gesehen, und daß diese einem anderen galt, brannte ihn wie glühendes Eisen.

Doch nun war er gebrochen. Er begriff, daß jeder Schlag, der ihn da oben traf, *sie* treffen würde; jede Lage Strick um die Handgelenke dieses Burschen würde sie mit blutigen Striemen zeichnen, und noch hatte er sie trotz allem zu lieb, um sie zerschmettern zu können. Denn die meiste Schuld trug doch ein anderer.

Der Pfarrer hängte den Strick weg und ging mit der Hand vor der Stirn ein paarmal mit schlurfenden Schritten auf und ab. Als Birgitte fühlte, daß die Gefahr vorüber war, fing sie an zu weinen, krümmte sich und erleichterte ihr Herz durch ein paar erstickte tiefe Kehllaute. Sie erinnerten sehr an das Knurren eines Schafes, das mit zugebundenem Maul daliegt und abgestochen wird. Für Birgitte aber bedeutete dieses Weinen eine Rückkehr zum Leben.

Doch das rührte den Pfarrer nicht. Er wandte ihr den Rücken zu und ging in seine Studierkammer. Birgitte schlich sich auf den Dachboden hinaus.

Als er, wie geschrieben steht, in sein Kämmerlein gegangen war und die Tür geschlossen hatte, war Herr Jesper ein einsamer Mann, so einsam, wie man nur sein kann. Eine Zeitlang wanderte er geistesabwesend herum, starrte auf die Rücken seiner Bücher, rieb sich die leeren Hände. Er stand am Fenster und sah in den Garten hinaus, wo die Bienen nun zur Ruhe gekommen waren und die Blüten der Apfelbäume im Sonnenschein schwammen.

Irgend etwas sang gegen die Scheibe an, ein ganz zarter Ton. Es war eine Mücke, die mit ihren hauchfeinen Beinen gegen das Glas tanzte, auf und nieder, immer wieder von vorn. Es war ein Hindernis, das sie nicht sehen konnte und das sie vom Freien ausschloß. Weshalb sollte dieser allerkleinste unter Gottes Vögeln nicht auch in den Sonnenschein hinaus? Der Pfarrer öffnete das Fenster, und die Mücke mit ihren herabhängenden Beinchen schwärmte wie ein Stäubchen geradewegs schräg ins Freie hinaus. Ihre Flügel wurden wie Gold, und sie verschwand in den Flammen der Sonne.

Ach, wie sah doch die Erde so schwellend aus, ein Meer aus Blumen, Sonne und unendlichem Himmel! Lag die ganze Welt in einem heiligen Sommerglorienschein, oder waren einem großen einfältigen Mann nur die Augen für die Süße des Lebens aufgegangen, so daß er nichts als Erbarmen zu sehen vermochte, wo die Wirklichkeit vielleicht bloß aus Bitterkeit und Tod bestand? Ach, der Tag war schön!

Als die Leute auf dem Pfarrhof vom Mittagsschlaf erwachten, hörten sie die Stimme ihres Brotherrn aus der Studierkammer erschallen, gleichförmig melodisch, womöglich aber noch kraftvoller als am Vormittag. Herr Jesper lernte einen Psalm Davids auswendig:

»Aus der Tiefe rufe ich, Herr, zu dir.

Herr, höre meine Stimme, laß deine Ohren
merken auf die Stimme meines Flehens!
So du willst, Herr, Sünden zurechnen, Herr,
wer wird bestehen?

Denn bei dir ist die Vergebung, daß man dich fürchte.

Ich harre des Herrn; meine Seele harret, und ich hoffe auf sein Wort.

Meine Seele wartet auf den Herrn von einer Morgenwache bis zur anderen.

Israel, hoffe auf den Herrn!, denn bei dem Herrn ist die Gnade und viel Erlösung bei ihm,

und er wird Israel erlösen aus allen seinen Sünden.«

Von dem Tag an spürte man in der Gegend nichts mehr von dem Einbrecher. Er war verschwunden, und die Speisekammern der Dorfbewohner hatten Frieden vor ihm. Herr Jesper predigte am Sonntag mit einer Macht und Hingabe, wie sie die Gemeinde nie zuvor erlebt hatte, besonders zwei Psalmen Davids erhielten in seinem Mund einen Klang von der Kraft des Herrn. Unter dem Gebrüll seiner Verkündigung duckten sich die Leute in den Bänken. Dieser Mann schaute doch weiß Gott nicht ins Buch, er hatte seinen Text da, wo er hingehörte! Was er lehrte, kam von Herzen.

In späteren Jahren wandte sich Birgitte wohl doch noch von allein dem Geistlichen zu, wenn man einem alten Gemälde glauben soll. Es hängt in der Ulbjerger Kirche und stellt den ehrwürdigen Herrn Jesper mit seiner Frau und ihren elf Kindern dar, die sie in einer gottesfürchtigen Ehe bekommen hatten. Die Kinder sind allesamt fast gleich groß und wären kaum im Alter zu unterscheiden, wenn nicht die ganze Schar der Größe nach in zwei Reihen aufgestellt worden wäre, der eine immer knapp einen halben Kopf kleiner als der vorhergehende, bis ganz hinab zum Wickelkind, das, bis zu den Armen eingepackt wie eine Puppe, in der untersten Ecke des Bildes schwebt – alles makellose und schöne Kinder.

Die ganze wohlgeordnete Familie wendet dem Betrachter das Gesicht zu, sieht mit beiden Augen aus dem Bild heraus, mit Ausnahme des Ältesten, eines Jungen mit auffallend großem Adamsapfel, er ist im Profil gemalt.

Der Auswanderer

Eine Himmerlandsgeschichte, die ich nie erzählt habe, ist die, in der der Schauplatz nach Amerika verlegt wurde. Die Geschichte von dem *Auswanderer* mit seinem armseligen Gepäck, von dem Aufbruch aus einer alten Kultur, die ihn nicht länger nähren kann, und dem Neusiedlerleben dort drüben, das ihn härter, manchmal vermögender, aber auch, wenngleich er das vor sich selbst zu verbergen sucht, leerer macht. Der Abstand vom Bauern zum »Farmer« ist größer, als daß er sich in einem Menschenleben zurücklegen ließe. Was bei der Auswanderung auch immer verloren oder gewonnen werden mag, sie fordert eine Generation als Opfer.

Wie viele sind freiwillig, mit verbundenen Augen ihrer Auslöschung als Mensch entgegengegangen, um sich als Dänen jenseits des Atlantiks zu verlieren und mit ansehen zu müssen, wie bestenfalls ihre Kinder – wenn es ihnen gelingt, Amerikaner zu werden – in eine andere Klasse eingehen. Der Auswanderer wächst nie über sich selbst hinaus, für ihn gibt es kein *Zurück*, und er wird das nie begreifen. Dieser heldenmütige und unter allen Umständen redliche, aber dem seelischen Untergang geweihte Himmerländer hätte seine Geschichte verdient.

Ich habe mich, wenn auch nur als Amateur, auf diesem Weg ebenfalls versucht, Ich war nach besten Kräften bemüht, meine Begriffswelt von Graabølle bis Chikago zu erweitern. Wenn ich den »Auswanderer« dennoch fallengelassen habe, liegt das – wie ich glaube – daran, daß in seinem Fall keine wirkliche, wahre, Geschichte steckt. In den äußeren Zügen ist sein Schicksal recht einförmig, nur sehr selten so abenteuerlich, wie man es vor allem erwartet. Doch die inneren, wichtigeren Vorgänge sind im Grunde genommen nur im umgekehrten Sinne von Belang. Es ist die Geschichte von dem, was nicht *war*, woraus nichts *wurde*, die Geschichte von der Vorläufigkeit, dem Übergang – alles Haltepunkte, an denen sich die Kunst, die Oberfläche braucht, nicht schöpferisch orientieren kann, wie unbarmherzig sich das auch anhören mag. Mir fehlte die *Gestalt*, und ich weiß, das liegt daran, daß sie kein Leben besitzt.

Dafür habe ich Gelegenheit gehabt, viele Auswandererschicksale im kleinen zu verfolgen, das gebrochene Spiel dieses Typs bei all den Menschen zu beobachten, denen ich entweder in Amerika begegnet bin oder die ich von ihrem Zuhause im alten Land kenne. Himmerland hat viele Hunderte seiner Bewohner über den Atlantik geschickt.

Jetzt komme ich nur noch selten heim in das kleine, abgelegene Dorf, wo ich einst, zusammen mit den Bauernkindern von den kleinen Höfen und den einsamen Anwesen, in die Volksschule ging. Mancher dieser Steppkes in Holzschuhen hatte, einen Kanten Brot und den Katechismus in ein Tuch gebunden, eine gute Meile zur Schule zurückzulegen. Doch jedesmal wenn mich mein Weg an den himmerländischen heimischen Herd zurückführt, höre ich Neues von dem einen oder anderen meiner ehemaligen kleinen Schulkameraden, und ziemlich regelmäßig heißt es, er oder sie, Laust oder Ane Sofie, sei aus Amerika zurückgekehrt – wenn es nicht gerade das Allerneueste ist, daß sie wieder nach drüben gegangen sind!

Dazwischen liegt so vielerlei. All die Erinnerungen, die sich an den Jahrgang von Schulkindern knüpfen, mit denen ich Butterbrot und Choralgesang geteilt und deren Schicksale mich später bruchstückweise aus der Ferne – die meisten von ihnen sind in Amerika – erreicht haben, nehmen für mich die Form eines seltsamen Baumes an. Seine Wurzeln, das sind die Kindheit und ihre Gestalten, markig und unvergänglich wie die liebgewordenen Helden Homers, und seine Wipfel bilden die

Auswanderung, Chikago, die vergehende Zeit, ein seltenes Wiedersehen mit einem, der fort war und nur alt geworden ist, eine Verzweigung von Schicksalen, die man nicht zu überblicken vermag, die aber allmählich schon in das bekannte Gesamtbild eingeht: eine Generation wie alle anderen, auf ihrem Weg von der Wiege bis zum Grabe, *unsere* Generation, die der Kinder aus der Schule von Graabølle.

Trotzdem glaube ich, daß uns ein besonderes Schicksal zuteil wurde. Gewisse Umstände deuten darauf hin, daß wir gerade an der Grenze zu einer Zeit des Aufbruchs geboren wurden, in den Jahren nach 1864, als die Bauern in jeder Hinsicht in Bewegung gerieten. Sie wurden Mitglieder der Venstre, und ihre Kinder wanderten nach Amerika aus. Die jahrhundertealte ausgeprägte Bauernkultur wich der Genossenschaftsbewegung und vielem anderen zersetzenden Neuen. Die Verbindung mit der Vergangenheit ist nur noch ein flüchtiger Schimmer des Verschwundenen. Dazu gehören die Schilderungen des bäuerlichen Lebens, die ich gegeben habe.

Ich selbst mußte natürlich auch losziehen und *mein* Amerika entdecken, und ich bildete mir ein, meinem Schicksal ein Schnippchen zu schlagen, mich – so wie es sich *ver sacrum* geziemt – fürstlich von allen anderen zu unterscheiden. Später hörte ich dann aber, daß all die anderen – sowohl Laust als auch Poul, Bertel und Anton – ebenfalls Amerika entdeckt hatten und wieder zurückgekehrt waren, und das nicht nur einmal, sondern, ähnlich wie ich selbst, ein- bis zweimal.

Jeder von uns erlebte seine Auswanderung und seine Heimkehr, aber es war derselbe Wellenschlag. O ja, wir wollten uns alle gründlich von allen anderen unterscheiden. Das Ergebnis zeigt jedoch, daß wir gerade darin allen anderen glichen.

Nun, da sich über unsere Unstetigkeit gleichsam eine Art Ruhe gesenkt hat, fühlt man das Bedürfnis, sich einen Überblick über das zu verschaffen, was uns dieses ganze Amerika innerlich und äußerlich gegeben hat.

Dabei muß ich zuerst an Laust denken, den ich gesehen habe, als ich zuletzt zu Hause war, und dessen Schicksal sich etwas bunt gestaltet hat. Laust stammte von einem kleinen Hof. Die Kinder, die dort aufwuchsen, waren unsere nächsten Spielgefährten. Drei Söhne und zwei Töchter der Familie wanderten nach Amerika aus, und das ist nur ein Beispiel von vielen. In Jütland gibt es Höfe, wo nur die Alten allein zurückgeblieben sind. In ihren zitternden Händen halten sie Briefe aus Minnesota und vornehme Kabinettbilder. Darauf sind ihre Kinder abgebildet, mit Scheiteln, weißen Kleidern und Nachwuchs auf dem Schoß, kleine Gesichter, in denen sich die Züge der Familie wiederholen. Aber in den Augen haben sie eine neue offene Welt. Ach, wie oft die Alten über die dort drüben reden ....

Laust war eines der jüngsten Kinder auf diesem Hof. Ich glaube, der wilde Mogens war der erste, der auswanderte, und er holte dann Mads und die beiden Mädchen und schließlich auch Laust nach. Mogens habe ich als einen waghalsigen, ungebärdigen Jungen in Erinnerung, mit vorlautem Mundwerk und frühreif in mancherlei Hinsicht. Er war ein Früchtchen. Zusammen mit ihm habe ich einer blökenden Versammlung von »Heiligen« – dieses Völkchen wurde damals von allen richtigen Bauern ziemlich verachtet – ein Mondgesicht mit glühenden Augen, eine ausgehöhlte Futterrübe, durch die Tür geschleudert. Bei dieser Heldentat wurden wir treulich von Bruder Mads unterstützt, der schielte und so fett war, daß ihm alles aus den Händen glitt. Es ist mir nie gelungen, ihn beim Ringkampf zu besiegen, weil man ihn nicht festhalten konnte und weil ich immer lachen mußte, wenn ich mich mit dem schneckenfetten Jungen herumbalgte. Dann verließen mich die Kräfte, und Mads behauptete sich. Er schielte so stark, daß er das Buch seitwärts, ganz zum Nachbarn hinüber, halten mußte, um es überhaupt sehen zu können. Die Natur hatte ihn nicht für das Buch bestimmt, und er ist deshalb nun auch Farmer irgendwo drüben in den mittleren

Staaten. Dort soll er Fuß gefaßt haben und mit seiner neuen Scholle verwachsen sein. Zumindest ist nicht bekannt, daß sich bei ihm etwas verändert hätte. Also ist er aus der Saga entschwunden.

Mit Mogens dagegen ist das Schicksal bei weitem noch nicht fertig. Von diesem fixen Burschen weiß ich, daß er sich während zwanzigjähriger Wechselfälle in *allen* Branchen und *allen* Teilen Amerikas tapfer durchgeschlagen hat, angefangen beim Kellner, was er meistens war, bis hin zum Freiwilligen im Krieg auf Kuba, nicht zu vergessen Klondike. Er war so ein schlanker Junge, mager von all den ewigen Schelmenstreichen, das reine Gegenteil von seinem Bruder, und ich glaube nicht, daß er in Amerika Fett angesetzt hat. Aber was er nicht alles *weiß*!

Bei Laust jedoch setzte das Schicksal eine Zäsur, und seine kleine Alltagstragödie mitsamt den damit verknüpften Stimmungen von Hoch und Tief, Fremdheit und heimischer Geborgenheit, ist mein Thema. Laust war noch ein kleiner Junge, flachshaarig und mit nackten, staubigen Beinen, als er aus meiner Erinnerung entschwand. Doch bereits damals bewies er Sinn für Musik und wurde später dann auch Dorfmusikant. Er lernte in Randers Geige und Horn spielen und gesellte sich zu den anderen Musikanten, die bei den Festen der Gegend aufspielten, während er nebenbei seine bäuerliche Arbeit verrichtete. Dann schrieben ihm die Brüder, und er ging wie all die anderen westwärts. Viele Jahre lang hörte ich nichts von ihm. Ich hatte aber erfahren, daß die fünf Geschwister dort drüben zusammenhielten und gemeinsam mit anderen jungen Leuten aus Graabølle, ebenfalls Schulkameraden von mir, in Chikago und Umgebung eine kleine Kolonie gegründet hatten: Ich habe sie drüben selbst nie getroffen, nur Leute, die sie kannten. Es erging den Geschwistern so, wie es Dänen in Amerika zu ergehen pflegt; sie blieben der Erde treu und brachten es zu nicht mehr, als sie gewesen waren. Eins der Mädchen heiratete dort drüben einen Mann aus meinem Heimatort, meinen alten Raufbruder Poul, und den beiden gelang es, in Chikago ein kleines Speiselokal zu eröffnen, der erste Versuch, über den Status des nur körperlich Arbeitenden hinauszugelangen.

Aber ich glaube, alle in der Gruppe litten sie an der Auswandererkrankheit. Bald fuhren sie nach Hause, bald wieder zurück, und nach dem, was ich gehört habe, ist die Lage unverändert. Das sei ihnen verziehen, denn ich kenne das Leid: zu Hause sitzen die Alten, und deshalb fühlt man sich selbst an Orten, die einem lieb geworden sind, nie heimisch. Es gibt gewisse alte Bauern, deren unvergeßliche Züge auch mich über das Meer nach Hause lockten, obgleich ich ihnen nicht durch Blutsbande verbunden bin. Mich wundert es deshalb auch nicht, wenn ich bei meinen Besuchen zu Hause erfahre, daß sie mal hier und mal wieder dort sind. Aber weiter als bis zu diesem Hin und Her werden wir Kinder aus der Schule in Graabølle es meiner Meinung nach auch nicht bringen.

Vor ein paar Jahren, als ich auf einen Sprung zu Hause war, traf ich Laust. Zuvor hatte ich von seinem Unglück in Amerika gehört. Er war beim Gesteinssprengen nicht rechtzeitig in Deckung gegangen. Seine rechte Hand war verletzt worden, das eine Auge völlig und das andere halb erblindet. Nun *hält* ihn Amerika wohl fest, hatte ich damals gedacht, aber Laust hatte doch noch so viel erkennen können, daß er nach Hause gefunden hatte.

Im Dorf fand ein »Ball für die reifere Jugend« statt, und hier traf ich Laust, der zu den alten Tänzen aufspielte. Ich erkannte ihn nicht wieder. Von dem kleinen barhäuptigen Hütejungen meiner Kindheit war auch nicht die Spur übriggeblieben. Er glich einem Amerikaner dieses undefinierbaren Typs, den man *Overall*-Typ nennen könnte – weder arm noch reich, weder oben noch unten. Die Invalidität hatte die Spuren der Arbeit in seinem Äußeren gelöscht, und seine dicken, lichtbrechenden Brillengläser, die die Augen verbargen, verliehen ihm etwas Maskenhaftes. Die rechte Hand war verstümmelt, doch er konnte damit noch den Bogen führen. Am merkwürdigsten war, daß seine Züge nichts Bäurisches mehr hatten, ohne daß an dessen Stelle eigentlich etwas Neues getreten wäre. Das Gesicht trug den Stempel des Inlandklimas, es hatte das eigenartig ausgedörrte und kautschukartige Aussehen, das den Yankee kennzeichnet. Wir unterhielten uns ein wenig, ganz so, als wären wir nie getrennt gewesen, aber auch er erkannte mich nicht wieder. Und dennoch waren wir es – er und ich. Sein Wesen, alles an ihm, hatte dieses unbeschreibliche Überseeische, das zu seiner zweiten Natur geworden war, und trotzdem war er unverändert. Manchmal rutschte ihm ein Well heraus, ausgesprochen auf Dänisch, doch sonst vermied er das fade sprachliche Mischmasch eines mit englischen Brocken durchsetzten Dänisch, mit dem Dänisch-Amerikaner ihre Phantasie zum Narren halten; er hatte keine Illusionen. Dann hörte ich in wenigen Worten seine Geschichte. Ja, er fühle sich in Amerika am wohlsten – sehne sich aber stets nach Hause …

Und Laust hob die Geige in Richtung der lichtbrechenden Prismen und spielte zum »Firkanten« auf. Mein Gott, dieser alte verhexte Rundtanz, diese primitive Raserei, bei der einem die Kindheit wie Elmsfeuer im Haar knistert! Lausts Mutter, eine betagte Bauersfrau, kernig wie eine Eiche, tanzte ihn jugendlich strahlend, mit wehenden Röcken, und ich forderte Karen Marie, eine Freundin aus der Schulzeit, auf und führte sie zum wilden Kehraus des »Firkanten«. Tju! Wer einmal gelernt hat, eine Freundin zu dieser alten hitzigen Melodie herumzuschwenken, wird ohne diesen Tanz nie seine Kindheit wiederfinden. Und der Blick, den eine ergraute Bauersfrau ihrem Tänzer und einstigen Schulkameraden schenkt, er ist das verlorene Land.

Laust spielte all die zünftigen alten Töne, und der Tanz ging mit Todesverachtung weiter. Es waren wirklich die Alten, die sich an diesem Abend vergnügten. An manch dreistem Blick konnte man sehen, daß seinerzeit ganz unglaubliche Zufälle, gepaart mit starken Trieben, über die Abstammung der jungen Leute entschieden hatten …

Und während die Tollheit – in hingerissenem Erinnern – auf der Tanzfläche herumwirbelte, saß Laust da, das Ohr der Geige zugeneigt. Er war ganz versunken in die heimatlichen Melodien, sein Gesicht leer, ohne jede Sentimentalität, er war einfach nur zu Hause. Die alten herzlichen Bauernwalzer, mit denen sich unsere Vorväter während jahrhundertelanger Armut getröstet hatten, ließ er mit der Energie eines Könners in überlegenem, sicherem Takt aus seiner Geige strömen. Er *war* endlich da, wo er hingehörte.

Das letzte, was ich von Laust gehört habe, ist, daß er wieder nach Chikago zurückgekehrt ist. Ja, fast blind und nur mit einer Hand ist er über den Atlantik zurückgegangen und tastet sich nun wohl im boardinghouse seiner Schwester auf der Milwaukee Avenue herum und macht sich so nützlich, wie sich ein Invalide eben nützlich machen kann.

Der alte Schlachtgesang der Todgeweihten:

»I crossed Mississippi,
I shall cross Missouri …«

Graabølle

Diesen himmerländischen Ort wird man vergeblich auf der Karte suchen, der Name ist erfunden, aber das Dorf gibt es wirklich.

Sein ältester Teil liegt in der Nähe der Kirche an einem kleinen See; einige wenige Gehöfte mit uralten Fundamenten und anderen Überbleibseln inzwischen verschwundener Gebäude, umgeben von Feldsteinumfriedungen und Hagebuttensträuchern. Das ist der ursprüngliche *Siedlungsplatz*, wo die Erdschichten noch von der urgermanischen Gemeinwirtschaft geprägt sind. Ringsherum auf weit verstreut liegenden Anwesen leben Bauern, die sich abseits vom ursprünglichen Dorf angesiedelt haben. Heide und Moor erstrecken sich nach allen Seiten und geben den Blick westwärts bis zum Limfjord und ostwärts bis in die Gegend von Hobro und Rold Skov frei.

Die Wege, die nach dem alten Graabølle führten, sind noch draußen in der Heide zu erkennen. Sie kriechen ins Heidekraut hinein und wieder daraus hervor, immer eine Spur neben der anderen, so wie sie der Fronbauer einst mit dem schmalen Wagen zog. Sobald bei seinen ständigen Fuhren die Teerkanne, die von der Wagenachse herabhing, gegen die Erde stieß, legte er neben der alten, tief ausgefahrenen Spur eine neue. Manchmal liegen ganze zwei Dutzend Spuren nebeneinander, aufwärts und abwärts, hinaus und hinein, quer durch die wilde Heide, wo es weder Straßengräben noch befestigte Wege gab, und diese alten Fronpfade erzählen auf seltsame Weise von der dürftigen, jahrhundertealten Prozession, von Menschen, die langsam und geduldig durch das Dasein fuhren und nie über die Gemeindegrenzen hinauskamen.

Die Kirche, eine der typischen jütländischen Dorfkirchen aus bunten Granitquadern, mit Waffenhaus und weißgekalktem Turm, acht-, neunhundert Jahre alt, paßt als Monument sehr gut zu dem alten Fronweg, und ihre kleine, grünspanüberzogene bimmelnde Glocke kündet jeden Abend aufs neue, wenn zum Sonnenuntergang geläutet wird, vom schwermütigen Pilgrimsgang unterm Joch.

Quer durch die Heide führt dann breit und schnurgerade wie eine weiße Brücke die Heerstraße, die Chaussee, mit ihren Splitt- und Schotterhaufen und den gußeisernen Meilensteinen, die inmitten dieser Öde tröstend mitteilen, daß es acht Meilen bis Aalborg sind.

Die Landstraße wurde vor gut zwei Menschenaltern angelegt, und in ihrem Gefolge hielten die Kreisverwaltung und alles, was zu einem Kreis gehört, Einzug: die Apotheke, der Arzt, die Hebamme und so weiter. Graabølle wurde Kreisstadt, und der Schwerpunkt verlagerte sich von nun an auf die Landstraße.

Da war aber auch ein Hasten und Jagen – sehr zum heimlichen Ärger der Einwohner des alten Dorfes dort am See hinter der Kirche, wo unter anderen Bakmand, dieser Hinterwäldler, wohnte, der sich nie an die ruchlose Geschäftigkeit der Leute gewöhnte. Ja, die Heerstraße hat in alten Tagen viel Verkehr und Größe gesehen: Bauern, die nach Hvalpsund auf den Markt zogen und nachts dann auf der Heimfahrt der Versuchung nicht widerstehen konnten, ein wenig um die Wette zu fahren, daß die Chaussee unter ihnen nur so donnerte und der Splitt durch die Radspeichen sprang. Hier rollten die Hochzeitszüge mit dem Klarinettenspieler im vordersten Wagen dahin, und hier kamen die Handelsreisenden mit ihren messingbeschlagenen Musterkoffern vorbei – die Welt, die Graabølle streifte. Hier tauchte auch manchmal ein Mann mit scharfem Blick auf, der Straßenmeister aus Nibe, den gewisse Jungen, die sich an der großen Walze zu schaffen gemacht oder anderswie das Gebot der Behörden übertreten hatten, nicht wenig fürchteten und die nun davor zitterten, »vorgeladen« zu werden.

Weit draußen in der Heide karrte der Straßenwärter mit der königlichen Kokarde an der Mütze Splitt in die Radspuren, in denen sich Pfützen gebildet hatten. Er pflegte die geliebte Landstraße, als wäre es ein Stubenfußboden, während sein Pferdchen in der Nähe im Straßengraben graste und Loki Hafer aussäte über die Heide mit ihren Hünengräbern, die von Besenginster überwuchert waren.

Wanderer kamen vorüber, mit einem Stock in der Hand und einem Gesichtsausdruck, der deutlich verriet, daß sie sich in einem wildfremden Teil der Welt befanden. Hier wurden die ersten Fahrräder gesichtet, ein paar hohe Maschinen, die durch den Ort schwebten und rätselhaft schnell hinter den Heidehügeln verschwanden, wiederum erste Vorboten eines neuen Tempos und einer neuen Zeit.

Dann näherte sich die Eisenbahn. Was für die übrige Welt nur ein weiteres Stückchen jütländische Lokalbahn bedeutete, die Hobro-Løgstør-Bahn wurde für Himmerland zu einem Kampf auf Leben und Tod. Noch bevor sie gebaut wurde und während unter den Gemeinden ein heißer Streit um die Bahnhöfe entbrannte, erhitzte sie die Gemüter bereits in einem Maße, daß sogar böse *Vorzeichen* gesehen wurden. Ein Mann erzählte, er habe einen Gespensterzug mit Lokomotive, Wagen und allem Drum und Dran über sein Feld jagen sehen. Aber es sei kein einziger Laut zu hören und alles so unwirklich gewesen, daß er nicht mehr als einen merkwürdig naßkalten Hauch verspürt habe, als die Lokomotive *über ihn hinweggebraust* sei. Natürlich sollte die Bahn später genau an dieser Stelle fahren. So seltsam kann das Zusammentreffen von Mittelalter und moderner Zeit sein, daß eine Lokomotive im hellseherischen Gemüt – so wie einst ein Leichenzug – Unheil ankündigt und völlig gegen ihre Natur als Gespenst erscheint.

Als die Bahnlinie dann aber endlich eröffnet wurde,

gewöhnten sich die Leute schnell an das neue Verkehrsmittel. Ich kenne welche, denen anfangs bei der waghalsigen Fahrt ganz und gar nicht wohl gewesen ist. Der kleine Zug fährt wirklich nicht schneller, als daß man einen Hund an der Leine nebenherlaufen lassen könnte. Doch einer von ihnen, der seine erste Reise schilderte und an dessen helle Aufregung ich mich noch deutlich erinnere, wetterte darüber, wie total übergeschnappt diese Menschen doch durch die Gegend brausten. »Sie fliegen nur so über Eisen und Stein dahin!« rief er aus, entrüstet, aber durch das wilde Tempo lyrisch gestimmt. »Sie jagen in die Kurven, daß man vom Sitz gerissen wird und in die Ecke fliegt. Man wird nur so gegen andere Leute geschleudert und stößt sich grün und blau! Daß sie nicht umkippen, daß der Zug das aushält! Bremsen sie vielleicht, wenn's bergab geht? – O nein, den Teufel tun sie! Sie wirbeln dort am Fluß runter, daß alles ein einziger Nebel ist, und dann geht's über die Brücke, daß es nur so donnert! Ich hab Todesangst ausgestanden. Ich find, sie treiben's doch gar zu schlimm!«

Nun steht niemand mehr Todesangst aus. Der Zug ist zu einer Alltäglichkeit geworden. Doch die Menschen wissen nicht, daß sie dadurch verändert worden sind.

In dem offenen, sich weithin erstreckenden Land erblickt man im Abstand von einigen Meilen Gruppen auffallender roter Häuser mit einem Signalmast und einem Wasserturm oder einem Windrad; rote Flecken, die sich in der Landschaft wie ein beginnender Ausschlag ausnehmen. Es sind die *Bahnhofsiedlungen.* Welche Auswirkung sie gehabt haben, läßt sich nicht so auf die Schnelle aufrechnen. Eine Kultur, ein ganzer ethnologischer Typ, ist während knapp eines Menschenalters wie ein Traum verschwunden, eine Sprache gehört inzwischen der Vergangenheit an, ohne daß die Bahnhofsiedlung bisher irgendeinen Ersatz dafür geliefert hätte. Das kommt noch. Doch wer die Alten und ihre herzerfrischende Art gekannt hat, dem ist diese Übergangszeit peinlich. Manch ein vornehmer alter Bauer, der seinerzeit eben ein Bauer war, nimmt sich mit seinen neuen Gewohnheiten und dem von der Bahnhofsiedlung übernommenen unreinen Jargon nur wie ein Habenichts aus. Eine künftige Generation wird natürlich wieder ihr eigenes Format gewinnen, doch *den Bauern* gibt es nicht mehr.

Der Zufall wollte es, daß Graabølle – zumindest nicht gleich – nicht direkt an der Bahnlinie lag. Es blieb der Chaussee treu und unterhielt Pendelverkehr zum Bahnhof, der eine Meile entfernt war. Die roten Häuser der Bahnhofsiedlung steckten jedoch an. In Graabølle entstand oben an der Heerstraße ein Haus neben dem anderen, aus Klinkern erbaut und mit Ziegeln gedeckt, eine richtige lange »Straße«, die mit Ladenschildern und Geschäften prangt, daß man fast geblendet ist.

Es ist, als hätte man die Landstraße aufgehalten, als wäre sie hier im Ort heimisch geworden. In meiner Kindheit kam sie von Norden angereist, am Hügel mit der Windmühle vorbei, und zog sich, ohne bei der Apotheke oder den wenigen anderen Gebäuden einen längeren Aufenthalt einzulegen, mit ihren abgemessenen Streuguthaufen – Sand auf der einen und Schotter auf der anderen Seite – weiter nach Süden hin, der schwarzen Heide entgegen. Dort überquerte sie den Hügel und verschwand bei einem bestimmten Hünengrab, der Grenzscheide von Graabølle und der Welt meiner Kindheit.

Auf der Hügelkuppe stand ein trigonometrisches Signal, ein zerbrechliches Dreibein aus Latten, die sich kreuzten und oben ein kleineres umgekehrtes Dreieck bildeten. Und diese Figur dort draußen am Horizont, mit dem hohen Himmel über sich, wo die Sonne fächerförmig durch die Wolken brach und Säulen auf die Erde herabsenkte, wird in meiner Erinnerung stets als ein Zeichen für die Pforte zur Welt, als ein in sich ruhendes Idol der Ferne stehen.

Das Gefühl für die Entfernungen werden wir verlieren; wir leben in einer Zeit, in der wir wild darauf versessen sind, es zu verwinden. Später werden wir das als einen unersetzlichen Verlust empfinden, denn es ist das primitive Gefühl selbst, das wir verlieren. Die Alten besaßen es, so wie es wilde Völkerschaften und Kinder besitzen, die noch im Ur- und Naturzustand leben. Die Stimmung, die sich beim Anblick jener Höhenmarkierung dort draußen in der Heide bei mir einstellte, ist wahrscheinlich mit der Fetischverehrung der Wilden vergleichbar, und in dem Fall wünsche ich mir keine schönere Religion. Ich habe die weite Welt später nie mit einem tieferen Gefühl umfaßt oder je wiedergefunden, was ich als Kind in dem hoch aufgerichteten Zeichen, weit draußen am südlichen Himmel, sah, obgleich ich auf der Jagd danach die Erde umrundet habe.

Die Landstraße, die auf ihrer Bahn von Aalborg nach Hvalpsund seinerzeit keinen Halt einlegte und im Winter, wenn das ganze Land unter Schnee lag, ihre Richtung durch Strohwische markierte, die in die zugewehten Straßengräben gesteckt wurden, eine meilenweite magere Allee, hat nun also Halt gemacht und breitet sich als Straße in Graabølle aus. Dort gibt es nun rote Häuser in Hülle und Fülle, zu jeder Seite der Landstraße in zwei Reihen erbaut, alles hochmoderne Häuser, die eifrig bestrebt sind, einander zu gleichen, Vordergiebel, zinkverkleidete Türmchen und Treppensteine aus Zement, trist und stillos, eben *Bahnhof* das Ganze. Im Gegensatz zu den alten, einsam gelegenen Gehöften, deren Fenster den Blick auf den Hofplatz freigaben und die mit trüben Gucklöchern in den Giebeln zu dem eine halbe Meile entfernten Nachbarn hinüberstarrten, sehen diese Häuser mit all ihrem Fensterglas zur Straße hin aber recht gesellig aus. Hier in der Straße, wo man ohne Laterne von Tür zu Tür gehen kann, sind die langen Winternächte schon eher zu ertragen. Die ersten Schritte sind getan, um der großen trennenden Macht, der Finsternis, zu Leibe zu rücken.

Wie waren die Nächte in Jütland einst schwarz, eine schwarze Realität! Wenn man an einem Winterabend die Haustür öffnete, stand einem die Finsternis wie ein rabenschwarzer Stoff direkt vor den Augäpfeln. Es war total dunkel, so als befände man sich auf dem Grund einer Tiefe, in einer anderen Welt, wo man sich nur nach dem Gefühl orientieren kann. Stieß man in dieser Stockdunkelheit auf einen anderen Menschen, vernahm man Holzschuhschritte, die sich auf dem Weg vortasteten, wußte man zwar, daß es ein Mensch war, doch wenn dann alle beide erschrocken stehenblieben und lauschten und wenn es dann ganz still wurde, wuchs in der Dunkelheit die Angst zwischen ihnen, bis endlich von einem der beiden das erlösende *Guten Abend* zu hören war. Wie unsäglich besänftigend klang doch solch ein Gruß von einem, den man nicht sah und der selbst mit weitaufgerissenen blinden Augen im Dunkeln stand, wie ein kleines Lied: Guten Abend! Eine einsame, bittende Stimme, die nur sagen wollte: Ich bin's – wer bist du? Und wenn man sich dann wiedererkannt hatte, lag etwas Dankbares und Gutes in den unsicheren Schritten, die sich im Dunkeln entfernten und schließlich wie ein beruhigendes Seufzen in der Erde verschwanden. Dunkelheit und Angst sind ein und dasselbe. Sie enthalten all das Unmögliche. Sie widerstreben unserem Blut. Ich entsinne mich gut, wie ich eines Abends, als ich bei völliger Dunkelheit unterwegs war und voller Angst lauschend stehenblieb, zum ersten Mal mein eigenes Herz entdeckte. Mit Entsetzen vernahm ich da etwas, das – gleichsam tief in der Erde gefangen und dennoch ganze nahe – wild drauflos pochte und hämmerte und mir zu beiden Ohren hinausblaffte. Es beruhigte mich ein wenig, aber nicht völlig, als ich begriff, was das war; denn das Herz fürchtet sich zuerst. Es muß einen großen Feind in der Dunkelheit haben.

Alles, was schwer auf ihm lastet und an die Vergangenheit gebunden ist, die ganze Nachtseite in der Natur des Bauern, ist auf das Dunkel, das über mehr als der Hälfte seines Lebens gelegen hat, zurückzuführen.

Nun hat Graabølle elektrisches Licht. Es ist als eine natürliche Abrundung all seiner Fortschrittsbestrebungen gekommen. Am Anfang all dessen stand die Genossenschaftsmolkerei. Sie liegt mit ihrem hoch zum Himmel aufragenden Schornstein inmitten der Straße. Noch vieles andere Neue prägt das Bild dieses Ortes: eine Fabrik mit Windmotor, der Gebäudekomplex des Kreiskrankenhauses, das Wasserwerk. Letzteres hat ein Wasserbecken, das aus einem alten, nun ausgehöhlten Hünengrab oben auf dem Mühlenberg besteht, vielleicht ein Zufall, aber eher sieht es nach einer sehr bewußten Überlegung aus. Eine Anknüpfung an die Tradition der heidnischen Urzeit, die, wie man zugeben muß, von der rechten Inspiration getragen ist, denn hier ist weitergeführt worden, was unsere Vorväter einst pietätvoll begonnen haben. Nun stehen die Frauen in der Küche und zapfen Wasser aus einem Hahn, statt bei Wind und Wetter hinauszumüssen und es aus dem Brunnen heraufzuwinden. Darin mag die ureigentliche Absicht des Häuptlings bestanden haben, als er diesen Hügel errichten ließ. Wahrscheinlich geht die Idee auf die Grundtvigianische Freundesgemeinde der Gegend zurück.

Sie hat ja in Graabølle ihr Versammlungshaus. Nicht weit davon entfernt steht das Missionshaus, die Walstatt der Heiligen – Tempel zweier weit verschiedener Lebensanschauungen, doch offensichtlich von ein und demselben Maurer erbaut. Dann steht dort noch die Sparkasse. Und über allem erstrahlt das elektrische Licht.

In kleinen Häusern, wo man einst beim Petroleumlicht Wolle kardätschte und Stricke drehte, leuchtet nun die Glühlampe über der Handarbeit der Hausfrau und über der Zeitung und dem Landwirtschaftsblatt des Mannes. Wenn gefüttert werden muß, wird das elektrische Licht draußen im Stall angeschaltet. Die Birne hängt in den Spinnweben unter den Heubodenbrettern, wo einst die Laterne blakte. Hier und da machen die Lichtmasten einen Abstecher von der Hauptleitung und führen hinaus zu einem abgelegenen Hof, wo der Bauer seine Häckselmaschine mit einem Dynamo antreibt. Dann ist in dem neuen Licht, das in die Stuben gelegt worden ist, ein fast unmerkliches Pulsieren zu spüren, das vom Takt der Kolbenschläge des großen Petroleummotors herrührt, der das Ganze antreibt. Was ist das für ein Herz, das dort unablässig gegen das Dunkel anpocht? Nun ist es vorbei mit den düsteren, ewig schummrigen Winkeln in der Stube, dem Dunkel unterm Tisch, aus dem man am liebsten die Beine hervorzog. Nur noch eine häßliche Erinnerung ist der eklige Gestank des qualmenden Dochtes, der die Stube erfüllte, wenn das Licht gelöscht worden war und man sich, aus Angst vor Gespenstern, bebend die Bettdecke über den Kopf schlug.

Und die Heide ist urbar gemacht worden. Befand sich der beherrschende Geist von Graabølle bei der Anlage des Wasserbeckens im Hünengrab in Übereinstimmung mit unseren heiligsten Erinnerungen, so kann man wohl sagen, daß er sich hier eine Fehlleistung erlaubt hat. Die Urbarmachung der Heide ist eine barbarische Schändung. Große poetische Werte, obendrein recht antike und insofern unersetzliche, sind dabei zum Vorteil einer reichlich geistlosen Gewinnung von Brotgetreide vernichtet worden. Wenngleich der Geschmack des letzteren, wie man zugeben muß, ebenfalls ziemlich antik ist, läßt sich die Urbarmachung von klassischen und sich durch erstrangige Melancholie auszeichnenden Heideflächen natürlich nur unter dem Gesichtspunkt verteidigen, daß es einfach *getan worden ist.* Soviel über den Terrorismus, mit dem sich die Wirklichkeit hier wie anderswo durchsetzt. Urbar gemacht ist die Heide jedenfalls.

Es ließen sich jedoch ergreifende Geschichten über den Heroismus erzählen, mit dem das vollbracht worden ist, von einfachen Leuten, die sich – anfangs mit nichts anderem als einem Paar kräftiger Fäuste – im Laufe von dreißig Jahren ein Zuhause geschaffen haben, eine lange, bitterlich lange, Ausdauerprüfung, die nur mit dem Ringen des Urmenschen um die allerersten Lebensbedingungen – ein Dach über dem Kopf, Haustiere und ein paar Äcker, um sie ernähren zu können – zu vergleichen ist.

Die Menschen, die das vollbrachten, sind Veteranen, ihresgleichen gibt es nicht mehr. Heute bildet man Musterwirtschaften und prämiert seine Herrlichkeit, den Kleinbauern, dessen Stimme zur Aufrechterhaltung einer Klasse von Majoritätsreitern gebraucht wird, für die das Schicksal des einfachen Mannes in Wirklichkeit die gleichgültigste Angelegenheit der Welt ist. Eine Prämie, zehn Kronen für unseren Freund, den Urmenschen draußen aus der Heide, der nach vierzigjähriger Schinderei mit Spaten und Schaufel die Hand nicht mehr öffnen kann! Als hätte er sich um des Beifalls willen abgeschunden! Konkurrenz? Nein, er ist der letzte *freie* Mann, der letzte, der noch den Mut aufbrachte, eine lebenslängliche Schinderei auf sich zu nehmen, nur um sein eigener Herr zu werden. In ihm steckt ein Adel, ein Drang nach Selbständigkeit, die Fähigkeit, sich einsam und unbeachtet seine Welt selbst zu schaffen. Holt ihn nicht hervor, um ihn zu prämieren. Es könnte sein, ihm kämen die Tränen. Sein Selbsthelfertum könnte zerbrechen. Gebt das Almosen mitsamt dem Diplom, unterzeichnet vom Folketingsmitglied und Landwirtschaftschemiker, einem der modernen, staatlich unterstützten Kleinbauern, deren Hund ein ungelegtes Stück Brot keines Blickes würdigt, oder dem notleidenden Landarbeiter, der Hacke, Schaufel und Spaten niederlegt, wenn er nicht täglich seinen Viertelliter Branntwein erhält.

Meine schönsten Kindheitserinnerungen sind mit der Heide verknüpft und verschwinden mit ihr für immer. Aber ich sehe einen Ersatz in der Entfaltung des Lebens, das an ihre Stelle getreten ist und dessen Wachsen ich verfolgt habe. Wenn wir uns als Kinder mit kleinen Spankörben auf den Weg machten, um Beeren zu pflücken, begann die Heide schon gleich hinter dem Ort am Kreuzweg, wo ein Wegweiser in stiller Monomanie zu der einen Seite in totale Öde und zu der anderen in eitel Leere hinauswies. Wenn man den Straßengraben überquert hatte und hinter den ersten Hügeln in die Heide gelangt war, sah man vielleicht von einem Schornstein Rauch aufsteigen und entdeckte dann beim genaueren Hinsehen, daß er vom Haus des Heidemannes stammte. Doch das ist eine kleine Geschichte für sich.

Wo es früher nur Heidekraut gab, liegen nun ganz neue Höfe und eine Vielzahl verstreuter kleinerer Anwesen. Die eigentliche Heide beschränkt sich auf ein paar Flächen weiter südlich und westlich und dann auf die Hügel mit den vielen schönen Hünengräbern, die den Gesichtskreis in Himmerland krönen; hier ist es zu abschüssig für den Pflug, und einige Flächen sind auch für Anpflanzungen vorgesehen. Im Sommer steht das Land, so weit das Auge reicht, unter Korn, und inmitten dieser meilenweiten Fruchtbarkeit liegt Graabølle wie eine Insel, zu der von beiden Seiten die Chaussee wie eine Brücke hinüberführt. Hier treffen wir nicht auf die überwältigende Fruchtbarkeit der dänischen Inseln, doch auf recht ertragreiche Roggen-, Hafer- und Gerstefelder. Etwas anderes gibt es nicht – so weit das Auge reicht nur Äcker, keine Bäume, keine Hecken. Der Horizont steht in der Ferne wie ein Rasiermesser gegen den Himmel. Weit, weit nach allen Seiten. Von seinem Erscheinungsbild her müßte dieses Land wohl als Steppe bezeichnet werden. Aber es hat tiefverwurzelte Traditionen; hier gibt es mehr, als sich dem Betrachter auf den ersten Blick erschließt.

Die Entfernungen spielen nun übrigens keine Rolle mehr, alle Bauern besitzen Fahrräder. Am Sonntag kann man vor der Kirche Hunderte von Rädern sehen, angelehnt an das Waffenhaus und rund um die Kirche, während hinter den dicken Mauern Choralgesang ertönt wie von lebendig Begrabenen. Ein seltsamer Gegensatz – das Fahrrad und die Ewigkeit. Auf den Landstraßen, die früher endlos waren – vier Meilen bis Løgstør, acht Meilen bis Aalborg, fünf, sechs Meilen bis Viborg –, fliegt man nun auf dem Fahrrad dahin, unbeeindruckt davon, wie weit man es bis zum Abend noch hat. Sonst ist ja auch noch der Zug da. Über der Erhebung am östlichen Horizont, wo man einst den Göttern opferte und von wo später dann Feuerzeichen gegeben wurden, sieht man jeden Tag zu bestimmten Zeiten wogenden Rauch, der sich nach Norden oder Süden hinzieht. Das ist der Zug, die Hobro-Løgstør-Bahn, die Himmerland durchquert. Von einem der Bahnhöfe dort soll die Bahn über Graabølle nach Hvalpsund geführt werden. Die Linie ist fertiggestellt, und wenn man dies liest, wird sie schon in Betrieb sein.

Was für einen Kampf hat das gekostet, was für eine Bodenlosigkeit an Intrigen, Leidenschaften, Unbeholfenheit und bäuerlichem Starrsinn sind an den Tag gekommen, was für geniale Manöver sind im kleinen durchgeführt worden, um das zu erreichen! Die Einwohner von Graabølle sind ehrgeizig, berauscht von dem neuen Geist der Gemeinschaft und des Zusammenschlusses. Für den Ort hatte man ursprünglich einen der üblichen kleineren Landbahnhöfe vorgesehen. Doch die Graabøller wollten so einen, wie man sie in den größeren Städten hat, mit *Turm* und einer *Uhr* am *Turm.* Wie bitte? Der Bahnhof *hat* sowohl seinen Turm als auch seine Uhr, und sie haben alles aus ihrer eigenen Tasche bezahlt, in barem Geld, obwohl niemand einen persönlichen Nutzen davon hatte. Bürgergeist!

Was *kauft* der Bauer heutzutage nicht alles – er, der sich früher nur unter Schmerzen von einem Taler trennte, so, als beraubte er sich damit eines lebenswichtigen Organs –, Maschinen, Luxus, alles, bis hin zum letzten Schrei der Halbbildung, dem Klavier, das auf den Höfen allmählich Eingang findet und von den Frauen in einen toten Gegenstand verwandelt wird – was es ja eigentlich nicht ist.

Ringsum am öden Horizont sieht man auf den verstreut liegenden Höfen ein schlankes Radprofil neben dem anderen. Das sind die Windmotoren, die im ewigen jütländischen Wind klappern und in Himmerland auf fast keinem Scheunenfirst fehlen. Ein Windrad spart Muskelkraft und macht sich bezahlt, es ist nützlich. Ich kenne in ganz Dänemark keinen anderen Landstrich, dessen Bewohner sich so resolut und in so großem Umfang wie die armen und bis noch vor kurzer Zeit so rückständigen Himmerländer Windräder zugelegt hätten. Wahre Draufgänger! Und dabei sind diese Veränderungen nicht von einer neuen Generation durchgesetzt worden, sondern es sind zumeist noch dieselben Männer. Alles ist sehr ruhig vor sich gegangen, ohne Sprünge, wie eine Entwicklung, die in der Natur der Bewohner begründet liegt.

Das Ganze geht auf die Genossenschaftsmolkerei zurück. Ich erinnere mich deutlich an einen Tag vor vielleicht fünfundzwanzig Jahren, als mir eine Ladung Mauersteine auffiel, die irgendwo südlich im Ort auf dem freien Feld gleich neben dem Straßengraben aufgestapelt worden war. Ein Mann, der einst Ackerbauer war und nun von seinem Geld in Graabølle lebt, kam gerade vorbeigefahren, und ich fragte ihn, was das für Steine seien. Es war Regenwetter, ein Alltag, und der Mann, der Torf fuhr, sah nicht eben gutgelaunt aus. Doch bei meiner Frage lächelte er, und sein Gesicht heiterte sich auf: »Hier soll doch die Genossenschaftsmolkerei gebaut werden!«

Und da steht sie nun, bereits bedeckt mit der Patina des Alters und des täglichen Gebrauchs. Dort drinnen hat es seitdem tagaus, tagein gebraust, geplätschert und gebrummt, und Fässer voll Butter sind auf die Reise nach England gegangen und haben gleichbleibend sichere Spitzenpreise erzielt. Überall, wo sich die Landstraße mit einer Abzweigung zu einem Kleinbauernhof oder einem Siedlungshaus schneidet, stehen Milchkannen, Marksteine auf dem Marsch des Bauern zu Wohlstand. In meiner Kindheit kamen die Bauern mit ihrer überschüssigen Butter, die in ein Tuch gebunden war, zum Kaufmann, und dort wurde sie gewogen und in ein Faß geworfen, in dem bereits Stücke in allen Größen und Farbschattierungen und mit vielen verschiedenen Herstellungsdaten lagen. Und wenn das Faß voll war, ging es auf die Reise – Gott weiß, wo es landete.

Diese Ware roch buchstäblich nach der unmenschlichen Schinderei der Frauen und Mädchen beim Buttern. Wer nicht gesehen hat, wie die Frauen einst mit verschwitzten Haarsträhnen und mit Verzweiflung im Blick, die Arme fast erlahmt vom Auf und Nieder mit dem platschenden Stößer, gebuttert haben, der weiß nicht, zu welch qualvoller und geisttötender Knechtschaft sie am handgetriebenen Butterfaß verurteilt waren. Das ist nun vorbei. Die dampfgetriebene Buttermaschine verrichtet an einem einzigen Vormittag die Arbeit von tausend Frauen. Sie ist eine Erlösung gewesen. Wieviel Zeit haben die Frauen seitdem gewonnen!

Ich erinnere mich noch genau an jenen Augenblick, als der Maschinist, der in der Molkerei die Dampfmaschine aufgestellt hatte, zum ersten Mal das Schwungrad über den toten Punkt hinwegruckte – plötzlich lief sie, und das massive Rad, das zuvor wie tot seine Speichen gespreizt hatte, glich nun einer Glorie, einer kleinen Sonne. Seitdem hat es sich gedreht und gedreht und vielen Familien nicht nur Wohlstand, sondern auch Freizeit gebracht. Bevor die Gemeinschaftsmolkereien aufkamen, saßen die Bauern wie Gefangene auf ihren Höfen. Nun schlagen sie klingende Münze aus ihrer Wirtschaft, und viele der Alten sind nach Graabølle gezogen, wo sie in »der Straße« wohnen und die letzten Jahre mit Diskussionen über die Eisenbahn und mit anderem kommunalen Zeitvertreib verbringen, während ihre Kinder die Höfe übernommen haben und die Molkerei mit Milch versorgen. Das Altenteilsystem findet immer weniger Anwendung, denn nun hält sich ein Mann an sein Vermögen und nicht mehr so wie früher an seine Scholle. Die neue Landwirtschaft schafft freies Kapital. Sie ist zu einer Industrie geworden. Ja, dieser neue abstumpfende und stechende Geruch, dieser betäubende Geruch nach gekochtem Wasser und Öl, der mit der Dampfmolkerei in die Gegend gekommen ist, symbolisiert er nicht die Stadt, das *Raa*? Und an dieser Stelle muß ich nicht ohne Zusammenhang an Amerika denken.

Mit den besseren Verhältnissen kam die Lust auf ein vergleichsweise leichteres Leben, und neue Gewerbe – Dienstleistungen für andere – entstanden. Graabølle ist schon fast ein Ort der Handwerker und Geschäftsleute. Etliche Manufakturläden, Schuhmacher, eine Fahrradwerkstatt, ja selbst ein Frisör finden genügend Kundschaft, und die Umgebung ist in »Einzugsgebiet« umgetauft worden. In jeder Beziehung eine Bahnhofsiedlung wie alle anderen.

Wer aber Amerikas kleine, hastig aus dem Boden geschossene Bahnhofssiedlungen kennt – zur Prärie hinaus, in Richtung Westen – und dann das moderne Graabølle gesehen hat, der wird mit mir darin übereinstimmen, daß ein Vergleich nicht nur möglich, sondern geradezu überwältigend ist. Das äußere Erscheinungsbild selbst, die Lebensweise sind ebenso wesensverschieden wie die Sprache, aber der Geschmack, der die vorläufig einzige, allzu neue »Straße« prägt, das verrückte Tempo, die sanguinische Haltung der Aufgeklärten, denen die Aufgeklärtheit noch anhängt, der ganze Mangel an angeborener Form sind trotz der großen Entfernung auf beiden Seiten ziemlich gleich. Es muß bemerkt werden, daß es in den Bahnhofsiedlungen Westamerikas nur so von skandinavischen Ansiedlern wimmelt, und Graabølle besitzt einen ähnlich hohen Prozentsatz an zurückgekehrten Dänisch-Amerikanern. Die Gleichheit ist ein Beweis für die allgemeine Nivellierung der Völker, die sich bei den umfassenden Verkehrserleichterungen unserer Tage vollzieht, eine Art Erosion, die damit enden wird, daß sich alle Völkerschaften vermischen und eine neue, zweckmäßige Durchschnittskultur entsteht.

Die Kehrseite fehlt nicht; für Himmerland ist das sehr augenfällig. An die Stelle der klassischen Bauernkultur, die von den Schildbürgerstreichen bis zu Bjørnson reicht, an die Stelle der Milchdiät und der graziösen Unwissenheit ist mit dem totalen Scheitern dieses Stils eine Nachahmung des erbärmlichsten Provinzialismus getreten, der das Heim des Bauern zu einem Greuel gemacht, ihn selbst an die Karikatur ausgeliefert und – was am schlimmsten ist – seine Gesundheit geschwächt hat. Der Kaffee und die davon herrührende Übersäuerung des Magens forderten die Zähne als Opfer, und nun sieht man die Bauernmädchen fast ausnahmslos wie Panoptikumfiguren mit falschen Zähnen grinsen. Sie tragen einen »Hut« auf dem nach Art eines Leichenkranzes gewundenen Haar und haben sich mit Regenschirm und anderem frisch aus dem Laden stammenden Zubehör wie zu einer Damenmaskerade ausstaffiert.

Das Mädchen früherer Tage, das Männerarbeit verrichten konnte und seine heißen Ohren unter einem Kopftuch verbarg, das Mädchen, das nach Milch duftete und beim Lachen die kräftigen, dicht an dicht stehenden Zähne des Naturkindes zeigte, das Mädchen mit den weiten Blusenärmeln und einem Beiderwandrock um die drallen Knie, das in der Erntezeit völlig ausgelassen war, so als wäre die Arbeit an der frischen Luft der siebente Himmel – ja, das findet man noch in den entlegensten, weniger klavierinfizierten Landschaften Schwedens und Norwegens. In Dänemark wird es vom *Polenmädchen* ersetzt, das in der Fremde bei der Feldarbeit und den guten Kartoffeln froh und dankbar wieder zu Kräften kommt. Die Bauerndame sitzt inzwischen zu Hause in der Stube und bearbeitet mit einem Finger die Tasten des Klaviers, und dabei hat sie selbst eine kleine Klaviatur lückenhafter Zähne im Gesicht.

Es wäre Unverstand, sich die naive Unwissenheit der Alten zurückzuwünschen. Sie war der Nährboden unserer schönsten Träume und Sagen, und sie enthielt eine tiefe, menschenfreundliche Philosophie. Doch für das Kopftraining, das nun zum Leben gebraucht wird, taugt sie nicht. Was an ihre Stelle getreten ist, stellt bisher nur Ersatz dar, befriedigt weder vom Inhalt noch von der

Form. Die Hochschule, die auf Natur orientiert sein sollte, hat, im Gegenteil, eine Menge Unnatur hervorgebracht, viel leere Eitelkeit und ein gerüttelt Maß an schamlosem Blöken – sowohl gruppenweise als auch in öffentlichen Versammlungen –, alles sehr weit von Bildung entfernt. Dafür kommt der Hochschule ohne jeden Zweifel das Verdienst zu, den politischen Apparat geschaffen zu haben, mit dessen Hilfe die bäuerlich-demokratische Bewegung, die zur Zeit die Majorität besitzt, ihre Macht ausübt. Die Landwirtschaftsschule ist dagegen sicher ein verläßlicherer Erziehungsfaktor.

Was aber fehlt, ist Geschmack, Ausgewogenheit, Lebenstüchtigkeit in einem nobleren Sinn als dem, der in materiellem Fortschritt, pseudogeistigem Interesse und persönlichem Verfall aufgeht. Geschmack kann nicht direkt gelehrt werden, man eignet ihn sich selbst an, er ist das Ergebnis dessen, was man erkennt, und *nichts* Erlerntes. Doch wer kann sich schon selbst erkennen, ohne Vergleiche anzustellen? Horizonterweiterung, Aufklärung – darin besteht für die Landbevölkerung der Weg, wieder zu Bauern zu werden. Sollen doch einige »Seminaristen« werden und andere ihren Weg nach Amerika gehen; irgendwann einmal werden sie schließlich doch sehend werden und den Geschmack der Alten an Schlichtheit und Arbeit zurückgewinnen.

Es wäre nicht gut, wenn die Schlaffheit unter den Bauern so groß würde, daß sie für die aus den Städten bekannte schmutzige Agitation empfänglich würden, wonach jeder, der sich Eigentum geschaffen hat, ein Schuft ist – im Gegensatz zum Arbeiter, dem *alles* erlaubt ist und von dem überhaupt nichts, nicht einmal Arbeit, verlangt wird. Die Mission des Landes besteht gerade darin, diese unzufriedenen Unersättlichen mit der Streikdrohung in der einen und etlichen Bierflaschen in der anderen Hand, im Zaum zu halten und durch die alte produktive Freiwilligkeit das ganze »moderne« diebische System Lügen zu strafen. *Darin* besteht der nordische Geist, der Instinkt Grundtvigs, das Motiv Jakob Knudsens, und hier hat die Hochschule auch ihre Aufgabe.

Ich kann den Überblick über Himmerlands großen Aufschwung mit seinen vielen Licht- und Schattenseiten nicht abschließen, ohne einer Persönlichkeit zu gedenken, die durch ihre Entschlußfreudigkeit und Autorität eine führende Stellung in der modernen Geschichte dieser Gegend einnimmt. Ursprünglich aus der alten reichen Bauernkultur hervorgegangen, hatte er sich durch Grundtvigianischen Einfluß einen Vorrat an kräftigem, wenn auch verschwommenem Idealismus angeeignet, wie er für diese Schule charakteristisch ist. Aus Instinkt war er jedoch eher Politiker mit Sinn für das Ökonomische, das heißt Bauer mit sozialem Empfinden. Er trat gleichzeitig mit vielen anderen Vertretern der primitiven Venstre, die Berg folgten und dem Bauernstand in Dänemark zu Ansehen verhalfen, ans Licht der Öffentlichkeit.

Er war der Vater der Genossenschaftsmolkerei von Graabølle und Umgebung. Er sagte, sie sollten sie bauen, und da wurde sie eben gebaut. Das Vertrauen zu diesem Mann, der der Gemeinde unerschütterlich die Treue hielt, aber stets weitreichende Verbindungen zu den führenden Kräften im Lande besaß, war unbegrenzt. Er war der gewählte Reichstagsabgeordnete des Kreises, einer von jenen, die in Kopenhagen nicht den Mund auftaten, sondern sich auf ihr Stimmrecht beschränkten und wie Berg stimmten.

Wie die Erinnerungen aufwallen an die turbulente Zeit, als sich die Venstre-Bewegung in Himmerland durchsetzte, an das »Flintenjahr« 1885, als wir uns in der Volksschule in Parteien aufteilten und in den Pausen aufeinander eindroschen, an die hitzigen Versammlungen der Erwachsenen, auf denen eine Stimmung herrschte, wie man sie im besten Sinne aus der Sagazeit kennt, die aber auch nicht ohne Komik war. Doch diese bewegten Zeiten gehören der Geschichte an. Nur um darauf aufmerksam zu machen: die paar berühmten Flintenschüsse, die – von seiten der Gendarmen – in jenem historischen Jahr fielen, sind innerhalb von Himmerlands Grenzen abgegeben worden. Nun ist der politische Rausch von damals verflogen, und es lohnt nicht, sich beim Katzenjammer aufzuhalten.

Geblieben sind solche gewinnbringenden Ergebnisse wie die Himmerlandbahn. Daß ihr Bau gefördert wurde, ist wesentlich dem Reichstagsabgeordneten und vergötterten Führer des Landstrichs zu danken. Und nun kommt das Seltsame: Dieser Bahnbrecher einer neuen Zeit in seiner Heimatgegend, gerade *er*, wurde auf einem der Bahnhöfe von eben diesem Zug überfahren und getötet! *Das böse Vorzeichen!*

Nicht wahr, es wäre naheliegend gewesen, diesen Zufall zum Gegenstand einer Himmerlandsgeschichte aus der Übergangszeit zu machen. Ihr Höhepunkt wäre ein Nemesissymbol wie dieses: die Eisenbahn, die sich die Bauern zugelegt hatten und vor der sie sogar durch böse Vorzeichen gewarnt worden waren, rächte sich, indem sie *den Bauern* umbrachte.

Darin läge etwas Wahres. Der Bauer gehört der Vergangenheit an, und die Eisenbahn ist daran schuld. Doch ich bin nicht länger imstande, einen Stoff, zu dem ich noch nicht genügend Abstand habe, so willkürlich zu formen. Der Mann, der überfahren wurde und den ich gekannt und geschätzt habe, starb durch einen Unglücksfall, der niemals einen Zweifel an der Berechtigung seiner Initiative aufkommen lassen kann. Er hatte recht, und die Eisenbahn hatte recht. Dem blinden Zufall darf keine Gesetzeskraft verliehen werden. Wenn man dazu beitragen kann, den Wagen der Entwicklung voranzubringen, dann ist es wohl auch nicht schwer, schlimmstenfalls unter seinen Rädern zu sterben.

Nun steht oben an der Kirche von Graabølle, zur Chaussee hin, ein Denkmal, und der fremde eilige Radfahrer kann die Züge eines in einen Findling gemeißelten Bauern betrachten, eines vierschrötigen Typs, wie er für die Gegend noch charakteristisch ist. Er war ein Bahnbrecher, wie es ihn in jedem Landstrich gibt. Aber seine größte Ehre bestand darin, ein Bauer unter Bauern gewesen zu sein, der zu Wachstum verhalf und dabei mitwuchs.

Die Entwicklung verläuft unwillkürlich, setzt sich durch, weil sie sich durchsetzen *muß*. Doch es findet sich stets ein Mann, der die Führung übernimmt und den Anfang macht und seinem kleinen Kreis, in dem man ihm aufgrund seiner Eigenschaften vertraut, ein Beispiel gibt. Hinterher hat es oft den Anschein, als wäre er von der Geschichte und der Zeit getragen worden. Die Wahrheit ist wohl, daß beide Seiten in einer Wechselwirkung stehen. Das wäre das schönste.

Die Wassermühle

Die Mühle lag abseits, in einem Talstrich, wo es sonst kein Gehöft gab. Sie war in alter Zeit an einem Ort entstanden, wo sich ein Kessel inmitten der Hügel dazu eignete, den Fluß anzustauen und eine Mühle zu errichten. Von weitem sah man hier nichts weiter als Heide, die sich zu beiden Seiten der schmalen Schlucht auf gleicher Höhe hinzog. Erst wenn man ganz nahe heran war, erblickte man auf ihrem Grund die Mühle mit der Brücke und dem Teich dahinter. Sie lag eingebettet in Schilf und Gebüsch, das sich an beiden Hängen hinaufzog, eine Üppigkeit, die die Natur verborgen gehalten hatte – das Tal feucht und grün inmitten der Heide, mit dem Fluß unten im Grund, doch alles sehr einsam. Es war eine alte Mühle, und die Müllersleute hatten stets einsam und zurückgezogen gelebt, obwohl sie doch von den Bewohnern der Gegend aufgesucht wurden.

Manche können sich noch an die Mühle erinnern, nachdem sie der letzte Besitzer verlassen hatte. Sie stand eine Zeitlang leer, bis sie dann abgerissen wurde. Die Halbwüchsigen, die vorüberkamen, steinigten das verlassene Haus und warfen eine Fensterscheibe nach der anderen ein. Abends traute sich dagegen niemand in die Nähe der Mühle. Wenn in der Dämmerung die verödeten, halb zusammengestürzten Gebäude mit ihren leeren Fensterhöhlen aus der Schlucht heraufstierten, gab es keinen, der nicht starr vor Grauen war. Der Giebel, in dessen Mauerwerk ein großes Loch klaffte, erinnerte an ein zerschmettertes Gesicht in einem von Dunkelheit erfüllten Kopf. Die ganze Mühle stand in einer beklemmenden Verbindung zur Dunkelheit, die hier in der unheimlichen Schlucht zeitiger als anderswo hereinbrach: ein furchtbarer Ort, das Tal des Wahnsinns.

Hier hatte sich etwas Düsteres und Unheimliches zugetragen.

Der Mann, dem die Mühle vor nunmehr einem halben Jahrhundert gehört hatte, war besonders einsam gewesen. Viele Jahre hatte er ganz allein in der Mühle gelebt. Er war Witwer und verrichtete alle Arbeiten selbst, ohne irgendwelche Hilfskräfte. Die alte Wassermühle war nicht größer, als daß ein Mann allein damit fertig werden konnte. Wenn die Leute mit ihren Säcken auf dem Wagen angefahren kamen, trafen sie immer nur den alten einsamen, mürrischen Müller an, der lustlos das Korn annahm und es ihnen dann, genauso wortkarg, gemahlen wieder herausgab, nachdem er das ihm zustehende Entgelt einbehalten hatte. Wer auch kam, er behandelte alle ohne Unterschied. Mit Ausnahme seiner Arbeit war ihm alles gleichgültig, doch die verrichtete er pünktlich und mit wahrer Besessenheit. Nie hatte jemand zu der vereinbarten Zeit den Weg vergeblich gemacht. Ein Zug an ihm belustigte die Leute aber. Er geriet leicht in Zorn und hatte dann die Angewohnheit, seine Wut an toten Gegenständen auszulassen. Er preßte irgend etwas zusammen und verfluchte es, und in seinen Anrufungen kam der Böse öfter vor als der Gott der Gnade! Wenn er in Fahrt war, zerbrach er sogar die eigenen Arbeitsgeräte. Sein Leben lang lag er mit den halbwüchsigen Jungen der Umgebung im Krieg und zog dabei doch stets den kürzeren, das Los eines jeden griesgrämigen Einsiedlers. Auch daran hatten andere ein wenig ihren Spaß.

Doch sonst war der Müller weder bösartig noch wunderlich, er war ein ordentlicher Mann gewesen und hatte sich bis zum Tod seiner Frau wie alle andern auch verhalten. Nicht aus eigener Neigung war er einsam geworden: daß man alt wird, kommt von allein, ohne daß man danach geschickt hat. Die Mühle war keine Goldgrube, sie war baufällig, und die Räume waren feucht. Es hieß, daß es in der alten klammen Mühle spukte, nicht eben eine anregende Gesellschaft. Der Fluß war eher ein Bach und trocknete regelmäßig jedes Jahr aus. Man konnte also verstehen, daß der alte verlassene Müller mürrisch war.

Er hatte eine Tochter, Constance, Müllers Stance genannt, doch sie lebte nicht mehr in der Mühle. Sowohl sie als auch der Vater hätten doch einen Vorteil davon gehabt, wenn sie zu Hause geblieben wäre und dem Alten das Haus geführt hätte, meinte man. Doch vielleicht hatte er oder auch sie es nicht so gewollt. Jedenfalls war sie fortgegangen und hatte in der Stadt, ein paar Meilen weiter oben am Fjord, eine Stellung angenommen. Leute, die in der Stadt etwas zu besorgen hatten und zufällig in den Bäckerladen kamen, konnten sie dort stehen sehen. Sie war Bäckermamsell und glich den Feinbroten und Torten, die sie verkaufte. Der Müller hatte in der Fjordstadt Verwandte, und es war ja auch weiter kein Wunder, daß Müllers Stance das Leben unter Städtern dem in der einsamen Mühle vorzog.

Doch während sie gleichsam in Kuchen schwamm, erzählte man sich, daß der Müller daheim in dem alten leeren Haus Woche für Woche einen Kessel mit Buchweizen auf dem Herd stehen habe. Was er nun auch immer essen mochte, er kochte sich sein Essen jedenfalls selbst und ließ sich von keinem in die Töpfe sehen. Und jeder so, wie er es mag.

Eines Herbstes fiel den Leuten auf, daß der alte Müller ungewöhnlich bärbeißig war. Nicht daß er geflucht oder viel geredet hätte. Sein Mund, überwuchert mit Bart und obenauf mit Mehl bepudert, war verschlossen und nicht einmal mit einem Brecheisen aufzubekommen. Er war stumm, doch fuchsteufelswild, bewegte sich nur im Trab, ließ die Säcke fallen, daß sie Risse bekamen, und schleuderte sie aufs Fuhrwerk, daß es im Wagenkasten krachte. Barhäuptig und mit den leeren Händen fuchtelnd, rannte er herum, und er grüßte weder, wenn die Leute kamen, noch wenn sie abfuhren. Irgend etwas schien dem Müller gegen den Strich gegangen zu sein, doch was es war, das erfuhr man natürlich nicht von *ihm.* Man feixte ein wenig über den Müller, der in seiner Einsamkeit offenbar wunderlich wurde.

Die Arbeit ging wohl doch über seine Kraft. Im Herbst, gleich nach der Ernte, gab es ja viel zu mahlen, und der Fluß führte auch wieder genug Wasser. Das Rad drehte sich bei Tag und Nacht. Der Alte war bis über die Augen mit Mehl bestäubt und achtete auf die Mahlsteine, siebte, schälte Gerste, alles zur gleichen Zeit, genau berechnet, hin und her, ohne einen Schritt zuviel und ohne etwas zu versäumen. Er war Manns genug, alles allein zu schaffen. Doch große Anstrengungen, die sich über viele Tage erstrecken und noch dazu halbe Nächte dauern, könnten einen Mann schon reizbar machen, meinten manche. Der Müller dürfte sich ihretwegen gern im stillen an allem möglichen abreagieren, wenn nur ihre Säcke einigermaßen heil davonkämen.

Doch der Zorn des Müllers hatte eine andere Ursache als Überarbeitung. Er hatte schlechte Nachrichten erhalten. Constance hatte in der Stadt Pech gehabt. Zum Glück war das dem Müller nicht erst durch das Gerede der Leute zu Ohren gekommen. Sie hatte es selber bekannt, in einem Brief, dem einzigen, den er je von seiner Tochter erhalten hatte, und dieser eine war schon zuviel.

Ja, Constance hatte zur Feder gegriffen und sich ihrem Vater anvertraut, mit »Lieber« vorweg. Sie habe ja keinen anderen Freund, schrieb sie mit blauer Tinte, und nun sei sie so unglücklich. Ob sie nach Hause kommen und ihren Zustand verbergen dürfe, bis alles überstanden sei? Sie sei verzweifelt, denn der Bäcker, bei dem sie in Stellung sei, wolle sie nun nicht länger haben, und die Verwandtschaft zeige überhaupt kein Verständnis, dulde sie nicht mehr in der Stadt. Und der Geselle, der ihr die Heirat versprochen habe, sage, sie habe noch andere gehabt und sei ja so gemein, aber der Allmächtige wisse, daß das Lüge sei. Doch der Geselle sei ein schlechter Mensch. Und alle sagten sie, daß das ihre eigene Schuld sei und so weiter und so weiter. Der Alte kannte dies Bekenntnis zur Genüge.

Den Müller wunderte das nicht weiter. Das war zu erwarten gewesen. Er schnaubte vor Wut, als er den Brief gelesen hatte, und ging wieder an seine Arbeit. Ja, hatte er das nicht erwartet? Je mehr er aber darüber nachdachte, um so deutlicher sah er, daß es nur gekommen war, wie es hatte kommen müssen. Und darüber wurde er noch wütender. Sie war dazu bestimmt. Lustig und fidel war sie von Geburt an gewesen. Während ihrer ganzen Mädchenzeit ein ewiges Gelaufe und Gerenne – und immer nur mit Jungen zusammen, wie sehr man sie auch bestrafte. Sie war einfach nicht zu Hause zu halten. Die Mutter hatte sie nicht zähmen können. Als sie zur Schule ging, hatte sie nur Flausen im Kopf gehabt, und als sie zum Konfirmandenunterricht ging, war sie ständig zum Kichern aufgelegt gewesen. Wo sie dabei war, gab es stets Jubel und Trubel, und kaum erwachsen, fegte sie schon mit langen Lulatschen die Hügel rauf und runter.

In diesen Jahren schienen die Jugendlichen aus dem ganzen Umkreis die Mühle schon meilenweit riechen zu können, pfui Deibel!

Und das bei dem Gesicht, das sie hatte! Und rothaarig war das Luder natürlich noch obendrein – wie der Müller selbst, bevor er grau wurde. Eine andere hätte sich bei dem Aussehen, das sie mitbekommen hatte, doch geduckt. Aber von ihr hörte er, daß sie an den Tanzabenden ohne Kopftuch herumwirbelte, wie eine Feuersbrunst, die nicht zu löschen war. Nächtelang war sie nicht vom Tanzboden zu bekommen, und das, obwohl ihre Mutter gerade erst unter die Erde gekommen war und er sie noch in der Mühle um sich zu haben glaubte. Selbst alltags in Schnürstiefeln, mit Samtband um den bloßen Hals – und Ohrringen! Ja, goldene Ohrringe hatte er beim letzten Besuch in ihren Ohren gesehen, und *da* hatte er Bescheid gewußt.

Nun war die Falle zugeschnappt. Und nun winselte sie, nun war die Mühle wieder gut genug, als hätte er ihr damals, als sie das Elternhaus verlassen wollte, nicht gesagt, daß sie lieber gleich für immer gehen solle, wenn es ihr in der Stadt besser gefalle.

Während er an die Tochter dachte, wuchs der wilde Zorn im Innern des Müllers. In seinem verschlossenen Mund schrotete es, als gäbe es noch einen Mahlstein mehr in der Mühle, und nur gut, daß dort keiner einen Finger dazwischenhielt. Aber er beherrschte sich, wenn auch nur mit Mühe. Wenn er sich räusperte, klang es wie Pferdewiehern, und wenn dumpfe Schläge zu hören waren, so als träte jemand gegen die Spilltaue, dann war ihm ein schwerer Gegenstand in die Hände gefallen, den er gegen irgendeinen Balken krachen ließ.

Spät am Abend setzte der Müller das Wehr vor, verriegelte die Tür und bereitete sich sein einsames, karges Nachtmahl zu, ein Stück Männerarbeit auch das. Kein gedeckter Tisch, das Essen gleich vom Herd weg, kalte, steife Grützeklumpen in einer Schüssel brühheißer Milch, ein Hornlöffel, ein paar Knorpelspäne, die er von einer bereits abgegessenen Schweinshaxe heruntersäbelte, nicht einmal eine Katze, mit der er das Essen hätte teilen können, keine Pfeife Tabak hinterher, der Müller war nicht der Mann, der rauchte.

Nachdem er gegessen hatte und diese Notwendigkeit auch erledigt war, wurde es in der Stube ebenso still wie draußen in der Mühle. Die dunkle Nacht drängte zu den Fensterscheiben herein, und zornige, schwere Gedanken gingen dem Müller im Kopf herum.

Er schnauft durch seine behaarten Nasenlöcher. Er denkt an die Mutter. Sie ist gleichsam gegenwärtig in dem leisen Knarren, das der Stuhl, auf dem er sitzt und auf dem sie einst gesessen hat, bei jeder seiner Bewegungen von sich gibt. Sie ist in der Kerzenflamme, die kleine Küche, das ist sie, sie schweigt in allem, was da ist, doch das entspricht ihrem Wesen, und der Müller seufzt.

Constance war nicht wie ihre Mutter, nein, das war sie nicht, ganz und gar nicht, eher völlig das Gegenteil.

Und kopfschüttelnd stellte er sich die Verstorbene als

Summe all der Jahre vor, die sie bei ihm in der Mühle zugebracht hatte, allzu weniger Jahre, nur wie ein Besuch, über dem sie alt geworden war, gebrechlicher und gebrechlicher, bis sie fast nichts mehr gewesen und wieder wie ein Kind mit einem ganz schwachen Laut davongegangen war. Ein einziger Mann trug den Sarg zum Wagen hinaus, so wie er sie einst vom Wagen gehoben und in sein Haus getragen hatte; sie wog fast nichts. Verzagt war sie stets gewesen, obgleich er sie nie mit Absicht erschreckt hatte, das wagte er zu behaupten. Aber man war wohl doch ein ungehobelter Klotz, allein schon vom Aussehen her. So ganz war sie wohl doch nicht verschont geblieben. Er war und blieb nun mal ein Bauer, den sie geheiratet hatte, sie, die trotz all der Jahre bei ihm doch immer in der Stadt zu Hause zu sein schien, woher sie ja auch stammte.

Ja, das war damals für den Müller eine Zeit der Prüfung gewesen, als er ein Auge auf sie, die doch einem höheren Stand angehörte, geworfen hatte. Und er hatte sie auch bekommen, ungeachtet all der Hindernisse, die sich ihm in den Weg gestellt hatten. Ja, ja, ja, und nun war das alles schon so lange her.

Es hatte sich aber in gewisser Weise gerächt, nicht daß *sie* irgendwelche Schuld daran gehabt hätte, nein, es lag in der Natur der Sache selbst. Constance war nicht geraten. Allein schon dieser Name! So hieß doch kein Mädchen vom Lande! Das war eher ein Name für ein Schiff oder ein Wirtshaus. Doch die Mutter hatte durchgesetzt, daß das Mädchen so genannt wurde. Soweit er wußte, hieß keiner in der Verwandtschaft so, sicher hatte sie den Namen aus ihren Büchern. Obgleich nicht mehr als in Maßen religiös, war sie ja aufs Lesen versessen gewesen, was es auch immer sein mochte, was sie da las. Die Bücher lagen noch in der Mühle, er hatte sie nie aufgeschlagen; doch daher kam der Name.

An dem Tag, als das Mädchen getauft wurde und der Pfarrer den Namen wiederholte, spürte der Müller einen inneren Schauder. Er hatte den Namen nicht ein einziges Mal in den Mund genommen, er war ihm einfach nicht über die Lippen gegangen. Wenn er sie rufen mußte, schrie er irgend etwas, worauf sie ebensogut hörte wie auf einen Namen, und sonst sprach er von ihr nie anders als von dem Mädchen.

Hochmut und Unruhe zeigten sich bei ihr schon sehr früh. Es war die Stadt, die durchschlug. Doch was ihm bei der Mutter Ehrfurcht abverlangt hatte, das haßte er bei der Tochter in einem Maße, daß er ihren Anblick kaum ertrug.

Die Mutter hatte eine gekräuselte Haube getragen, und obgleich er nur ein Müller war, hatten die Leute sie mit Madam angeredet – nicht mehr und nicht weniger als ihr zukam. Ihre kleinen französischen Holzschuhe standen noch vor der Küchentür. Gott segne die Frau! Das Mädchen dagegen, kaum hatte es seine Konfirmationsstiefel, da bekam es sie einfach nicht mehr von den Füßen und tanzte sie kurz und klein. Und kaum lag die Mutter unterm Rasen, da lief es auch schon auf und davon und staffierte sich in der Stadt als Bäckermamsell heraus und brachte sich ins Gerede – und nun!

Der Müller stand auf, er hielt es nicht aus, noch länger ruhig dazusitzen. Es war schon längst Schlafenszeit, doch wozu sollte er schlafen! Hustend und vor sich hin brummelnd, ging er in die Mühle hinüber, machte Licht und fing an zu mahlen. Mitternacht und mit voller Kraft, das hielt er aus!

So ging er denn während der langen Herbstnacht in der Mühle herum und mahlte beim Laternenschein, mutterseelenallein zwischen all den riesengroßen Zahnrädern, die im Halbdunkel ihre bleckenden Holzzähne bewegten, als wären es Zahnreihen, während die Mahlsteine schurrten und sangen und das Korn unaufhörlich aus dem Rüttelwerk rieselte und draußen in der kalten Nacht das Mühlrad brauste – das war seine Welt, diese ganze Maschinerie, in die nun all seine Jahre und seine Zeit eingegangen waren.

Seinen unbedeckten, graumelierten Kopf schüttelnd,

ging er hin und her und kühlte sich bei der Arbeit ab. Dann und wann ließ er seinen Zorn an etwas Schwerem aus, das linderte. Schmerz und Zorn über die Tochter mischten sich mit sanften Erinnerungen an die Mutter. Bald räusperte er sich hohl und schrecklich, bald schlich er behutsam und still herum, dann war die Mutter nahe.

Über ihm stand der hohe, bodenlose, von Dunkelheit erfüllte Raum der Mühle. Von dort wehte ein kalter Luftzug herab. In den Ecken und hinter mehlbedeckten, staubigen Balken brüteten Schatten. In tiefes Grübeln versunken, schien es dem Müller, als sähe er im Hintergrund der Mühle den Rücken der Mutter, und er reckte den Kopf. Aber es war nur ein Schatten, dem sein Gedanke Gestalt verlieh. Er dachte zu sehr an sie und griff sich an die Stirn, seufzte und seufzte. Erst als sich der träge Tagesschein auf den bemehlten Scheiben der Mühle zeigte, setzte er das Wehr vor und suchte für ein paar Stunden Ruhe.

Mit den unsanften Augen des Vaters gesehen, nahm sich Constances Porträt so wie beschrieben aus. Andere aber hatten ein ganz anderes Bild von ihr: die Feinde des Müllers beispielsweise, die Jungen, mit denen er unaufhörlich in Fehde lag. Es gab nur wenige Meinungen, die sie mit ihm teilten. Der Müller wollte sie nicht in der Umgebung der Mühle sehen, und die Jungen wollten sich nicht den Zugang zu der Mühle, die eine unwiderstehliche Anziehungskraft auf sie ausübte, verwehren lassen.

Sie *konnten* sich einfach nicht davon fernhalten! Das Dickicht dort war das Land ihrer Abenteuer. Hier gab es Blaubeeren und Nüsse, hier schnitten sie sich ihre Haselstöcke. Wenn dieser Wald wirklich irgendwem gehörte, dann ihnen, davon waren sie überzeugt. Das heimliche Angeln im Mühlenteich im Schutz einer Erle, hinter der man von der Mühle aus nicht gesehen werden konnte – es war ein Ding der Unmöglichkeit, davon zu lassen! Der herrliche Platz gleich unterhalb des Abhangs, wo man im Sommer badete, die Mühle selbst mit all ihren Wundern, die Schleuse und das Wasser, das unter dem Wehr wie mächtiges lebendiges Glas ellendick hervorquoll und schäumend und klatschend auf die Radschaufeln fiel, die Aalschleuse, das Mühlwerk selbst natürlich, das man sich aber leider nicht ansehen konnte. Moses herrschte dort drinnen und tauchte mit einer Peitsche auf, wenn man sich nur von ferne zeigte!

Moses, das war der Müller, so nannten sie ihn wegen seines Bartes und seines ganzen unversöhnlichen Rächerwesens. Er war wie eine Unwetterwolke, aus der jeden Augenblick ein Blitz niederfahren konnte. Wie ein Prophet stand er mit den Mächten im Bunde. Auf sein Geheiß hielten die Wasser inne und flossen erst wieder, wenn es ihm gefiel. In der Mühle regierte er mit seinen Wellen und Rädern wie mit einem Sonnensystem. Sie griffen ineinander und mahlten oder standen still, wie es ihm gerade gefiel. Die Jungen fürchteten Moses zwar und machten einen weiten Bogen um ihn, doch sie hatten vor ihm keinen Respekt und ließen sich ihre Privilegien nicht nehmen, wie sehr er auch wüten mochte. Der Birnbaum des Müllers, ein großer alter Baum hinten im Garten, war leicht zu erklettern. Eine merkwürdige Birnensorte trug er, eine Knolle, die nach oben zu sehr lang und schmal auslief, fast so wie die Turmspitze vom Dom zu Roskilde – ungewöhnlich gute Birnen, noch bevor sie eigentlich reif waren. Müllers Stance brachte stets welche mit in die Schule, doch sie war nicht die einzige. Jeder zweite Junge hatte die Taschen davon voll. Und nun wachte also Moses mit seiner Peitsche drüben im Garten über seine Birnen, mit denen sie sich zwölf Stunden zuvor schon reichlich versorgt hatten!

Was aber natürlich am allermeisten zog, das war Müllers Stance. Den halben Tag lang hatte man sie ja in der Schule, aber eben nur jeden zweiten Tag, und sollte man etwa für die restliche Zeit auf ihre Gesellschaft verzichten? Sonntags jedenfalls steckte das Dickicht rund um die Mühle voll von Halbwüchsigen, und keine Attacke von seiten des Müllers konnte es säubern. Stance war und blieb eingeschlossen, entwischte jedoch stets, vielleicht weil die Kinder in der Mutter eine stille Verbündete hatten. Manchmal sahen die Jungen ihr Gesicht im Fenster, stets ernst, aber nicht feindselig. Es hatte den Anschein, als käme von dieser Seite eine Stimmung, die sie sich zunutze machen konnten. Wenn Stance dann auftauchte, schloß sich die Schar um sie, und dann wurde gespielt und getollt, von den Abhängen getrudelt und im Winter auf dem Eis Schlittschuh gelaufen und Schlitten gefahren. Unschuldiges und heißes, langanhaltendes und später aber auch so verlorenes Paradies der Kindheit!

Müllers Stance umgab ein besonderes Fluidum, das ihre Gesellschaft so begehrt, jedes Spiel, bei dem sie dabei war, so reich und alle anderen so farblos machte. In der Schule war sie die Favoritin und wurde von den Jungen auf die ihnen eigene verdeckte, brüske Art umschwärmt. Die einzige ihnen bekannte Übersetzung ihrer Gefühle für das andere Geschlecht war Verachtung, doch dabei wollten sie der Verachteten so nahe wie nur möglich sein und unter ihren Augen Heldentaten vollbringen. Sie begaben sich in all die Lebensgefahren, in die man sich in der Umgebung eines Mühlenteiches – sowohl auf als auch in ihm –, eines Flusses, eines Sumpfes und hoher Bäume nur bringen kann. Sich überhaupt zu zeigen, darin bestand einzig und allein der Drang der Jungen, und der der Müllerstochter war es, ihnen durch dick und dünn zu folgen. Ein paar andere Mädchen bildeten die Nachhut, dienten aber, ohne es zu wissen, nur dazu, den Unterschied zwischen Stance und allem anderen Weiblichen noch augenfälliger zu machen.

Allein schon ihr Haar war etwas ganz Besonderes, so etwas gab es weit und breit nicht noch einmal. Solange sie klein war, war es ganz hellrot, wie Blutwasser, später glühte es wie Kupfer, ein schreckliches Haar, zerzaust, trotzdem nicht lang genug, um geflochten zu werden. Sie warf es sich mit einer Kopfbewegung aus dem Gesicht und blies es rasch und sorglos weg, wenn es ihr in den Mund geriet. Daran konnte man sie schon von weitem erkennen: den roten Schopf, dann und wann zur Seite geschleudert, inmitten einer Ansammlung von Jungen, die einen Schlachtplan entwarf. Schon von klein auf hatte sie dralle, volle Gliedmaßen und fühlte sich bei Ringkämpfen weich an wie eine Larve – nicht so wie die anderen Schulmädchen, die nur aus Ellbogen, Knien und Dornfortsätzen im Rücken bestanden und die eine Balgerei ernst nahmen, unmädchenhaft. Sie schlugen wie Holzscheite zurück, daß es nur so brannte, und waren voller Ecken, an denen man sich stieß. Stance dagegen war schön rundlich und verstand sich besser auf Balgereien, sie kleideten sie; und selbst wenn sie zuschlug, waren es heiße, süße Ohrfeigen, die begehrt waren und nach denen man sich drängte.

Als schön konnte man sie eigentlich nicht bezeichnen. Sie war sommersprossig wie ein Sieb, sah im Gesicht aus wie der gesprenkelte Sauerampfer, den die Kinder Biersuppe nennen, hatte Augen wie ungeröstete Kaffeebohnen und aufgeworfene Nasenflügel. Was sie so begehrt machte, war ihre Verwegenheit, gepaart mit dieser zeitigen Fraulichkeit. Waghalsig war sie und kitzlig, mußte alles ausprobieren, schreckte nicht davor zurück, so wie die Jungen im Mühlenteich zu tauchen, und watete, aufgeschürzt bis hoch zum Hals, hinaus und erschauderte, wenn sie das düstere Wasser spürte, das sie tragen sollte.

Aber alles, was sie tat, war im nächsten Augenblick gleichsam vergessen. Sie schleuderte sich das Haar aus dem Gesicht und blickte sich nach etwas Neuem um. Am liebsten war ihr etwas Wildes, wobei das Oberste zuunterst gekehrt wurde. Von den Heidehügeln hinunterzutrudeln und von einer unwiderstehlichen Macht immer aufs neue um die eigene Achse gedreht zu werden, bis man schließlich benommen, schwarz vor Augen, am Fuße des Hügels landete – in diesem Spiel schien sich ihr Wesen am besten auszudrücken. Manchmal trudelte man paarweise, eng umschlungen wie Zwillingssterne, hinunter, doppelt schwindlig, doppelt krank hinterher. Am allerliebsten schien man sich darin zu üben, die Beherrschung zu verlieren.

Die meisten Spiele, die die Jungen erfanden, waren hinterlistige und gut getarnte Vorwände, um in Stances Nähe zu sein, so nahe wie nur möglich. Im Winter, an mondhellen Frostabenden, schleppte man mit vierzehn, fünfzehn Mann hoch den alten Pferdeschlitten des Müllers – das hätte er nur wissen sollen! – auf die Heidehügel, warf sich hinein, mit Stance in der Mitte, eine Gruppe stand noch zusätzlich hinten auf den Kufen, und ab ging's, das steile Gefälle ins Tal hinab. Man zog sich gewaltige Püffe zu und glitt dann unten auf den gefrorenen Wiesen noch eine Viertelmeile dahin, geriet von all den Anstrengungen herrlich in Hitze, die der beißende Wind dann linderte, sah beim Springtanz des hügelabwärts sausenden Pferdeschlittens den Mond am Himmel dahingaloppieren und war, wenn die Fuhre umkippte, vielleicht der geheimnisvoll begnadete Mensch, den Stance umschlang und den ihr Atem traf. Kostbar und begehrt war ihre Wärme.

Doch alle Spiele haben einmal ein Ende, die Konfirmation setzte eine Grenze, verschloß eine Welt und eröffnete eine neue. Kälte breitete sich aus. Die Jungen wurden Knechte, manche Bauern, andere gingen andere Wege, und Müllers Stance entfaltete sich erstaunlich schnell zu einem stattlichen Fräulein, deren Bekanntschaften außerhalb des Horizonts dieser Gegend lagen. An Markttagen sahen alte Bekannte sie manchmal in ihrer neuen Welt, hinter einer Schranke. Die Welt ihrer Kindheit hatte sie verlassen und gleichsam mit sich genommen; die Mühle war entseelt.

Als Erwachsene war Constance ein großes, üppiges Mädchen, etwas liederlich und mit ziemlich groben Zügen. Sie hatte einen großen, losen Mund, geladen mit Gelächter wie ein leichtes Maschinengewehr, und bei der geringsten Gelegenheit feuerte sie eine Salve ab. Auf der Tanzfläche war sie unermüdlich, anschmiegsam, lebenslustig bis zur Tollheit, alles in allem in vollem Lauf ihrem Schicksal entgegen. Und so wie es für sie bestimmt war – in diesem unzivilisierten Provinzstädtchen, wo sich Rohheit und Unbarmherzigkeit der unteren Schichten in Werkstätten und hinter Topfpflanzen verbargen –, so hatte sie sich nun in dieses Schicksal hineingestürzt.

Den ganzen Sonnabend und die ganze Sonnabendnacht mahlt der Müller. Doch spät nachts, als er müde und die Einsamkeit bis auf den Grund seiner Seele gedrungen ist, beginnt er zu flüstern, erregt und so beschäftigt, daß er es nicht merkt und schließlich halblaut mit sich selbst redet. Bedeutsame Dinge gehen im Kopf des Müller vor.

Doch nicht einen einzigen Augenblick lang versäumt er seine Arbeit. Er geht hin und her und bedient die Mahlsteine, nimmt den gefüllten Sack ab und schiebt einen neuen unter den Mehlstrahl, umschlingt zentnerschwere Säcke mit einem Arm und läßt jedesmal ein Viertel davon in die Kiste gleiten. Er behält den Tribut ein, handhabt voll Sorgfalt das alte geeichte Kupfermaß, hinter verschlossenen Türen, streng gerecht gegenüber dem Besitzer und auch gegenüber sich selbst. Und obgleich die Hand des Alten schon leicht zittert, wechselt das Maß des Königs doch weder gehäuft noch allzu glatt gestrichen aus dem fremden Sack in den eigenen über. Mit finsteren Blicken sieht er zu. Unglück kann einen treffen, doch unehrlich werden, das kann *ihm* nicht passieren.

In dem alten Vollbart, der einst rot gewesen, nun aber weiß und bemehlt ist, rührt es sich unheilverkündend. Erregt spricht der Alte mit sich selbst, faßt zusammen und wiederholt unter hitzigen ruckartigen Kopfbewegungen. Hier und da ein Zusammenstoß, ein Sack, an dem er sich abreagiert, Dinge, die ihm im Wege sind und nach denen er schlägt, Ausbrüche, die er nicht unterdrücken *kann*. Doch sonst ist er gefaßt. Allzu langsam, doch immer bestimmter reift in ihm ein Entschluß.

Sonntagvormittag hält der Müller sein Rad an. Das alte morsche und schleimige Rad mit all seinen triefend nassen Schaufeln steht ganz still. Das Wasser im Teich steigt genau bis zum Rand des Wehrs, und im Abflußteich liegen die Steine auf dem nackten Grund. Der Strom ist gebrochen, zur einen Seite aufgestaut und zur anderen Niedrigwasser. In der Mühle stehen die Mahlsteine still. Die Zahnräder zeigen ihre mit zolldicken Schichten aus Mehl und Staub bedeckten Balken. Das ganze Mühlenhaus, das sonst bis hinauf zum Dach in jeder einzelnen Fiber zittert und bebt, ist von oben bis unten still, alles gafft gleichsam und steht still, alles lauscht – was soll nun geschehen?

In der Wohnstube sitzt der Müller, auf Strümpfen, am wachstuchbedeckten Tisch und schreibt. Eine Feder in so einer Hand? Ja. Totenstille draußen wie drinnen, nur das Geräusch einer kratzenden Feder, das sich in der Sonntagsstille wie ein stechendes Insekt anhört. Es vergehen immer Jahre, bevor der Müller wieder einmal die Feder zur Hand nimmt. Er muß diese Kunst jedesmal fast aufs neue erlernen, und Worte zusammenzusetzen, das ist ja auch nicht sein Beruf. Doch er hat im voraus bedacht, was er schreiben will, und der Brief kommt zustande, nicht ohne daß der Müller hin und wieder stöhnt und Mehl aus seinem Haar klopft, neben das Tintenfaß kleckst und in Schreibnöten vor sich hin starrt. Die Tinte ist schimmlig und hat die Farbe verloren, sie ist nicht himmelblau wie die, mit der Constance geschrieben hat. Es wird eine wäßrige Schrift, zittrig, der Brief ist voller Fehler, die Sätze sind ohne jede Verbindung aneinandergereiht, aber der Sinn ist keineswegs mißzuverstehen.

Es ist ein Bescheid an Constance, Antwort auf den von ihr erhaltenen Brief, den man nicht unbeantwortet lassen darf. Die Überschrift, die einzige, die der Müller kennt, lautet: *Guter Freund,* und zum Schluß steht ein *Sehr verbunden,* was seiner Meinung nach ebenfalls dazu gehört. Dann setzt er seinen Namen in Schönschrift darunter. Er bestreut das Papier mit Sand, ein Akt, der nicht versäumt werden darf, schüttelt den Sand dann in den Spucknapf und faltet den Brief zusammen, schafft es schließlich, nachdem sich das verfluchte Papier wieder und wieder verschoben hat, den Brief in den Umschlag zu stecken. Der Umschlag wird mit der Zunge befeuchtet und mit der Hand zugeklopft, die Adresse fein säuberlich darauf geschrieben – und der Müller lehnt sich nach vollbrachter Büroarbeit auf der alten harten Bank zurück.

Der Bart umschließt den zusammengepreßten Mund, die Augen blinzeln grimmig. Er hat dem Brief etwas hinzugefügt, was sich seiner Meinung nach einprägen wird, *einen Gruß von Mutter* – hoho, er räuspert sich laut und runzelt die Brauen. Dann zieht er die Holzschuhe wieder an, geht hinaus und nimmt das Wehr ab.

Bald bebt die Mühle wieder, daß man es von außen sehen kann, bis ganz hinauf zu den morschen und klaffenden Giebelbrettern.

Den ganzen Sonntag und auch die folgenden Tage und Nächte mahlt der Müller. Zu etwas anderem braucht ihn niemand, und lieber arbeiten als in Gesellschaft eines dreibeinigen Kessels und trüber Gedanken untätig am Herd sitzen.

Doch selbst wenn man sich in die Arbeit stürzt, ist es mit den Gedanken so eine Sache, aber man erträgt sie dann zumindest. Nachts kommt der Müller, wie er meint, am besten zurecht. Dann ist er ungestört, läßt alles laufen, was laufen kann, mahlt, siebt und schrotet. Die Mühle liegt im Lichtnebel der mehlbestäubten, matten Laterne unter dem Balken. Die Zahnräder, halb im Dunkeln und seltsame Schatten bis hoch hinauf zum Dach werfend, drehen sich rollend und glucksend und zeigen grinsend ihre entblößten Riesenzahnreihen. Die Mahlsteine rütteln und stauben, rütteln und stauben, ununterbrochen stößt die aufrechtstehende Welle mit ihren vier Kanten gegen die Lade und schüttelt das Korn in das Mühlsteinauge hinunter. Die lange graue Mühlenwelle in ihrem Schrank dreht sich mit mottenartigen Bewegungen um sich selbst. Kalte Zugluft streicht durch die Mühle, und draußen braust und plätschert das Rad in seinem Haus, lädt Wasser auf seine Schaufeln und läßt es wieder frei. Ellendick zieht sich die Pockenholdtsche Welle durch die Mauer herein und dreht sich auf ihrem mit Talg gefetteten Zapfen. Alles ist so, wie es bei einem Müller sein muß. Und der Alte erwidert das Grinsen der Zahnräder, fühlt mit Wohlbehagen, daß die Nacht sich hinzieht – Mitternacht und Ruhe inmitten des Lärms. Alles, was sich bewegen kann, läuft auf vollen Touren, und er ist allein mit den Mächten, die er zähmt – das ist des Müllers Lust, sie ist von einer eigenen elementaren und düsteren Art, ein Unwetter, in dem er sich befindet, und das Unwetter ist er selbst, ein einziges drohendes Gestöber, ob nun aus Schnee oder Mehl, weiß ist er jedenfalls, und weißer wird er, je weiter er sich durch die Nacht voranarbeitet und je seltsamere Schatten sich in den Ecken erheben. Gedanken schießen in ihm hoch, die ihn stören, ihn in Wallung bringen wollen. Doch er reagiert sich nicht ab, straft nicht, was er in Händen hält, die Strafe *ist* vollbracht, der Brief nun in Constances Hände gelangt, das weiß er. Und der Alte kneift das eine Auge zusammen und öffnet es wieder, wie jemand, der gut gezielt und gut getroffen hat. Ein Zittern des Bartes verrät seine Bewegung.

Und er nimmt einen zentnerschweren Sack Roggen in den Arm, als wäre es eine Frau, die er nun hochhebt, deren Brustlatz er löst und die er mit dem Oberkörper in den Mahlgang schleudert. Er läßt ein Viertel des Inhalts herauslaufen, preßt den Sack dann mit den Armen zusammen und stuckt den Rest auf den Boden, daß der nur so bebt. So wird's gemacht!

Mit einem Mal bleibt die Mühle ohne erkennbaren Grund stehen – die Hubstange, die durch die Mauer zum Wehr hinausführt, ist unberührt.

Das Geräusch der Mahlsteine fällt hastig ab und erstirbt schließlich, aus der Tiefe des Radhauses ist ein

Rumpeln zu hören, ein Schleifen und Knarren, und der Müller sieht, wie sich *der Zapfen aus dem Lager hebt.* Die schwere Welle, die vom Rad in die Mühle fährt, rutscht aus ihrem gemauerten Loch, reißt die Mauer mit sich und stürzt krachend zur Mühle hinaus!

Dröhnen und Splittern von Holz, im Boden draußen ein gewaltiges Bersten, das die Erde erbeben und das ganze Haus erzittern läßt!

Die Mühle senkt sich, neigt sich, bleibt dann aber stehen. Im Radhaus stürzt noch eine gemauerte Wand donnernd ein. Leere herrscht dort. Die eine Seite der Mühle ist ganz und gar herausgebrochen, und statt dessen gähnt dort die Dunkelheit, der Abgrund. Und herauf aus dem naßkalten Dunst steigt *die Mutter*, lang, schmal und blau, wie aus dem Grab, aber mit offenen anklagenden Augen. In Nacht und Grauen stürzt der Müller zu Boden.

Die Mächte hatten gesprochen.

Nachdem es gekracht hatte, als sollte die Erde beim Jüngsten Gericht untergehen, war alles wieder lautlos und still. Nur das Wasser aus der Schleuse lief wie verblutend durch die Ruinen des Radhauses.

Das schwere Wasserrad hatte sich gehoben und war über den schrägen Boden des Radhauses gerollt, quer durch eine Giebelwand hindurch, und nun lag es umgekippt, aber heil, draußen im Abflußteich.

Müllers Constance war nach Hause gekommen – ja, sie, die allzu Lachlustige mit dem herausfordernden Haar. Als sie den Brief des Vaters mit dem Urteil erhalten hatte, daß er sie und ihr Kind nicht in der Mühle sehen wolle, weder jetzt noch später, und das solle er auch von Mutter ausrichten, der Mutter, die doch tot war, da hatte sich Constance noch in derselben Nacht auf den Weg nach Hause gemacht, hatte die dreieinhalb Meilen zu Fuß zurückgelegt und war in den Teich gegangen. Von dort war der tote Körper durch die Schleuse getrieben, jedoch unter das unterschlächtige Rad geraten, wo er nicht hindurchgelangen konnte. Er hatte sich festgeklemmt und das große schwere Rad aus den Lagern gehoben. Für den Rest hatte die Schwerkraft gesorgt.

Leute, die am nächsten Tag zur Mühle kamen, sahen schon oben vom Hügel, daß das Rad aus der Mühle herausgebrochen war. Ein merkwürdiger Anblick, der an ein übernatürliches Wesen denken ließ, das in den Graben gefahren und verunglückt war. In der zerstörten Mühle lag der ohnmächtige Müller. Und draußen im Abflußteich, wo das Rad lag, fand man Müllers Stance.

Die Mühle gibt es nicht mehr. Nach der Katastrophe wurde sie stillgelegt, zum Mahlen hatte es lange zu wenig Wasser gegeben. Der Fluß, der nichts anderes war als ein Bach, ist nun ein Graben, und nur die Reste einiger in den Boden gerammter Eichenpfähle und die Form des Mühlenteiches – wenn man weiß, daß sich dort einer befunden hat – verraten die Stelle. Die Brücke ist noch da, doch das Wasser, über das sie führte – ja, das ist verschwunden.

Der Hund des Bakhofbauern

Vom Bakhofbauern wird erzählt, er habe zu den Siebenschläfern oben auf dem Bakhof im alten Graabølle gehört, einem abgelegenen Gehöft, dessen Bewohnern noch eine Spur schildbürgerhafter Unschuld anhing, Hinterwäldler, mit denen das Dorf manchmal seine Scherze trieb. Wer erinnert sich wohl nicht an jene Neujahrsnacht, in der die Burschen von Graabølle alle Fenster des Hofes zuklebten, so daß die Bakhofleute über vierundzwanzig Stunden lang schliefen; oder an Krestens mißglückten Pferdehandel, an seinen Versuch, als Pferdehändler Ruhm zu erwerben, der damit endete, daß ihn Leute, wenn er es nicht hörte, nie anders als den Pferdehändler nannten.

Kresten, das war der junge Bakhofbauer, wie er lange genannt wurde, nachdem er den Hof vom Vater übernommen hatte. Inzwischen ist auch er schon längst in die Grube gefahren und der Bakhof abermals in andere Hände übergegangen. Zu Krestens Saga sollen noch einige Züge hinzugefügt werden, die weiterzugeben der Takt bisher verboten hat. Da alle Beteiligten nun tot sind, kann ja niemand mehr dadurch gekränkt werden. Es gab da gewisse Umstände, über die keiner sprach, die aber alle kannten und die Krestens späteres Verhältnis zu Anders Mikkelsen betrafen, zu eben dem, der ihm den kleinen Streich mit dem Pferd gespielt und ihm zu jenem Beinamen verholfen hatte, der eigentlich nur dem Viehhändler Anders Mikkelsen zukam.

Wie aus der Pferdehändler-Geschichte hervorgeht, bestand der Grundzug in Krestens Charakter in einem tiefen heimlichen Mangel an Selbstvertrauen. Leider äußerte sich diese Schwäche jedoch so, daß er, um in den Ruf eines rücksichtslosen Draufgängers zu gelangen, in das andere Extrem verfiel und solche Burschen nachahmte. Darüber amüsierten sich die meisten sehr. Aber die fixe Idee des Bakhofbauern bestand nun einmal darin, daß er von sich glaubte, in allem eine glückliche Hand zu haben, mit der Zeit zu gehen, in der Gegend als Hofbesitzer geachtet zu sein und als verrucht zu gelten.

Der alte Erbhof war zwar von der Fläche her einer der größten der Gegend, aber er war völlig veraltet. Ihn hochzubringen, auf den Landstraßen mit einem stattlichen Gespann wild dahinzujagen und von allen nur Heiterkeit und Achtung zu ernten, auf Märkten und Festen eine bekannte Gestalt zu sein, zu zechen, das große Wort zu führen, sich zu prügeln, gefürchtet und geliebt zu werden – kurz gesagt: in allem ein zweiter Anders Mikkelsen zu sein, darin bestand die fixe Idee des Bakhofbauern.

Deshalb hatte es Kresten auch verletzt, daß ausgerechnet er Zielscheibe eines der munteren Streiche von Anders Mikkelsen werden mußte. Doch er konnte ihm deshalb nicht böse sein. Seine Bewunderung für den bekannten Hofbesitzer und Viehhändler war viel zu aufrichtig, er war ja das große Vorbild. Anders Mikkelsen hatte in Wirklichkeit auch nichts Böses mit Kresten im Sinn gehabt. Sie trafen sich ohne jede Verstimmung wieder. Anders Mikkelsen hatte den ganzen Vorfall bereits völlig vergessen. Er war eine erfinderische Natur und heckte schon einen Tag nach seinem letzten Streich wieder einen neuen aus. Eine Freundschaft, wie sie Krestens sehnlichster Wunsch war, entstand jedoch nicht sofort zwischen den beiden Männern. Bis auf weiteres lebten sie in viel zu verschiedenen Welten.

Kresten plagte sich mit dem Hof ab und hatte häusliche Sorgen. Die ersten Jahre waren schwierig. Als der Älteste hatte er zwar den Hof bekommen, mußte aber jedem der vielen Geschwister seinen Erbteil auszahlen. Er hatte keine glückliche Hand, denn Ehrgeiz ist nicht dasselbe wie Begabung. Die Bewirtschaftung des Hofes überstieg seine Kräfte und brachte Enttäuschung auf Enttäuschung. Er konnte sich nicht von den Gewohnheiten der Bakhofbauern lösen. Nichts durfte etwas kosten, und für Hilfskräfte wollte er kein Geld ausgeben. Er versuchte mit allen Arbeiten allein fertigzuwerden, faul war er nicht, doch bei einem so großen Besitz war das natürlich ein Ding der Unmöglichkeit. Er vergeudete seine Zeit, trat auf der Stelle und war erschöpft, noch bevor er angefangen hatte, grübelte und bekam eine zerfurchte Stirn, mühte sich ab, geriet immer mehr ins Hintertreffen und konnte es einfach nicht begreifen.

Kresten war verheiratet worden, ohne jeden Roman, andere hatten das für ihn geregelt. Doch obwohl es eine Vernunftsehe war, gab es dennoch keine Vernunft darin. Auch hier hegte Kresten in seinem Innern eine fixe Idee, einen Traum, der sich der Wirklichkeit in den Weg stellte. Niemand konnte eigentlich so recht sagen, wie das zusammenhing, am allerwenigsten er selbst. Wollte man aber, ausgehend von seinem Charakter, versuchen, eine Erklärung dafür zu geben, so würde man wohl herausfinden, daß bei dieser Heirat alles anders gekommen war, als er es sich vorgestellt hatte. Was hatte er sich denn vorgestellt? Man stellt sich darunter wohl einen Eroberungszug und eine große hinreißende Verwandlung vor. In Wirklichkeit aber war ihm eine passende Frau verschafft worden, und die wirtschaftete nun in der Küche herum. Alles anscheinend so, wie es sein sollte, aber es war nicht so, wie es sein sollte. Wenn jemand, der ein feines Ohr dafür hatte, Kresten und seine junge Frau miteinander reden hörte – höflich, unverbindlich, wie Fremde, obgleich sie doch seit Jahr und Tag miteinander verheiratet waren –, dann klang das fast so, als stammten die beiden nicht aus demselben Ort. Kresten war ein zurückhaltender Mann, mit viel altväterlicher Zucht in seinem Wesen. Lag es vielleicht daran, daß es auf dem Hof keinen Dritten gab, der den beiden hätte helfen können, miteinander vertrauter zu werden? Oder woran lag es?

Hatte Kresten vorläufig keine Zeit, an etwas anderes zu denken als an den Hof? Sicher ist, daß der seine Kräfte überforderte und all seine Aufmerksamkeit gefangennahm.

Um sich alle Ausgaben zu ersparen, hatte sich Kresten von jeder Hilfskraft getrennt und arbeitete, als hätte er zwanzig Hände. Er lief selbst auf die Weide hinaus und stellte die Rinder um, eine Arbeit, die sonst Kinder verrichten, doch auf dem Hof gab es ja keine Kinder. Natürlich konnte Kresten nicht mit allem allein fertig werden, und er wurde mißmutig und ungerecht. Er kämpfte mit brennenden Augen, weinte manchmal vor Verzweiflung trockene Tränen, so wie damals, als er Hütejunge war und das Vieh sein Spiel mit ihm trieb. Kresten wußte zuletzt nicht mehr ein noch aus. »Ich kann nicht mehr, als ich kann«, pflegte er trotzig und am Ende seiner Kraft zu sagen, und das stimmte ja auch. Es ging ganz und gar daneben. Die Frau sah verwundert zu.

Schließlich kam es zu einer Krise. Das Finanzielle war Krestens schwache Seite. Er schaffte es zwar, die Wirtschaft so einigermaßen aufrechtzuerhalten, doch Bargeld war da nicht herauszuholen, selbst kleine Beträge konnte er nicht aufbringen. Zu einem Zahlungstermin lag er bereits mit vierhundert Kronen im Rückstand. Das war damals viel Geld. Kresten hatte es nicht und sah auch gar keine Möglichkeit, es irgendwie aufzutreiben. Der Hof ließ sich mit keiner weiteren Hypothek belasten. Kresten wußte keinen Ausweg, und da hakte es bei ihm aus. Er ging nach Hause, setzte sich hin, grämte sich und blieb einfach sitzen. »Ich kann nicht mehr, als ich kann«, sagte er. Die Frau stand dabei und sah ihn an. Und dort saß Kresten nun.

Da bekam der Bakhof Besuch von Anders Mikkelsen. Es war Zufall, daß er eines Tages auf den Hofplatz einbog. Anders befand sich auf Geschäftstour und kaufte Färsen auf, und dabei war ihm der Gedanke gekommen, daß Kresten sich in diesem Jahr vielleicht mehr Jungvieh zugelegt haben könnte, als er behalten wollte.

Anders saß auf seinem kleinen gelben, gefederten Kutschwagen, einem Juwel von einem Wagen, in der Stadt gekauft, das neueste Modell – ein Unterläufer, lakkiert und leicht, ein Junkergefährt. Und davor hatte er den Hengst »Volstrup II« gespannt, den weit und breit bekannten, prämierten, hochversicherten Rassehengst. Natürlich gehörte er Anders Mikkelsen, ein Pferd, das seinem Namen Glanz verlieh, seinem Hof zur Zierde gereichte und – wie sich von selbst versteht – eine Quelle des Reichtums war.

»Volstrup II« war von diesem großen jütländischen Schlag, hell, gelblichrot, Schweif und Mähne weiß, mit fleischfarbenem Maul und mit Nüstern, durch die das Blut schimmerte. Das Stirnhaar war zu einem Zopf geflochten, der ihm zwischen den Augen herabhing, er war von unerhörter Breite und hatte mächtige Beine, am Fesselgelenk mit Haarbüscheln besetzt, die bis zur Erde reichten, und mit kräftigen, gelblichweißen Hufen, vielleicht ein bißchen platt, doch »Volstrup II« hatte ja auch viel zu tragen. Dieses schwere, fast elefantengroße Pferd zwischen den zierlichen Deichselstangen des zerbrechlichen Gefährts – das war ein Anblick, der vielen gefährlich dünkte. Aber natürlich, der da kutschierte, das war ja Anders Mikkelsen! Diese Art der Beförderung entsprach ganz seinem Geschmack und seiner Verwegenheit. Nicht daß es ein schnelles Gespann gewesen wäre, »Volstrup II« ließ die Erde eher erdröhnen, als daß er dahinflog. Aber der Hengst mußte ja bewegt werden. Auch andere Gründe sprachen dafür, ihn zwischen den Gehöften hin und her zu führen, so daß Anders Mikkelsen häufig mit dem Hengst vor dem Einspänner gesehen wurde. Wenn er es eilig hatte, nahm er die Knapstrupper und verbarg sich in einer Staubwolke.

Und nun stand also Anders Mikkelsen vor der Tür, mit dem wertvollen Pferd und dem Edelstein von einem Wagen. Ob Kresten wohl zufällig irgendein Jungtier verkaufen wolle?

Kresten kam heraus und stand da, mit vielen Furchen

auf der Stirn, einem ganzen Sturzacker geradezu, krumm von der Arbeit, eine schwielige Hand auf der Kante von Anders Mikkelsens lackiertem und gefedertem Wägelchen. Nein, er habe keine Färse, sie *seien* schon verkauft.

Irgend etwas an Krestens erstarrter Haltung und an seinem Tonfall veranlaßte Anders Mikkelsen, ihn sich genauer zu betrachten. Und von seinem Platz auf dem Kutschbock blickte er sich auf dem Hof um. Er sah die alten zerfallenen Nebengebäude – drei davon noch lehmverstrichen, direkt aus dem Mittelalter, an den Ecken offen, in einem Winkel die alte harte Holsteiner Kutsche des Bakhofbauern, mit Schnitzereien am Wagenkasten, aber ungefedert und die Räder mit lächerlichen schmiedeeisernen Reifen bezogen –, voriges Jahrhundert, Verfall, wohin man sah!

»Wie viele Kühe hast du denn im ganzen?« fragte Anders Mikkelsen behutsam.

Acht hatte der Bakhofbauer.

Anders Mikkelsen zog schnaufend die Luft durch die Nase, zweimal, stellte schnell im Kopf eine Überschlagsrechnung an. Zum Hof gehörten, wie er wußte, ungefähr fünfhundert Tønder Land – alles verunkrautet, das meiste nie umgebrochen, oje oje!

In der Tür des neuerbauten, aber ungepflegten und schon vom Verfall geprägten Wohnhauses zeigte sich eine junge vollbusige Frau, die einen langen Blick auf all die Herrlichkeit vor der Tür warf und sich sofort wieder züchtig zurückzog. Anders Mikkelsen steckte die Peitsche ins Futteral. Welche Gedanken ihm auch durch den Kopf gehen mochten, er stieg vom Wagen und folgte dem Bakhofbauern ins Haus. Das war gegen Abend. Gleich darauf kamen beide wieder heraus und führten den Hengst in den Stall. Anders Mikkelsen blieb; hier mußte gehandelt werden.

Kerstens Frau, die in Gegenwart der Männer die ganze Zeit die Augen niedergeschlagen hielt, trug für den ungewöhnlichen Gast etwas zu essen auf, und Anders Mikkelsen, der so sehr gefürchtete und geliebte Anders Mikkelsen, aß und ließ sich bewirten. Er war fröhlich und erfüllte die Stube mit seinem erlesenen Witz. Er war gut aufgelegt, steckte voller Scherze, brachte die Welt mit, die Landstraßen und die Wirtshäuser, die Märkte bis ganz hinunter nach Ribe. Von den Städten sprach seine eitle Kleidung, sprach die Pfeife, wie sie Gutsherren und Jagdjunker rauchten. Durch den Umgang mit ihnen hatte er sich die Manieren eines Gecken zugelegt.

Anders Mikkelsen war ein bildschöner Mann, groß und glattrasiert, mit tiefen frivolen Mundwinkeln und Augen, die dem leichtsinnigen, beredten Mund gleichsam stets widersprachen. Sie waren sehr groß und klar, rätselhaft. Er sah die Menschen offen und unschuldig an, während der Mund lachte und die unglaublichsten Dinge sagte. Niemand konnte Anders Mikkelsen widerstehen. Wer Graabølle und den Liebling dieser Gegend nicht gekannt hat, für den besitzt dieser Name nun k einen Klang mehr. Doch damals entlockte er den Leuten stets ein Lächeln. Dieser Anders Mikkelsen, dieser Anders Mikkelsen!

Gold und Sonnenschein schienen in die Stube des geplagten Bakhofbauern eingekehrt zu sein. Anfangs blieb er griesgrämig, nicht aus Bitterkeit gegenüber Anders Mikkelsen, aber der Kontrast zu diesem Mann ließ seine eigenen Schwierigkeiten nur noch größer erscheinen. Doch Anders Mikkelsen hatte noch gar nicht lange geredet und Kresten und dessen junge Frau mit großen Augen ausgeforscht, da wußte er auch schon, was sie bedrückte. Kresten war also in finanzieller Verlegenheit. Es handelte sich um rund vierhundert Kronen, und die konnte er nicht auftreiben.

»Vierhundert Kronen«, sagte Anders Mikkelsen und wurde ganz ernst, »das ist ja ein Haufen Geld. Aber wie ist es denn möglich, daß du mit deinem Hof nicht vierhundert in bar beschaffen kannst?«

Kresten bekam noch eine Furche mehr auf der Stirn. Er blinzelte und blinzelte und konnte sich nur mühsam überwinden, damit herauszurücken. Na ja, das sei so, er habe schon eine Anleihe nach der andern aufgenommen. Aber dabei gebe es auch mal ein Ende. Und das sei nun erreicht.

Anders fragte ihn aus, gab sich alle Mühe und ließ das Lachen beiseite. Es war nicht einfach, Kresten eine zusammenhängende Auskunft zu entlocken, die Einzelheiten mußten wie mit einem Korkenzieher aus ihm herausgeholt werden. Er wollte die Niederlage nicht eingestehen, die ja auch keinem zur Ehre gereicht, doch Anders Mikkelsen zwang ihn, Auskunft zu geben. Es empörte Anders Mikkelsen, daß der stattliche Besitz so in Grund und Boden gewirtschaftet worden war. Das widersprach seinem Ordnungssinn, und Kresten war schließlich ein Mitmensch, dem man doch eine helfende Hand reichen mußte. Warum hatte nur keiner früher daran gedacht? »So so so«, ließ sich Anders vernehmen. Oje oje, was er da zu hören bekam! Es wurde eine regelrechte Beichte. Nachdem es Anders endlich gelungen war, Kresten zum Reden zu bringen, öffnete er sich schließlich wie eine Schleuse.

Es wurde ein langer Abend. Anders machte sich gründlich mit den Problemen vertraut, und alles wurde lang und breit besprochen. Die Hausfrau brachte Teewasser und die Rumflasche, und die Männer bedienten sich. Sie selbst nahm in gebührendem Abstand weiter hinten in der Stube Platz, das Strickzeug wie einen Schild vor sich. Die zufällige Begegnung entwickelte sich zu einer kleinen Gesellschaft. Der Teepunsch wärmte, und der Alltag verwandelte sich in ein Fest. Der leutselige Anders Mikkelsen konnte nicht lange irgendwo sein, ohne daß nicht bald die Sonne aufging.

Selbst Sjank genoß die Geselligkeit. Sjank war der Haushund, und bei diesem Namen braucht man nicht zu stutzen. Er war damals in jenem Landesteil ziemlich gebräuchlich, wahrscheinlich eine lokale Form des französischen chien, und, ebenso wie der Hundename Ami, irgendwie ins Bauernland hinausgelangt. Sjank saß zuerst unbeachtet auf dem Lehmfußboden und landete schließlich auf Anders Mikkelsens Schoß!

Es war so eine wuschlige Hündin, die in ihrer Abstammung die Vorzüge zweier einander etwas fernstehender Hunderassen – wahrscheinlich Spitz und Gordonsetter – in sich vereinte. Sie war kurzbeinig, hatte aber einen langgestreckten Körper und einen herabhängenden, buschigen Schwanz, samtige Ohren und hellbraune, hingebungsvolle Augen. Anders Mikkelsen streichelte die Hündin, die sich seinem Knie näherte, es beschnüffelte und liebkost sein wollte. Ihr Fell war so weich, als gäbe es darunter nicht einen einzigen Knochen, und als er sie streichelte, legte sie sich sofort zutraulich, mit dem Bauch nach oben, auf den Fußboden.

»Sie mag mich«, sagte Anders Mikkelsen lächelnd und ließ auch die Hündin ein wenig an seiner strahlenden Laune teilhaben. Obgleich Sjank, die etwas groß geraten war, von der Natur nicht zum Schoßhund ausersehen war, setzte er sie auf seine Knie. Und statt sich zu schämen, legte sie sich sofort hin, rollte sich um eine halbe Körperlänge zusammen und machte es sich gemütlich. Das Tier auf dem Schoß, sprach Anders weiter und nippte an seiner Teetasse.

Ein Funkeln trat in seine Augenwinkel, vielleicht von dem Teepunsch, vielleicht vom Licht auf dem Tisch oder auch von einem heimlichen inneren Feuer. Sein Blick streifte die Frau mit den niedergeschlagenen Augen und den Stricknadeln vor der Brust, und plötzlich sagte er: »Willst du die Hündin verkaufen, Kresten?«

Der Bakhofbauer begriff nur langsam. Die Hündin? Sjank?

»Sie mag mich«, sagte Anders Mikkelsen, und um seine Mundwinkel lag ein tiefes, warmes Lächeln, aber seine Augen waren unergründlich. »Es ist eine schöne Hündin. Ich kann dir dafür ja die vierhundert geben, die dir fehlen.«

Es muß wiederholt werden, daß vierhundert Kronen damals eine sehr große Summe, ein kleines Vermögen, waren, und Kresten glaubte deshalb auch seinen Ohren nicht zu trauen. Er wußte zwar, daß es nichts unter der Sonne gab, was Anders Mikkelsen nicht kaufte oder verkaufte – aber Sjank! Vierhundert Kronen! Kresten sperrte vor Verblüffung Mund und Nase auf. Anders machte Witze!

Anders ließ seine großen Augen auf dem Ehepaar ruhen, zuerst auf dem einen, dann auf dem anderen. Man konnte nicht darin lesen, doch die Mundwinkel standen wie immer voll Süße.

»Du siehst doch wohl, daß sie lieber bei mir sein will als bei dir«, sagte er. »Nun geb ich dir das Geld.«

Er setzte den Hund auf den Boden und holte aus der Innentasche seiner Jacke die Brieftasche hervor, zählte vierzig Zehnkronenscheine auf den Tisch.

Der Hof war gerettet! Bei dem Gedanken, daß er aus aller Not heraus war, entrang sich Krestens Brust ein Schluchzen. Doch wie sollte er das glauben? Das war wieder einer von Anders Mikkelsens Streichen! Mit hartem Gesicht, verletzt, schob er die Scheine ohne ein Wort über den Tisch zurück.

»Das ist dein Geld«, sagte Anders Mikkelsen freundlich und schob sie ihm wieder hinüber. »Den Hund behalt ich.«

Langsam, nach beschwerlicher Denkarbeit, begriff Kresten, daß *dies* Anders Mikkelsens Art war, jemandem eine helfende Hand zu reichen! Das sah ihm vollkommen ähnlich! Man hatte schon früher von Anders Mikkelsens unbegreiflicher Großzügigkeit in Geldsachen gehört, einer geradezu königlichen Freigebigkeit, die aber immer der richtige Griff im richtigen Augenblick war.

Es schwindelte Kresten, er fühlte sich so froh und erleichtert. Er schlug auf den Tisch, daß die Knöchel dort Spuren hinterließen, brach in ein polterndes Gelächter aus und zwinkerte sich die Tränen aus den Augen und beteuerte fluchend – und wie er fluchen konnte! –, noch nie einem solchen Mann begegnet zu sein. Er stand auf, schwitzte, lärmte. Anders Mikkelsen blieb sitzen und sah ihn mit großen, aufrichtigen Augen an. Leutselig lächelnd prostete er Kresten mit der Tasse quer über den Tisch zu: »Skål, Kresten!«

Ja, darauf mußte, so wie es sich gehört, einer genommen werden! Kresten bestand darauf, daß sie den Handel mit Handschlag und den üblichen Sprüchen besiegelten. Es sollte ein richtiger Handel sein, ein Hundehandel, und die Frau sollte dabei Zeuge sein! Frischer Tee kam auf den Tisch, und der Branntwein floß reichlich. Es wurde ein Gelage, das sich bis tief in die Nacht hinzog. Anders Mikkelsen blieb so lange, bis er schließlich auf dem Hof übernachten mußte. Er konnte Krestens Einladung nicht ausschlagen.

Und Kresten betrank sich. Die große Erleichterung, daß das Geld nun beschafft war, feuerte ihn an. In seinem Urteilsvermögen trat bald eine Verschiebung ein. Nun war er es, der den Handel abgeschlossen und sich dabei als ganz gerissen erwiesen hatte. Der Gewinn war doch auf seiner Seite oder etwa nicht? Kaum hatte der brave Bakhofbauer noch ein paar Tassen Teepunsch getrunken, da hielt er sich auch schòn für einen Schlaumeier und war davon überzeugt, daß er den berühmten Viehhändler Anders Mikkelsen im Hundehandel übers Ohr gehauen habe!

Kresten fühlte sich wie auf dem Markt, wenn der Viehhandel begossen wurde. Er streckte die Ellbogen heraus und machte sich breit für sieben, prahlte großspurig mit dem Handel und stieß immer aufs neue mit Anders Mikkelsen an, stieß fast die Tasse in Scherben. Er bekleckerte sich wie ein richtiger Teufelskerl mit Tee und Branntwein, drosch mit der linken Hand auf den Tisch und wurde brutal, verzerrte den Mund, daß es gräßlich anzusehen war und riß die Augen auf, richtige Schurkenaugen. Nun stellte es sich heraus, was für ein Mann der Bakhofbauer war!

Und er machte Eindruck, Anders Mikkelsen genoß ihn. Selten hatte sich Anders so gut unterhalten. Er saß da und amüsierte sich königlich, strahlte, nickte Kresten zu, brachte ihn noch mehr auf Touren. Kresten schwafelte, lang über den Tisch liegend, auf ihn ein. Je weiter die Zeit voranschritt, desto betrunkener wurde Kresten und desto nüchterner Anders, obgleich sie, wie es sich bei einer zünftigen Zecherei unter Männern gehört, die gleiche Menge Teepunsch bekamen.

Hier muß zur Erklärung eingeschoben werden, daß Anders Mikkelsen, wenn man ihn genau beobachtete, die Angewohnheit hatte, viel zu spucken – unauffällig, aber reichlich. Auf Märkten, wo man in Schankzelten saß und trank, vertrug Anders deshalb unglaublich viel. Er konnte zwei bis drei kupferhäutige Viehhändler unter den Tisch trinken und dabei unverändert nüchtern bleiben, denn dem Rasen sah man es ja nicht an. Kein Wunder, daß der Vorteil im Handel dann auf seiner Seite war. In Wirtshausstuben mit Dielenfußböden war es dagegen nicht so leicht überzufließen. Dort bildete sich auf dem Fußboden unter einem dann ein See. Hier bei Kresten hatte sich Anders aber unbemerkt mit den Füßen den Spucknapf aus der Ecke herangeangelt und unter den Tisch geschoben. Es war, wie man es auf dem Bakhof erwarten durfte, ein großer Spucknapf, fast schon ein Trog. Am Morgen war er randvoll. Außerdem gab es hier Lehmfußboden, so daß Anders Mikkelsen nicht in Verlegenheit war, wenn er spucken mußte. Er saß gern in sich zusammengesunken da, den Mund fast am Rand der Tischplatte. Jedesmal wenn er getrunken hatte, neigte er unmerklich den Kopf nach vorn und ließ das meiste überfließen, wobei er Kresten auf der anderen Seite des Tisches mit seinen großen, magischen, belustigten Augen fest im Blick behielt. Kresten merkte nichts, merkte auch nicht, daß es Anders war, der die Tassen immer wieder vollschenkte, so daß er bald im siebenten Himmel war, jubilierend und mit den Armen unter den Deckenbalken herumfuchtelnd.

Eine Zeitlang befand sich Kresten in dem gefährlichen, dem grausamen Stadium und machte keinen Hehl daraus, daß Anders Mikkelsens Lebens in seiner Hand lag – der Erstickungstod oder ein gebrochenes Rückgrad wären ihm sicher, wenn er sich mucksen würde. Dann schlug er ins Gefühlvolle um, war Anders gnädig, wollte ihn, obgleich der Tisch zwischen ihnen stand, umarmen.

Der Rausch wirkte sich in fatalster Weise auf Krestens Sprache aus. Er hatte die unglückselige Eingebung, Literatursprache reden zu müssen, so wie er es in der Schule gelernt oder von den Gutsbesitzern gehört hatte. Er sagte zu sich selbst geziert: »Jaj« – und er gab sich bibelfest und sprachkundig, wobei er peinlich genau alle Silben betonte:

»Ich werde dich ermorden, du Malachit!« sagte er zu Anders Mikkelsen und riß die Augen fürchterlich auf. *»Nun mußt du sterben, du Skorbut, ich will dich mitnichten am Leben lassen! Du wirst durch das Schwert umkommen, ich laß von dir nicht Stein auf Stein, du Sintflut! Ich werde dich konstatieren!«*

Die Wirkung von Krestens Beredsamkeit geht verloren, wenn man nicht den Dialekt kennt, den er sonst sprach. Doch Anders Mikkelsen war ein Kenner. Er würdigte Krestens geschliffene Sprache und grinste, wenn auch nicht übertrieben. Anders ließ sich nichts anmerken, gab keinen Laut von sich, doch er strahlte. Seine blaue Gesichtsfarbe ging vor Wonne in Purpur über. Er amüsierte sich auf Krestens Kosten, daß es ihm fast die Rippen sprengte.

Als Kresten keinem Widerstand begegnete, wurde er unangenehm und verhöhnte die Schwäche der Gegenpartei. Er rückte Anders zu Leibe, atmete ihn an, wollte ihm das Gesicht lecken und rülpste ihn an. Anders mußte ihn einmal sogar von sich wegschieben. Kresten war stark, und die ganze Stube bebte. Anders Mikkelsen bekam harte Augen, die Frau wimmerte. Doch der Streit legte sich, Kresten war unsicher auf den Beinen und vergaß von einem Augenblick zum anderen. Seine Stimmung schlug wieder in Seligkeit um, und er erklärte Anders seine Liebe. Nie, das wage er zu behaupten, habe er einen bescheideneren Mann getroffen! Doch es lasse sich nicht verheimlichen, auf den Hundehandel verstehe

Anders sich nicht! Nein, darin habe er seinen Meister gefunden. Gott, wie der Bakhofbauer lachen mußte!

Wieder stieg Rücksichtslosigkeit in Kresten auf. Hier waren doch wohl Männer zusammengekommen. Er bestand darauf, daß sie Karten spielten – eine Krone der Stich, wenn der kleinliche Anders Mikkelsen sich das getraute. Und er knallte die Karten auf den Tisch, wo sie in den Teepfützen schwammen, und starrte sein Opfer gehässig an. Zwischendurch entpuppte er sich als Sänger in den höchsten Fisteltönen und krähte ihnen fast die Decke auf den Kopf herab, war sehr betrunken, lallte und ließ die Pfeife auf den Fußboden fallen. Anders Mikkelsen wurden die Augenlider schwer, und er fing an, sich ein wenig zu langweilen. Die Nacht war lang.

Doch schließlich fiel dem Bakhofbauern ein, daß Anders Mikkelsens Wagen noch draußen stand. Sehr vernünftig teilte er sich selber mit, daß der unter Dach und Fach gebracht werden müsse. Er sprach nun mit sich selbst und polterte auf den Hof hinaus, wo sie ihn im Mondschein herumkreuzen und mit dem Wagen navigieren sahen, um ihn rückwärts durchs Tor zu bekommen. Das war keine leichte Sache, weil man an den Deichselstangen schieben und in die entgegengesetzte Richtung steuern muß. Sie hörten, wie er gegen das Tor donnerte und es noch einmal versuchte. Er schrie den Wagen an und schimpfte ihn aus. Dann stürmte er noch einmal rückwärts und verhedderte sich mit den Beinen zwischen den Deichselstangen. Doch diesmal legte er das Ruder richtig herum und schaffte es, den Wagen zurückzustoßen. Er verschloß das Tor und kreuzte glücklich singend zum Stall hinüber, um dem Hengst eine Tracht Futter zu geben.

Und von dort kehrte Kresten nicht zurück. Denn als er sich über die Häckselkiste beugte, den Kopf nach unten, wurde ihm schwindlig, und nach ein paar Augenblicken Unpäßlichkeit fand er sich im Häcksel wieder. Es war dunkel, und das Lager und die längliche Form der Kiste kamen Kresten wie ein Bett vor. So legte er sich summend schlafen, schob den Häcksel zum Kopfende hin richtig zusammen und deckte sich mit Spreu zu. Ein paarmal lachte er glucksend über die verwegenen Sachen, die er zu Anders Mikkelsen, diesem Pechvogel von einem Viehhändler, gesagt hatte, und dann schlief er ein, während die Pferde im Dunkeln mampften und das Gesicht des Mondes draußen mit frivol herabgezogenen Mundwinkeln auf den Hof schien.

Eine Weile später zeigte sich auf dem mondhellen Hofplatz ein merkwürdiges Gespenst, ein storchartiges Wesen mit unheimlich langen, dünnen Beinen. Doch das war kein Gespenst, sondern Onkel Thøger, ein alter Verwandter väterlicherseits, der auf dem Hof das Gnadenbrot erhielt, im übrigen von allen übersehen wurde und selbst mäuschenstill war. Er hielt sich meistens in einem Alkovenbett in der Stube auf, wo er, die Quaste des Bettbandes vor der Nase, dalag und auf den Tod wartete. Dort hatte er auch an diesem Abend während des ganzen Gastmahls gesessen, ohne daß ihn jemand beachtet hatte, obgleich doch die Schiebetür offenstand. Onkel Thøger sah alles, wußte aber von nichts. Wenn man von der Gnade und Barmherzigkeit anderer lebt, verrät man keinen. Thøger war der verschwiegenste Mensch auf Erden. Aber das Bewußtsein des Alten hatte doch aufgefangen, daß Kresten nicht wiedergekommen war, und deshalb stakte Onkel Thøger nun in Unterhose und mit Binsenschuhen an den Füßen auf dem Hof herum und sah im Mondschein wie ein merkwürdig unsicherer Vogel aus. Eine Art Instinkt sagte ihm, wo Kresten geblieben war. In den Nebengebäuden fand er sogar im Dunkeln den Weg, und nach einigem Suchen stelzte er denn auch zur Häckselkiste hinüber. Er faßte hinein, lauschte, stand eine Weile still da und dachte nach. Dann ging er wieder. Doch vorher holte er noch ein Bund Stroh. Wozu sollte der Mann daliegen und frieren? Als die Garbe auf ihn herabfiel, griff Kresten im Schlaf danach, umarmte sie und zog sie so richtig fest an sich, stöhnte und schlief weiter.

Der Alte storchte wieder ins Haus zurück, weiß und dünn, wie ein Wesen, durch das der Mond geradewegs hindurchscheinen konnte. Lautlos ging er zu Bett und lag wach da. Und er hörte die Nacht vergehen.

Von den Nebengebäuden kamen die vertrauten, gedämpften Geräusche: die Kühe, die sich die Kruppe an den Raufenstäben scheuerten, ein unterirdischer Laut, die Dachtraufe, der Marder auf dem Dach. Jedes Geräusch kannte er und wußte genau, woher es kam.

Im Laufe der Nacht wieherte »Volstrup II« mehrmals, ein ungeheurer Lärm in dieser Stille, aber an und für sich ja nicht weiter auffällig. Der Hengst stand allein für sich in der Fohlenbox. Wie ein Fuß im Strickstrumpf füllte er den engen Raum aus, von den Wänden bis ganz hinauf zu den Spinnweben unter der Decke, und konnte sich nicht rühren. Immer wenn er die Gäule witterte, wieherte er schrill, ein Wiehern, das zum Himmel schrie, so als würde der Vorhang der Anständigkeit von oben bis unten zerrissen.

Kresten erwachte am nächsten Morgen ein bißchen spät, verwundert, sich in der Häckselkiste wiederzufinden, aber nicht unglücklich. Es ist klar, wenn man zecht, findet man sich an den merkwürdigsten Orten wieder, die ruchlosesten Kerle kennen das. Ihm ging eine Windmühle, aber kein Kummer im Kopf herum, im Gegenteil. Das erste, woran er sich erinnerte, war, daß die Geldnot nun ein Ende hatte. Und er hatte in Anders Mikkelsen einen Freund gefunden! Er selbst hatte sich in dessen Gesellschaft echt mannhaft gehalten. Alles war ganz ausgezeichnet.

Anders Mikkelsen war schon aufgestanden und angezogen, als Kresten sich mit Häcksel und Spreu im Haar zeigte. Der Gast blieb zum Frühstück, aß Biersuppe und Salzhering und gab Kresten ein, zwei gute Ratschläge. Sie trennten sich, wie in der Saga steht, in großer Liebe.

Nach diesem Handel wurde das Dorf Zeuge einer eigentümlichen, dauerhaften Freundschaft zwischen diesen beiden höchst verschiedenen Männern, Kresten vom Bakhof und Anders Mikkelsen.

Man sah sie zusammen auf den Märkten, und Krestens Viehbestand wurde allmählich erneuert. Beim Handeln hat man gern einen Dritten dabei, der vermittelnd eingreift, wenn sich die Partner einigen sollen. Immer war es Anders Mikkelsen, der Kresten beistand und dafür sorgte, daß er gut kaufte oder verkaufte. Kresten war ja im Grunde genommen gar nicht unbewandert. Er brauchte nur, um sich entschließen zu können, ein bißchen Rückenstärkung. Und diese Aufgabe übernahm Anders Mikkelsen.

Auch um die Bewirtschaftung des Hofes kümmerte er sich, kam oft auf einen Sprung vorbei und sah nach dem Rechten. Er ermutigte Kresten, sich Maschinen zu kaufen und sie sich nützlich zu machen. Kresten mußte seine von den Vätern ererbte Vorstellung ablegen, daß der Mann den Boden mit eigener Hand bestellt. Anders Mikkelsen beschaffte ihm Leute und hatte ein Auge darauf, daß sie auch zur Arbeit angehalten wurden. In wenigen Jahren bekam der Hof ein ganz anderes Aussehen. Neue Gebäude entstanden, und Dünger verhalf dem Boden zu Fruchtbarkeit. Der Ruf des Bakhofes als Burg des Rückschritts verlor sich und geriet allmählich in Vergessenheit. Wenn man heute in Graabølle danach fragen würde, wüßte kaum noch jemand davon, denn alle, die den alten, vernachlässigten Zustand des Hofes gekannt haben, sind schon tot.

Kresten selbst wurde ein völlig anderer Mann. Es hat den Anschein, als hätte sich Anders Mikkelsen nicht nur um die Bewirtschaftung des Hofes gekümmert, sondern das Ehepaar auch geschickt in den ehelichen Pflichten unterrichtet, denn auch darin trat eine Veränderung ein. Leben kam auf den Hof, jedes Jahr ein Kind – so wie es sein mußte. Denn ohne Kinder kann kein Hof gedeihen, hat er keinen Sinn. Kresten übersprang gleichsam ein ganzes Menschenalter, auch in seinem Äußeren. Er, der früher wie alle älteren Bauern einen Vollbart hatte, rasierte sich nun, legte den Mantel ab und trug eine Jacke. Auch in manch anderer Hinsicht bekam er immer mehr Ähnlichkeit mit Anders Mikkelsen. Der Bakhofbauer wurde zwar nie gesprächig, doch mit den Jahren prägte ein unerschütterlicher Humor sein Gesicht. Sein Mund, frivol und schief, aber verschlossen, verriet, wie keß er sich äußern könnte, *wenn* er etwas sagen würde. Den Beweis dafür hatte er ein paarmal geliefert, wenn er eine gute Geschichte erzählte. In der Regel war es ein und dieselbe; nämlich die, wie er Anders Mikkelsen beim Hundehandel hereingelegt hatte. Und sie riß die Leute zu unmäßigen Heiterkeitsstürmen hin! In den Wirtshäusern wollte man sich vor Lachen fast ausschütten. Selbst alte ehrwürdige Frauen bekamen Augen wie Sterne.

Doch mit wachsendem Selbstbewußtsein nahm auch Krestens Geltungsbedürfnis immer mehr ab. Er hatte nun keine Anfälle mehr, sich zu übernehmen und wurde bald in jeder Beziehung so wie andere rührige Hofbesitzer, nur daß er, den Unterkiefer orakelhaft vorgeschoben, fast völlig schweigsam war. Ein Nein war schließlich fast das einzige Wort, das man Krestens Mund entlocken konnte, ein beißend ausgesprochenes »Nij«, wie eine Kneifzange, die einen Nagel durchknipst. Kam der Wind aus Norden, und man unterhielt sich darüber, nur so, um irgend etwas zu sagen, sah sich Kresten bedächtig um und knipste darauflos: »Nij!« – Dieser Meinung war er nicht, das konnte nicht stimmen, *er* wußte Bescheid! Mit den Jahren wurde Kresten mehr und mehr stumm und allwissend. Doch dafür erzählten die Leute immer seltener, daß er einmal ein Hinterwäldler gewesen sei, denn nachdem der große Hof rationell bewirtschaftet wurde, gelangte Kresten allmählich zu beachtlichem Wohlstand.

In den Jahren, da Kresten sich allein abgeplagt hatte, ohne von der Stelle zu kommen, hatte er ständig eine Redensart im Mund geführt, eine trotzige und ein wenig schmerzliche Erkenntnis eigener Begrenztheit: »Ich kann nicht mehr, als ich kann.« Nachdem Anders Mikkelsen ihm in den Sattel geholfen hatte, verlor sich diese Redensart von allein. Dafür sagte Kresten »wir«, wenn er von seinen Angelegenheiten sprach – so wie es Personen königlichem Geblüts tun. Dahinter verbarg sich jedoch weder Majestätsbeleidigung noch Größenwahn. Wenn er das sagte, dachte er dabei nur an Anders Mikkelsen und sich selbst.

Die Kinder vom Bakhof wurden groß und tüchtig, ihnen haftete nichts von dem Hinterwäldlertum der Bakhofleute an, über das man einst so oft gespottet hatte. Die Söhne hatten rotes krauses Haar, das sich bis in die Stirn hineinzog. Sie waren stämmig und besaßen kräftige Beine und ziemlich große Füße. Die Töchter waren untersetzt, hatten aber eine schmale Taille, weiche Formen, Fransenhaar und hingebungsvolle Augen. Ein paar waren etwas anders ausgefallen, sie sahen wie Walzen oder Garben aus und eigneten sich am besten für harte Feldarbeit.

Einige aus der neuen Nachkommenschaft auf dem Bakhof wanderten, wie das für diese Generation üblich war, in die Städte ab und wurden Stadtmenschen, geschäftstüchtig und geschickt, wie Anders, der Schlächter wurde und den Grundstein zu einem Exportgeschäft legte, oder Mikkel, der es zum Kaufmann und später zum Anwalt und Kreistagsmitglied brachte. Er machte in der Politik seinen Weg und hatte Aussicht auf ein Reichstagsmandat, das ihm zu Einfluß in der Hauptstadt verhelfen würde. Die Söhne nannten sich nun Bach. Sie waren alle ungewöhnlich redegewandt und große Rechner.

So brachte denn der schnelle kleine Hundehandel in jener unruhigen Nacht dem Bakhof viel Segen.

Der Fie'ler

In meinem Besitz befindet sich eine Streitaxt aus der Steinzeit. Sie ist aus einer harten dunklen Gesteinsart, dem Flint. Sie hat ein Schaftloch und ist wie ein Boot geformt. Man hat sie auf dem Feld eines Bauern in Farsø gefunden. Eigentlich hat sie mit den folgenden Aufzeichnungen nur insofern etwas zu tun, als daß ihr Fundort eine Kette von Erinnerungen in mir wachruft, die etwa ein halbes Jahrhundert lang unter anderen Schichten verborgen waren. Das Feld, auf dem das Beil gefunden wurde, liegt westlich des Ortes. Dort gab es zwei Einzelgehöfte. Das vom Dorf am weitesten entfernte war der Hof des Fie'lers. Was ich besonders lebhaft vor Augen habe, das sind er und die Ereignisse, die sich mit diesem Flecken verbinden.

Ich schreibe *der Fie'ler*, wie man auf jütländisch sagt, denn *der Fiedler* wäre für mich nicht dieselbe Person. In Farsø hieß er nie anders, er hatte einst zu Festen aufgespielt und seitdem den Namen behalten. Aber in anderen Gegenden hieß er *der weise Mann von Farsø*. Wie viele Propheten hatte er weit entfernt von seinem Heimatort den besten Ruf. Das soll aber wiederum nicht heißen, daß er in Farsø nicht anerkannt wurde. Aber hier war er nun einmal der Fie'ler, und der repräsentierte draußen vor dem Dorf die alte, wohlhabende und hoch angesehene Bauernfamilie, zu der man aufsah. Unter den Bauern gehörte sie zum Adel, dessen geachtete, für alle Zeiten befestigte Position ganz selbstverständlich war. Es ist deshalb nicht abwegig, wenn man annimmt, daß so eine alte, an die Scholle gebundene Bauernfamilie direkt von dem Steinzeitbauern abstammt, dessen Beil auf dem Feld gefunden wurde.

Als Kind kam ich oft zusammen mit einem etwas älteren Bruder auf den Hof. Wir holten dort die Milch. Ich erinnere mich besonders gut an einen Winter, als draußen auf dem offenen Feld, auf dem Weg zum Hof, Glatteis war, und daß wir auf allen vieren kriechen mußten, um ans Ziel zu kommen. Einmal ging es mit der Milch schief. Mein Bruder, der sie in zwei Tonkrügen trug, rutschte auf dem Eis aus und zerschlug beide. Außer sich vor Kummer, kam er nach Hause, nur die Henkel der Krüge baumelten noch an den Stricken. Im Sommer holten wir die Milch unter anderen Gefahren. Wir gingen auf drei Ellen hohen Stelzen, die wir am Knie festbanden. Das ärgerte unseren Nachbarn Poul Snedker, der uns wütend erklärte, der liebe Gott habe uns unsere Beine nicht gegeben, damit wir sie länger machen sollten, als sie von Natur aus seien. Die Milch schwebte hoch in der Luft, wenn wir wie die Störche von Fie'lers angestakt kamen. Einmal, das war im Frühling, marschierte mein Bruder in einen überschwemmten Tümpel und blieb mit beiden Stelzen fest in dem aufgeweichten Boden stecken – mittendrin, da wo das Wasser anderthalb Ellen hoch stand –, und was tat er da? Ruhig löste er die Riemen, enterte die Stelzen hinab, und hinein ins Wasser. Es gab keine andere Möglichkeit, aber im Gesicht blieb er trocken!

Wenn man zu den Fie'lers kam, begegnete man dort der großen, schönen und freundlichen Tochter Karen, sie war unsere Freundin. In der Wohnstube ging die Frau des Fie'lers geschäftig hin und her. Sie war mager und hohlwangig und sah müde aus, war aber stets gefaßt und schweigsam. Immer war sie am Essen. Wie jeder wußte, hatte sie ein zu kleines Halsloch; sie konnte deshalb kein normales Essen herunterschlucken. So knabberte sie den ganzen Tag etwas, was sie in der Schürzentasche hatte, Pfeffernüsse vielleicht oder etwas Ähnliches, und wenn sie es zu Brei gemahlen hatte, bekam sie es herunter. Auf diese Weise hatte sie sich viele Jahre am Leben gehalten.

Seinen Angehörigen hatte der Fie'ler nicht helfen

können! Man erzählte sich aber, daß er die Frau des Doktors kuriert habe, doch das sagt man wohl von jedem weisen Mann. Übrigens hat der Landarzt niemals versucht, dem Fie'ler zu schaden. Noch viele Jahre nach dessen Tod konnte man in der Apotheke von Farsø »Fie'lers Tropfen« bekommen. Das war ein Medikament von unbekannter Zusammensetzung, aber es wurde immer verlangt.

Ich weiß kaum etwas über seine Kuren, denen er seinen Ruhm verdankte. Man munkelte, er habe *ein Buch* gehabt, das er in seinem Tischkasten verwahrte. Ich habe es nie gesehen, aber ich habe den Tischkasten gesehen. Der war sein Allerheiligstes. Wenn jemand, der ihn um Rat gefragt hatte, Kren Fie'ler verließ, sah man ihn drinnen in der Kammer vor dem kleinen Tisch mit der Schublade sitzen, die er mit seinem mächtigen Bauch verdeckte. In der Schublade verschwanden auch die Einkronen- und Zweikronenstücke, die jene, die ihn aufsuchten, wie unbeabsichtigt auf der Tischkante liegenließen. Ein Opfer, das der Fie'ler nicht verlangte, das er aber auch nicht ausschlug. Ansonsten empfing er, genauso wie die Geistlichkeit, sein Honorar am liebsten in Form von Getreide.

Ein Mann aus Salling kam einmal zu ihm, einen Patienten und vier Tønder Korn im Wagen. Das muß ein ganz besonders ekelhafter Fall gewesen sein! Es konnte geschehen, daß der Fie'ler ganze Wagenreihen, außer den eigenen Fahrzeugen auch die der Freunde, mit Korn beladen nach Hobro schickte, so gefragt war er. In Farsø wurde man oft von Fremden angesprochen, die sich nach dem Weg zum Fie'ler erkundigten. Und man sah immer wieder offene Wagen, in denen sich Betten über kranken Frauen türmten. Weit unten aus dem Süden, aus Schleswig, erzählte man, seien Patienten zu Kren Fie'ler gekommen.

Egal worin seine Kuren nun auch bestanden, zweifellos verdankte er den Zulauf, den er hatte, seiner Persönlichkeit, der Autorität, die mit seinem Namen verbunden war, und dem unbedingten Vertrauen, dem sich keiner, der ihn nur ansah, entziehen konnte.

Allein schon von seinem Äußeren her war er ein außergewöhnlicher Mann. Wenn sich dazu noch ein natürlicher, scharfer Bauernverstand und Erfahrung gesellen, reicht das dann nicht aus, um gegen die Krankheit erfolgreich zu sein? Schließlich kommt es doch darauf an, die Lebensgeister zu stimulieren! Zur gleichen Zeit wie der Fie'ler praktizierte die weise Frau von Vindblæs. Auch sie hatte einen guten Ruf, der jedoch, wie das bei »Naturärzten« auf dem Lande meist üblich ist, auf gewöhnlichem Aberglauben, auf Mystifikation und grobem Schwindel beruhte. Der Fie'ler war mit solchen Typen nicht gleichzustellen, er »besprach« den Kranken nicht, bediente sich auch nicht der Suggestion, er war nicht einmal fromm. Wahrscheinlich bestand das Geheimnis seiner Kraft in einem bei Laien bisweilen vorkommenden natürlichen Instinkt für die Diagnose, in Verbindung mit einem guten Gedächtnis und der resoluten Schlußfolgerung von einem Fall auf einen anderen. An ihm war ein echter Arzt verloren gegangen. Auch die Ärztekunst bedarf des Talents, das bei weitem nicht alle studierten Ärzte besitzen.

Wenn der Fie'ler aus seiner Kammer trat, füllte er die Türöffnung völlig aus, wie der Elefant im Zoologischen Garten. Er war unwahrscheinlich groß und kräftig und ging mit Klapphosen, die sich mit nichts vergleichen ließen. Er sah wie der Turm im Schachspiel aus, war lang, rund und von innerer Festigkeit. Den Kopf, der mit den Schultern verschmolz, trug er hoch aufgerichtet. Ich glaube, in der Statur erinnerte er an Thorvaldsen oder Grundtvig; er war ja auch vom gleichen Jahrgang. Auch J.C. Christensen hatte eine gewisse Ähnlichkeit mit ihm. Ohm Krüger sah aus wie der Fie'ler. Das große Gesicht war eigentümlich schwarz, torfschwarz. Wenn er sprach, hing ihm von der Oberlippe ein kleiner Hautlappen über den Eckzahn. In China habe ich mehr als einmal Mandarine gesehen, die mich an Kren Fie'ler denken ließen. Wenn er Atem holte, fauchte es in seinem Hals wie bei einem blasenden Wal. Es klang, als preßte er die Luft durch eine Menge innerer Barten. Die Stimme war voll und gedämpft, als käme sie hoch oben von einem Berg. Er sprach das alte distinguierte, kernige Jütländisch, das man nun nicht mehr hört.

Es war sehr merkwürdig, ihn fiedeln zu sehen, und das kam auch nur noch selten vor. Irgendwo oben stimmte der Turm die Geige. Unter das Kinn konnte er sie nicht mehr legen, und dann ließ er den Bogen mit kunstvollen Schleifen und viel Kraft über die Saiten streichen und die alten schnellen Bauernhopser und Reels erklingen, so daß das Feuer verschwundener Bauernfeste aufloderte. Es sah aus, als hielte er die Geige auf dem Schoß. Die enorm dicken Finger bewegten sich kaum, es war, als preßte er die Musik mit der Hand aus dem Hals der Geige. Seine Tochter Karen wurde noch schöner, wenn der Alte spielte. Selbstvergessen stand sie an der Wand und sah den Vater liebevoll an.

Sie waren eine wirklich gute Familie. Draußen bei den Fie'lers war immer alles sauber, und es roch immer so gut. An den Wänden hing glänzendes Kupfergeschirr. Bei ihnen war alles selbstverständlich, so wie es bei Bauern seit jeher gewesen ist. Ich glaube, anfangs war dieser vererbte alte Wohlstand der eigentliche Grund dafür, daß man den Fie'ler um Rat fragte; und es endete damit, daß er bei allen in Leben und Tod der Vertraute wurde. Das absolute Vertrauen, das man ihm entgegenbrachte, beruhte vor allem auf seiner Wahrhaftigkeit, der Furchtlosigkeit, mit der er die Dinge ohne Umschweife beim Namen nannte, und er behandelte alle gleich. Genauso wie der König duzte der Fie'ler alle Menschen. Ich habe einmal selbst ein drastisches Beispiel seiner souveränen Art erlebt. Ich sehe die Szene noch vor mir, so als wäre es gestern gewesen.

Der Fie'ler kam mit einer Frau aus der Kammer, die Rat bei ihm gesucht hatte, und während er sie durch die Wohnstube begleitete, sagte er zu ihr: *»Geh nur heim,*

Mütterchen, du kannst dich drauf verlassen, daß du den Krebs im Bauch hast.« Dann ging die Frau, ohne sich umzusehen. Sie war bis zum Mund in Schwarz gehüllt; es war der Tod, der zur Tür hinausschlich. Es war die letzte Instanz.

Aber diese Sicherheit des Fie'lers konnte auch Anlaß zu lustigen Geschichten sein.

Einmal kamen einige Sallinger mit ihrer siebzehnjährigen Tochter zu ihm, weil sie wegen etlicher bedenklicher Symptome um ihre Gesundheit besorgt waren. *»Sie soll was Kleines kriegen«,* sagte der Fie'ler, »wenn es da ist, wird sie bestimmt wieder gesund sein.« Mit diesem Bescheid und mit heißen, roten Ohren begaben sie sich heim nach Salling.

Wenn ich mich recht erinnere, habe ich Kren Fie'ler das letzte Mal oben bei der Kirche getroffen. Es war ein Wintersonntag. Im Waffenhaus stand er zusammen mit einer Gruppe anderer Granden, den Oberhäuptern und den Tüchtigsten der Gegend, die aus den alten eingesessenen Familien stammten. Seitdem bin ich davon überzeugt, daß sich die Großbauern, abgesehen vom Gottesdienst, bei der Kirche versammelten, weil das immer so gewesen war. Auf der Anhöhe, auf der die Kirche steht, lag früher das alte Heiligtum. Hier ist man stets zusammengekommen. In der Gruppe, die wie eine Mauer stand, ging das Wort von Mund zu Mund, aber die Außenstehenden konnten nichts hören. Man sah sie nur sprechen; am meisten redete der Fie'ler. Wie ein Turm ragte er aus der Mitte der Gruppe empor.

Er ging in blauem, selbstgefärbtem Düffel, es war ein merkwürdiger Anzug. Die Jacke war so geschnitten, wie es zu Beginn des vorigen Jahrhunderts üblich war, dazu trug er ein kariertes Halstuch und auf dem mächtigen Kopf eine Stoffkappe mit Schirm. In der Hand hielt er einen eichenen Stock, wie er damals noch allgemein gebräuchlich war, den ich aber seitdem nicht mehr gesehen habe. Unten war er am dicksten, wie ein Knüppel, und oben war er mit einem Geflecht für die Hand und einem Messingknauf mit einer Schlaufe geschmückt. Er hatte keinen Griff und war länger als Stöcke heutzutage sind. Er war ein Überbleibsel der langen Stöcke aus der Holbergzeit, und diese wiederum gingen auf den mittelalterlichen Spieß zurück.

Wenn man sich in die Zeit zurückversetzen könnte, als sich die Männer der späten Steinzeit, um Rat zu halten, am Heiligtum versammelten, dann könnte man in der Hand eines der stammesältesten Männer gewiß die Streitaxt erkennen, die später auf dem Feld gefunden wurde. Es ist meine private Hypothese, daß diese sorgfältig gearbeiteten Schaftlochbeile aus Flint, die nach dem Modell des Thorshammers geformt waren, als eine Art Beilstöcke gedient haben. Sie liegen gut in der Hand, und man konnte sich auch gut auf sie stützen, so wie auf die Eisenaxt der Wikingerzeit, die noch bis vor kurzem in Norwegen in Gebrauch war. Beil und Stützstab, beides trug der Steinzeitmann bei sich, wenn er zu der Zusammenkunft ging. Er ließ sie außerhalb des Rings stehen, wenn er eintrat, so wie man später die Wehr im Waffenhaus der Kirche ablegte.

Ich habe an jenem Tag mit dem Fie'ler oben bei der Kirche gesprochen. Es stimmt, ich habe tatsächlich mit ihm gesprochen, so wie der Knabe mit dem General gesprochen hat, der ihm zurief: »Hau ab, Bursche!« Der Fie'ler war groß und doch so sanft, und er erblickte einen kleinen Jungen zu seinen Füßen. Zu dem sagte er: *»Du hast 'n bißchen Haut an der Näs, mein lieber Jung, wisch die ab!«*

Das bedarf einer Erklärung: Dies war ein uralter Spaß, der seine Wirkung nie verfehlte. Wenn man einem Kind sagte, es habe etwas Haut an der Nase, dann wollte es sie schnell abwischen und wurde ausgelacht. Es war nämlich die echte Haut gemeint, die man auf der Nase hat und die nicht abgewischt werden kann. Ich wischte mich ab, und man lachte. Beim Fie'ler ruckte es im Bauch, wie bei einem Ballon, der im Aufsteigen begriffen ist.

Sein großes, dunkles Gesicht leuchtete unendlich

wohlwollend auf mich herab. Der Hautlappen wurde von der Lippe geblasen, und in ihm knurrte es wie in einem Wal. Er war voller Güte, und ich ging weg, ohne Kren Fie'ler seitdem jemals vergessen zu können.

Nachwort

Im Jahre 1906 erschien in Dänemark ein schmales Büchlein mit dem Titel »Dichter im Verhör«. Etwa dreißig bekannte Autoren der Jahrhundertwende wurden nach den Perspektiven der Literaturentwicklung in ihrem Heimatland befragt. Die nicht mehr zu übersehenden Veränderungen im Literaturprozeß lieferten den Anlaß für diese Umfrage.

Bis gegen Ende des 19. Jahrhunderts war man es gewöhnt, die Entwicklung der dänischen Nationalliteratur im Nacheinander von sich ablösenden ästhetischen Schulen oder Gruppierungen zu erfassen. Doch nun gab es plötzlich mehrere parallel verlaufende Richtungen. Viele Schriftsteller ließen sich nirgends einordnen, so daß die dänische Literaturkritik von einem Zustand der »Anarchie« in der zeitgenössischen Literatur sprach. Die antagonistischen Widersprüche des sich voll entfaltenden Industriekapitalismus wurden auch im literarischen Leben spürbar.

Innerhalb der ökonomisch und politisch zur Macht gekommenen Bourgeoisie hatte sich der Differenzierungsprozeß vertieft, und der demokratisch und humanistisch orientierte Teil des Bürgertums begann, desillusioniert über das wahre Gesicht der eigenen Klasse, überkommene ästhetische Maßstäbe und moralische Wertvorstellungen in Frage zu stellen. Noch stärker wurden die scheinbar festgefügten Traditionen von jenen neuen Talenten unter den Schriftstellern angegriffen, die das selbstbewußt werdende Stadt- und Landproletariat repräsentierten. Hinzu kam der Einfluß der industriellen Entwicklung auf die Produktion und Distribution von Literatur. Die massenhafte Verbreitung von Trivialliteratur, die zunehmende Förderung erfuhr, belastete zusätzlich die Auseinandersetzungen um die Funktion der Literatur.

Die Antworten der »Dichter im Verhör« verdeutlichten divergierende Standpunkte und allgemeine Verunsicherungen. Den bewußt gewollten Bruch mit überkommenen Haltungen und Auffassungen artikulierten Vertreter der jungen Generation. Zwei ihrer bedeutendsten Exponenten, die die Entwicklung der dänischen Literatur in der ersten Hälfte des 20. Jahrhunderts auf sehr unterschiedliche Weise bereichern sollten, waren Martin Andersen Nexö (1869–1954) und Johannes Vilhelm Jensen (1873–1950). Während Nexö ein Zeichen »geistigen Wohlstandes« darin sah, daß man sich der Gruppenbildung und der Normierung der literarischen Produktion widersetzte, und es erfreulich fand, »daß jeder Mann aus sich heraus gezwungen ist, sich seinen eigenen Weg zu suchen« und »nicht alle in der blökenden Herde trotten«, glaubte Jensen das Ende der Literatur voraussagen zu müssen und erklärte, als Schriftsteller sei es eigentlich seine Aufgabe, »den Leuten einen Widerwillen gegen die Literatur beizubringen und Lust zu machen, das Leben zu leben«. Unter den sich radikal gebärdenden jungen Intellektuellen der dänischen Hauptstadt war Johannes V. Jensen um die Jahrhundertwende einer der radikalsten. Der Sohn eines Tierarztes lebte seit 1893 in Kopenhagen. Er sollte hier Medizin studieren.

Geboren wurde Johannes V. Jensen am 20. Januar 1873 in der Gemeinde Farsø im jütländischen Himmerland. Es war eine geschichtsträchtige Gegend, in der er aufwuchs. Sie wurde von der alten Heerstraße durchquert, die vom Norden Jütlands bis hinunter nach Schleswig-Holstein im Süden führte. Doch die Zeit schien in diesem dünnbesiedelten nordwestlichen Teil des Landes stillzustehen. Den Lebensrhythmus der überwiegend bäuerlichen Bevölkerung, deren Produktionsweise von effektiven Methoden der Bodennutzung und moderner Technik noch kaum beeinflußt war, bestimmten althergebrachte Bräuche und Verhaltensweisen. In den ersten Schuljahren waren die Kinder des Dorfes die Spielgefährten des jungen Johannes V. Jensen. Später besuchte er die Lateinschule in Viborg, das im Mittelalter als Krönungsort ein Zentrum des dänischen Reiches gewesen war, doch das nun als stilles ländliches Provinzstädtchen dahindämmerte. Als der zwanzigjährige Abiturient Jensen nach Kopenhagen kam, wurde er plötzlich mit der modernen industriellen Entwicklung konfrontiert und offensichtlich in seinen Erwartungen enttäuscht. Vor allem schockierte ihn der politische und geistig-moralische Zustand des Kopenhagener Bürgertums, dessen Lebensweise seinen sittlichen Wertvorstellungen zutiefst widersprach.

Schon bald gab Johannes V. Jensen das Medizinstudium zugunsten der Literatur auf. Um sich seinen Lebensunterhalt zu verdienen, schrieb er zunächst für eine Illustrierte spannende Unterhaltungsromane. Als sein literarisches Debüt gilt jedoch erst der Roman »Dänen« vom Jahre 1896, von dem er sich später, zusammen mit dem 1898 erschienenen Roman »Einar Elkær«, wieder distanzierte. Naturalistisch analysierte er in beiden Werken die hauptstädtische Bourgeoisie der neunziger Jahre. Hemmungslos in seiner rabiaten Abrechnung, schrieb er nieder, was ihm mißfallen hatte. Für ihn war sie eine dekadente Gesellschaft mit »einem weichen Gehirn«, die an ihrer eigenen Verlogenheit zugrunde ging. Für seinen dritten Roman »Der Königssturz« (1900/01, dt. 1912 u. d. T. »Des Königs Fall«) wählte der Autor einen Stoff aus der dänischen Geschichte des 16. Jahrhunderts. Ästhetisch überzeugender und ausgewogener in der Kritik, wollte er darin die Ursachen für den Niedergang Dänemarks darstellen. Nach seiner Meinung lag die Schuld bei der handlungsunfähigen dänischen Bourgeoisie, die er mit der Nation identifizierte. Er richtete seinen Angriff gegen jegliche Neigung zu philosophischer Reflexion, die mit ihrer »Zweifelsucht« nur zu Träumerei und Schwärmerei verleite, während das Leben den tatbereiten Menschen forderte. Johannes V. Jensen stand mit solcher Auffassung nicht allein!

Sie war das zentrale Thema für viele Künstler und Intellektuelle jener Epoche. Mit dem sogenannten Systemwechsel, der Durchsetzung des bürgerlichen Parlamentarismus im Jahre 1901, war das ökonomisch herrschende liberale dänische Bürgertum auch politisch zur Macht gelangt. Bereits in dem jahrzehntelangen Verfassungskampf mit der überlebten Feudalkaste hatten die Liberalen die notwendige Konsequenz oft vermissen lassen und einen fatalen Hang zum Paktieren mit dem Gegner gezeigt. Daß ihre Forderungen nach Freiheit, Gleichheit und Gerechtigkeit nur ein rhetorisches Bekenntnis war, wurde nun nach 1901 allzu schnell bestätigt. »Handeln« hieß deshalb die Losung, unter der sich zeitweise Persönlichkeiten vereinten, deren gesellschaftliche Ideale faktisch diametral auseinandergingen. Als sich Martin Andersen Nexö Anfang des Jahrhunderts energisch für die Gründung einer Wochenschrift engagierte, die »eine Art Bindemittel« für alle diejenigen sein sollte, »die bereit sind, etwas zu wagen«, die »radikal sind, aber keiner Partei angehören«, wurde auch Johannes V. Jensen als fester Mitarbeiter vorgesehen. Im Streit der Meinungen um Wesen und Aufgaben der Kunst, der ein bürgerliches Krisenbewußtsein reflektierte, vertraten Nexö und Jensen in wichtigen Fragen gleiche oder ähnliche Standpunkte. Im Gegensatz zu manchem ihrer Zeitgenossen gab es für sie in der Kunst nicht den Weg zurück zum l'art pour l'art, und auch weltanschaulich blieben sie konsequent in ihrer Absage an die Kirche und deren religiöse Deutung der Welt. Lösungen für die den Menschen bedrängenden Probleme mußten im diesseitigen, im realen Leben gefunden werden. Aber die gesellschaftliche Wirklichkeit Dänemarks mit ihrer »politischen Schlappheit« wirkte nicht nur auf Nexö »demoralisierend«. Gleich ihm und anderen suchte auch Johannes V. Jensen im Ausland nach einer Orientierung.

Während Nexö 1902 zu seiner zweiten Reise nach Italien und Spanien aufbrach, trat Jensen im gleichen Jahr eine Weltreise an, die ihn u. a. nach Amerika führte. Erlebnisse und Erfahrungen dieser Reisen waren für die weitere Entwicklung beider Schriftsteller von entscheidender Bedeutung, ihre Wege gingen endgültig auseinander – der Martin Andersen Nexös zum Sozialismus, der von Johannes V. Jensen zum Evolutionismus.

In Amerika fand Jensen bestätigt, was er bereits nach einem Besuch der Pariser Weltausstellung von 1900 in seinen essayistischen Betrachtungen über die »Gotische Renaissance« (1901) als seine Erkenntnis verkündet hatte: der Gott der Gegenwart und der Zukunft, das ist die Maschine! »Die starke Gehorsamkeit der Maschine ist das Resultat der Gehorsamkeit gegen die Natur, und ihr glatter und stummer Lauf, ihre unermüdliche Fähigkeit kraft der Zusammengestimmtheit aller Glieder, ist der Inbegriff von Ordnung!« schrieb er in einem der Essays über »Die neue Welt« (1907, dt. 1908). Er verglich die Hochhäuser New Yorks mit den gotischen Kathedralen des Mittelalters, er sah im technischen Fortschritt Amerikas, im Lärm und ruhelosen Leben seiner Städte den »Sieg der modernen Kultur«, und das hieß für ihn, daß die »Technik des Westens mit heidnischer Frische genutzt« wird, um »die verrottete Hierarchie Europas« zu überwältigen. In sprachlich beeindruckenden Bildern huldigte Jensen der modernen Industrie mit ihren sich ständig drehenden Rädern auch in seinen beiden Amerika-Romanen von 1904/05 »Madame d'Ora« (dt. 1907) und »Das Rad« (dt. 1908). Für Arbeiter, die mit Streiks diese Räder zum Stillstand bringen, fehlte ihm jegliches Verständnis. Beeinflußt von Darwin, übertrug er dessen Entwicklungslehre auf die menschliche Gesellschaft. Nach Ansicht von Jensen durfte der Mensch in ihre Evolution vom Niederen zum Höheren nicht durch revolutionäre Veränderungen eingreifen.

In engem Zusammenhang mit seiner Begeisterung für die

Maschine und die nüchtern denkenden initiativreichen Amerikaner entwickelte er eine unwissenschaftliche Rassenkunde, die der dänische Literaturwissenschaftler Sven Møller Kristensen als »gefährliche Schwärmereien für die Rassenphilosophie« charakterisierte. Sie bildete auch die ideologische Grundlage für Jensens sechsbändigen Romanzyklus »Die lange Reise« (1908–1922, dt. 1911–1926), in dem er die geschichtliche Entwicklung des Menschen seit der Urzeit zu schildern versuchte. Jensen ernannte sich darin zum blonden Goten und das bäuerliche Himmerland zum Ausgangspunkt für das Expansionsstreben der nordischen Rasse, das bei ihm mit der Entdeckung Amerikas durch Kolumbus – ein Nachfahre der Himmerländer – endet. Der Romanzyklus spiegelt die außerordentliche Widersprüchlichkeit seines Weltbildes wider, das ein Bekenntnis zum extremen Individualismus einschließt.

Johannes V. Jensen selbst mied die Bezeichnung Roman für »Die lange Reise«. Der 1908 erschienene erste Band, »Der Gletscher«, trug den Untertitel »Mythen über die Eiszeit und den ersten Menschen«, die sich, wie er meinte, nicht in der traditionellen »alten epischen Form des Romans« darstellen ließen. Deshalb erklärte er den Roman als Genre für veraltet und verwendete den Begriff der Mythe auch für die künstlerischen Gestaltungsmittel, mit denen er sinnbildhaft die Welt deuten wollte. Unter der Ablösung des Romans durch die Mythe verstand er die Auflösung der Handlung in einzelne Episoden, die Schilderung von Mensch und Natur »Bild an Bild, ohne anderen Zusammenhang als den, den unsere eigene sehr zersplitterte Zeit besitzt«. In der Menschendarstellung verzichtete er auf eine realistische Charakterzeichnung und schuf statt dessen Typen, die in Naivität und Monumentalität an die Figurenwelt der nordischen Sagas erinnern.

Die Faszination seiner Werke aber geht von seiner Sprache aus. Die Mehrheit der Schriftsteller, die 1906 als »Dichter im Verhör« befragt wurde, sah in Johannes V. Jensen den großen sprachschöpferischen Erneuerer der dänischen Literatur. So lobte ihn Herman Bang (1857–1912) für den »Mut und die Energie«, mit der er dank seines »großartigen Gefühls für die Harmonie der Farben und des Klanges« einen »wirklich neuen blutvollen Stil« schuf. Vor allem in seinen Naturschilderungen gelangen Jensen immer wieder Stimmungsbilder von außerordentlicher Intensität.

Aufgrund seiner evolutionistischen Weltanschauung hat

sich Johannes V. Jensen besonders für das Spannungsverhältnis zwischen Mensch und Natur interessiert. Er hat sich deshalb auf seinen vielen Reisen auch stets eingehend mit Naturbeobachtungen beschäftigt, um vor allem im Leben der Tiere Analogien für die Entwicklung des Menschen zu finden. Seine Erlebnisse, Erinnerungen und Betrachtungen hat er literarisch in einer umfangreichen, heterogenen Kurzprosa festgehalten, die er unter der Sammelbezeichnung »Mythen« vereinte und die in immer neuen Ausgaben ab 1898 bis zum Ende der vierziger Jahre erschienen.

Der erste Weltkrieg führte zu einer gewissen Ernüchterung des »alten Darwinisten und Evolutionisten«, wie sich Jensen gern selbst bezeichnete. Aus der Gegenwart imperialistischer Expansionspolitik floh er in die Vergangenheit, weil er nach seinen eigenen Worten »Freude daran fand, mit den Alten zu leben«, die »entschwundenen Zeiten angehören«. Nach dem Krieg, »dem großen Unglück«, agitierte er gegen den »schlechten Darwinismus«, der die Lehre des Meisters vom Kampf ums Dasein fehldeute und erklärte im Aufsatz »Zeitströmungen« (1930): »... die soziale Entwicklung strebt weg von Krieg und Verlust an Menschenleben und hin zu Frieden und Bewahrung von Leben in weitestmöglichem Umfang.« Er bekannte sich zum bürgerlichen Parlamentarismus, der mit seinen politischen Machtstrukturen für Jensen die höchste Stufe menschlicher Entwicklung repräsentierte. Er distanzierte sich eindeutig vom Faschismus. Aber er, der einst die handlungsunfähige Bourgeoisie verspottete, fand nun selbst nicht zur Tat, sondern glaubte, man könnte Hitler vernichten, indem man ihn totschwieg. Reaktionäre Ideologen aller Schattierungen konnten jedoch Jensens moderne Faust-Version in seinem Roman »Dr. Renaults Versuchungen« (1935) als Unterstützung ihrer »arischen« Rassentheorie auslegen. Jensen wiederum überließ die deutsche Ausgabe seines Buches seinem exilierten bisherigen Verleger Bermann-Fischer, der 1936 in Wien, im noch »freien« Österreich, einen neuen Verlag aufbaute. Die Verleihung des Nobelpreises an Johannes V. Jensen während der Okkupation Dänemarks im Jahre 1944 deutete man als eine sehr zurückhaltende und vorsichtige politische Demonstration gegen den faschistischen Aggressor.

Daß es nach dem zweiten Weltkrieg zu einem heftigen Für und Wider um diese Nobelpreisverleihung an den Schriftsteller kam, ist der außerordentlichen Widersprüchlichkeit seines

Werkes geschuldet. Der bekannte dänische Autor Hans Kirk (1898–1962) erklärte dazu 1948 auf einer Kulturkonferenz der Kommunistischen Partei, daß die »reaktionären Gedanken« in den Büchern von Johannes V. Jensen »das wesentliche« seiner schriftstellerischen Leistung indessen nicht eliminieren könnten, daß er mit seiner »sprachlichen Meisterschaft« die »leere Sprachkunst vorausgegangener Generationen« endlich überwunden und »der jungen Dichtung« ein »gutes und brauchbares Werkzeug in die Hand« gegeben habe.

Jensen wurde als junger Schriftsteller relativ schnell anerkannt, das beweist u. a. die Umfrage der »Dichter im Verhör«. Aber bereits am Beginn seiner literarischen Laufbahn fehlte es auch nicht an kritisch-warnenden Stimmen. Eine unter ihnen war die von Georg Brandes (1842–1927), der als führender Ideologe des dänischen Bürgertums vor allem die Entwicklung der gesellschaftskritischen Literatur spürbar beeinflußte. In einer Rezension zu den »Himmerlandsgeschichten« aus dem Jahre 1904 äußerte er sich bissig-ironisch über Johannes V. Jensen als »Theoretiker und Verkünder«. Er betonte, Jensens »schrecklichste Verkleidung« sei »die Verkleidung als Philosoph«. Er fand aber auch »ein Vergnügen« daran, »seine ›Himmerlandsgeschichten‹ zu lesen«, weil »Stoff und Sprachton« in ihnen »völlig übereinstimmen«, weil er »alles, was er vorstellt, sachlich darbietet, ohne sich mit seiner eigenen Person oder seinen eigenen Standpunkten einzumischen ...«

Die »Himmerlandsgeschichten« beanspruchen eine Sonderstellung im Œuvre des Schriftstellers Johannes V. Jensen. Im nationalliterarischen Kontext gehören sie zur umfangreichen, ideologisch-ästhetisch weit aufgefächerten Landliteratur, die um die Jahrhundertwende entstand und mit der das dänische Dorf und seine Bewohner erstmals in größerer Breite literarische Gestaltung erfuhren. Im Zeitraum von 1898 bis 1910 schrieb Jensen die meisten seiner knapp vierzig Geschichten, die erstmals in drei Sammlungen 1898, 1904 und 1910 (dt. 1908) veröffentlicht wurden. Die hier vorliegende Auswahl vereinigt fünfundzwanzig Erzählungen, die chronologisch nach ihrer Entstehungszeit geordnet sind und die in Thematik und Gestaltung Vielfalt und Breite repräsentieren.

Zum größten Teil enthalten die »Himmerlandsgeschichten« Erinnerungen an das Farsø aus Jensens Kindertagen, das als Graabølle in die Literatur eingegangen ist. Der Schriftsteller schildert häufig Begebenheiten, die schon in seiner Kindheit

Geschichte waren, aber als Geschichten weiterlebten. Er macht seine Leser mit dem vertraut, was *man* sich über Personen wie den klugen Pfarrer von Kourum, den man Herrn Manwol nannte, zu erzählen weiß. Den Besuch des Mister Wombwell und seiner Menagerie gestaltet er in farbenprächtigen Bildern, die sich für immer in das Gedächtnis der Leute einprägten. Seine Gewährsleute wie Kirsten-Schmied (»Der stille Mogens«) läßt er auch selbst zu Wort kommen, ohne sich als Erzähler einzumischen. Erst in einigen der später entstandenen Geschichten geht er zur Ich-Erzählung über. Vor allem in »Der Fie'ler«, »Graabølle« und »Der Auswanderer« verkündet er seine eigenen Auffassungen über die jüngste Entwicklung des Himmerlandes, dessen Physiognomie sich in wenigen Jahrzehnten völlig veränderte. Dabei vertritt er Ansichten, die den Widerspruch des Lesers herausfordern, weil sich in ihnen das Unverständnis des Schriftstellers Johannes V. Jensen für objektive historische Entwicklungsprozesse manifestiert. Zugleich verdeutlichen diese Geschichten aber auch den tiefen Zwiespalt, in dem sich Jensen befand. Einerseits begeistert er sich für den technischen Fortschritt, durch den auch den Menschen seiner Heimat das Leben erleichtert wird; andererseits empfindet er die Heidekultivierung als »barbarische Schändung« großer »poetischer Werte«, denkt er mit Wehmut an den Untergang der alten patriarchalischen Bauernkultur mit ihrer scheinbar sozialen Harmonie.

Jensen ist jedoch kein Romantiker. Er weiß, daß die Entwicklung unumkehrbar ist.

Wenn auch all seine Sympathie den Himmerländern vergangener Zeiten gehört, wenn er auch in der Person des Fie'ler den Bauern idealisiert, so idyllisiert er doch nicht ihr Dasein. Es wird von Genügsamkeit und harter Arbeit bestimmt, das bezeugen Anders Schmied (»Dreiunddreißig Jahre«) und Anders Eriksen (»Der Goldgräber«). Sinnloser Tod rafft junge Menschen dahin (»Oktobernacht«), und hilflos muß Kirsten Schmied zusehen, wie ihr der Mann und die Kinder wegsterben (»Dreiundreißig Jahre«). Die Natur ist nicht immer ein Freund des Menschen, das müssen Morten, der Häusler (»Mortens Weihnachtsabend«), und die gesamte Gemeinde, die »Kirstens letzte Reise« begleitet, am eigenen Leibe erfahren. Der Alltag der Himmerländer ist zumeist ernst und schwer, um so ausgelassener sind sie bei Tanz und Vergnügungen. Sie lieben einen derben Spaß (»Die Siebenschläfer«) und das Kartenspiel, das gefährliche Leidenschaften wecken kann (»Der Lindby-Jäger«). In die Galerie der zahlreichen Porträts hat Jensen nicht nur edle Gestalten wie den Fie'ler aufgenommen. Wir finden in ihr auch negative Figuren wie den unflätigen Junker Stisen (»Die Holzpantinen des Junkers«), den Emporkömmling »Andreas Olufsen« und den demoralisierten »Thomas vom Spanghof«. Den meisten Himmerländern aber wird der Leser mit Wohlwollen begegnen, wie der naiven Büdnerin Ane, die für sich und ihre Kuh ein wenig Abwechslung im bunten Treiben des Viehmarktes sucht, wie Niels Kristian, den verschmähte Liebe zum Dichten inspiriert (»Stilles Wachsen«), wie Klein-Niels, dem Gemeindekind, das mit seinem Mut den Himmerländern das Tor zu Wombwells Menagerie öffnet. Unabhängig davon, auf welcher Stufe der sozialen Rangordnung sie stehen, ob sie arm oder reich sind, eine echte Möglichkeit zur Persönlichkeitsentwicklung hat keiner von ihnen. Der niedrige Entwicklungsstand der Produktivkräfte und die gesellschaftliche Isolierung bewirken Stagnation und starres, bisweilen borniertes Festhalten an überkommenen Verhaltensnormen. Man ist verklemmt, man hat Angst, sein Gesicht zu verlieren, wenn man seine Unsicherheit zu erkennen gibt (»Der Pferdehändler«) oder sich seinen Gefühlen überläßt (»Wombwell«). Die Kommunikationsfähigkeit verkümmert, wenn man auf Höfen lebt, wo tagelang nicht ein einziges Wort gesprochen wird, wie Kirsten Schmied aus ihrer Jugend zu berichten weiß. In der Geschichte »Der Stillen Mogens« schildert sie tragische Begebenheiten, die aus Kontaktarmut resultieren. Selbst an einem beschaulichen, freundlichen »Sonntagmorgen« fällt es nicht nur den Knechten schwer, miteinander bekannt zu werden, auch die Bauern und der Tierarzt kommen kaum richtig miteinander ins Gespräch. Der gleichförmige Alltag bietet ohnehin wenig, was des Beredens wert wäre. Kein Wunder also, daß Berichte von ungewöhnlichen Ereignissen immer wieder erzählt werden, daß Außenseiter und Sonderlinge wie »Donnerkalb« und »Der Lindby-Jäger« die Aufmerksamkeit auf sich ziehen, daß Geschichten über sie in Umlauf kommen, in denen Wirklichkeit und Phantasie, Reales und Geheimnisvolles ineinander verwoben sind. Ein Mann wie Donnerkalb, der die Leute zu unterhalten weiß und auch sonst von Nutzen sein kann, wird nachsichtig belächelt und auf den Höfen geduldet. Ein Mann wie Lavst Eriksen (»Der Goldgräber«) aber, der aus der sozialen Hierarchie auszubrechen sucht, der sich nicht bescheiden verkriecht, sondern trotzig seine Hütte baut, der wird vertrieben, und seine Familie wird zugrunde gerichtet.

Der Leser sieht die Ereignisse meist mit den Augen der Figuren, die sie erleben. Aus der Art und Weise, wie die Leute von Graabølle und Umgebung auf Wombwell reagieren, wie sie die Mergelfabrikation des Goldgräbers beurteilen oder wie sich der Besitzer der Wassermühle zu seiner Tochter Constance verhält, erschließt sich ihm das Weltbild der Himmerländer, das er mit eigenen Wertvorstellungen konfrontiert. Jensen bringt »Stoff und Sprachton« bei der Schilderung seiner Gestalten u. a. dadurch in Übereinstimmung, daß er auf psychologische Begründungen ihres Verhaltens verzichtet. Seine Himmerländer sind »einfache Naturen«, die noch nicht über die Bedingungen ihres Daseins reflektieren. Sie begreifen ihr Leben noch als etwas vom Schicksal oder von Gott Gewolltes, das man nicht ändern kann, dem man sich beugen muß. Ihre Charaktere erschließen sich aus der Haltung, mit der sie die Pflichten des Alltags bewältigen, mit der sie ungewohnten Situationen begegnen, wie sie miteinander und wie sie mit ihren Tieren umgehen.

Die geruhsame und schlichte Erzählweise des Autors korrespondiert mit dem aktionsarmen Alltag der Himmerländer. Sie haben noch Zeit für Geschichten, die ein wenig umständlich eingeleitet werden wie die von den »Holzpantinen des Junkers«. Auch Kirsten Schmied macht ihre Zuhörer zunächst mit Andeutungen neugierig und schickt kleine moralische Belehrungen voraus, ehe sie zur Sache kommt. Der Erzähler hat selten Eile, er kann sich auf die Ausmalung von Details konzentrieren. Der Tagesablauf der Menschen wird noch stark vom Rhythmus der Natur bestimmt. Während ein Mittsommertag mit hohem Himmel einen weiten Blick von den Kuppen der Heideberge übers Land ermöglicht und Sehnsucht nach der Ferne weckt (»Wombwell«), kann eine dunkle Winternacht mit Schneesturm zu einer Bewährungsprobe für Kraft und Willensstärke des einzelnen werden (»Mortens Weihnachtsabend«). Diese enge Bindung an die Natur macht Johannes V. Jensen stets bewußt, indem er die Darstellung eines Ereignisses oder eines Lebenslaufes oft mit schlichten, aber anschaulichen und ausdrucksstarken Naturschilderungen verknüpft, deren Hell-Dunkel-Kontraste bisweilen an Rembrandts Gemälde erinnern. Hin und wieder unterstützen sie aber auch eine Tendenz zur Mystifizierung, wie bei der Beschreibung der geheimnisvollen Schlucht, mit der der Leser auf die Katastrophe in der »Wassermühle« vorbereitet wird. Weil Jensen als Autor aber häufig hinter seine Figuren tritt, wird sein persönlicher Standpunkt nicht immer eindeutig erkennbar. Das betrifft u. a. die beiden Erzählungen »Herr Jesper« und »Die Holzpantinen des Junkers«, in denen zwei Pfarrer vorgestellt werden, die gar nicht so tumbe Toren sind, wie man anfangs glauben mag. Den hintergründigen Humor, der den Himmerländern eigen ist, ihren Mutterwitz, ihre Neigung, sich in sprichwortartigen Wendungen auszudrücken, adaptiert Jensen für die Literatursprache und ergänzt sie durch eine feine Ironie, um gleichzeitig Sympathie und Distanz für beide Helden zu bekunden. Die Distanz gilt den Seelsorgern. Sie bleibt aber durchaus freundlich, während er in »Stilles Wachsen« und vor allem in »Andreas Olufsen« scharf mit den religiösen Richtungen der Inneren Mission und des Grundtvigianismus abrechnet, die gegen Ende des 19. Jahrhunderts besonders auf dem Lande ihren Einfluß verstärkten. Die Unterschiede zwischen beiden Glaubenslehren werden von Jensen anschaulich dargestellt. In der Gestalt des Iver vom Uenshof begegnen wir zugleich seinem Ideal einer Persönlichkeit, die keine Kirche braucht, die an nichts glaubt und nichts fürchtet. Dieser extreme Individualist, der harte Bauernarbeit liebt, kann jedwede Gemeinschaft entbehren, weil er durch seine riesigen Körperkräfte unabhängig ist. Auch die Herren Manwol und Jesper behaupten sich schließlich dank ihrer Stärke, die Johannes V. Jensen imponiert.

Im unaufhaltsamen Aufstieg des Dienstburschen Drejs zum reichen Dorfmatador Andreas Olufsen symbolisiert Jensen dagegen alles, was er verabscheut. Seine Darstellung eines halben Jahrhunderts dänischer Geschichte, in dem sich der Kapitalismus auf dem Lande durchsetzt, ist einseitig ins Negative verzerrt und widersprüchlich; er wiederholt diese Auffassungen teilweise in der Topographie über Graabølle. Seine Kritik am Versagen des bürgerlichen Liberalismus weitet er zu einer Kritik an allen Formen der politischen und gesellschaftlichen Organisation aus, deren Anhänger er als arbeitsscheu verdächtigt. In »Graabølle« diffamiert er vor allem das zu politischem Engagement erwachte Land- und Stadtproletariat. Aus seinen Wertvorstellungen über die Bauernarbeit erklärt sich sein Respekt vor jenen Himmerländern, die sich in harter Fron eine selbständige Existenz auf der Heide schaffen. Bei den Bauern übersieht er auch nicht die Tendenz des Standeshochmuts. Die sozialen Unterschiede hält Jensen aber für naturgegeben und damit für gerechtfertigt. Wer sich wie Reiter-Morten (»Wombwell«) mit den Herren des Dorfes auf eine Stufe zu stellen versucht, der verdient kein Mitleid. In der Beziehung zwischen dem Bauern Ingvar Hansen und seinem Häusler Morten (»Mortens Weihnachtsabend«) realisiert sich in seinen Augen die ideale Partnerschaft uralter patriarchalischer Tradition. Die aus der Rechtlosigkeit der unteren Schichten erwachsende Konflikte werden dabei nicht gesehen.

Zu den einschneidenden Ereignissen im Leben der Himmerländer gehört am Ende des 19. Jhs. die Auswanderung eines beträchtlichen Teils der Bevölkerung nach Amerika. Schicksale wie das des Goldgräbers, wie das von Bodil, Laust und Mogens (»Der Auswanderer«) verweisen auf unterschiedliche Motive für diese Flucht über den Atlantik. Das Ergebnis aber ist nach Jensen für alle gleich: Manch einer von ihnen hat wie Bodils zukünftiger Mann Chas Anderson als Farmer großen Reichtum erworben, doch er hat seine Menschenliebe eingebüßt. Sie alle sind entwurzelt, weil sie ihre Tradition verloren haben, weil sie den moralisch-kulturellen Werten der Vergangenheit entfremdet sind und nur noch ein Surrogat besitzen. Jensen charakterisiert sie als eine »Generation«, die »als Opfer« gefordert wird. Es ist seine eigene Generation, die in einem gesellschaftspolitischen Umbruch lebt. Eine echte Alternative kann er für sie nicht sehen, ihm bleibt nur die vage Hoffnung, daß künftige Geschlechter »den Geschmack der Alten an Schlichtheit und Arbeit zurückgewinnen« werden.

Erika Kosmalla

Anmerkungen

Ahasverus	auch: Der ewige Jude; spätmittelalterliche Legendengestalt; weil Ahasverus Jesus auf dem Weg zur Kreuzigung die Rast bei seinem Hause versagte, wurde er dazu verdammt, ruhelos bis zum Tag des Jüngsten Gerichts zu wandern
Asen	Göttergeschlecht der altnordischen Mythologie
Bavnehøj	Anhöhe, auf der bis zu Beginn des 19. Jahrhunderts Signalfeuer entzündet wurden, um das Anrücken feindlicher Heere zu melden
Bauernhopser (Hopser)	alter, schneller Rundtanz im Dreivierteltakt
Berg, Chresten	(1829–1891), Bauernsohn, Volksschullehrer, nach 1870 führende Persönlichkeit der bürgerlich-liberalen Venstre-Partei, Vertreter radikaldemokratischer Auffassungen
Christensen, I. C.	(1856–1930) Bauernsohn, Volksschullehrer, nach dem Tod von Ch. Berg dessen Nachfolger in der Venstre-Partei, war nach dem sogenannten Systemwechsel einer der ersten bürgerlich-liberalen Minister Dänemarks
Christian VIII.	Thronbesteigung im Jahre 1839
Elle	altes Längenmaß: 0,628 Meter
Elmsfeuer	benannt nach St. Elmo, dem Schutzheiligen romanischer Seeleute; eine helle elektrische Entladung, die bei Gewittern und Schneesturm an spitzen Gegenständen auftreten kann
Fenja	Frauengestalt der altnordischen Mytho-

	logie, die allen Männern an Körperkraft überlegen war
Firkant	alter, schneller Tanz für jeweils vier Paare
Flintenbewegung	im Zusammenhang mit einer Zuspitzung des Verfassungskampfes (ab 1872 Auseinandersetzungen um die Einführung des bürgerlichen Parlamentarismus) entstanden 1885 bewaffnete Vereinigungen, die aber so gut wie wirkungslos blieben, weil sich die bürgerliche Opposition auf den passiven Widerstand beschränkte
Frederik VI.	regierte 1808–1839
Freigemeindebewegung	Bewegung, die eine freie, von der staatlichen Administration unabhängige Pfarrerwahl innerhalb der Gemeinden forderte; Freigemeinden wurden vorwiegend von Anhängern der Grundtvigschen Richtung innerhalb der dänischen Kirche gebildet
Freundesversammlungen	Veranstaltungen für Anhänger des Pfarrers Grundtvig
Gemeindebindung	als Folge der Auseinandersetzungen verschiedener religiöser Richtungen kam es 1855 zur Aufhebung der Gemeindebindung; damit wurde das Recht der freien Pfarrerwahl eingeführt und die Bildung von Freigemeinden gestattet
Genossenschaftsbewegung	in den achtziger Jahren begann der schnelle Aufbau bürgerlicher Produktions-, Einkaufs- und Liefergenossenschaften, die demokratisch geleitet wurden (jedes Mitglied hatte eine Stimme); besonders Genossenschaftsmolkereien und -schlachthäuser trugen dazu bei, die Produktivität der Bauern- und Kleinbauernwirtschaften zu erhöhen und die Qualität der Produktion zu verbessern

Genossenschafts-molkerei	begünstigt durch die Erfindung der Zentrifuge, entstand nach 1882 in Dänemark ein dichtes Netz von Genossenschaftsmolkereien, die »Bauernbutter« von gleicher Qualität wie »Herrenhofbutter« produzierten und damit die Exportfähigkeit der dänischen Landwirtschaft stärkten
Gig	leichter hochrädriger Einspänner für zwei Personen
Grundtvig, N. F. S.	(1783–1872), dänischer Pfarrer und Schriftsteller, Anhänger bürgerlich-liberaler und christlich-nationaler Ideen, begründete in Dänemark eine aufs Diesseits orientierte Richtung (Grundtvigianismus) innerhalb der evangelisch-lutherischen Kirche, die auch als »fröhliches Christentum« bezeichnet wurde; als Schriftsteller setzte er sich für die Rezeption altnordischer Mythologie ein; G. gilt als geistiger Vater der dänischen Heimvolkshochschule
»Heilige«	Anhänger der Inneren Mission
Hochschule	bezieht sich auf die dänische Heimvolkshochschule, deren ideologische Grundlage bürgerlich-liberale Auffassungen über volkspädagogische Erwachsenenqualifizierung bilden und deren dänische Spezifik vor allem durch N. F. S. Grundtvig bestimmt wurde: Pflege des »lebendigen« Wortes und Verbreitung eines nationalromantischen Geschichtsbildes; die in der zweiten Hälfte des 19. Jahrhunderts ausschließlich auf dem Lande entstandenen Schulen hatten wesentlichen Anteil an dem wachsenden politischen Selbstbewußtsein der Landbevölkerung, besonders der Bauern
Holbergzeit	der dänisch-norwegische Dichter Ludvig Holberg lebte von 1684–1754

Holger Danske	dänischer Sagenheld des Mittelalters, der unter dem Schloß von Kronborg schläft und erwachen wird, wenn sich Dänemark in Gefahr befindet
Holmblads Gesangbuch	gemeint ist das Kartenspiel; Jacob Holmblad war Spielwarenfabrikant in Kopenhagen
Holsteiner Kutsche	offener, schwerer Wagen, dessen Wagenkorb mit vier Sitzen in Ledergurten hing
Innere Mission	ab 1861 pietistische Erneuerungsbewegung innerhalb der dänischen Staatskirche, die sich stark auf ein System von Laienpredigern und Kolporteuren stützte und die gegen Ende des 19. Jahrhunderts besonders unter der ärmeren Landbevölkerung Jütlands großen Einfluß gewann
Knapstrupper	eigentlich Knabstrupper, Pferderasse aus dem Gestüt Knabstrup (Insel Seeland); die Grau- oder Braunschimmel mit Tigermusterung der Rückenpartie dienten vorwiegend als Reit- und Zirkuspferde
Knudsen, Jakob	(1858–1917), dänischer Pfarrer und Schriftsteller, der christlich-nationale Ideen mit den Auffassungen von Darwin zu vereinen suchte
Krieg 1864	Versuche Dänemarks zur Inkorporation Schleswigs führten 1864 zum dynastischen Krieg mit Preußen/Österreich, bei dem Dänemark ein Drittel seines damaligen Territoriums verlor; die außerordentlich wirksame Nachkriegslosung, was man außen verloren habe, müsse innen wiedergewonnen werden, diente vor allem einer schnelleren Kapitalisierung des Landes
Krieg auf Kuba	1898 spanisch-nordamerikanischer Krieg,

	als dessen Ergebnis Kuba unter die wirtschaftliche und politische Kontrolle der USA geriet
Krüger, Ohm	Paulus Krüger (1825–1904), bedeutendster Führer der südafrikanischen Buren im Krieg gegen England (1899–1902)
Landwirtschaftsschule	in enger Anlehnung an das Modell der dänischen Heimvolkshochschule entstanden nach 1867 Landwirtschaftsschulen, um die Qualifizierung der Bauern in Theorie und Praxis zu sichern
Lispfund	altes Gewicht: 8 Kilogramm
Loki	widersprüchliche Gestalt der altnordischen Mythologie; die in Dänemark vorkommende Benennung einiger Kräuter als »Lokis Hafer« deutet möglicherweise auch auf einen Fruchtbarkeitskult hin
Lot	altes Gewicht: $\frac{1}{32}$ Pfund – $16\frac{2}{3}$ Gramm
Lure	Bronzeblasinstrument der nordischen Bronzezeit
Malebrok zieht in den Krieg …	volkstümliches Lied aus dem 18. Jahrhundert über den englischen Feldherrn John Churchill, Herzog von Marlborough (1650–1722)
Meile	1609,344 Meter
Mis	altes Kartenspiel
Mormone	Vertreter der 1830 in den USA gegründeten Religionsgemeinschaft der »Kirche Jesu Christi der Heiligen der letzten Tage«, die sich neben der Bibel auf das Buch »Mormon« stützt und die außerhalb der USA besonders in Großbritannien und Skandinavien Anhänger gewann
Mumme	benannt nach dem 1492 von Christoph Mumme erstmals produzierten alkoholfreien Nährgetränk aus Gerstenmalz

Nankinghosen	Hosen aus schwerem chinesischem Baumwollstoff
Nationalliberale	bürgerlich-demokratische Partei, die nach 1830 im Kampf für die Beseitigung des Absolutismus entstand und die sich nach 1848 zum nationalistischen Programm der Inkorporation Schleswigs bekannte; nach der Niederlage im Krieg von 1864 büßte sie ihren Einfluß ein, Teile ihrer Anhänger vereinten sich nach 1870 mit der Partei der feudalen Gutsbesitzer zur konservativen Højre-Partei
Pot	altes Hohlmaß: 0,965 Liter
Provisorium	Zuspitzung des Verfassungskampfes nach 1875, als der konservative Ministerpräsident J. B. S. Estrup (1825–1913) bis zum Vergleich von 1894 mit Hilfe von Ausnahmegesetzen regierte; diese Periode wird auch als Estrup-Diktatur bezeichnet
Psalm	Davids Psalm, 29. Psalm 1–11, zitiert nach: »Die Bibel oder die ganze Heilige Schrift nach der deutschen Übersetzung Dr. Martin Luthers«, Berlin 1911
Reel	alter irisch-schottischer Tanz im Zweivierteltakt
Renan, Joseph-Ernest	(1823–1892), französischer Religionshistoriker und Philosoph, wurde international besonders durch seine romanhafte Darstellung »Leben Jesu« (1863) bekannt
»Seminaristen«	Schüler der Seminare zur Ausbildung von Volksschullehrern; namhafte Venstre-Politiker wie Ch. Berg und I. C. Christensen nutzten diesen nichtakademischen Bildungsweg
Skalde	Bezeichnung für Dichtersänger des Frühfeudalismus, die zum Gefolge eines

	Fürsten gehörten und unter anderem Teile der altnordischen Mythologie und der Heldensage überlieferten
Systemwechsel	Einführung des bürgerlichen Parlamentarismus im Jahre 1901, bei dem erstmals in Dänemark ein Ministerium aus Vertretern der bürgerlich-liberalen Venstre-Partei gebildet wurde
Thor	bedeutendster Gott der altnordischen Mythologie; mit dem Hammer Mjøllnir schützte er Götter und Menschen vor ihren Feinden
Thorshammer	ankerähnliche Darstellung von Thors Hammer aus der Wikingerzeit, als Runenzeichnung oder auch als Kettenanhänger überliefert; der Thorshammer diente als Gegensymbol zum christlichen Kreuz
Thorvaldsen, Bertel	(etwa 1768–1844), bedeutendster dänischer Bildhauer des Klassizismus
Tønde	a) altes Hohlmaß: 1,36 Hektoliter für Korn b) altes Feldmaß: 1 tønde Land = 0,5516 ha
Venstre	bürgerlich-liberale Bauernpartei, die 1870 aus drei Gruppierungen entstand und sich in den folgenden Jahrzehnten wieder mehrfach aufspaltete; die Venstre forderte die Einführung des bürgerlichen Parlamentarismus; diesem Ziel diente der Verfassungskampf, den sie ab 1872 führte, nachdem sie die absolute Mehrheit im dänischen Folketing errungen hatte
Vergleich	Vereinbarung eines Teils der bürgerlich-liberalen Venstre Partei, der sogenannten moderaten Venstre, mit der konservativen Højre im Jahre 1894, durch den die Zeit des Provisoriums beendet wurde

Ver sacrum	eigentlich: Heiliger Frühling; in Italien vorchristliches Götteropfer an Feldfrüchten, Vieh oder Kindern
Waffenhaus	gotischer Anbau – meistens am Südeingang mittelalterlicher Kirchen –, in dem die Kirchgänger für die Zeit des Gottesdienstes ihre Waffen ablegten
Zoll	altes Längenmaß: ursprünglich die Breite eines Fingers, 2,615 cm